HEYNE ‹

Zum Buch
Es war ein gutes Gefühl, wieder hier zu sein. Während sie Evies Hand hielt und den Anblick der Landschaft in sich aufnahm, wunderte Daphne sich, wie grün sie war, wie ursprünglich und unberührt. Das kobaltblaue Meer überspülte rhythmisch den braungrauen Sand, der dem leuchtenden Grün alter gekrümmter Olivenbäume wich. Auf den glänzenden Zitronenbäumen leuchteten helle Sonnenflecken, während Brombeersträucher sich unter den weinfarbenen Beeren bogen. Und natürlich wurde all dies von den hohen, schlanken jägergrünen Zypressen hoheitsvoll bewacht. Daphne holte tief Luft und füllte die Lungen mit Seeluft. Sie wusste, dass die salzige Feuchtigkeit bald durch die typischen Inselgerüche von Rosmarin, Basilikum und Rosen ersetzt würde.

Zur Autorin
Yvette Manessis Corporon ist Drehbuchautorin, Redakteurin und derzeit Produzentin der prominenten Nachrichtenshow »Extra«. Für ihre Arbeit wurde sie mehrfach mit renommierten Preisen – unter anderem einem Emmy Award – ausgezeichnet. Corporon ist mit dem Fotojournalisten David Corporon verheiratet. Das Paar hat zwei Kinder und lebt in New York.

Yvette Manessis Corporon

DAS FLÜSTERN DER ZYPRESSEN

ROMAN

Aus dem amerikanischen Englisch
von Antoinette Gittinger

WILHELM HEYNE VERLAG
MÜNCHEN

Die Originalausgabe WHEN THE CYPRESS WHISPERS
erschien bei HarperCollins, New York

Verlagsgruppe Random House FSC® N001967
Das für dieses Buch verwendete FSC®-zertifizierte Papier
Holmen Book Cream liefert Holmen Paper, Hallstavik, Schweden.

2. Auflage
Vollständige deutsche Erstausgabe 07/2014
Copyright © 2014 der Originalausgabe
by Yvette Manessis Corporon
Copyright © 2014 der deutschsprachigen Ausgabe
by Wilhelm Heyne Verlag, München
in der Verlagsgruppe Random House GmbH
Printed in Germany 2014
Redaktion: Eva Philippon
Umschlaggestaltung: t. mutzenbach design, München
unter Verwendung von © shutterstock; plainpicture/Sheltered
Satz: Uhl + Massopust, Aalen
Druck und Bindung: GGP Media GmbH, Pößneck
ISBN: 978-3-453-41766-3

www.heyne.de

Für meine Mutter und meine Yia-yias

»Denn, wider mein Verhoffen und Erwarten noch Entkommen, bring ich vielen Dank den Göttern dar.«
Sophokles

PROLOG

Errikousa, Griechenland
August 1990

»*Yia sou*, Yia-yia«, rief Daphne, als sie die alten Steinstufen hinunterrannte. Auf der unbefestigten Straße war es nur ein knapper halber Kilometer bis hinunter zum Strand, aber der ängstlichen Zwölfjährigen erschien die Strecke unendlich lang. Sie rannte den gesamten Weg, hielt nur einmal kurz an, um sich eine Brombeere von einem Busch am Wegrand zu pflücken, dessen pralle Frucht zu dunkelglänzend, schwer und süß aussah, um der Verlockung zu widerstehen – selbst für ein Mädchen, das in einer Mission unterwegs war.

Sobald Daphnes Füße den karamellfarbenen Sand berührten, ließ sie ihr Handtuch fallen. Sie nahm sich nicht einmal die Zeit, aus ihren weißen Keds zu schlüpfen, sondern schüttelte sie einfach ab, während sie zum Wasser hinunterrannte. Die schnürsenkellosen Sneaker landeten erst links, dann rechts auf dem unberührten Strand. Daphne hatte schon vor Langem festgestellt, dass Schnürsenkel einfach lästig waren.

Schließlich verlangsamte sie ihr Tempo, ging behutsam balancierend weiter, die Arme ausgestreckt, um das Gleichgewicht zu halten, hinweg über die schwarzen Felsen, die die Küste säumten. Sie gab einen kleinen Seufzer von sich, als sie schließlich das kühle Wasser des Ionischen Meers an den bloßen Füßen spürte.

Daphne lief ins Meer hinein, bis die untere Hälfte ihrer schlanken Oberschenkel im Wasser versank. Sie hob beide Arme über den Kopf und legte die Fingerspitzen zusammen, beugte die Knie, stellte sich dann auf die Zehenspitzen und stürzte sich mit elegantem Schwung ins Wasser. Als sie schließlich im ruhigen, klaren Wasser untergetaucht war, öffnete sie die Augen.

Da waren sie, so wie sie sie letzten Sommer zurückgelassen hatte – ihre schweigsamen Unterwassergefährten. Daphne lächelte, als sie die schwarzen stacheligen Seeigel entdeckte. Dann ruderte sie mit den Armen und strampelte mit den Beinen, um zu wenden und einen Blick auf die knöchelgroßen Rankenfußkrebse zu werfen, die sich an die Felsen unter Wasser klammerten. So weit ihr Auge reichte, sah sie Fische, Fische in verschiedenen Formen und Größen, deren Namen sie nur auf Griechisch kannte. *Tsipoura*. *Barbounia*. Sie erwog keine Sekunde lang, die englischen Bezeichnungen zu lernen. Wozu auch? Schließlich fragten die Kids sie nach ihrer Rückkehr nie, wie sie ihren Sommer verbracht hatte oder wie die Fische genannt wurden. Die Wahrheit war, dass sie überhaupt nicht mit ihr redeten.

Daphne blieb Stunden im Meer, tauchte, schwamm und träumte vor sich hin, fühlte sich im Wasser keine Sekunde lang einsam oder verängstigt. Sie war nicht wie die anderen Mädchen, die sich vor dem fürchteten, was unter der Wasseroberfläche lauern könnte. Sie war gern hier, allein, in der Stille ihrer kleinen Bucht. Das Meer richtete nicht über sie, sondern hieß sie willkommen, ja, lud sie ein. Dem Meer war es gleichgültig, dass Daphnes abgelegter Badeanzug zu groß, das Gummiband durch Cousine Popis aufblühende Kurven ausgeleiert war. Es machte nichts aus, dass Daphnes Haar sogar jetzt, Tausende Meilen vom Imbissstand entfernt, noch immer den leicht penetranten Geruch nach Fett ausströmte.

All das spielte hier keine Rolle. Das Meer taufte sie jeden Sommer wieder, ließ alles neu, frisch und rein erscheinen. Daphne stellte sich immer vor, dass die Erde und die Felsen, die auf beiden Seiten der Bucht emporragten, schützende Arme seien, die sie liebkosten und einen sicheren kleinen Pool bildeten, in dem sie schwimmen konnte. Hier fühlte sie sich sicher vor den Geheimnissen des offenen Meers und den Blicken der Mädchen, deren sommersprossige Haut nach Erdbeerlotion roch.

Auch wenn ihre Muskeln zu zucken begannen und ihre Lungen schmerzten, weil sie immer ein paar Sekunden zu lang die Luft anhielt, war sie immer noch nicht bereit, ihren Wasserspielplatz zu verlassen. Daphne drehte sich lediglich auf den Rücken, ließ sich dahingleiten und blickte zum Himmel hoch, der unnatürlich blau war und mit hellen, federigen Wolken überzogen. Wolken, die Daphne wie zarte Seidenfäden erschienen, die die Vollkommenheit des Himmels noch verstärkten.

Kein Wunder, dass Athene wütend war. Ich wette, so sah Arachnes Seide aus, dachte Daphne, als sie sich an die Geschichte erinnerte, die Yia-yia ihr über das eitle Mädchen erzählt hatte, das in eine Spinne verwandelt wurde, weil es sich brüstete, besser weben zu können als die Göttin. Daphne lächelte und erzählte sich die Geschichte selbst noch einmal, während ihre Finger im Wasser paddelten und die aufkommende Flut gegen ihren gewichtlosen Körper schlug.

Schließlich ließ Daphne den Blick an sich hinabgleiten und bemerkte die verräterischen Zeichen, dass sie es erneut getan hatte – zu lange im Wasser zu verweilen. So gern sie auch geglaubt hätte, dass sie eine der legendären Meernymphen sei, die in diesen Gewässern herumtollten, war die traurige Wirklichkeit, dass sie lediglich eine Sterbliche war. Ihre gewöhnlich olivfarbenen Finger waren jetzt gräulichweiß, und ihre Haut war faltig und fahl. Es wurde Zeit, dass sie ans trockene Land zurückkehrte.

Als Daphne alles aufsammelte, was sie über den Strand verstreut hatte, warf sie einen Blick auf die Uhr: 13 Uhr 45, später, als sie vermutet hatte. Sie wusste, dass Yia-yia das Mittagessen zubereitet hatte, jetzt im Patio auf und ab ging und auf die Rückkehr ihrer geliebten Enkelin wartete.

»Yia-yia wird mir den Hals umdrehen«, sagte Daphne, obwohl niemand sie hören konnte. Oder doch? Sie ließ den Blick über den kleinen Strand schweifen, hatte das seltsame Gefühl, als werde sie beobachtet, als könne sie jemand in der Ferne belauschen. Es hörte sich an wie eine singende Frauenstimme... leise und vertraut, und doch so schwach und verschwommen, dass Daphne sich nicht sicher war, was es war.

Sie wandte sich wieder dem Meer zu und hob ihr Handtuch auf, um es auszuschütteln. Sie schloss die Augen, um sich vor dem Sand zu schützen, und bewegte die Arme auf und ab, sodass das Handtuch an eine fliegende Möwe erinnerte. Plötzlich wurde der Wind stärker und klatschte gegen ihre feuchte Haut. Sie grub die Fersen in den Sand, um nicht zu fallen, und verstärkte den Griff um die Zipfel des Handtuchs, das jetzt wie eine Flagge an einem stürmischen Wintertag flatterte.

Die Augen noch immer geschlossen zum Schutz vor dem Sand, der ihr brennend ins Gesicht schlug, hörte sie das Rauschen der Zypressen, als der Wind an den Ästen rüttelte. Sie erstarrte. Da… da war es. Sie hörte es. Dieses Mal war sie sich sicher. Sie ließ das Handtuch los, öffnete die Augen und beobachtete, wie es der Zephyr den Strand hinuntertrug. Sie wusste, dieses Mal hatte sie es gehört.

Daphnes Herzschlag ging schneller. War es möglich? War es wirklich und endgültig wahr? Soweit sie sich erinnern konnte, hatte Yia-yia ihr die Legende vom Flüstern der Zypressen erzählt. Leise und ehrfurchtsvoll hatte ihre Großmutter darauf bestanden, dass die Zypressen ihre eigene Geheimsprache besaßen, die in der sanften Morgenbrise von Baum zu Baum getragen wurde und wieder verstummte, wenn die Stille des Nachmittags eintrat. Immer wieder hatte die alte Frau Daphne gebeten zu lauschen. Und immer wieder hatte Daphne versucht, die Wahrheiten zu hören, die sie, wie Yia-yia beschwor, verkündeten, die Antworten zu vernehmen, die sie im Wind flüsterten, doch es war ihr nicht gelungen.

Bitte, bitte, sprecht zu mir, flehte Daphne, und ihre Augen weiteten sich hoffnungsvoll. Sie legte die Hände auf die Brust und hielt den Atem an, um noch einmal zu lauschen, ohne durch irgendetwas abgelenkt zu werden. Sie drehte den Kopf in die Richtung, aus der die Stimme zu kommen schien, dem äußersten Ende der Bucht, wo die Baumgruppen und das Unterholz so dicht waren, dass nicht einmal sie den Mut besaß, diese Abkürzung nach Hause zu nehmen. Durch das Atemanhalten geschwächt, wartete Daphne und betete.

Dieses Mal hörte sie nichts, nur das dumpfe Gluckern ihres leeren Magens.

Schließlich atmete sie aus. Ihre schmalen Schultern fielen unter dem Gewicht einer weiteren Enttäuschung nach vorn.

Sie seufzte, schüttelte ihre schwarzen Locken und verteilte Wassertropfen nach allen Seiten. Es hatte keinen Sinn. Da war kein Gesang. Keine Geschichte. Keine schöne Frauenstimme, die ihr ein Ständchen brachte. Keine Antworten auf die Geheimnisse des Lebens, die darauf warteten, wie eine Brombeere gepflückt zu werden. Sie hörte lediglich das vertraute Geräusch der Äste, die vom Wind gerüttelt wurden, und der Blätter, die sich sanft hin und her bewegten.

Doch auch wenn sie hartnäckig schwiegen, wusste Daphne, dass die zitternden Blätter ihr etwas zu sagen hatten.

Sie sagen mir, dass es an der Zeit ist, nach Hause zu gehen.

Sie schlüpfte mit ihren sandverkrusteten Füßen in ihre Sneaker.

Yia-yia wartet auf mich. Es ist Zeit heimzugehen.

1

KORFU

Heute

»Da bist du ja!« Popis akzentuiertes Englisch hallte durch den Flughafen, als sie durch den Terminal rannte. Sie schob ein paar Touristen zur Seite und bahnte sich mit ihrer beeindruckenden Statur einen Weg durch die Menge, um ihre Lieblingscousine gebührend zu empfangen.

»Mein Gott, lass dich anschauen! Wie dünn du geworden bist! Gestern Abend habe ich zum Dinner ein Hähnchen verzehrt, das größer war als du.«

Daphne stellte ihr Gepäck in der Mitte der Rampe für ankommende Fluggäste ab. Sie hörte die Protestrufe und Flüche der anderen Passagiere, als diese versuchten, sich an ihrem Gepäck vorbeizumanövrieren, aber sie machte sich nichts daraus. Rein gar nichts. Es war sechs Jahre her, dass Daphne in Griechenland gewesen war, lange sechs Jahre, und sie würde keinen Moment länger warten, sich in die weichen offenen Arme ihrer Cousine zu werfen. Popi und Daphne hatten sich, genauso wie ihre yia-yias, die Schwestern waren, stets besonders nahegestanden. Popis Großmutter war gestorben, als Popi noch ein Baby war. Yia-yia hatte ihren Platz eingenommen, hatte Popi großgezogen und liebte sie wie ihre eigene Enkelin.

»Es tut so gut, dich zu sehen«, rief Daphne, breitete ihre dünnen, aber straffen Arme aus und schmiegte sich an Popis weichen Busen.

Popi kreischte vor Freude. Sie konnten sich ewig nicht voneinander lösen, bis Popi schließlich einen Schritt zurücktrat, um Daphne besser begutachten zu können.

»Mager, ja, aber auch hübsch. Ach, Daphne, dein Stephen kann sich glücklich schätzen. Was für eine schöne Braut du abgeben wirst.« Popi klatschte vergnügt in die Hände. Doch dann hielt sie plötzlich inne, legte den Kopf schief, kniff die Augen zusammen und beugte sich vor, um ihre Cousine näher in Augenschein zu nehmen. »Du siehst verändert aus.«

»Ich habe ein bisschen abgenommen.«

»Nein, verändert«, beharrte Popi und deutete mit dem Finger auf Daphnes Gesicht.

Daphne berührte die frisch operierte Nase. Sie und Stephen hatten über die Prozedur gelacht, sie als die kosmetische Version einer ethnischen Säuberung bezeichnet. »Ach so, meine Nase. Ich habe sie richten lassen.«

»Richten lassen? War sie gebrochen?«

»Nein, sie war einfach zu groß.« Daphne lachte auch jetzt, während Popi sich an die eigene typisch griechische Nase fasste.

»Ich hatte nachts Atemprobleme, und der Arzt sagte, das würde helfen.«

Popi wartete keine weitere Erklärung ab. »Meine Cousine heiratet einen reichen *Amerikano*. Du kannst dir alles kaufen, was du willst, sogar eine neue Nase.« Sie kicherte. »Ich freue mich so für dich, Daphne. Zwick doch mal deine Lieblingscousine, damit etwas von deinem Glück auf mich abfärbt. Für mich gibt es in Griechenland keinen Mann mehr.« Popi spuckte angewidert auf den Boden.

Daphne amüsierte sich über die Theatralik ihrer Cousine, wusste aber, dass deren Klage der Wahrheit entsprach. Da Popi mit vierunddreißig immer noch Single war, war sie nach traditionellen griechischen Maßstäben eine alte Jungfer. Sicherlich hatte sie sich mit Männern getroffen, aber keiner hatte sie länger als ein paar Wochen interessiert. Doch so sehr Popi sich auch über den Mangel an Männern in ihrem Leben beklagte, sie war anders als die anderen Griechinnen, die ihre Ansprüche herunterschraubten, Hauptsache, sie bekamen einen Ehemann. Popi hatte genau wie ihre Cousine Daphne immer mehr gewollt.

Daphne griff hinter sich und zog die fünfjährige Evie, die sich hinter dem Rock der Mutter versteckt hatte, nach vorn. »Popi, das ist Evie.«

»Ah, was für ein Engel!«, kreischte Popi, dieses Mal noch lauter als sonst. Sie beugte sich vor und kramte in ihrer Handtasche herum. »Wo ist es denn nur? Ich weiß, es muss irgendwo hier sein«, murmelte sie und durchwühlte ihre mit Schlüsseln, Zigarettenpackungen und Bonbonpapier gefüllte geräumige braune Ledertasche.

Evie schwieg. Sie starrte einfach nur diese Fremde an, die ihrer Mutter sehr ähnlich sah, auch wenn sie in jeder Beziehung üppiger war. Das kleine Mädchen umklammerte die Hand der Mutter und versuchte, sich erneut hinter Daphne zu verstecken.

»Okay, du bist ein bisschen schüchtern, das geht schon in Ordnung«, erklärte Popi ihr. Schließlich fand sie, was sie gesucht hatte, und kramte einen kleinen Stoffhund hervor. »Ich dachte, er gefällt dir vielleicht.«

Evies Verhalten änderte sich beim Anblick des kleinen Hundes ruckartig. Ihre Zurückhaltung schien sich aufzulösen, als sie einen Schritt auf Popi zuging. Das kleine Mädchen lächelte, als sie das ihr dargebotene Geschenk entgegennahm und an sich drückte.

»Was sagst du, Evie?«, wollte Daphne wissen.

»Danke«, erwiderte die Kleine pflichtschuldig.

»Evie, ich bin Penelope, die Cousine deiner Mutter, aber du kannst mich Thea Popi nennen.« Im Gegensatz zu den USA, wo Popi als Evies Cousine gegolten hätte, wurde sie in Griechenland als Evies Tante angesehen. Bei den Griechen wurde der Generationsunterschied immer respektiert, wurde niemals außer Acht gelassen. Jemanden *thea* oder *theo*, Tante oder Onkel, zu nennen, war häufig eher ein Zeichen des Respekts als der familiären Verbundenheit.

»Ich weiß, das ist ein witziger Name«, fuhr Popi fort. »Aber deine Mutter hat ihn mir gegeben. Schande über dein Haupt, Daphne.« Popi blickte hoch und deutete mit ihrem Wurstfinger auf ihre Cousine, bevor sie sich erneut Evie zuwandte.

»Als deine Mutter und ich kleine Mädchen waren, genau wie du jetzt«, sagte Popi und berührte mit der Fingerspitze Evies Nase, »lebte meine Familie ein paar Jahre lang in New York. Deine Mutter und ich, wir standen uns sehr nahe. Wie Schwestern.« Popi strahlte. »Deine Mutter hat sich nach Kräften bemüht, aber es half alles nichts, sie konnte meinen Namen einfach nicht aussprechen. *Pee-ne-lo-ppe*. Kannst du *Penelope* sagen?«

»*Pee-ne-lo-pee*«, wiederholte Evie.

»Das ist perfekt.« Evies Rücken straffte sich, als Popi

das Wort »perfekt« aussprach. Das Kind schien vor ihren Augen um einige Zentimeter zu wachsen.

»Aber deine Mutter ...«, Popi trat einen Schritt auf Evie zu, »deine Mutter war nicht so perfekt. Sie konnte meinen Namen einfach nicht aussprechen. Also begann sie, mich Popi zu nennen. Nun nennt mich jeder so.«

Evie schaute zu ihrer Mutter hoch. »Mommy, warst du mal ein kleines Mädchen?«

»Ja, Evie, war ich, aber das ist schon lange her.« Daphne blickte auf ihre Tochter hinunter und erinnerte sich, wie sie einst so jung, so unschuldig und so begierig darauf gewesen war, die Geschichten der Erwachsenen zu hören.

»Kommt, gehen wir!« Popi klopfte sich den grauen Staub des Flughafens von Korfu vom schwarzen Rock. »Wir fahren direkt zur Wohnung, damit ihr duschen und euch etwas erholen könnt. Evie, bist du müde?«

Evie schüttelte verneinend den Kopf und griff nach ihrem kleinen pinkfarbenen Koffer.

»Im Flugzeug konnten wir richtig gut schlafen«, sagte Daphne, als sie ihr Gepäck einsammelte. »Wir sind erste Klasse geflogen, da gibt es Sitze, die man in ein Bett verwandeln kann. Ich meine richtige flache Betten.« Sie umfasste die Griffe der zwei großen schwarzen Rollkoffer und legte sich den weißen Kleidersack, der ihr Hochzeitskleid enthielt, über den Arm.

»Komm, ich helf dir, lass mich das tragen«, bot Popi an und nahm Daphne den Kleidersack ab.

»Was für ein Unterschied zu der Zeit, als wir Kinder waren, nicht wahr, Popi?«

»Was für einen Unterschied doch ein reicher amerikanischer Ehemann ausmacht«, schnaubte Popi. Sie streckte

Evie die Hand hin. Das kleine Mädchen zögerte, hob aber dann die zarte Hand, um nach der Hand ihrer Tante zu greifen.

Während sie durch den Terminal gingen, meinte Popi: »Ich muss auch einen Ehemann finden. Einen reichen Amerikaner. Und du wirst mir dabei helfen, okay?«

»Einen wie Stephen?«, wollte Evie wissen.

Popi wiegte den Kopf hin und her. »Ja, genau wie Stephen. Ich will einen attraktiven, reichen *Amerikano*, der mich glücklich macht und die ganze Zeit zum Lachen bringt.« Popi kitzelte Evis Handfläche mit den Fingernägeln.

Hand in Hand gingen Popi und Evie weiter. Daphne jedoch blieb im stickigen Terminal stehen, spielte mit ihrem Brillantring und sah Tochter und Cousine nach, die gerade durch die Schiebetüren gingen und in das Sonnenlicht von Korfu eintauchten.

Als Daphne sich anschickte, ihnen zu folgen, vernahm sie einen Klingelton aus der Tiefe ihrer Handtasche. Sie wühlte einen Moment lang in der Tasche herum, fand das Handy aber gerade noch rechtzeitig, bevor sich die Mailbox einschaltete.

»*Yia sou*, Grüße aus Korfu.«

»Nun, wie ich sehe, bist du gelandet. Wie ich hoffe, heil und gesund.« Es war Stephen, der aus New York anrief.

»Heil und gesund. Und ich kann es kaum erwarten, bis du auch hier bist.« Sie klemmte sich das Handy unters Ohr, fasste erneut nach den Koffern, setzte die Rollen in Bewegung und trat aus dem Terminal in die trockene Nachmittagshitze.

Daphne und Evie genossen auf der zehnminütigen Fahrt zu Popis Wohnung in Korfu, der Hauptstadt der gleichnamigen Insel, den Blick auf die vorbeiziehende Landschaft. Die beiden Frauen machten Evie auf bestimmte Dinge aufmerksam.

»Siehst du die winzige grüne Insel dort im Wasser?«, fragte Daphne und deutete aus dem Fenster.

»Ja, ich sehe sie«, erwiderte Evie.

»Das ist Pontikonissi.«

»Was bedeutet das?«

Popi mischte sich ein. »Daphne, ich weiß, sie spricht nicht fließend, aber sie wird doch sicher ein paar Worte Griechisch beherrschen?«, fragte Popi und warf ihrer Cousine einen Blick aus dem Augenwinkel zu.

Daphne ignorierte Popis Frage und antwortete stattdessen ihrer Tochter.

»Das heißt auf Griechisch Mäuseinsel, Schatz. Siehst du den langen weißen Pfad, der zum alten Kloster hinaufführt? Es heißt, dieser Pfad erinnere an einen Mäuseschwanz.«

Daphne lachte bei der Erinnerung daran, dass sie als kleines Mädchen angenommen hatte, der Name der Insel bedeute, dass sie von Riesenmäusen bewohnt werde. Doch als Teenager hatte sie sich gefreut zu erfahren, dass Odysseus bei seiner *Odyssee* genau dort Schiffbruch erlitten hatte. Sie war gern über die Insel geschlendert, über die alten Wege, und hatte sich unter den majestätischen Zypressen Tagträumen hingegeben – hatte überlegt, ob diese ihr schließlich ihre Geheimnisse zuflüstern würden. Aber das Flüstern der Zypressen erwies sich genau wie die Reisen von Odysseus als eine Legende.

»Und da drüben, das ist mein Café.« Popi deutete auf

ein weitläufiges am Wasser gelegenes Café im Freien, in dem sie seit zehn Jahren als Kellnerin arbeitete. An den Tischen drängten sich Touristen und Einheimische. »Evie, wenn du mich besuchst, serviere ich dir das beste und größte Eis auf ganz Korfu. Es wird so groß wie dein Kopf sein, mit zwei Wunderkerzen darauf.«

»Wirklich so groß wie mein Kopf?« Sie umfasste ihren Kopf mit den Händen, um eine Vorstellung zu bekommen, wie groß das Spezialeis sein würde.

»Wenn nicht noch größer.« Popi lachte und warf Evie im Rückspiegel einen Blick zu.

»Ist das da oben eine Burg?« Evie richtete sich in ihrem Sitz auf und deutete auf die alte Festung oberhalb der zerklüfteten grauen Halbinsel.

»Ja, das ist die Frourio«, erwiderte Popi. »Sie wurde vor vielen, vielen Jahren errichtet, um unsere Insel vor Piraten zu schützen.«

»Piraten«, rief Evie und ihre langen dunklen Wimpern flatterten. »Gibt es hier Piraten?«

»Nein, es gibt keine Piraten mehr, Evie *mou*«, erklärte Popi. »Aber vor langer, langer Zeit erzählte mir meine Mama, dass man manchmal die Stimmen der Geister hören kann, wenn man nachts durch die Festung streift.«

Daphne hüstelte, um ihre Cousine zum Schweigen zu bringen, doch ohne Erfolg. Popi fuhr mit ihrer Geschichte fort.

»Sie sagte, manchmal könne man hören, wie die Seelen um Erbarmen flehten, um ihr Leben bettelten. Sogar kleine Kinder rufen nach ihren Müttern.«

Evie wimmerte.

»Evie, Liebling, das sind nur dumme alte Inselgeschichten«, sagte Daphne. »Hab keine Angst.« Sie befürchtete bereits, der Jetlag könne verhindern, dass Evie einschlafen würde. Und da Popi unbedingt ihre Geistergeschichten loswerden wollte, würde sich Evie zu allem Überfluss noch mit Albträumen herumschlagen müssen.

Daphne hatte Popi nie von den Albträumen erzählt, von denen Evie in den letzten Jahren bei Nacht gequält wurde. Wie konnte sie, eine alleinstehende Frau, verstehen, wie es war, jede Nacht ein verängstigtes Kind zu trösten? Wie konnte sie verstehen, wie es war, wenn man niemanden hatte, den man wachrütteln und dem man zuflüstern konnte: Nun bist du an der Reihe, zu ihr zu gehen. Daphne hatte sich nach jemandem gesehnt, der das Bett mit ihr teilte und Evies und ihre eigenen Albträume linderte. Lange Zeit hatte sie, wenn sie Evies nächtliche Schreie hörte, die Hand ausgestreckt, jedoch nur Leere neben sich ertastet und die kleine Kuhle, wo Alex einst gelegen war.

Es kam ihr noch immer unwirklich vor: An einem Abend hatten sie noch nebeneinander vor der Wiege ihrer Tochter gestanden und sich an den Händen gehalten, am nächsten war er nicht mehr da. War viel zu früh von ihnen gegangen. Daphne war plötzlich allein gewesen und hatte verzweifelt überlegt, wie sie ohne ihn weiterleben und Evie aufziehen sollte. Aber irgendwie hatte sie es geschafft. Die letzten Jahre waren jedoch sehr einsam und schwierig gewesen. Aber das war vorbei; sie stand jetzt vor ihrer Hochzeit. Bald würde sie Mrs. Stephen Heatherton sein. Daphne betete, dass damit die Albträume und die Tränen der Vergangenheit angehörten.

»Vor langer, langer Zeit haben wir alle Piraten vertrieben«, erklärte Popi der kleinen Evie, als Daphne ihre Gedanken abschüttelte. »Jetzt müssen wir uns nur noch vor riesigen Seeungeheuern fürchten«, lachte Popi, aber Evie wimmerte erneut.

»Popi, sei still!«, bat Daphne. »Das ist nicht lustig.« Die Verzweiflung in ihrer Stimme verriet, dass sie nicht scherzte.

»Evie *mou*«, sagte Popi, »Thea Popi hat nur Spaß gemacht. Es gibt hier keine Seeungeheuer, großes Ehrenwort.« Popi warf Evie durch den Rückspiegel einen Blick zu und wandte sich dann an Daphne.

»Daphne *mou, ti eheis*? Was ist los?«, fragte Popi auf Griechisch in dem Wissen, dass Evie es nicht verstehen würde.

Daphne wusste, dass Popi niemals begreifen würde, was sie durchgemacht hatte und wie sehr sich alles verändert hatte, wie sehr sie selbst sich verändert hatte. Nach Alex' Tod gab es kein Lachen mehr in Daphnes Leben, nur noch ein forderndes, untröstliches Baby, einen immer größer werdenden Stapel von Rechnungen und die ständige Angst, dass sie all dem allein nicht gewachsen war.

Daphne legte die Hand auf das Knie ihrer Cousine. »Popi, es tut mir leid, es ist nur so, dass mich zurzeit alles nervös macht«, sagte sie jetzt nur. Vielleicht ergab sich eine andere Gelegenheit, Popi mehr zu erzählen, vielleicht war es aber auch besser, alles Leid hinter sich zu lassen.

Popi nahm die Hand vom Lenkrad und tat das Missverständnis mit einer abwehrenden Geste ab. »Ist schon in Ordnung, Schatz. Aber ich frage mich so langsam, was mit meiner Cousine passiert ist. In unserer Familie finden wir immer eine Gelegenheit zu lachen, auch wenn es uns zum Heulen zumute ist.«

Die beiden Frauen verflochten ihre Finger, wie sie es als

Kinder getan hatten, wenn sie die Inselpfade entlanggetollt waren. Daphne wandte das Gesicht ab und lehnte sich aus dem Fenster, als ob die Inselluft das Missverständnis und die allzu vertraute Traurigkeit mit sich davontragen könnte.

Bald waren sie bei Popis Wohnung angelangt. »Es ist alles noch so, wie du's in Erinnerung hast, oder?«, fragte Popi, als sie den Wagen parkten und ausstiegen. »Komm, Evie, ich führ dich hinein.«

Popi schloss die Hintertür auf.

Sie schnappte sich Evies Koffer und legte sich wieder den Kleidersack über den Arm, bevor sie nach Evies Hand griff. »Hierher kam deine Mutter, wenn sie zu Besuch war. Wir hatten riesigen Spaß zusammen. Wir müssen wirklich einen Mann für mich finden, damit du Cousins und Cousinen bekommst, mit denen du spielen kannst, so wie deine Mutter und ich es getan haben. Vielleicht bringt Mr. Stephen ein paar gut aussehende *Amerikanos* mit zur Hochzeit. Was meinst du?«

Evie lächelte und kicherte insgeheim, als sie die kühle Eingangshalle betraten und die weiße Marmortreppe hinaufstiegen.

»Wenn du einen Jungen kennenlernst, musst du ihn vielleicht küssen.«

»Meinst du?« Popi nahm den verlockenden Köder, den ihr Evie gerade dargeboten hatte, bereitwillig an.

»Küsst deine Mommy Stephen?«

»Nein! Igittigitt«, kreischte Evie, als sie die gewundene Treppe hinauflief. Ihr Lachen hallte in der Eingangshalle wider.

Daphne fuhr mit dem knarrenden Aufzug in den zweiten Stock und rollte die Koffer in die sonnenüberflutete Diele der Wohnung.

Als das gesamte Gepäck in der Wohnung abgeladen war, führte Popi ihre Gäste ins Wohnzimmer. Sie lächelte das kleine Mädchen an und sagte: »*Ella*, Evie. Deiner Mutter und mir würde eine schöne Tasse *kafe* guttun, aber ich bin zu müde, um sie zuzubereiten. Willst du so freundlich sein? Ich gehe jede Wette ein, du machst ihn genauso gut wie deine Mama.«

»Ich weiß nicht einmal, was das ist«, erwiderte Evie und zuckte die Schultern.

»Aber Evie.« Popi stemmte die Hände in die Hüften. »Jeder Grieche muss *kafe* machen können, sogar die Kleinen wie du.«

»Aber ich bin keine Griechin, ich komme aus New York«, protestierte Evie.

Popi legte die Hände wie im Gebet zusammen und ließ einen leichten Seufzer hören. »Evie, versprich mir, dass du so etwas nie zu Yia-yia sagst.« Sie wandte sich Daphne zu. »Liebe Cousine, Yia-yia wird dich umbringen, wenn sie das hört.« Popi bekreuzigte sich und murmelte so leise, dass nur Daphne es hören konnte: »Dieses Kind hat nichts von einer Griechin, nicht die Spur.«

Daphne drehte ihren Verlobungsring hin und her. Sie hatte sich nie vorstellen können, dass Evie so aufwachsen würde. Sie hatte immer vorgehabt, mit Evie Griechisch zu sprechen, weil sie wusste, dass dies die einzige Möglichkeit darstellte, sie zweisprachig aufzuziehen, wie es bei Daphne der Fall gewesen war. Doch in Manhattan sind Nannys, die Griechisch sprechen, eine Rarität. Und da Daphne zwölf Stunden von zu Hause weg war und beim Heimkommen nur noch *kali nichta* statt Gute Nacht sagen konnte, schien das Ganze keinen großen Unterschied zu machen. Nach einer gewissen Zeit hatte sie den Versuch aufgegeben.

»Komm.« Popi kniff die Augen zusammen und gab Evie ein Zeichen, ihr in die geräumige helle Küche zu folgen. »Deine Thea bringt es dir bei. Und jetzt lernst du, wie man Frappé macht.«

»Ich dachte, wir machen Kaffee.«

»Frappé ist Kaffee, kalt und köstlich. Und es macht großen Spaß, ihn zuzubereiten. Du wirst schon sehen.«

Popi machte sich an den Griffen eines wuchtigen Küchenschranks zu schaffen, dessen Glasvorderseite mit einem makellos weißen Spitzendeckchen abgedeckt war. Die Glastüren öffneten sich klirrend. Sie nahm drei hohe Gläser vom obersten Regal und stellte sie auf den mit einem Wachstuch überzogenen Tisch. Dann holte sie eine Dose Nescafé heraus und zwei Plastikbecher mit Deckel und reichte sie Evie, einen nach dem anderen.

»Hier, stell sie bitte auf den Tisch.«

Schließlich tapste sie zum Kühlschrank und holte einen Eimer mit Eiswürfeln aus dem Gefrierfach sowie eine große Flasche mit gefiltertem Wasser heraus.

»Deine Mutter mag eine berühmte Köchin sein, Evie, aber ich bin berühmt für mein Frappé. Ich verrate dir jetzt mein Geheimrezept.«

Daphne war ihnen nicht in die Küche gefolgt, weil sie sich um das Gepäck kümmern wollte, aber Evies Frappé-Unterricht war zu amüsant, um ihn zu verpassen. Sie schlüpfte aus ihren schwarzen Slingpumps, da sie nicht wollte, dass das Klicken ihrer Absätze sie verriet, wenn sie sich auf Zehenspitzen den Gang entlang zur Küche schlich.

Sie blieb unter dem Türbogen aus Holz stehen und beobachtete, wie Popi ihre Tochter anwies, einen Teelöffel Nescafé in jeden der Plastikbecher zu geben und Wasser, Eis und etwas Zucker hinzuzufügen.

»Drück jetzt die Deckel auf die Becher und achte darauf, dass sie wirklich fest geschlossen sind. Wir wollen keine Missgeschicke in meiner hübschen kleinen sauberen Küche«, ordnete Popi an.

Evie tat, wie ihr befohlen, und drückte dann mit ihren kleinen rosa lackierten Fingernägeln die Deckel fest. Sie hielt Popi die Becher unter die Nase, damit sie sie überprüfen konnte.

»Gut. Perfekt. Ganz fest verschlossen. Jetzt kommt der lustige Teil, wir schütteln die Becher kräftig durch.«

Popi nahm jeweils einen Becher in die linke und in die rechte Hand und schüttelte sie, wie ein Vulkanausbruch weiblichen Fleisches – Arme, Füße, Hüften, Beine, schwarze Locken und Brüste bewegten sich auf und ab und in jede Richtung. Evie strahlte.

»Evie *mou*, das Geheimnis eines großartigen Frappés ist, dass man ihn ordnungsgemäß schüttelt.« Um ihre aufmerksame Zuhörerin zu erfreuen, riss sie die Arme hoch und schüttelte die Plastikbecher mit dem Frappé Richtung Decke, wirbelte sie herum und schüttelte sie, als wäre sie die Hauptattraktion in einem Bouzouki-Nightclub. Evie war entzückt.

Daphne versuchte, das Lachen zu unterdrücken, als sie Popis Frappé-Ritual beobachtete. Sie freute sich, dass zwanzig Jahre und zwanzig Pfund mehr Popis Temperament nicht gezügelt hatten. Daphne konnte sich nicht erinnern, wann sie sich das letzte Mal so unbeschwert gefühlt hatte.

Es war jetzt an der Zeit einzugreifen. »So macht man keinen Frappé«, sagte sie herausfordernd. »Frappé macht man *so.*« Sie nahm Popi einen Becher aus der Hand, griff nach der Hand ihrer Tochter und wirbelte ihr kleines Mädchen und den Becher wild herum, bis Evie kichernd zu Boden fiel. Sie wandte sich Popi zu und streckte die Hand aus. Die Cousinen schnipsten mit den Fingern, drehten die Handgelenke und ließen die Hüften so geschickt kreisen wie an dem Abend, als sie eine Gruppe italienischer Touristen im Bauchtanz unterrichtet hatten.

»*Opa*, Cousine. Los geht's!«, rief Popi, hob die Hände über den Kopf und klatschte.

»*Opa*, Popi *mou*«, rief Daphne. Sie fühlte sich bereits so frei, glücklich und voller Leben, wie es seit Jahren nicht mehr der Fall gewesen war.

2

Vor dem Einschlafen erinnerte Daphne sich an eine Nacht vor ein paar Monaten. Der Traum, dass Yia-yia bei ihr war, hatte sich so realistisch angefühlt. Yia-yia war so nah, dass Daphne ihr Gesicht erkennen und den Geruch des Küchenfeuers in den Kleidern riechen konnte. Als Stephen sie wachrüttelte, saß sie aufrecht im Bett, die Arme in der Dunkelheit ausgestreckt, als wolle sie Yia-yias wettergegerbte Haut berühren. Selbst bei der Hektik der Essenszubereitung am nächsten Abend im Restaurant war Daphne ganz ruhig gewesen, weil sie dachte, Yia-yia sei bei ihr. Sie wusste, dass es töricht war, aber sie hatte das Gefühl, als könne sie spüren, wie Yia-yias Hand jeden Schnitt mit ihrem Messer, jeden Handgriff beim Würzen oder Drehen ihrer Pfanne leitete.

Daphne wusste im tiefsten Inneren, was sie tun musste. Sie verstand nicht, warum, aber sie spürte einfach das überwältigende Bedürfnis, nach Hause zu Yia-yia zu fahren. Sie war immer eine gewissenhafte, verantwortungsbewusste Enkelin gewesen. Jede Woche rief sie Yia-yia an, und jeden Monat begab sie sich zum Postamt und schickte ihr Karten und Fotos, zwischen die sie Zwanzigdollarscheine schmuggelte. Bestürzt stellte sie fest, dass sie Yia-yia seit sechs Jahren nicht mehr besucht hatte. Dabei hatte sie immer vorgehabt, zurückzugehen, Evie nach Hause zu bringen. Aber ihre Aufgaben als alleinerziehende Mutter und Restaurantbesitzerin hatten sie so in Anspruch genommen, dass die Zeit wie im Flug vergangen war.

Es hatte ein wenig Überzeugungsarbeit gekostet, Stephen davon abzubringen, eine offizielle Hochzeitsfeier mit zweihundert Gästen auszurichten, und gegen eine schlichte kleine Feier auf Errikousa einzutauschen, aber jetzt war sie hier.

Tagelang hatten sie nur ein Thema. Stephen schien immer aufmerksam zuzuhören, Daphnes Wunsch, Yia-yia zu besuchen, zu verstehen, doch er war unnachgiebig, wenn es darum ging, statt einer pompösen New-England-Hochzeit eine bäuerliche Inselhochzeit zu feiern. Schließlich gab er jedoch nach. Den Ausschlag hatte die Caldera gegeben. Daphne hatte Stephen Fotos von spektakulären Sonnenuntergängen auf Santorin gezeigt, die von einer prachtvollen Villa auf weißen Klippen oberhalb des Meers mit Blick auf die Vulkankaldera der Insel aufgenommen worden waren. In minoischer Zeit hatte ein katastrophaler Vulkanausbruch die Insel dezimiert, sie in eine atemberaubende halbmondförmige Touristenattraktion verwandelt. Als sie ihm erklärte, dass sie die Villa für die Flitterwochen mieten könnten und ihre Cousine Popi auf Evie aufpassen konnte, sodass sie ihre Flitterwochen allein verbringen würden, war er endlich bereit, die Hochzeit in Griechenland zu feiern. Stephen bekam, was er wollte: kostbare Zeit allein mit seiner jungen Frau, und Daphne fuhr heim zu Yia-yia. Jeder kam auf seine Kosten.

Trotz der abgenutzten Matratze im kargen hinteren Schlafzimmer in Popis Wohnung und dem Geschirrgeklapper vom Restaurant unten, hatte Daphne seit Jahren nicht mehr so gut und so ausgiebig geschlafen.

Sie hätte sogar noch länger geschlafen, hätte sie nicht der vertraute Klingelton ihres Handys aufgeweckt. Bestimmt war es Stephen.

»Guten Morgen, Liebling.« Sie rieb sich den Schlaf aus den Augen.

»Tut mir leid, dass ich dich geweckt habe, du bist sicherlich noch ganz erschöpft.« Sie konnte hören, wie er während des Redens etwas in seinen Computer eintippte.

»Nein, mir geht's gut, ja sogar großartig. Wie läuft's in New York?«

»Viel Arbeit und viel Einsamkeit. Ich hasse es, in dem großen Bett ohne dich zu schlafen. Ich versuche gerade, hier alles Mögliche zu regeln, damit ich eine ehrenwerte Frau aus dir machen kann. Hast du irgendwas vergessen oder soll ich dir etwas Bestimmtes mitbringen? Etwas, das du brauchst?«

»Nichts außer dir. Ich kann kaum erwarten, dass du hier bist und alle kennenlernst.«

Popi betrat das Zimmer mit einem Tablett mit Frappé, frischen Feigen und *tsoureki*, dem Hefekranz, den Daphne so sehr mochte, sich aber nicht mehr genehmigt hatte, seit die Ernährungsberaterin, die sie engagiert hatte, ihr befahl, jede Art von Weißbrot von ihrem Speiseplan zu streichen. Daphne bemerkte, mit welcher Leichtigkeit ihre Cousine das schwere Tablett mit einer Hand jonglierte und ihr mit der anderen den Kaffee servierte. Popis Bewegungen waren geschmeidig, schienen mühelos zu sein. Aber Daphne wusste es besser. Der Job im Restaurant war Knochenarbeit, und es brauchte Jahre, bis man eine derartige Geschicklichkeit entwickelte.

»Wenn wir auf Errikousa sind, rufe ich dich an. Ich liebe dich«, sagte Daphne, bevor sie das Handy ausschaltete und sich im Bett aufsetzte. Sie deutete auf den Platz neben sich.

»Was hatte mein neuer Cousin zu sagen?«, fragte Popi und stellte das Tablett auf dem Bett ab.

»Er wollte einfach wissen, ob bei uns alles okay ist.« Als sich Popi neben sie setzte, nahm sie einen Bissen von dem *tsoureki*. »Und er hat sich gefragt, welchen seiner reichen, sehr attraktiven und sehr einsamen Freunde er dir vorstellen soll«, scherzte Daphne und wischte sich ein paar Krümel vom Schoß.

»Weißt du, Daphne, das ist nicht witzig«, sagte Popi.

»Hm, wer wird denn so humorlos sein?« Daphne lachte, als Evie das Zimmer betrat und ihren Stoffhund an sich drückte.

»*Ella*, Evie. Komm zu deiner Thea.« Popi deutete auf den Platz neben sich. »Bevor wir nach Errikousa fahren, musst du ein paar Dinge über unsere winzige Insel erfahren. Sie ist zwar nur ein paar Meilen von hier entfernt, aber ganz anders.«

Daphne hatte Yia-Yias Insel immer als einen wunderschönen, magischen Ort beschrieben, und Evie wollte unbedingt wissen, was Popi darüber zu sagen hatte. Erwartungsvoll blickte sie zu ihrer Tante hoch.

»Als Erstes musst du Ausschau nach den Schwarzen Witwen halten«, warnte Popi.

»Ich hasse Spinnen.« Evie grub die Fingernägel in das Fell des Hundes und drückte ihn noch enger an sich.

»Das sind keine Spinnen«, lachte Daphne. »Popi meint die geifernden Schwestern.« Sie wandte sich Popi zu. »Sind die immer noch da?«

»Ja, natürlich«, erwiderte Popi. »Evie, du musst immer eine Serviette dabeihaben. Das ist sehr wichtig.«

»Warum, Thea Popi?«

»Wenn du auf Errikousa von Bord gehst, wirst du viele *yia-yias* sehen, die am Hafen warten. Wenn das Fährboot einläuft, strömen sie alle aus ihren Häusern, um zu sehen, wer ankommt und wer wegfährt. Und dann gehen sie wieder heim und tratschen. Sie heißen gern jeden, der auf die Insel kommt, willkommen, indem sie ihn zweimal auf die Wange küssen.« Popi beugte sich zu Evie hinunter und küsste sie auf ihre weichen rosigen Wangen. »Genau so. Aber im Gegensatz zu deiner Thea Popi geben viele der *yia-yias* feuchte, saftige Küsse.« Evie zog eine Grimasse, als Popi fortfuhr: »Deshalb brauchst du eine Serviette, um die feuchten *yia-yia*-Küsse abzuwischen. Okay?«

»Das ist ja ekelig.« Evie rümpfte die Nase. »Ich geh jetzt fernsehen«, verkündete sie und hüpfte hinaus. Daphne und Popi hörten, wie der Fernseher eingeschaltet wurde. Evie kicherte, als Bugs Bunny *karrota* kaute statt Karotten.

»Das ist eine Möglichkeit, ihr die Sprache beizubringen. Was ihre Mutter versäumt, erledigt vielleicht Bugs Bunny«, grinste Popi verschlagen. Daphne schüttelte nur den Kopf und rang sich ein leicht gezwungenes Lächeln ab.

Um das Thema zu wechseln, sprang Daphne aus dem Bett und ging hinüber zu dem weißen Kleidersack, der über der Schranktür hing. »Nicht zu fassen, dass ich dir mein Kleid noch nicht gezeigt habe«, sagte sie, öffnete den Reißverschluss des Kleidersacks und enthüllte das cremefarbene Kleid aus Seide und Spitze. Beifallheischend wandte sie sich an ihre Cousine.

»O Daphne, das ist das schönste Kleid, das ich je gesehen habe.« Daphne nahm das Kleid heraus und legte es auf das Bett.

»Findest du wirklich? Ist es nicht ein bisschen zu viel?« Daphne biss sich auf die Unterlippe, als sie sorgfältig den Stoff ausbreitete, damit Popi jedes Detail des trägerlosen Spitzenmieders, der leicht korsettierten Taille und des geraden Seidenrocks begutachten konnte, der mit winzigen Meeres- und Kristallperlen verziert war.

»Zu viel?«, fragte Popi. »Zu viel wofür? Es ist dein Hochzeitskleid. Es sollte etwas Besonderes sein. Und das hier ...«, Popi blickte zu Daphne hoch, als sie mit den Fingern den zarten Spitzensaum entlangfuhr, »das hier ist etwas ganz Besonderes.«

»Gott sei Dank«, bemerkte Daphne und fasste sich mit der linken Hand erleichtert an den Hals. »Ich hatte gehofft, du würdest das sagen.«

Ein bodenlanges Designerkleid zu einer formellen Country-Club-Hochzeit zu tragen, war eine Sache, es zu einer einfachen Feier zu tragen, eine ganz andere. Daphne hatte nie beabsichtigt, eine solch edle Robe zu tragen, auch nicht vor der Änderung der Hochzeitspläne. Aber Stephen hatte sie mit dem Besuch eines eleganten Brautkleidgeschäfts in der Fifth Avenue überrascht. Er hatte sie bei der Hand genommen, in das Geschäft geführt und die sorgfältig gekleideten Verkäuferinnen gebeten, seiner Verlobten bei der Auswahl eines Brautkleids zu helfen, das ihrer Schönheit entspreche. Dann überreichte er der Verkäuferin seine Kreditkarte, küsste Daphne zum Abschied und verließ das Geschäft. Daphne blieb mit einem Glas Champagner in der Hand und einer Menge schöner Brautkleider zur Auswahl zurück.

Die Strahlen der Morgensonne fingen sich in ihrem Brillantring, warfen regenbogenfarbene Lichtpunkte an die weißen Wände des Zimmers. »Komm, sieh dir noch die Rückseite an.« Daphne drehte das Kleid behutsam um und zeigte Popi die Doppelreihe winziger perlenverzierter Knöpfe, die von oben bis hinunter zum Saum reichten.

Popi bekreuzigte sich. »Das ist zu viel! Es ist wirklich zu schön! Aber es gibt da ein Problem.« Als sie ihrer Cousine in die Augen blickte, blitzte Schalk auf.

»Was für ein Problem?«, wollte Daphne wissen, als sie das Kleid nach einem Flecken oder einem Riss absuchte.

»Das Problem ist, dass kein Mann an seinem Hochzeitstag die Geduld aufbringen wird, all die Knöpfe zu öffnen. Dein schönes Hochzeitskleid wird zerrissen werden, wenn er versucht, an das ranzukommen, was sich unter dem Kleid verbirgt.«

Daphne lachte. »Wirklich lustig, Popi. Aber Stephen ist ein geduldiger Mann. Ich glaube nicht, dass ich mir darüber Sorgen machen muss.«

»Du bist verrückt. Kein Mann ist in seiner Hochzeitsnacht geduldig.«

»Nun, er hat immerhin zwei Jahre gewartet, bis ich bereit war, mit ihm auszugehen.« Daphne schob das Kleid zur Seite und setzte sich neben Popi aufs Bett.

»Wirklich so lange? Ich weiß nicht, wer von euch beiden verrückter ist – du, weil du dir so lange Zeit gelassen hast, Ja zu sagen, oder er, weil er so lange gewartet hat, während ich die ganze Zeit hier und bereit war, während du die schwer Eroberbare gespielt hast.«

Daphne griff nach einem Kissen und warf es nach ihrer Cousine. »Ich habe nicht gespielt, sondern war einfach schwer zu erobern, denn ich war nicht bereit, dachte nicht, dass ich es je sein würde.«

Das entsprach der Wahrheit. Nachdem Daphne Alex verloren hatte, konnte sie sich nicht vorstellen, noch einmal der Liebe zu begegnen. Aber irgendwie war dies trotz ihres anfänglichen Widerstrebens und Zögerns, trotz aller Hindernisse und Komplikationen, auf irgendeine wundersame Weise geschehen.

Sie erinnerte sich an die erste Begegnung. Sie saß dem Kreditsachbearbeiter in der Bank gegenüber, getrennt durch einen riesigen Schreibtisch. Sie benötigte das Darlehen dringend, zappelte auf ihrem Stuhl herum und war begierig, die Papiere schnell auszufüllen, weil sie es sich nicht leisten konnte, Extrastunden für den Babysitter zu zahlen. Als Daphne an jenem Tag die Bank betrat, war sie sich ihrer Situation voll und ganz bewusst. Wenn der Mann hinter dem Schreibtisch das Potenzial ihres Businessplans nicht erkannte, wäre ihr Schicksal besiegelt. Auch sie wäre dann dazu verurteilt, ein Leben lang in einer Imbissbude zu arbeiten.

Als sie dort saß und ihr Projekt vorstellte, versuchte sie, die Miene des Mannes hinter dem Schreibtisch zu deuten. Es gab hoffnungsvolle Momente, wenn er zu ihren Ausführungen nickte, und Momente der Angst, wenn er ausdruckslos vor sich hin starrte. Sie hatte keine Ahnung, wie es sich entwickelte, wusste nur, dass ihr die Zeit davonlief. Als sich die Tür öffnete und der hochgewachsene, tadellos gekleidete Mann mit dem Einstecktuch hereinkam, war sie zunächst verärgert. Er entschuldigte sich wegen der Störung, trat an den Schreibtisch und reichte dem Kreditsachbearbeiter einen Stapel Papiere. Er lächelte zu Daphne hinab, bemerkte zuerst ihre unter dem Rock zuckenden Beine und dann ihre schwarzgrünen Augen.

»Hallo, ich bin Stephen«, stellte er sich vor und fragte, wer sie sei. Sie nannte ihm ihren Namen und den Grund ihres Kommens und betete insgeheim, der Mann in dem perfekt geschnittenen Anzug könne ihr irgendwie helfen. Er wünschte ihr Glück und zog sich wieder zurück. Sie wusste nicht, warum, aber seine tiefe Baritonstimme hatte sie sofort beruhigt.

Als ein paar Tage später das Telefon läutete und sie die Worte »genehmigt« vernahm, dachte sie unwillkürlich an den makellos gekleideten Mann und überlegte einen flüchtigen Augenblick lang, ob er irgendwie dazu beigetragen hatte.

Die nächsten Monate vergingen wie im Flug. Sie war beschäftigt mit Planen, Bauen, Dekorieren und Kochen. Sie setzte alles daran, das Restaurant zu eröffnen, und der Mann war bald vergessen... bis zu dem Abend, als er das neu eröffnete Restaurant aufsuchte.

Er saß im hinteren Teil des Restaurants, genoss sein Lammgulasch und nahm jedes Detail des Speiseraums in sich auf. Als sie später aus der Küche kam, entdeckte sie ihn und ging sofort zu ihm, um ihn im *Koukla* willkommen zu heißen. Er bat sie, mit ihm ein Glas Wein zu trinken, und sie unterhielten sich stundenlang. Seine verführerische Stimme schlug sie in Bann, verschaffte ihr aber auch Entspannung. Er erwies sich als glänzender Unterhalter und Verbündeter. Nichts entging ihm. Er erklärte ihr, welche Kellner zu langsam servierten und welche Gerichte besonders gut ankamen.

Fast zwei Jahre lang verbrachten sie viele Abende zusammen bei einem Glas Wein. Allmählich erfuhr sie auch, dass Stephen den Kreditsachbearbeiter überredet hatte. Es wurde deutlich, dass er mehr von Daphne wollte als nur eine Mahlzeit und ein Glas Wein. Anfangs war Daphne unsicher, ob sie bereit war, mehr mit diesem Mann zu teilen, überhaupt mit einem Mann. Aber seine tiefe Whiskystimme schaffte es, ihr Wohlbehagen zu verschaffen, machte es leichter, Ja zu sagen.

Das erste Ja war das schwierigste, dann sorgte er dafür, dass es ihr immer leichter und leichter fiel.

3

»Komm, Daphne, lass uns gehen! Wenn du dich nicht beeilst, verpassen wir noch die Fähre«, rief Popi und verstaute das Gepäck im Kofferraum. Bis zum Hafen war es nur eine kurze Fahrt.

»Und dazu eine Zehn-Uhr-Fähre«, bemerkte Daphne, als sie beim Wagen ankam. »Wie zivilisiert! Ich kann gar nicht glauben, dass wir nicht mehr im Morgengrauen aufstehen müssen, um das *kaiki* zu erwischen.« Sie reichte Popi das letzte Gepäckstück und schloss den Kofferraum.

Es war eine jährliche Tradition gewesen, um sechs Uhr morgens aufzustehen (oder – als die Mädchen älter wurden – die ganze Nacht in den Discos zu verbringen), um die einstündige Fahrt zur kleinen, auf Korfu gelegenen Stadt Sidari anzutreten, wo die Fahrgäste mit Ziel Errikousa zur 90-minütigen Überfahrt an Bord des primitiven und beengten *kaiki* zusammenkamen. Auf dem kaiki gab es keine erste Klasse. Vielmehr waren die Fahrgäste eingequetscht zwischen Lebensmitteln, landwirtschaftlichen Erzeugnissen, Vieh und *yia-yias*, die ihr Leben lang am Wasser lebten, aber jedes Mal, wenn sie ein Schiff betraten, seekrank wurden und sich in den Eimer erbrachen, der herumgereicht wurde. Daphne glaubte, dass es eher der widerliche Gestank des Gemeinschaftseimers war, der den *yia-yias* Übelkeit bereitete, und nicht die bewegte See.

»Die Fähre ist immer noch in Betrieb, fährt aber nicht mehr so häufig wie früher. Wir haben jetzt Big Al, das Fährboot Alexandros«, erklärte Popi und ließ den Motor an, um die knapp zehnminütige Fahrt zum Hafen zurückzulegen. »Aber es fährt auch nicht jeden Tag. Trotzdem würde ich lieber auf Big Al warten, als auf dem alten *kaiki* zwischen den Hühnern eingepfercht zu sein.«

»Aber was ist mit Ari? Er ist doch hoffentlich noch am Leben?«, rief Daphne. Ari war der berüchtigte Inselbewohner, der auf Errikousa Ziegen hielt und nach Korfu fuhr, um seinen selbst gemachten Käse zu verkaufen. So sachkundig Ari beim Aushandeln eines guten Preises für seinen Feta war, so mitleiderregend war seine Suche nach einer Frau. Aris lüsterne Blicke und unpassenden Bemerkungen waren sommerliche Initiationsriten für die Mädchen. Wenn er nicht damit beschäftigt war, seine Ziegen zu melken, lauerte er ihnen beim Sonnenbaden auf oder streifte sie »zufällig«, wenn er den Strand entlangging. Doch er schien harmlos zu sein, zumindest hofften sie es. Aber wenn er an ihnen vorbeiging, hatten sie immer ein Gefühl der Unsicherheit, des Missbehagens, ja sogar eine Spur von Angst. Erst in ihren späten Teenagerjahren erkannte Daphne, warum sie manchmal das Gefühl hatte, beobachtet zu werden, wenn sie allein in der Bucht badete. Einmal entdeckte sie ihn, wie er sich hinter einem Baum versteckte, als sie aus dem Wasser kam. Doch er näherte sich ihr nicht, sprach sie auch nicht an, stand einfach da und starrte sie an.

An jenem Tag rannte Daphne den Weg nach Hause und beging den Fehler, Yia-yia davon zu erzählen. Daphne traute ihren Augen nicht, als die alte Frau sich gebärdete, als sei ihr gerade ein Jugendserum gespritzt worden. Yia-yia griff nach ihrer Gartenmachete und rannte buchstäblich den Hügel hinunter, um Ari aufzuspüren, und es war von entzündeten Fußballen, morschen Knochen oder Arthritis in den Gelenken nichts mehr zu merken. Schließlich fand sie ihn im einzigen Café der Stadt, eine Zigarette in der Hand und einen Frappé vor sich. Yia-yia scherte sich den Teufel darum, dass alle Gäste, die hier ihren Lunch einnahmen, hörten, was sie sagte. Ja, es gefiel ihr sogar, wie sie ihm im Beisein zahlreicher Zeugen androhte, ihn seiner Männlichkeit zu berauben, wenn er es noch einmal wagen sollte, ihrer Enkelin zu nahe zu kommen.

Popi unterbrach ihre Gedanken. »Daphne, mach dir keine Sorgen, Ari ist immer noch da und auf der Suche nach einer Frau. Wenn du magst, kannst du ihn besuchen. Vielleicht überlegst du's dir noch anders und wirst Kyria Ari statt Mrs. American Banker.« Popi schlug aufs Lenkrad, amüsiert bei der Vorstellung, wie ihre elegante Cousine in einem Haus wohnte, das nur aus einem Raum bestand, und sich ihren Lebensunterhalt durch das Melken von Ziegen verdiente.

»Darüber sollte ich wirklich ernsthaft nachdenken«, lachte Daphne, als sie zum Hafen hinauffuhren.

Die Fahrt mit der Fähre war göttlich. Vorbei war die Zeit der eingeengten Bedingungen und der Holzverschläge auf dem *kaiki*. Big Al war ausgestattet mit soliden Sitzreihen, einer funktionierenden Toilette und sogar einer Snackbar unter Deck. Sie hatten auf dem Oberdeck Platz genommen und unterhielten sich, wobei sie die Landschaft und die Vielfalt der Menschen um sich herum genossen.

Evie war fasziniert von den Delfinen, die die Fähre begleiteten und immer wieder Luftsprünge vollführten. Sie lehnte sich auf die Reling, ganz vertieft in den Anblick der harmonisch abgestimmten Choreografie, wenn sie hochsprangen und wieder untertauchten. Daphne blickte wie gebannt auf das Kaleidoskop von Sonnenlicht und Wasser, das an den Mauern der Höhlen und Grotten glitzerte, die das hartnäckige Ionische Meer vor langer Zeit in die riesigen Klippen von Korfu geätzt hatte. Sie hielt den Atem an, als sie am Canal d'Amore vorbeikamen, wo das Meer im Verlauf von Tausenden von Jahren einen Tunnel durch einen hoch aufragenden Felsen gegraben hatte. Sie kniff die Augen zusammen, um in den Kanal zu schauen, und biss sich auf die Lippe, als sie die zahlreichen schwimmenden Paare sah. Sie erinnerte sich, wie Alex darauf bestanden hatte, dass sie gemeinsam durch den Kanal schwammen, damit ihre Liebe ewig dauerte, wie die Legende verhieß. Daphne überlegte, ob die Liebenden im Wasser eines Tages so wie sie die Erfahrung machen würden, dass diese Geschichte lediglich ein Ammenmärchen war, eine weitere leere Inselverheißung.

»Daphne, schau.« Popi zupfte Daphne am Ärmel. Sie wies mit dem Kopf nach links, auf ein junges Paar, das am anderen Ende des Decks saß. Sie waren braun gebrannt, blond und sahen auf die lässige Art von Rucksacktouristen gut aus. Er war hochgewachsen, mit schulterlangem, von der Sonne ausgeblichenem Haar und durchdringenden blauen Augen. Sie war noch um eine Nuance blonder, schlank und atemberaubend. Er lehnte sich an ihre Rucksäcke, strich ihr übers Haar, und sie schmiegte sich an seine entblößte Brust.

»Kannst du dir vorstellen, so jung und so verliebt zu sein?«, flüsterte Popi.

Daphne beobachtete, wie sich der junge Mann hinunterbeugte und das Mädchen auf die Stirn küsste. Sie schlug die Augen auf, führte seine Hand an den Mund und bedeckte sie mit vielen kleinen Küssen. Er küsste sie noch einmal, bevor er vom Boden aufstand und die Treppen hinunterging. Seine schöne Partnerin gab sich jetzt ganz ihrem Sonnenbad hin. Daphne ersparte sich eine Bemerkung, aber der sehnsuchtsvolle, fast melancholische Blick ihrer Augen verriet eindeutig, dass sie sich sehr wohl vorstellen konnte, so jung und so verliebt zu sein. Ja, sie konnte sich sogar genau erinnern. Aber dies war, wie so viele andere Aspekte ihres Lebens, lediglich die Erinnerung an eine längst vergangene Zeit.

Sie wurde hochgeschreckt, als Popi von ihrem Sitz aufsprang. »O mein Gott, Daphne. Schau nur, wer da ist!«

Daphne folgte Popis Blick zur Treppe. Sie traute ihren Augen nicht, als sie Ari entdeckte. Es war, als habe die Zeit still gestanden. Er trug noch immer ein ausgebleichtes Jeanshemd, das bis zum Bauchnabel aufgeknöpft war, dieselben ausgefransten, abgeschnittenen Jeansshorts und Plastik-Flip-Flops. Seine Frisur bestand noch immer aus einer Fülle sorgfältig gekämmter Wellen, die mit Gel gestylt waren. Als einzigen Unterschied bemerkte Daphne, dass sein einst rabenschwarzes Haar jetzt üppig mit Grau durchzogen war.

Die Kusinen beobachteten ihn, wie er oben auf der Treppe stand, einen Frappé in der Hand und eine Zigarette im Mundwinkel. Er blinzelte in die Sonne und ließ den Blick über das Deck schweifen, bevor er sich in Bewegung setzte.

Ari wandte sich nach links und ging die Reling entlang, zog hin und wieder an seiner Zigarette und nippte an seinem Frappé. Daphne amüsierte sich darüber, dass auch sein berüchtigter Gang – er wiegte sich in den Hüften, während seine Füße schlurften –, den Jahren getrotzt zu haben schien. Die beiden Frauen wussten, dass dieser Gang übers Oberdeck mehr als ein zielloses Schlendern war. Seine kleinen schwarzen Augen fokussierten sich auf eine langbeinige deutsche Schönheit, die keine Ahnung hatte, dass ihre gemütliche Überfahrt gerade durch den legendären Don Juan erschüttert werden sollte.

»Er hat sich keinen Deut verändert, nicht wahr?«, flüsterte Daphne.

Ari gelangte zu der Stelle, wo die junge Frau saß, gegen die Rucksäcke gelehnt. Sie hatte die Augen geschlossen und das Gesicht der Sonne zugewandt. Um sie herum war viel Platz. Statt jedoch einen Bogen um ihre gebräunten Beine zu machen, trat er über sie. Dabei berührte er absichtlich mit dem Fuß ihren Schenkel, wobei seine schartigen Fußnägel eine dünne weiße Spur auf ihrer Haut hinterließen. Er stolperte ein wenig, zumindest tat er so, und verschüttete den Kaffee. Das junge Mädchen schoss erschrocken hoch.

»*Signomi, signomi*«, murmelte Ari und beugte sich hinunter, um mit seinen schmutzigen Händen die Flüssigkeit von den Beinen des jungen Mädchens zu wischen. »Sorry, *désolé*, traurig«, leierte Ari sein Repertoire herunter, und das Mädchen zog die Beine an.

Der Freund tauchte wieder aus der Snackbar im Unterdeck auf und sah, wie seine Liebste vor seinen Augen belästigt wurde. Er stellte die beiden Bierbecher, die er in der

Hand trug, ab und rannte auf den Mann zu, der es gewagt hatte, sie anzufassen.

Der schlaksige Deutsche baute sich vor dem stämmigen Griechen auf und überraschte ihn mit einem heftigen Stoß.

»Tut mir leid. Unfall. Unfall«, murmelte Ari in gebrochenem Englisch und sprang hoch. Der Tourist drängte ihn dicht an die Reling.

»Lass die Finger von ihr«, brüllte der junge Mann. Sein Englisch war genauso perfekt wie seine Treffsicherheit. Der erste Fausthieb landete mitten in Aris aufgeschwemmtem Bauch, sodass er zusammenklappte, was Daphne und Popi den Atem verschlug. Aber der junge Mann gab sich noch nicht zufrieden. Der nächste Hieb erzeugte ein knirschendes Geräusch, als er Aris Kiefer traf, dessen Kopf nach hinten über die Reling schnellte.

»Bitte, hör auf!« Das Mädchen flehte ihren Freund an, von Ari abzulassen, denn sie hatte Angst, sein hitziges Temperament könnte ihnen einen Aufenthalt in einem griechischen Gefängnis einbringen.

»Er wird ihn noch umbringen«, rief Daphne und hielt Evie die Hand vor die Augen, um ihr den Anblick der Prügelei zu ersparen. Evie schmiegte sich an die Brust ihrer Mutter und fing an zu weinen, während die Fahrgäste durcheinanderschrien. Doch keiner schritt ein.

Inzwischen hatten sich Dutzende von Menschen versammelt, um das Schauspiel zu beobachten. Viele von ihnen hatten irgendwann selbst das Bedürfnis verspürt, Ari zu verprügeln. Wäre Aris Angreifer einer von ihnen gewesen, hätten sie nicht so lautstark protestiert.

Doch all dies ließ den jungen Mann unbeeindruckt. Er war wild entschlossen, diesen dunklen Ausländer dafür zu bestrafen, dass er seiner Freundin zu nahe getreten war, obwohl Ari bereits an mehreren Stellen blutete und sich vor Schmerzen wand.

»Das ist Wahnsinn!«, schrie Daphne, gab Evie einen Kuss auf die Stirn und übergab sie Popi. Sie stand auf und lief auf die beiden Männer zu. Die salzige Luft Griechenlands war ihr unter die Haut gegangen, und ihr hitziges Temperament, das im Lauf der Jahre schwächer geworden war, brach wieder durch. Mit vorgerecktem Kinn ging Daphne auf den Deutschen zu und versuchte zu tun, wozu keiner der anderen Fahrgäste den Mumm besessen hatte.

»Hören Sie auf«, befahl sie, »Sie bringen ihn noch um.« Mit aller Kraft zerrte sie an seinen Armen und versuchte, einen weiteren Schlag abzuwehren, aber ohne Erfolg.

»*Stamata!*«, brüllte sie und zerrte wieder an ihm.

Alle Blicke waren auf Daphne gerichtet. Die Fahrgäste beobachteten, wie sie versuchte, die Männer auseinanderzubringen. Beschämt durch die Tatsache, dass eine Frau es wagte, das zu tun, was eigentlich ihre Aufgabe war, traten die Männer schließlich einer nach dem anderen vor.

»Es reicht jetzt«, sagte ein grauhaariger Mann mit einer Fischermütze als Erster.

Der Deutsche ignorierte jedoch den Befehl und wandte sich erneut Ari zu.

»Ich sagte, es reicht jetzt«, brummte der Mann. Er trat hinter den Deutschen und schlang die Arme in einem Würgegriff um ihn und hob ihn hoch. Obwohl der junge Mann um sich trat, trug ihn der Grieche seelenruhig zur anderen Seite des Decks und ließ ihn dort fallen.

Der Deutsche drückte seine blutigen Knöchel in die linke Handfläche. »Er hat es verdient.«

»Das weiß ich«, erwiderte der Grieche. Dann kehrte er dem jungen Touristen den Rücken zu und kehrte zu Ari zurück, der mittlerweile zusammengesunken auf dem Boden saß.

»*Malaka*«, spuckte der Mann vor Ari aus.

Daphne bahnte sich ihren Weg zurück zu Evie und Popi. »Hübscher Versuch, liebe Cousine«, bemerkte Popi, als Daphne sich setzte. »Hast du wirklich gedacht, du könntest diesen Mann zum Aufhören bewegen?«

Daphne hob die zitternden Arme, zog Evie an sich und vergrub das Gesicht im nach Lavendel duftenden Haar ihrer Tochter. »Alles in Ordnung, mein Schatz? Das war einfach ein dummer Mann, der sich sehr schlecht benommen hat. Lass dir dadurch nicht die Laune verderben.« Daphne lehnte sich vor, um mit Popi zu sprechen. »Ich konnte nicht einfach hier herumsitzen und nichts tun. Schaut euch nur die Kerle da drüben an. Keiner von ihnen hat einen Finger gerührt, bis ich eingeschritten bin.«

»Ist es denn nicht immer so, Daphne?«, bemerkte Popi. »Sie glauben, sie seien das mutigere, stärkere Geschlecht, aber wir wissen, wie es in Wahrheit aussieht.«

»Ja, das stimmt«, pflichtete Daphne ihr bei. Sie nahm Evie fester in die Arme und blickte über das Wasser. Der Hafen von Errikousa rückte jetzt immer näher.

4

ERRIKOUSA

Sommer 1992

Daphne war seit dem Morgen unterwegs, und sie wusste, dass sich Yia-yia jetzt, bei Sonnenuntergang, Sorgen machen würde. Sie stellte sich vor, wie ihre Großmutter zu Hause im üppigen Blumenhof auf sie wartete und im Schatten der Zitronen- und Olivenbäume ruhelos in der Außenküche auf und ab ging. Zu Hause in New York ließen die überbesorgten Eltern Daphne trotz ihrer vierzehn Jahre nie aus den Augen, geschweige denn einen ganzen Tag verschwinden. Aber hier auf Errikousa war alles anders. Daphne befand sich in einem Inselparadies, wo sie den Sommer über auf Erkundungsjagd, zum Schwimmen gehen und genau das tun konnte, worauf sie Lust hatte, solange sie es schaffte, rechtzeitig zum Essen zu Yia-yia heimzukehren.

»YIA-YIA! YIA-YIA!«, rief Daphne, als sie unten an der Treppe ankam, die zum Haus hinaufführte.

Yia-yia stand inmitten des prachtvoll blühenden Hofs. Ihre zierliche Gestalt steckte in einem unförmigen schwarzen Kleid, und ihre schwarzgrauen Zöpfe waren unter dem schwarzen Tuch verborgen, das sie unter dem Kinn festgebunden hatte. Yia-yia blickte nach unten, ließ den Blick über den Gartenpfad wandern. Als sie ihre Enkelin entdeckte, strahlte sie über das ganze Gesicht.

»Da bist du ja endlich! Komm, ich mache dir etwas zu essen«, sagte Yia-yia und hob die Arme gen Himmel.

Daphne rannte die Treppe hoch, nahm immer zwei Stufen auf einmal. Sie machte sich nicht einmal die Mühe, ihren nassen Badeanzug zu wechseln, sondern band sich einfach ein Handtuch um die Taille und setzte sich auf einen wackeligen alten Stuhl neben ihre Großmutter. Daphne sah zu, wie Yia-yia den Holzlöffel in eine Pfanne kochenden Olivenöls tauchte und einen Stapel perfekt gebackener Kartoffelscheiben herausfischte. Das junge Mädchen schnappte sich ein paar davon und verspeiste sie genussvoll, während Yia-yia mit ihrem kleinen scharfen Messer noch mehr Kartoffeln klein schnitt. Daphne beobachtete fasziniert, wie schnell und mühelos ihre Finger dabei vorgingen. Selbst nach all den Jahren, in denen Yia-yia sie mit ihren Kochkünsten verwöhnt hatte, staunte Daphne noch immer über die Vollkommenheit der köstlichen Kartoffeln ihrer Großmutter. Sie waren göttlich, tausendmal besser als die fettigen, klebrigen Pommes in Amerika. Eines der vielen Talente von Yia-yia bestand darin, solch perfekt gebackene Kartoffeln auf den Tisch zu bringen.

»Wie war's am Strand?«, fragte Yia-yia, während sie Zweige zur Kochstelle trug. Sie wusste, dass das Öl die richtige Temperatur haben mussten, damit die Kartoffeln außen knusprig und innen etwas weich waren, genauso wie Daphne es mochte.

»Es war schön. Ruhig. Ich war wieder in der Bucht. Ich bin gern allein«, erwiderte Daphne und griff nach einer weiteren Portion der knusprigen Kartoffeln.

»Willst du es morgen nicht mit dem Strand versuchen? Die anderen Mädchen gehen normalerweise nachmittags schwimmen. Es wäre doch nett, wenn du den Tag mit ein paar Freundinnen verbringen würdest, statt immer allein zu sein oder zusammen mit einer alten Frau wie mir. Okay, *koukla?*« Daphne war Yia-yias *koukla* – ihre kleine griechische Puppe.

Yia-yia wusste, dass Daphne anders als die anderen amerikanischen Mädchen war, die mit einer ganzen Meute den Sommer hier verbrachten, in der Sonne lagen, zum Baden gingen und mit den Jungs flirteten. Auch wenn Yia-yia noch so gerne jeden Augenblick mit ihrer Enkelin auskostete, wollte sie nicht, dass Daphne sich völlig in die Welt zurückzog, die sie sich in den letzten Jahren geschaffen hatten. Für ihre *koukla* hegte sie größere Hoffnungen.

»Yia-yia, mach dir keine Sorgen. Ich bin viel lieber mit dir zusammen, das macht einfach mehr Spaß.« Sie blinzelte Yia-yia zu. »Und niemand macht solch köstliche Kartoffeln.« Sie steckte sich eine Gabel voll in den Mund. Außer den gebackenen Kartoffeln würde es noch eines von Daphnes Lieblingsgerichten geben: Spiegeleier mit frischen Tomaten.

Das junge Mädchen beobachtete, wie Yia-yia Olivenöl in eine andere Pfanne goss und die Tomaten hinzufügte, die sie heute Morgen im Garten gepflückt hatte. Die hellrote Mischung brutzelte, köchelte und die Tomaten platzten auf, verloren ihre Festigkeit und verwandelten sich in eine süße, dicke Paste. Yia-yia bohrte mit ihrem leicht verbrannten, kampferprobten Holzlöffel vier kleine runde Löcher in die köchelnde Sauce. Daphne wusste, dass nun sie an der Reihe war. Sie griff nach dem Korb mit den frisch gelegten Eiern und zerbrach sie über den Löchern, die Yia-yia geformt hatte.

Dann fuhr Yia-yia mit dem Finger über die breiten grünen Blätter des Basilikumbündels, das sie gerade gepflückt hatte. »Da, nirgendwo riecht Basilikum so intensiv wie hier.« Yia-yia hielt ihre öligen, nach Basilikum riechenden Finger unter Daphnes Nase, und sie nickten einträchtig.

»Es duftet unglaublich.« Daphne lächelte ihre Großmutter an.

»Lassen wir den Parisern ihre schicken Parfümerien. Wir wissen ja, dass dies der kostbarste Duft der Welt ist. Und man bekommt ihn hier umsonst, direkt aus meinem Garten.« Mit ihren krummen Fingern zupfte sie einige der grünen Blätter in dünne Streifen.

Yia-yia gab das Basilikum in die Pfanne und wartete, bis die Blätter zusammenfielen. Dann streute sie Salz über das Ganze und verteilte die Eier und Tomaten auf zwei Teller.

»Daphne!«, rief Yia-yia, als sie bemerkte, wie Daphne die Hand wieder nach den Kartoffeln ausstreckte. »Lass noch ein paar übrig.« Sie beugte sich zu Daphne und tätschelte sie mit den Basilikumblättern.

»Entschuldigung, Yia-yia. Ich glaube, die frische Luft macht mich hungrig.«

»Oh, *koukla*, alles in Ordnung. Sie waren ja für dich gedacht. Iss jetzt, bevor die Eier kalt werden.« Yia-yia reichte Daphne den Teller sowie ein dickes knuspriges Stück Bauernbrot, das in die dicke, würzige Tomatensauce getunkt wurde.

Sie saßen gemütlich neben dem Feuer und genossen ihr einfaches Mahl. Yia-yia hatte es längst aufgegeben, den Tisch hübsch zu decken oder im Hausinneren zu essen. Sie und Daphne wussten, dass das Essen hier draußen in der reinen salzigen Inselbrise viel besser mundete.

»Yia-yia...« begann Daphne und schob sich eine weitere Gabel Eier in den Mund.

»Ja, *koukla mou*.«

»Yia-yia, erzähl mir von Persephone.«

»Ach, die arme Persephone. Welche Tragödie musste sie erleben«, erwiderte Yia-yia mit der typisch klagenden Singsangstimme, die die Inselfrauen instinktiv annahmen, wenn sich das Gespräch um Tod oder ähnlich tragische Dinge drehte. Im Herzen der alten Frau hatte der Mythos von Persephone immer einen besonderen Platz eingenommen, und noch mehr, da sie ihn jetzt mit Daphne teilen konnte, diesem schönen Kind, das sie über alles liebte.

Daphne klatschte erwartungsvoll in die Hände. »Erzähl mir noch einmal, was mit ihr geschehen ist.«

Yia-yia jonglierte ihren Teller auf den Knien, wischte sich die Hände an der Schürze ab und zupfte dann mit ihren kräftigen, mit Altersflecken übersäten Händen ihr Kopftuch zurecht. Langsam und bedächtig begann sie zu erzählen.

»Es war einmal ein hübsches Mädchen namens Persephone. Ihre Mutter war Demeter, die große Göttin des Getreides und der Ernte. Eines Tages pflückte Persephone mit ihren Freundinnen Wildblumen auf der Wiese, als Hades, der König der Unterwelt, sie entdeckte. Demeter hatte Persephone gewarnt, sich nicht von den anderen Mädchen abzusondern. Aber Persephone war so darin vertieft, die schönsten Blumen für einen Kranz zu finden, den sie gerade wand, dass sie die Warnungen ihrer Mutter vergaß und sich ein bisschen zu weit in die Wiese hineinwagte. Hades erblickte die wunderschöne Persephone und verliebte sich auf der Stelle in sie. Er beschloss spontan, dass dieses Mädchen seine Königin sein würde, die Königin der Unterwelt. Im Nu tauchte Hades mit seinem Triumphwagen aus der Unterwelt auf, packte die junge Persephone und fuhr mit dem schluchzenden Mädchen in die Dunkelheit hinab, in der er herrschte.«

Daphne lauschte aufmerksam und rieb sich mit den Händen über die Arme, als ob sie Hades' kalten Griff abwehren wolle.

Yia-yia fuhr fort. »Demeter vernahm die Schreie ihrer Tochter und eilte zur Wiese. Aber als sie dort hinkam, fand sie lediglich den halb geflochtenen Kranz, der Persephone aus den Händen gefallen war. Demeter war untröstlich. Monatelang wanderte sie auf der Erde umher und suchte ihre Tochter. Die Göttin war so verzweifelt, dass sie es den Feldfrüchten verbot, zu wachsen. Die Erde lag brach und die Menschen verhungerten. Aber Demeter schwor, dass nichts mehr wachsen würde, bis Persephone zurückgekehrt war. Zeus blickte vom Olymp auf die Erde. Als er sah, dass eine große Hungersnot das Leben der Menschen bedrohte, befahl er Hades, Persephone ihrer Mutter zurückzugeben. Hades gehorchte. Doch bevor er Persephone gehen ließ, servierte er ihr ein Festmahl und befahl ihr zu essen, um sich auf die lange Reise vorzubereiten. Die junge Persephone betrachtete die üppige Auswahl an Speisen, brachte jedoch lediglich sechs Granatapfelkerne hinunter. Diese sechs winzigen blutroten Kerne besiegelten ihr Schicksal und das jedes Menschen auf der Erde. Laut den Gesetzen der Unterwelt muss man, wenn man sich an Hades' Tisch gütlich getan hat, in sein dunkles Reich zurückkehren. Da

Persephone sechs Kerne verzehrte, war sie für immer dazu verurteilt, jedes Jahr sechs von zwölf Monaten als Hades' Königin der Unterwelt zu verbringen. Die restlichen Monate konnte sie mit ihrer Mutter auf der Erde verbringen.«

Yia-yia rückte näher. »Und deshalb, Daphne *mou*, ist die Erde während der Wintermonate kalt und karg. In dieser Zeit sitzt Persephone an der Seite von Hades in der Unterwelt, während Demeter einsam und traurig auf der Erde herumirrt und nicht zulässt, dass etwas wächst, bis sie Persephone wieder in den Armen hält.«

Nachdem Yia-yia ihre Erzählung beendet hatte, schwiegen Großmutter und Enkelin, starrten ins Feuer und ließen den Mythos vor ihrem inneren Auge noch einmal aufleben. Aber Daphne und Yia-yia wussten, dass dies mehr als ein bloßer Mythos, eine Fabel oder Geschichte war – es war ihre Geschichte.

Daphne beendete das Schweigen. »Ich will nicht, dass der Sommer endet. Ich wünschte, er würde nie enden.«

Yia-yia blieb stumm. Sie konnte nicht antworten, wandte den Kopf und blickte über die üppige grüne Insel, lauschte, als die Blätter der Zypressen sich im Wind wiegten und die Abendluft mit ihrer eigenen stummen Klage erfüllten. Als Yia-yia den Kopf den raschelnden Blättern zuwandte, nickte sie zustimmend.

Sie wusste, sie sangen für sie. Nur sie konnten den Kummer verstehen, den ihr ein weiterer Winter ohne ihre Daphne bereitete. Yia-yia wischte sich mit ihrer wettergegerbten Hand die Tränen ab, die eine nach der anderen ihre Wangen hinabrollten.

5

Als die Fähre sich dem Hafen von Errikousa näherte, lehnte Daphne sich über die Reling. Sie traute ihren Augen nicht, denn eine Woge von Menschen erwartete sie am Ufer, als ob die gesamte Insel gekommen wäre, um die künftige Braut und ihre kleine Tochter willkommen zu heißen. Sie griff nach Evies weicher kleiner Hand, als sie sich anschickten, an Land zu gehen und sich den Weg durch die Reihen der Verwandten, Gratulanten und das dunkle Meer älterer Witwen zu bahnen, die die enge Asphaltstraße am Dock verstopften.

Es war ein gutes Gefühl, wieder hier zu sein. Während sie Evies Hand hielt und den Anblick der Landschaft in sich aufnahm, wunderte Daphne sich, wie grün sie war, wie ursprünglich und unberührt. Es gab keine hohen Gebäude, Wolkenkratzer oder Betonbauten, die die Insel verschandelten. Intensive Farben verschmolzen miteinander, als ob ein Regenbogen vom Himmel gefallen wäre und das Land und das Meer mit einer Leuchtkraft erfüllt habe, die gewöhnlich nur den Göttern vorbehalten war. Das kobaltblaue Meer überspülte rhythmisch den braungrauen Sand, der dem leuchtenden Grün alter gekrümmter Olivenbäume wich. Auf den glänzenden Zitronenbäumen leuchteten helle Sonnenflecken, während Brombeersträucher sich unter den weinfarbenen Beeren bogen. Und natürlich wurde all dies von den hohen, schlanken jägergrünen Zypressen hoheitsvoll bewacht.

Daphne holte tief Luft und füllte die Lungen mit Seeluft, wusste aber, dass die salzige Feuchtigkeit bald durch die typischen Inselgerüche von Rosmarin, Basilikum und Rosen ersetzt würde.

»Oh, Mommy, es ist so schön hier«, sagte Evie freudig.

»Ja, Liebes, das ist es«, stimmte Daphne ihr zu.

»He, Evie, hier lang.« Popi schubste das kleine Mädchen leicht an und steckte ihr ein Tempotuch in die Gesäßtasche ihrer Jeans. »Für die geifernden Schwestern. Sie sind alle da«, sagte sie mit einem Blinzeln.

Evie kicherte. Sie krauste die Nase, streckte die Zunge heraus und murmelte: »Igitt.« Als sie den kurzen Weg die Bootsrampe hinunter zum Hafen, zur wartenden Menge, zurücklegten, hielt sie die Hand ihrer Mutter fest umklammert.

Kaum waren Daphne und Evie an Land, wurden sie umringt. Dutzende Tanten, Onkel, Cousins, Nachbarn, Freunde, ja sogar Unbekannte, traten aus allen Richtungen auf sie zu, umarmten, küssten und tätschelten sie. Daphne war gerührt, empfand aber auch Übelkeit aufgrund der spätmorgendlichen Hitze, die sich mit dem erdrückenden und vertrauten Inselgeruch der älteren Menschen vermischte, die selbst in der heutigen Zeit noch kein Deodorant benutzten.

»Daphne, ich habe dich vermisst.«
»Wie schön, dich zu sehen.«
»Evie, wie hübsch du bist.«

»Daphne, arme, arme Daphne. Ich bin ebenfalls Witwe, und nur ich kann deinen Schmerz verstehen.«

»Daphne, ich freue mich ja so für dich. Du wirst eine wunderschöne Braut abgeben.«

»Daphne, bist du krank? Warum bist du so mager?«

Die Begrüßungen waren herzlich, liebevoll und endlos. Daphne achtete darauf, jeden Gratulanten mit einer Umarmung und einem Kuss zu begrüßen, auch wenn sie keine Ahnung hatte, um wen es sich handelte. Sie wollte unter keinen Umständen abweisend oder undankbar erscheinen, denn es war wahrlich ein wunderbares Gefühl, sich so willkommen und geliebt zu fühlen.

Sie begrüßte jede ältere Frau mit einem herzlichen »*Yia sou* Thea« und jeden älteren Mann mit einem fröhlichen »*Yia sou* Theo«. »*Yia sou Ksalthelfie*« und »*Yia sou Ksalthelfie*« waren den jüngeren Inselbewohnern vorbehalten, deren Namen sie vergessen hatte. Das war das Reizvolle an Errikousa: Irgendwie war man mit jedem verwandt, sodass man sich, auch wenn man keinen blassen Schimmer hatte, mit wem man sich gerade unterhielt, aus der Affäre ziehen konnte, indem man die entsprechende Person einfach mit Tante, Onkel oder Cousin ansprach.

Daphne ließ den Blick über den nicht enden wollenden Strom von Menschen gleiten, die auf sie zukamen, bis sie sie endlich entdeckte: »Yia-yia, Yia-yia!«

Sie hielt Evies Hand fest und führte sie zur anderen Seite des Hafens, wo Yia-yia wartete. Ihre Großmutter trug ihr unförmiges schwarzes Kleid, ihr schwarzes Tuch und die schwarze Strumpfhose, auch wenn über dreißig Grad herrschten. Sie stand allein da, etwas abseits von den anderen, lehnte sich auf ihren Bambusgehstock und hielt die

Zügel von Jack, dem Esel, in der Hand, dem Daphne vor vielen Sommern diesen Namen, die Abkürzung von Jackass, gegeben hatte.

»Yia-yia, oh, Yia-yia...« Daphne fiel ihrer geliebten Großmutter schluchzend um den Hals. Die alte Frau ließ den Stock und die Zügel los und umarmte Daphne, als wolle sie sie nie wieder loslassen. So standen sie eine Ewigkeit da und weinten sich die Seele aus dem Leib – verblasster und fleckiger schwarzer Polyesterstoff presste sich gegen zartes weißes Leinen.

»Da, Mommy.« Daphne spürte ein Zerren an ihrem weißen, mit Lochmuster durchbrochenen Rock und blickte auf Evie, die zu ihr hoch lächelte und ihr das Taschentuch reichte, das ihr Popi vorhin zugesteckt hatte.

»Danke, Liebling.« Daphne nahm das Taschentuch und wischte sich über das mit Mascara verschmierte Gesicht. »Evie, das ist Yia-yia«, sagte Daphne und strahlte.

Ohne dass Daphne sie irgendwie gedrängt hätte, ging Evie auf Yia-yia zu. »*Yia sou*, Yia-yia. *S'agapo*«, sagte sie, schlang ihre kleinen Arme um Yia-yias Beine und umarmte die alte Frau.

Yia-yia beugte sich hinunter und berührte Evies engelgleiches Gesicht. Sie legte ihre verhärmte Wange auf den Kopf ihrer Urenkelin und strich über Evies Haar. Tränen perlten auf Evies dunkle Locken.

»Ich liebe dich, Evie *mou*«, erwiderte Yia-yia, womit ihr englischer Wortschatz erschöpft war.

Daphne betrachtete ihre Tochter und Großmutter voller Erstaunen. Sie hatte sich so viele Gedanken über Evies Unbehagen in Gegenwart fremder Menschen gemacht. Zu Hause war Evie so zurückhaltend, dass Daphne sich

Sorgen machte, wie sie mit ihrer neuen, manchmal etwas aufdringlichen Familie zurechtkommen würde. Evie war immer ein introvertiertes Kind gewesen, hatte Angst vor neuen Erfahrungen und fremden Menschen. Es hatte Wochen des Bettelns und Schmeichelns bedurft, bevor Evie bereit war, Stephen in die Augen zu sehen, geschweige denn, mit ihm zu sprechen. Schon gestern war Daphne überrascht gewesen, als Evie auf Korfu so schnell Zutrauen zu Popi gefasst hatte. Und nun zu erleben, wie sie auf Anhieb Zuneigung zu Yia-yia fasste und den einzigen griechischen Satz, den sie kannte, anwandte, ließ sie vermuten, dass der Zauber von Errikousa auch Evie in seinen Bann zog.

»Daphne«, sagte Yia-yia, »das ist kein Kind, sondern ein Engel, der uns vom Himmel gesandt wurde.« Yia-yia fasste Evie mit ihren arthritischen Fingern unters Kinn. Die Hand der alten Frau zitterte leicht, was jedoch aufhörte, als sie Evies Gesicht berührte.

»Ja, sie ist ein Engel, und du auch«, sagte Daphne und bückte sich, um Yia-yias Stock aufzuheben.

»Du hast mir am Telefon gesagt, sie sei schüchtern. Das stimmt aber nicht. Dieses Kind ist voller Leben, schau sie nur an.« Yia-yia gluckste und ließ Evie nicht aus den Augen.

»Zu Hause ist sie es. Seit wir hier sind, ist sie ganz anders.«

»Sie ist nicht anders«, beharrte Yia-yia. »Daphne *mou*, sie ist dort und hier dasselbe wunderbare Kind. Der Unterschied liegt in der Liebe. Sie weiß, wie viel Liebe sie hier erwartet.«

Die beiden Frauen beobachteten, wie Evie die Hand ausstreckte, um Jack zu streicheln.

»Daphne *mou*, Kinder wissen, wenn sie von Liebe umgeben sind«, fuhr Yia-yia fort. »Sie können den Unterschied spüren. Daphne *mou*, dieses Kind hat eine besondere Gabe, das kann ich fühlen.«

»Eine Gabe?«

»Ja, Daphne *mou*, sie ist gesegnet. Ich kann es in ihren Augen sehen.« Yia-yia hob das Gesicht und lächelte, als eine leichte, fast unmerkliche Brise über den Hafen wehte. »Die Brise verrät es mir.« Yia-yia ließ den Blick über die Baumwipfel schweifen, als ob sie das Flüstern der Zypressen hören könnte, die ihnen gerade ein Ständchen darbrachten.

Daphne rückte noch näher an ihre Großmutter heran und legte den Kopf auf Yia-yias Schulter. Es war schon so lange her, seit sie Yia-yias Behauptung, dass die Zypressen flüsterten und sie die Stimmen der Insel hören konnte, gehört hatte. Eine Ewigkeit lang hatte Daphne dies als wahr betrachtet, hatte gebettelt, gebetet und geträumt, dass auch sie eines Tages die Stimmen hören möge. Doch für Daphne waren die Stimmen nicht zu hören, und statt der Hoffnung blieb ihr schließlich nur noch das verklingende Echo von Yia-yias Beteuerungen. Nach einer Weile hörte Daphne auf zu wünschen, weil sie aufgehört hatte, daran zu glauben.

Nachdem sie verabredet hatten, sich später am Nachmittag zum Frappé zu treffen, begab Popi sich zu dem kleinen Haus, das sie nach dem Tod ihres Vaters geerbt hatte. Es befand sich auf der anderen Seite des Hafens.

Daphne und Yia-yia verstauten das Gepäck auf Jacks Rücken, achteten aber darauf, dass noch genug Platz für Evie blieb. Autos waren auf der Insel eine Seltenheit, da die meisten Straßen zu schmal und nicht asphaltiert waren.

Daphne war begeistert, dass nach wie vor Esel das Haupttransportmittel darstellten. Sie und ihr alter Freund Jack hatten schon viele Abenteuer erlebt, und sie wusste, Evie freute sich darauf, eigene mit ihm zu erleben.

Ihre kleine Karawane bahnte sich langsam den Weg über die gepflasterte Hauptstraße, die vom Hafen durch das winzige Zentrum der Insel führt. Sie boten einen wahren Blickfang: die schwarz gekleidete gebückte alte Frau, die die Gruppe anführte, während sie Jacks Zügel in der einen und ihren Gehstock in der anderen Hand hielt. Eine strahlende Evie saß auf Jacks mit Gepäck beladenem Rücken und tätschelte seinen Hals, als er den holprigen Weg entlangtrampelte. Daphne ging daneben und ließ ihre kleine Tochter keine Sekunde lang aus den Augen, immer auf dem Sprung, Evie aufzufangen, sofern sie abrutschen sollte.

Als sie das blau-weiße Schild »Willkommen im Hotel Nitsa« erreichten, blieb Yia-yia stehen und wandte sich an Daphne.

»Daphne *mou*, willst du schnell bei Nitsa vorbeischauen und sie begrüßen? Sie fragt mich nämlich jeden Tag, wann du kommst. Du solltest sie sehen, Daphne, sie wuselt herum, als ob sie die Hochzeit ihrer eigenen Tochter plane.« Yia-yia schüttelte den Kopf. Als sie tief aufseufzte, veränderte sich ihre Stimme.

Daphne wusste, was als Nächstes kommen würde. Sie wappnete sich gegen den sich ankündigenden Klagegesang. Das Wehklagen und Stöhnen der Inselfrauen hörte sich für Daphne an wie das Kratzen von Fingernägeln auf einer Tafel.

»Ahhhaaa.« Yia-yia schüttelte den Kopf und begann, halb sprechend, halb singend: »Ach, die arme Nitsa, die arme verwitwete und kinderlose Nitsa. Sie tut so, als plane sie die Hochzeit ihrer eigenen Tochter, der Tochter, die sie nie kannte, nie haben konnte. Arme einsame und kinderlose Nitsa.«

Nitsa war die reizende großmütterliche Frau, die das kleine ländliche Hotel mit so viel Sorgfalt führte, als wäre es das Ritz Carlton. Es war das einzige Hotel auf der Insel, eines für sehr bescheidene Ansprüche. Doch auch wenn es dem Hotel Nitsa an Luxus mangelte, machte es dies durch Sauberkeit und Gastfreundschaft mehr als wett. Im Foyer führte der kleine Empfangs- und Barbereich zu einer mit Blumen geschmückten Terrasse, die sich Daphnes Ansicht nach hervorragend für den Empfang bei ihrer Hochzeit eignen würde.

Nitsa war begeistert gewesen, als Daphne angerufen, ihr die Neuigkeit verkündet und das gesamte Hotel für die Hochzeitsfeier gebucht hatte. In letzter Zeit war der Hotelbetrieb eher schleppend, und dieser Glücksfall rettete Nitsa das Leben. Die Witwe war für ihr Überleben auf den unbeständigen Tourismus angewiesen.

Daphne ließ den Blick von Yia-yia zum Hoteleingang wandern. Auch wenn sie sich sehr auf das Wiedersehen mit Nitsa freute, hatte sie im Augenblick keinerlei Verlangen, über die Hochzeitsvorbereitungen zu sprechen. Sie wollte so schnell wie möglich nach Hause gehen, die Schuhe ausziehen, sich unter den Zitronenbaum setzen und Yia-yias Festmahl genießen.

»Yia-yia, lass uns jetzt nach Hause gehen, ich besuche Nitsa später.«

»In Ordnung«, erwiderte Yia-yia. »Du bist bestimmt müde und hungrig, also gehen wir heim. Dort warten viele wunderbare Überraschungen auf dich. Wir können Nitsa später besuchen. Jack, *ella*, los.« Yia-yia schnalzte mehrmals mit der Zunge, als Zeichen für ihren vierbeinigen Gefährten, sich wieder in Bewegung zu setzen. Aber gerade als Yia-yia nach ihrem Gehstock griff und den ersten Schritt tun wollte, wurde die Hoteltür aufgerissen.

Er war hoch gewachsen, tief gebräunt und trug einen Bart. Er war gut aussehend, aber nicht im herkömmlichen Sinn des Wortes. Seine Erscheinung hatte etwas Ungepflegtes: Die krumme Nase sah aus, als sei sie bei einer Schlägerei in einer Bar gebrochen worden, das wettergegerbte Gesicht und der dichte, mit Grau durchzogene Bart ließen ihn auf eine urwüchsige Art anziehend erscheinen. Daphne hatte ihn noch nie gesehen.

Er rannte die Treppe hinab und eilte auf Yia-yia zu.

»Yianni *mou*«, rief Yia-yia und wirbelte ihren Stock in die Luft.

»Thea Evangelia.« Ein warmes Lächeln überzog sein Gesicht, als er sie erblickte. Er umarmte sie und küsste sie auf beide Wangen.

»Yianni *mou*, ich habe mir Sorgen um dich gemacht. Habe dich tagelang nicht gesehen. Ich dachte, du hättest mich vergessen«, neckte Yia-yia ihn.

»Thea Evangelia, wie könnte ich dich vergessen, die unvergesslichste Frau der Insel? Tut mir leid, ich wollte nicht abreisen, ohne mich zu verabschieden, aber ich hatte nicht angenommen, dass ich so lange fortbleiben würde. Ich musste in Korfu ein Teil für mein Boot abholen. Dieser *malaka* hat mir letztes Mal den falschen Propeller geschickt, und ich habe zwei Tage damit verloren, meine Netze einzuholen. Aber jetzt...« Yianni hielt ein schlichtes, in braunes Papier gewickeltes Paket hoch, als ob es eine Trophäe wäre. »Jetzt kann ich zu meinen Netzen und meinem Boot zurückkehren.« Yianni wandte keine Sekunde lang den Blick von Yia-yias Gesicht, während sie seine Hand an ihre Wange presste.

Daphne starrte Yianni und Yia-yia an. Sie hatte keine Ahnung, wer dieser Mann war. Noch nie hatte sie Yia-yia seinen Namen aussprechen hören.

»Yianni *mou*...« Yia-yia deutete mit ihrem Stock hinter sich, ließ aber Yiannis Hand nicht los. »Das ist Evie, meine Urenkelin, ist sie nicht hübsch?« Yia-yia deutete strahlend auf Evie, die Jack streichelte, als wäre er ein neugeborenes Kätzchen.

»Ja, sie ist sehr hübsch«, stimmte Yianni zu. Er betrachtete Evie, suchte jedoch kein einziges Mal den Augenkontakt mit Daphne und beachtete sie nicht einmal.

»Und das...«, verkündete Yia-yia, »das ist meine Daphne, meine Enkelin. Sie ist die berühmte Köchin aus New York, von der ich dir erzählt habe.«

»Ja«, erwiderte er einsilbig, blickte sie aber immer noch nicht an. »Die *Amerikanida*.«

Daphne starrte ihn verwirrt an, horchte auf, wie er das Wort *Amerikanida* aussprach. Ihre Eltern hatten darum gekämpft, dass sie diesen Titel trug, und sie trug ihn voller Stolz. Aber so wie er das Wort aussprach, klang es keineswegs stolz, sondern eher wie eine Anklage.

Yia-yia fuhr fort: »Ja, sie ist meine *Amerikanida*. Und zudem eine kluge. Für alles, was wir hier unseren Freunden und unserer Familie umsonst vorsetzen, berechnet sie in New York Hunderte von Dollar.«

Gewöhnlich bereitete es Daphne Unbehagen, wenn Yia-

yia so unverblümt mit ihr angab, aber dieses Mal war es ihr gleichgültig. Sie wollte, dass dieser Mann genau erfuhr, wer sie war und was sie war, sie, die *Amerikanida*.

»Ja, ich weiß, wie die Leute in New York sind, Thea Evangelia.« Yianni schnaubte. »Man könnte ein Stück Scheiße auf einen Stock stecken, ihm einen ausgefallenen Namen geben, und die Menschen würden Schlange stehen, um es zu verzehren. Sie besitzen so viel, wissen aber so wenig«, fuhr Yianni fort, griff erneut nach Yia-yias Schulter und knuffte sie leicht, als ob sie eine Art geheimen Witz miteinander teilten, den Daphne keineswegs lustig fand.

»New York ist tatsächlich für seine ausgezeichneten Restaurants berühmt«, fauchte Daphne. »Aber ich vermute, Sie haben wenig Ahnung von gutem Essen oder New York.« Noch während diese Worte ihren Mund verließen, konnte Daphne nicht glauben, dass sie sie tatsächlich laut ausgesprochen hatte. Es sah ihr so gar nicht ähnlich, sich so schroff zu verhalten.

»Sie irren sich, *Amerikanida*. Ich weiß mehr über New York, als Sie denken.« Yianni sah Daphne schließlich an. »Und ich weiß auch, dass die Menschen, die sich als höchst weltoffen geben, oft die ignorantesten sind.«

Sein verbaler Angriff traf sie ins Mark. Daphne atmete tief durch, die Worte nahmen ihr buchstäblich den Atem. Sie suchte nach einer entsprechenden Retourkutsche, aber Yia-yia ergriff das Wort, bevor Daphne zum Angriff übergehen konnte.

»Ah, Yianni, du kannst so gut mit Worten umgehen. Ich stimme dir zu. Ich habe kein Verlangen nach solch großen Städten voller Fremder, da doch alles, was ich will, und alle, die ich liebe, hier sind.« Yia-yia lachte und warf den

Kopf in den Nacken. Dabei rutschte ihr Kopftuch auf die Schultern und enthüllte ihre Zöpfe, die ihr über die Schultern reichten.

»Yianni, ich werde ein besonderes Gebet sprechen, damit deine Netze voller Fische sind.« Yia-yia wandte sich Daphne zu. »Yianni ist ein begabter Fischer. Er ist noch recht neu auf Errikousa, aber er liebt unsere Insel genauso wie wir. Sei besonders nett zu ihm, da er deine Hochzeitsgäste mit den Meeresgaben versorgen wird.« Yia-yia hakte sich bei ihm ein.

Daphne konnte nicht glauben, was sie sah: Yia-yia hörte nicht auf zu kichern und Yianni anzustrahlen. Dieser Mann hatte Daphne vor Yia-yia beleidigt, vor ihrer Großmutter, dem einzigen Menschen, von dem Daphne erwartet hätte, dass sie sie vehement verteidigen würde. Es war, als würden die Naturgesetze gerade vor ihren Augen neu geschrieben.

»*Ella*, Yianni, wir gehen jetzt zum Essen heim. Willst du dich uns anschließen? Ich mache *bourekki* und *spourthopita*. Ich weiß, du magst beides«, bemerkte Yia-yia und berührte mit ihrem Stock leicht seine Beine.

Daphne konnte es nicht erwarten, nach Hause zu kommen, und Yia-yias üppige und sämige Hühnchen-*bourekki*-Pastete oder die süße Kürbis-*spourthopita* zu kosten. Aber die Vorstellung, dass dieser ungezogene Mann an ihrem Mahl teilhaben würde, war einfach zu viel für sie. Sie war Tausende von Meilen angereist, um mit ihrer Yia-yia zusammenzusitzen und zu schlemmen, und nicht mit diesem unhöflichen Mann. Doch bevor sie die Chance hatte, zu protestieren, ergriff Yianni das Wort.

»Thea, ich danke dir. Nein, ich muss jetzt gehen. Aber

heb mir bitte ein Stück *spourthopita* auf. Du weißt, ich könnte allein eine ganze Pfanne davon essen.« Yianni küsste Yia-yia auf die Wange und wandte sich zum Gehen.

»In Ordnung, Yianni. Aber versprich mir, dass du morgen zum Essen kommst. Ich mache etwas Spezielles für dich«, rief ihm Yia-yia hinterher.

»*Entaksi*, ja, Thea. Ich werde kommen, ich verspreche es.« Yianni winkte ihr zu und kam dann auf der engen Straße direkt auf Daphne zu.

Die Straße war zu schmal; er konnte nicht an ihr vorbeigehen. Die Vernunft befahl ihr, beiseite zu treten, um eine weitere unangenehme Konfrontation zu vermeiden. Aber Ärger und Enttäuschung waren stärker als der Verstand. Daphne wich nicht von der Stelle.

Sollte er sich doch bewegen. Sie blieb einfach stehen, als er auf sie zukam. Er ging direkt an ihr vorbei, kam ihr dabei aber so nah, dass sein Arm ihren streifte. Er war so nah, dass sie den griechischen Kaffee in seinem Atem roch und den Geruch von Meerwasser und Schweiß auf seiner Haut. Als er einige Meter von Daphne entfernt war, drehte er sich schließlich um und blickte sie grinsend an.

»Bis morgen beim Lunch, eigensinnige *Amerikanida*«, verkündete er, stülpte sich eine alte sonnengebleichte Fischermütze auf den Kopf und ging zurück zum Hafen.

Daphne sah ihm hinterher. Ihre Wangen glühten. »*Malaka*«, murmelte sie so laut, dass er es hören konnte.

Doch der Fischer ersparte sich eine Erwiderung. Nur das Rascheln der Zypressen war in der Brise des Frühnachmittags zu vernehmen.

6

Als Daphne die rissigen Steinstufen zu Yia-yias Haus hinaufstieg und das knarrende Hofgatter hinter sich schloss, erwartete sie, in den vertrauten Anblicken Trost zu finden – dem großen Zitronenbaum, der sich unter der Last der Früchte bog, den glasierten blau-weiß bemalten Töpfen mit Yia-yias überwucherndem Basilikum und den alten geschnitzten Holzschemeln, die noch immer um das Feuer herum arrangiert waren, als ob sie mit einer weiteren von Yia-yias nächtlichen Märchenstunden rechneten.

Seit sie ein kleines Mädchen war, war Daphne unter übermütigem Gekicher durch dieses Tor gestürmt. Doch obwohl sie sehr glücklich und aufgeregt war, wieder hier zu sein, war es dieses Mal anders.

Ihre Begegnung war nur kurz gewesen, aber es schien, als habe ihr Frust mit jeder weiteren Sekunde in Yiannis Gegenwart, mit jedem ärgerlichen Augenblick, nur noch zugenommen. Daphne hatte das Gefühl, in alte Zeiten versetzt worden zu sein, als die geflügelten Furien herumschwirrten und die Sterblichen quälten. Sie erinnerte sich, wie sie als Teenager immer wieder Aischylos *Orestie* verschlungen hatte und sich vorzustellen versuchte, wie die winzigen Tiere aussehen mochten.

Hatte Orestes sich so gefühlt?

Im Gegensatz zu ihm wusste Daphne, dass sie keine Sünde begangen und weder die Götter noch die Natur erzürnt hatte. Yia-yias Haus war nicht das legendenumwobene und gefallene Haus des Agamemnon, und sie war keine mythologische Gestalt und auch kein junges Mädchen, dessen Hochzeit oder Opfer das Kriegsgeschick wenden konnte. Daphne war nur eine Sterbliche, eine einsame Frau, die allzu jung die Liebe ihres Lebens verloren hatte, und schließlich nach Jahren der Trauer bereit gewesen war, ihr Herz wieder zu öffnen. Dieser Ort hier sollte ihre Zuflucht sein, ihre Belohnung. Daphne fand, dass sie das Recht dazu hatte, hierher zurückzukehren, sich an die reinen, schlichten Freuden ihrer Jugend zu erinnern und sie gewissermaßen neu aufleben zu lassen.

Während sie durch den Patio schlenderte, berührte sie mit den Fingern die riesigen Blätter der Basilikumpflanzen. Als sie bei der letzten angelangt war, führte sie die Finger zur Nase und atmete den tiefen, vertrauten Geruch ein. Sie pflückte einen Zweig und wedelte mit ihm vor ihrer Nase herum. In der Antike glaubte man, dass ein Basilikumzweig so mächtig sei, dass er die Himmelspforte öffnen könne.

Genug. Es reicht, dachte Daphne und atmete tief aus. Sie öffnete die Augen und streckte die Hand nach Evie aus.

»Komm, Evie.« Daphne schwor sich hier an Ort und Stelle, dass sie es diesem Mann, der es geschafft hatte, ihr den Morgen zu verderben, nicht erlauben würde, ihren und Evies restlichen Tag zu ruinieren.

»Komm, *koukla*, ich zeige dir hier alles, bevor wir zu Mittag essen.« Sie wunderte sich, wie munter und fröhlich sie klang.

Hand in Hand gingen Daphne und Evie durch den Garten, vorbei an endlosen Reihen von Tomatensträuchern, an denen die Früchte überreif hingen. Sie gingen die Hintertreppe hinunter, vorbei an einer Mauer mit Geißblatt, deren winzige Blüten tausend Bienen anlockten, die mit ihrem Summen den Garten erfüllten. Sie begaben sich zu der Stelle, an der Yia-yia Jack stets an einen Olivenbaum anband, dessen üppige Äste ihrem alten Freund Schatten und Kühle spendeten.

Wie auf Kommando neigte Jack den Kopf, als Evie sich näherte. Evie streckte die Hand aus und tätschelte die weiche Stelle über der Nase des Esels. Jack trat noch näher an sie heran und beschnupperte ihren Hals.

»Oh, Mommy, er hat mir gerade einen Kuss gegeben. Er mag mich«, kicherte Evie.

»Ja, mein Schatz, das tut er bestimmt.« Sie waren erst knapp zwei Stunden auf Errikousa, und Evie schien bereits einen lieben Freund gewonnen zu haben.

»Los, Süße, ich will dir noch was anderes zeigen.« Daphne löste Evies Hände von Jacks Nacken.

Sie führte Evie durch den Hinterhof, durch den Garten und die Hintertreppe hinab zu Yia-yias wuseligem Hühnerstall. Daphne öffnete die Gittertür, drängte Evie hinein und zog dann die Tür hinter sich zu. Im Stallinneren erstarrte Evie, als sie auf ein halbes Dutzend winziger gelber Küken hinabblickte, die wild durcheinanderrannten. Daphne bückte sich behutsam, nahm ein frisch geschlüpftes Küken in die Hand und setzte es in Evies hohle Hände. Stillschweigend beobachtete sie, wie ihre Tochter über das ganze Gesicht strahlte, als sie mit ihren winzigen Fingern das daunenweiche Gefieder streichelte.

Daphne wagte es nicht, sich zu rühren. Sie sah einfach zu, wie Evie jedes einzelne Küken streichelte. Sie hatte das Gefühl, als ob ihr kleines Mädchen sicher sein wollte, dass sich alle Küken geliebt fühlten, dass keines eine Vernachlässigung spürte.

»*Elllla, elllla*, Daphne, Evie, *elllla*.« Yia-yias Singsang war bei all dem Lärm – den flatternden Flügeln, dem Hühnergegacker und Evies freudigen Quietschlauten – kaum zu hören.

Daphne hob den Kopf und blinzelte in die Sonne.

»Daphhhneeee, Evieeeeee, elllaaaa«, wiederholte Yia-yia ihren Singsang.

Daphne hielt die Hand an die Stirn, um ihre Augen vor der blendenden Sonne zu schützen. Doch es nutzte nichts. Da die Mittagssonne direkt über dem Haus stand, konnte Daphne Yia-yia im Gegenlicht nur verschwommen sehen. Ihre Großmutter stand hoch über ihnen auf der Terrasse, den vertrauten alten Holzlöffel zum Himmel gerichtet, und lud ihre Enkelin und Urenkelin singend zu Tisch.

»Wir kommen, Yia-yia. *Erhomaste*«, erwiderte sie.

»Kann ich es mitnehmen?«, bettelte Evie, als ihre Mutter die Gittertür für sie aufhielt.

»Bitte, bitte, Mommy«, flehte sie und streichelte behutsam das Küken, das sie noch immer in den hohlen Händen hielt.

»Nein, Liebes, du musst es hierlassen. Aber du kannst nach dem Essen wieder hierher kommen und mit ihm spielen«, versicherte Daphne ihr.

»Versprochen? Großes Ehrenwort?« In Evies Stimme schwang fast unmerklich ein leicht anklagender Ton. Niemand, der dem Gespräch zwischen Mutter und Tochter gelauscht hätte, hätte es bemerkt, aber er war da. Daphne wusste es. Sie hatte ihn schon viele Male zuvor wahrgenommen, und jedes Mal brach er ihr Herz noch ein bisschen mehr.

»Ja, ich verspreche es.« Daphne ging in die Hocke, sodass sie Evie direkt in die Augen sehen konnte. Sie legte beide Hände auf Evies rosige mollige Wangen. »Schatz, das ist dein Haus. Und es sind deine Küken. Du kannst sie besuchen, wann immer du willst, und mit ihnen spielen, solange du willst. Okay?« Sie küsste Evie zart auf die Nasenspitze. »Okay?«, wiederholte sie und verstärkte den Druck ihrer Hände auf Evies Wangen.

Daphne tat ihr Bestes, um ihre kleine Tochter zu beruhigen. Nach außen hin schien es zu funktionieren. Für ein Kind, das sich gewöhnlich zu Hause verkroch und mit seinen Stofftieren spielte, war die Tatsache, sich hier draußen frei bewegen zu können, in einem Hühnerstall mit echten Hühnern, wie ein wahr gewordener Traum. Daphne wusste, dass ihre Tochter sich nach frischer Luft und Freiheit sehnte. Und genau diese Sehnsucht wollte sie stillen.

Daphne hatte in Bezug auf Evie immer nur die besten Absichten. Ständig plante sie Besuche im Bronx Zoo und Picknicks im Central Park. Aber selbst die besten Absichten reichten nicht aus, um Evie dafür zu entschädigen, dass der Souschef im *Koukla* plötzlich erkrankte oder der Gesundheitsinspektor überraschend auftauchte. Es gab immer wieder einen Grund, weshalb Daphne ihre Unternehmungen mit Evie zurückstellen und zum Restaurant eilen musste, eine enttäuschte Evie im Schlepptau.

Jedes Mal, wenn Daphne einen Blick auf ihre enttäuschte Tochter warf, die an einem der hinteren Tische herumzappelte, spürte sie den vertrauten Schmerz in ihrem Herzen. Jedes Mal, wenn sie einen Blick auf Evie warf, die allein dasaß, wurde sie deutlich an die Zeit erinnert, als ihre Eltern dasselbe mit ihr machten.

Ein griechisches Vier-Sterne-Restaurant in Manhattan war oberflächlich betrachtet zwar nicht vergleichbar mit einem kleinen Schmuddelrestaurant in Yonkers. Aber Daphne wusste, dass es für ein einsames kleines Mädchen ein und dasselbe war.

Als sie das erste Mal in Yia-yias Haus waren, hatte die Großmutter Daphne aus der Küche verscheucht und jegliche Hilfe abgelehnt. Und jetzt, als sie im Patio stand und Yia-yias letzte Vorbereitungen beobachtete, lief ihr beim Anblick des Festmahls, das Yia-yia bereitet hatte, das Wasser im Mund zusammen. Es gab Essen in Hülle und Fülle; Platten mit *spanakopita*, *spourthopita*, ein frisch gebackenes mit Zitrone beträufeltes und mit Oregano gewürztes Huhn, eine übervolle Platte mit Yia-yias legendären gebackenen Kartoffeln, eine Schüssel mit köstlichem griechischem *horiatiki*-Salat aus rubinroten Tomaten, frischen Gurken und frisch geernteten roten Zwiebeln, die so intensiv waren, dass Daphnes Augen brannten.

»Daphne *mou*, was ist los? Ich habe deine Lieblingsgerichte zubereitet, aber du schenkst deiner Yia-yia kein einziges Lächeln?«, sagte die Großmutter und schaufelte die letzten dampfenden Kartoffeln auf den Servierteller.

»Setz dich und iss, *koukla mou*. Iss. Männer mögen es, sich an etwas festhalten zu können. Du bist nur Haut und Knochen«, neckte Yia-yia sie, beugte sich über den Tisch und stellte einen Teller vor Daphne.

»Yia-yia, mir geht's gut, ich bin nur hungrig.« Da Daphne

Yia-yia nicht beunruhigen wollte, füllte sie ihren Teller bis obenhin. Auch wenn sie es nicht laut eingestehen wollte, wie sehr ihr Yianni unter die Haut gegangen war, wusste sie, dass sie jemandem die Wahrheit sagen musste. Wenn sie einem Menschen gegenüber ehrlich sein konnte, dann war es Yia-yia.

»Es ist dieser Mann«, platzte Daphne schließlich heraus. Sie seufzte tief, griff dann nach einer dicken Olive und schob sie sich in den Mund.

»Welcher Mann, *koukla*?«, fragte Yia-yia eindeutig verwirrt. »Stephen? Dein Stephen? Was hat er dir getan? Gibt es ein Problem?« Yia-yia straffte die Schultern und hielt sich an der Tischplatte fest, als ob sie sich gegen schlechte Neuigkeiten wappnen wollte.

»Nein, nicht Stephen.« Daphne tat diese Vermutung mit einer Handbewegung ab. »Ich habe keine Probleme mit Stephen.« Sie griff über den Tisch und schnappte sich noch eine glänzende Olive.

»Ach, *entaksi*. In Ordnung.«

»Es ist dieser Yianni«, sprudelte es aus Daphne heraus.

»Yianni?«

»Ja, Yianni. Dieser blöde Fischer. Yia-yia, er war so grob zu mir. Dabei kennt er mich nicht einmal. Er scheint mich abzuurteilen, weil ich in New York lebe und für, wie er es nennt, reiche Amerikaner koche. Als ob er dadurch, dass er hier lebt und Fische von einem verdammten Boot fängt, ein besserer Mensch wäre.«

»Ach, Yianni.« Yia-yia lächelte, als sie seinen Namen aussprach. »Sei nicht so hart mit ihm, er ist ein guter Mann, Daphne. Er ist mir ein guter Freund. Unterhalte dich etwas länger mit ihm und du wirst es selbst feststellen.«

»Mit ihm reden? Yia-yia hast du gesehen, wie schroff er mich behandelt hat? Ich will nicht mit ihm reden, sondern ihm eine scheuern.« Kaum hatte sie diese Worte ausgesprochen, da hörte sie, wie die vordere Gittertür geöffnet wurde. Als sie das Gesicht der Tür zuwandte, um zu schauen, wer kommen würde und ihre Tirade mitgehört hatte, spürte sie, wie ihr das Blut in den Adern gefror.

»Wem willst du eine scheuern? Wie aufregend!« Popi eilte an den Tisch, küsste jeden auf die Wange. Dann nahm sie sich einen Stuhl und setzte sich neben Daphne, griff über den Tisch und schnappte sich eine Handvoll von Yia-yias gebackenen Kartoffeln. »Wie ich sehe, bin ich gerade rechtzeitig gekommen. Wem wollen wir eine scheuern?«

Es war Popi, Gott sei Dank. Daphne kniff sie erleichtert in ihren weichen, prallen Schenkel.

»Yianni«, verkündete Yia-yia und stellte einen Teller vor Popi hin. »Deine Cousine will Yianni eine scheuern.«

»Ach, der sexy Fischer.« Popi nickte zustimmend und verzog die Mundwinkel. »Ich würde ihm auch gern ein paar Klapse versetzen, aber nicht auf die Wangen.« Popi lehnte sich über den Tisch und bediente sich großzügig mit spanakopita, während Daphne und Yia-yia in unkontrolliertes Lachen ausbrachen.

»*Ella, ella.* Genug geschwatzt über Klapse und dummes Zeug. Das Essen wird kalt. Los, bedient euch.« Und dann entfaltete Yia-yia ein viereckiges in Aluminiumfolie gehülltes Paket, das in der Mitte des Tisches stand. Ihre arthritischen Finger lösten Schicht für Schicht, bis der Inhalt offen dalag. Daphne beobachtete den anfangs dünnen Rauchstrahl, der von der Folie aufstieg, sich dann fächerförmig ausbreitete und in der Nachmittagsluft auflöste.

»Yia-yia, du hast Feta gebacken«, rief Daphne. In der Aluminiumfolie befand sich eine dicke Scheibe Feta, großzügig mit Olivenöl übergossen, mit Paprika gewürzt und mit ein paar Streifen frischer Paprika belegt.

Daphne konnte es nicht abwarten, bis der Käse auf die Teller serviert wurde. Sie griff über den Tisch, spießte ein Stück des würzigen, weichen Käses auf die Gabel und schob es sich in den Mund. Als der Käse langsam auf ihrer Zunge zerschmolz, löste sich auch der Stress in ihrem Körper. Ein ums andere Mal nahm sie sich von dem Käse. Wie immer zeigten Yia-yias Kochkünste ihre magische Wirkung. Mit jedem köstlichen Bissen spürte Daphne langsam, aber sicher, wie sich der Knoten in ihrem Magen auflöste und das Pochen in ihren Schläfen nachließ.

»Daphne *mou*, wann trifft Stephen ein? Wann werde ich diesen Mann kennenlernen?« Yia-yia beugte sich vor und drückte eine halbe Zitrone über der wohlschmeckenden Hühnerbrust aus, die sie auf Daphnes Teller gelegt hatte.

»Nächste Woche, Yia-yia. Er wollte früher kommen, aber er kann nicht einfach so lange der Arbeit fernbleiben. Gerade jetzt hat er viel um die Ohren.« Daphne nahm einen Bissen der köstlichen Hühnerbrust und biss in das weiche Fleisch.

»Auch wir haben mit den Hochzeitsvorbereitungen viel um die Ohren«, fügte Popi hinzu und gönnte sich noch eine Portion Kartoffeln.

»Ach, Daphne *mou*, Daphne *mou*«, brachte Yia-yia in klagendem Singsang vor und wiegte sich hin und her.

Daphne zuckte bei der ersten Silbe zusammen.

»Daphne, ich hätte nie gedacht, dass du nochmals der

Liebe begegnest. Hätte nie gedacht, dass du nach der Liebe Ausschau halten würdest. Auch wenn Alex kein Grieche war, er war ein schöner Mann. Ich hätte nie gedacht, dass du ihn durch einen anderen Mann ersetzen würdest.« Yia-yia wischte sich mit dem Saum ihrer weißen Schürze über die Augen.

Yia-yias Worte versetzten Daphne in Erstaunen. Sie hatte nie das Gefühl, Alex durch Stephen zu ersetzen. Niemand wusste besser als sie, wie absolut unersetzbar Alex war. Als er starb, hatte sie das Gefühl, ein Stück von ihr sei gestorben. Aber genau wie eine Amputierte hatte Daphne gelernt, damit zu leben, dass ein Stück ihres Herzens fehlte. Sie hatte keine Wahl. Leere war statt Alex ihr ständiger Begleiter geworden.

»Ich ersetze niemanden.« Die Worte klangen barscher als beabsichtigt.

»Ach, dann ist es ja gut. Du weißt es selbst am besten«, gab sich Yia-yia geschlagen. Es war die übliche Reaktion von Yia-yia, wenn Enkelin und Großmutter sich einmal nicht einig waren, was selten vorkam. Aber bis jetzt hatten sich ihre kleinen Streitigkeiten gewöhnlich um Küchenthemen gedreht. Zum Beispiel, warum ein alter Besenstiel sich besser für das Ausrollen von Teig eignete als die teuren Marmorteigroller, auf denen Daphnes Konditorenlehrer bestanden hatten.

»*Kafe, ella*. Ich mache *kafe*«, verkündete Yia-yia. Sie hatte ihre Meinung kundgetan und wollte das Thema wechseln.

»Ja, *kafe*, prima Idee, Yia-yia«, stimmte Daphne zu – begierig auf den Kaffee wie auch den Themenwechsel.

»Thea Popi, willst du mit mir die Küken anschauen?« Evie hüpfte auf und ab, als sie an Popis Arm zerrte. Die Frage war eher rhetorisch. Die Art, wie Evie Popi bearbeitete, ließ erkennen, dass sie ein Nein nicht akzeptieren würde.

»Warte noch einen Augenblick, Evie. Lass Popi in Ruhe ihren Kaffee trinken«, schaltete Daphne sich ein.

»Alles in Ordnung, Cousine«, erwiderte Popi und umfasste mit beiden Händen Evies Gesicht. »Wie könnte ich einem so süßen Mädchen widerstehen?«

Evie lächelte ihre Tante einen Moment lang süßlich an, dann streckte sie die Zunge heraus und verdrehte die Augen, bevor sie sich losmachte und zum Hühnerstall rannte. »*Ella* Thea Popi«, rief sie über ihre Schulter. »*Ella*!«

»Es ist unmöglich, ihr zu widerstehen.« Popi zuckte die breiten Schultern, erhob sich und folgte Evie zum Hühnerstall. »Ich komme Evie *mou*«, rief sie und eilte die Treppe hinunter.

Yia-yia kehrte mit zwei Mokkatassen ihres dicken griechischen Kaffees zurück. Trotz der Nachmittagshitze, die jetzt allmählich unangenehm wurde, schmeckte der Kaffee köstlich. Daphne trank ihn mit vier großen Schlucken aus und stellte die Tasse vor sich auf den Tisch.

»Yia-yia ...« Daphne betrachtete den Kaffeesatz am Boden der winzigen Tasse. »Yia-yia, lies mir aus dem Kaffeesatz, so, wie du es gemacht hast, als ich noch ein kleines Mädchen war.«

Das war eine weitere von Yia-yias und Daphnes kostbaren Traditionen. Sie saßen zusammen, Seite an Seite, und tranken eine Tasse dicken schwarzen Kaffees nach der anderen, damit Yia-yia den Kaffeesatz lesen und Daphne erklären konnte, was die Zukunft für sie bereithielt. Von Zeit zu Zeit versuchte Daphne es ebenfalls. Sie hielt dann die Tasse vor ihr Gesicht und drehte sie nach allen Seiten.

Doch während Yia-yia Vögel im Flug, lange, gewundene Straßen und junge reine Herzen sah, erblickte Daphne nie etwas anderes als ein grässliches Chaos.

»Dann lass uns mal schauen, was wir da haben, Daphne *mou*.« Yia-yia lächelte, als Daphne auf dieses Stichwort hin die Tasse hob und den Kaffeesatz dreimal im Uhrzeigersinn drehte, wie Yia-yia es ihr als Kind beigebracht hatte. Dann stellte sie sie kopfüber auf die Untertasse, wo sich der Kaffeesatz ausbreiten würde, um ihr Schicksal zu enthüllen.

Nach zwei bis drei Minuten hob Daphne die Tasse und reichte sie Yia-yia. Diese starrte auf den frei gelegten Kaffeesatz und vermischte ihn mit ihren runzeligen Fingern.

»Nun?«, fragte Daphne und beugte sich vor, um besser sehen zu können. »Was siehst du?«

7

YONKERS

Mai 1995

Daphne beobachtete, wie sie durch die Tür des Lokals stolperten, ein Gewirr aus gekräuseltem Taft, verschmiertem Lippenstift und bleichen, schlanken Gliedern. Ihr Magen verkrampfte sich, und sie flehte alle Heiligen an, dass sie auf der Stelle tot umfallen möge, direkt hinter der Kasse.

»Ein Tisch für sechs«, verkündete das hochgewachsene blonde Mädchen, an niemand Bestimmten gewandt. »Ich habe Hunger wie ein Bär«, stöhnte sie und trat auf den Saum ihres gelben Abendkleids. Sie schlang die Arme um ihren breitschultrigen Begleiter und fuhr mit den Fingern über das Revers seines Smokings, während sie versuchte, Halt zu finden.

»Daphne, *ksipna*, wach auf.« Baba beugte sich durch die Durchreiche und schwenkte seinen Pfannenheber in ihre Richtung. »Husch, husch, *koukla*.« Sein dichter Schnurrbart konnte beim Lächeln nicht ganz die Lücke verbergen, die die beiden fehlenden Backenzähne hinterließen. »Kundschaft.«

»Ich gehe ja schon, Baba.« Gehorsam wie immer zählte sie sechs Speisenkarten ab.

Warum um Himmels willen mussten sie von allen Lokalen der Stadt gerade dieses auswählen? Warum hier?

Daphne ging in Gedanken ihre Wunschliste durch. Sie wünschte sich, sonst wo zu sein, nur nicht hier, wünschte sich, sie müsste nicht an den Wochenenden im Lokal arbeiten, wünschte sich, sie würde ebenfalls die Erfahrung machen, ihren beschwipsten Kopf an ein zerknittertes Revers zu lehnen.

Aber Daphne wusste, dass ein solcher Luxus nicht für Mädchen wie sie vorgesehen war. Verabredungen zu einem Ball und ein feuchtfröhliches Frühstück im Lokal kamen für Mädchen, die gefangen waren zwischen alten Traditionen und einer neuen Welt, nicht infrage.

Sie ging auf die Gruppe von Teenagern zu. »Bitte, hier entlang.« Ihre Stimme klang eher wie ein Flüstern.

Mit gesenktem Kopf geleitete sie sie zum hinteren Teil des Lokals. Sie deutete auf die größte Nische und hoffte, sie würden den Riss auf dem Vinylpolster übersehen oder in ihrer Kellnerin nicht ihre Klassenkameradin erkennen.

Sie ließen sich in der Nische nieder, erfüllt von den Nachwirkungen eines rauschenden Balls, und amüsierten sich wie lebenslange Freunde.

»Kaffee«, bestellten sie wie aus einem Mund und verschwendeten keinen Blick an das Mädchen, dessen Job es war, sie zu bedienen.

»Und Wasser«, fügte das blonde Mädchen hinzu und studierte die Speisenkarte. Schließlich löste sie den Blick von der Speisenkarte und ließ ihn zu Daphne wandern, erkannte das Mädchen, das in Chemie neben ihr saß, aber nicht, sondern sah lediglich eine Kellnerin. »Und jede Menge Eis, ich brauche dringend etwas Kaltes.«

Daphne wusste nicht, was mehr schmerzte: anders zu sein oder unsichtbar.

Sie ging zum Tresen zurück, dankbar, dass sie jetzt dem Tisch den Rücken kehren konnte. Sie betätigte den Hebel an der silbernen Kaffeekanne, aber ihre Hand zitterte so stark, dass sich die heiße Flüssigkeit über die Untertasse ergoss und ihre Haut verbrannte, als sie auf ihren Arm spritzte.

»Na, Süße, welche Laus ist dir denn über die Leber gelaufen?«, fragte Dina, Daphnes Lieblingskellnerin. Dinas rosige krallenförmige Nägel hinterließen eine Schramme auf Daphnes Hand, als sie sich vorbeugte, um Tasse und Untertasse zum Stillstand zu bringen. Sie klappte den Hebel nach oben, um den Kaffeefluss zu stoppen.

»Haben die Kids etwas zu dir gesagt?«, fragte sie und deutete auf die Teenager in der Ecke.

»Nein.« Daphne schüttelte den Kopf. »Sie haben nichts gesagt.«

Dina kniff die kajalumrahmten Augen zusammen und arrangierte mit der Spitze eines Bleistifts ihren schwarzen Haarknoten. »Bist du sicher?« Erneut warf sie einen Blick auf die Gruppe. »Ich bin hier, wenn du mich brauchst.«

»Dina, ich weiß.« Sie nickte. »Ich weiß.«

»Gut, du meldest dich einfach. Und ich behalte sie im Auge.« Dina wandte sich um, um das Käseomelett und die Pommes aus der Durchreiche zu holen und stellte das Essen auf den Tresen, direkt vor einen hungrigen Gast.

»Es ist okay«, sagte Daphne und nickte. »Ich hab's im Griff.«

Sie goss brühend heißen Kaffee in die Tassen und füllte die Gläser mit Eiswasser. Dann stellte sie alles auf ihr Tablett und trug es zu dem Tisch. Daphne biss sich auf die Unterlippe, als sie die Getränke servierte, und zog ihren Block aus der Tasche der schwarzen Polyesterschürze. Während sie schrieb, sah sie auf ihren Stift und das Papier. Sie nahm die Frühstücksbestellungen auf, ohne es zu wagen, den Blick zu heben. Vergeblich kämpfte sie gegen das Zittern des Bleistifts an und konzentrierte sich auf ihren Block, während die Teens kicherten und sich küssten. Als schließlich die letzte Bestellung notiert war, kehrte sie zur Küchendurchreiche zurück und reichte Baba die Bestellung.

»Bitte sehr.« Sie rang sich ein Lächeln ab, als er ihr das Blatt aus der Hand nahm. »Dina, kannst du bitte die Stellung halten? Ich muss auf die Toilette.«

»Aber klar, Daph, tu ich«, rief Dina vom Tresen her, wo sie die Serviettenhalter auffüllte.

Daphne begab sich in den hinteren Teil des Lokals, weg vom Lärm des Speiseraums und den hektischen Vorbereitungen am Grill. Sie öffnete die Tür zum Abstellraum, ging hinein und ließ sich tränenüberströmt auf den Boden fallen. Sie weinte geräuschlos, ihre Schultern und ihr Magen verkrampften sich mit jedem erstickten Schluchzer. Sie wäre länger im Abstellraum geblieben, wenn nicht das Klingeln des Telefons ihre Selbstmitleidsorgie unterbrochen hätte. Sie wischte sich mit dem Zipfel der Schürze notdürftig die Tränen ab, öffnete die Tür des Abstellraums und begab sich zum Wandtelefon.

»*Plaza Diner.*« Auch wenn sie sich noch so sehr bemühte, klang ihre Stimme rau und krächzend.

In der Leitung knackte es; die Stimme klang fern, aber deutlich. »*Ella*, Daphne *mou*.«

»Yia-yia!«, rief Daphne und versuchte, sich die Tränen abzuwischen. »Yia-yia, was ist los? Geht's dir gut?« Daphnes Stimme verriet Panik. »Du rufst nie hier an.«

»Ich weiß *koukla mou*. Aber ich musste unbedingt deine Stimme hören, wollte wissen, ob es dir gut geht.«

»Aber natürlich geht es mir gut«, schniefte Daphne. »Ich bin okay.«

»Du kannst offen mit mir sprechen, *koukla*. Du brauchst wegen mir nicht tapfer zu sein.«

»Oh, Yia-yia...« Daphne konnte sich jetzt nicht mehr beherrschen. Sie schluchzte ins Telefon und war erst nach einer Weile wieder fähig zu sprechen. »Wie... wie hast du es gewusst?«

»Nun, mein süßes Mädchen, ich habe gespürt, dass etwas nicht stimmt«, erwiderte Yia-yia. »Ich konnte dich weinen hören.«

8

»Evie, trau dich, du brauchst keine Angst zu haben«, bettelte Daphne. »Das Wasser ist nicht tief, los. Es wird dir gefallen.«

»Nein.«

»Evie, du weißt nicht, was dir entgeht. Komm schon, ich verspreche dir, ich lass dich nicht los, ich halte dich fest.«

»Nein, ich will nicht«, erwiderte Evie, drehte ihrer Mutter den Rücken zu und marschierte zu ihrer Decke am sandigen Strand.

Daphne stand bis zur Taille im Wasser, die Hände in die Hüften gestemmt, und starrte ihr kleines Mädchen an. Wie ist das nur möglich?, dachte sie. Wie konnte ein Kind, das aus einer Fischerfamilie stammte, sich so vor dem Wasser fürchten? Daphne machte sich nichts vor. Sie kannte die Antwort sowie das Mantra des »Wenn nur«, das sie sich immer wieder im Geiste vorsagte.

Wenn sie sich nur eine Zeit lang freigenommen und versucht hätte, jeden Sommer hierher zu kommen. Wenn es nur nicht so viel leichter gewesen wäre, in der Arbeit Vergessen zu suchen, dann wäre ihr Evie nicht so fremd geworden. Wenn Alex nur nicht in jener Nacht Überstunden gemacht hätte, damit sie den Konditorkurs bezahlen konnte, an dem sie unbedingt teilnehmen wollte. Wenn der

Lastwagenfahrer in jener Nacht nicht getrunken, die Mittellinie überfahren und auf Alex' Auto aufgeprallt wäre. Wenn ihre Eltern in jener Nacht, in der das Lokal ausgeraubt wurde, nur nicht dort gewesen wären. Wenn Baba nur geschwiegen und dem Junkie mit der Waffe die Kasse geöffnet hätte. Wenn Mama sich nur nicht von der Stelle gerührt und zu Baba geeilt wäre, um ihn in die Arme zu nehmen und zu trösten, als er sterbend auf dem Linoleumboden lag. Wenn der Junkie nur das Medaillon um Mamas Hals bemerkt hätte, die Fotos von Daphne und Baby Evie gesehen und erkannt hätte, dass sie allen Grund der Welt hatte zu leben, dass sie gebraucht und geliebt wurde. Wenn er nur den Schmerz, den er verursachte, hätte erfahren können, als er noch einmal einen Schuss abgab und ihre Mutter ebenfalls tötete.

Wenn sie nur nicht alle verloren hätte, die sie geliebt hatte.

Wenn nur...

Nichts konnte ungeschehen gemacht werden. Nichts brachte Mama, Baba oder Alex zurück, die ihr hätten helfen können, Evie aufzuziehen und ihr die Liebe und Aufmerksamkeit zu schenken, die sie verdiente und nach der sie sich sehnte. Daphne war erst 35, aber sie hatte das Gefühl, ein Leben der Verluste hinter sich zu haben und so wie die Gruppe der Witwen unten am Hafen in düstere Trauerkleidung gehüllt zu sein. Doch in der Kultur Manhattans sind Klagelieder und schwarze Kopftücher nicht angebracht. Daphne lernte, ihre Trauer in sich zu verschließen.

Sie wusste, dass sie an der Vergangenheit nichts ändern konnte. Aber als sie immer mehr feststellen musste, wie

Evie sich von ihr entfernte, wurde ihr plötzlich bewusst, dass sie die Zukunft von jetzt an ändern konnte. Da sie jetzt drauf und dran war, Stephen zu heiraten, würde sie sowohl genug freie Zeit als auch die finanziellen Mittel besitzen, Evie alles zu geben, was sie wollte und verdiente. Sie musste es tun, denn sie hatte schon zu viel verloren – ihren Mann, ihren Vater und ihre Mutter. Und Daphne erkannte jetzt, dass ihre Tochter in vielerlei Hinsicht ebenfalls ohne Mutter aufwuchs. Sie durfte Evie auf keinen Fall verlieren.

Als sie bis zu den Hüften im kühlen, klaren Wasser stand und beobachtete, wie Evie im Sand spielte, leistete sie einen Schwur. Sie würde auf eine Weise für Evie da sein, wie es ihr vorher nicht möglich gewesen war. Sie würde ihrer Tochter neue Welten eröffnen. Evie hatte ja keine Ahnung, was sie verpasste. Wie konnte Evie sich das Hochgefühl vorstellen, mit vollem Schwung ins Wasser einzutauchen, wo sie doch mitbekam, wie ihre Mutter vorsichtig und höchst bedächtig durchs Leben ging?

»Evie, Liebling!«, rief Daphne. »Ich schwimme nur eben ein paar Minuten und dann gehen wir zum Haus hoch, okay?«

»Okay, Mom.«

Daphne wandte sich dem offenen Meer zu. Sie ging in die Knie, hob die Arme über den Kopf und atmete tief ein.

Evie, die immer noch am Strand saß, unterbrach ihren Burgbau. Sie stand auf und wandte sich dem Gestrüpp zu. »Mommy, warum schreien diese Damen? Was fehlt ihnen?«

Aber Daphne konnte ihre Tochter nicht hören. Gerade als Evie den ersten schwachen Schrei vernahm, tauchte sie unter Wasser und glitt mit schnellen Zügen dahin. Sie öffnete die Augen. *Barbounia, tsipoura.* Sie alle waren hier. Sechs Jahre später und nichts hatte sich verändert.

Sechs Jahre später, und so viel hatte sich verändert.

9

»Geh in den Garten und pflück etwas frischen Dill für mich, *koukla mou*. Ich glaube, ich habe nicht genug«, sagte Yia-yia und verteilte Mehl auf dem Küchentisch. Daphne, die sich von ihrem morgendlichen Bad im Meer erfrischt fühlte, rannte die Treppe hinunter und pflückte im Garten einen großen Bund Dill.

Sie lächelte, als sie sich den Dill unter die Nase hielt und die federförmigen Stiele ihre Lippen kitzelten. »Es ist so ein gutes Gefühl, frische Kräuter im Garten zu pflücken statt sie aus der Kühlbox zu holen«, sagte sie zu ihrer Großmutter.

»Weißt du, Daphne *mou*, ich kenne es nicht anders.« Yia-yia nahm Daphne den Dill ab und legte ihn auf das Küchenbrett aus Olivenholz. Sie griff nach ihrem großen Messer und begann, die grünen Blätter in winzige fadenähnliche Stücke zu schneiden. Vor Jahren hatte Yia-yia Daphne beigebracht, wie wichtig fein geschnittene Kräuter waren. Sie betonte, dass sie dazu gedacht seien, ein Gericht zu würzen und nicht wie ein Souvlaki zerkaut zu werden.

»Yia-yia«, rief Daphne, als sie ihren alten rosafarbenen Kassettenrekorder auf dem Regal über der Spüle entdeckte.

»*Ne*, Daphne *mou*.«

»Yia-yia, mein altes Radio«, kreischte Daphne und erinnerte sich daran, wie sie stundenlang dagesessen und sich griechische Volksmusik angehört hatte.

»Deine alten Kassetten sind in der Schublade.« Yia-yia deutete auf den alten Holzschrank hinter dem Küchentisch.

Daphne umfasste die Schubladengriffe mit beiden Händen und zog daran. Unten in der Schublade befand sich ein Schatz griechischer Musik. Parios, Dalaras, Hatzis, Vissi... sie alle waren noch da. Sie durchwühlte den Stapel und zog eine weiße Kassette heraus, deren schwarze Aufschrift verblasst und verwischt war. Es war eine Kassette mit Liedern von Marinella, ihrer Lieblingssängerin.

»Wie lange habe ich das nicht mehr gehört...« Daphne setzte sich und drückte auf Play. Sie stützte die Ellbogen auf den Tisch, vergrub das Kinn in den Handflächen und schloss die Augen. Als die ersten Töne erklangen, breitete sich ein Lächeln auf ihrem Gesicht aus.

»Daphne *mou*, warum hörst du dir diese traurige Musik an? Sie schlägt einem ja aufs Gemüt!«, schalt Yia-yia, als sie abgekühlte Pellkartoffeln in die Pfanne rädelte.

So wie ihre Eltern hatte Daphne von jeher Marinellas Melodramen gemocht, ihre Geschichten von alles verzehrender Liebe und unerträglichem Kummer. Nach Alex' Tod hatte Daphne sich so in ihre Trauer vergraben, dass sie immer wieder diese Kassetten auflegte. Aber alles änderte sich an jenem Abend, als sie schließlich Stephens Heiratsantrag annahm.

»*Ella*, Daphne«, sagte Yia-yia, »wir erwarten Gäste zum Mittagessen. Schluss jetzt mit vergangenen Liebesgeschichten; wir haben viel zu tun.«

»Ich weiß, Yia-yia.« Daphne stand auf und stellte den Kassettenrekorder auf einen Stuhl in der Ecke. Aber sie schaltete ihn nicht aus, sondern drosselte lediglich die Lautstärke.

Den Rest des Vormittags arbeiteten sie Seite an Seite. Als Yia-yia den gesamten Dill klein gehackt hatte, warf Daphne eine gute Handvoll davon in die Pfanne. Dann fügte sie Reis und gekochte Kartoffeln hinzu, die Yia-yia bereits gewürfelt hatte.

»Ich kümmere mich um den Feta.« Yia-yia holte ein großes weißes Plastikgefäß aus dem Kühlschrank.

»Ja, tu das.« Daphne lachte.

»So, immer noch?« Yia-yia schüttelte den Kopf, löste den Deckel des Gefäßes, fasste mit bloßen Händen in die Lake und holte ein großes Stück weißen Feta-Käse heraus. Yia-yias Hände glitzerten feucht von der weißen Lake, die einen ätzenden Geruch verbreitete.

Daphne wandte sich ab und würgte. Sie konnte einen ganzen Fisch ausnehmen, jede Art von Fleisch schneiden und sogar ein Lamm aufspießen, aber der Feta in der Lake verursachte ihr jedes Mal Übelkeit.

»Wie machst du's denn im Restaurant?«, fragte Yia-yia.

»Ich lasse es jemanden für mich machen.«

»Ach, du bist ja so modern«, nickte Yia-yia.

»Ja, ich bin sehr modern«, kicherte Daphne, als sie das erste Ei aufschlug. Es folgten noch weitere zwölf, die Daphne zu Rühreiern verarbeitete, bis sich die Flüssigkeit in ein blasses Gelb verwandelte, mit ein paar schaumigen Blasen an der Oberfläche. Sie ließ die Eiermischung in die Pfanne gleiten, sodass sie sich gleichmäßig über den Kartoffeln, dem Feta und dem Reis verteilte. Fliegen surrten in der Küche herum. Daphne versuchte, sie zu verscheuchen, was sich aber als nutzlos erwies.

Yia-yia war fast fertig mit dem Teig. Sie hantierte sehr schnell und geschickt mit dem alten Besengriff, rollte die kleinen Teigstücke aus, bis sie hauchdünn waren. Daphne beobachtete, wie Yia-yia ein Teigstück nach dem anderen anhob und auf die verschiedenen Pfannen verteilte, die auf allen möglichen Abstellflächen in der Küche verteilt waren.

Kein einziges Loch. Daphne staunte und dachte daran, wie sie ständig ihre Finger anfeuchtete, um die auftauchenden Risse zu flicken, die sich beim Teigausrollen bildeten.

»*Entaksi*«, sagte Yia-yia, als die letzte Pfanne mit der reichhaltigen *patatopita*-Mischung gefüllt und mit etwas Zucker überstreut war. Sie stemmte die Hände in die Hüften, ihr schwarzes Gewand war mit weißem Mehl bestäubt. »*Ella*, Daphne *mou*, lass uns einen *kafe* trinken, bevor wir hier aufräumen. Ich werde dir dann wieder den Kaffeesatz deuten.«

»Nein, Yia-yia, keinen *kafe* mehr für mich.« Daphne hob abwehrend die Hand, dachte an die drei Frappés, die Evie ihr heute Morgen serviert hatte, bevor sie zur Bucht gegangen waren. »Im Übrigen gefällt mir, was du gestern in meinem Kaffeesatz gelesen hast. Ich will nicht riskieren, dass du heute etwas anderes siehst.« Sie fegte hinuntergefallene trockene Teigreste zur Tür hinaus.

Yia-yia nahm ihren *kafe* und ging hinaus zu ihrem Stuhl unter dem Olivenbaum. Sie genoss den gelegentlichen kühlenden Lufthauch und beobachtete, wie Evie Salamander in die Ritzen im Patio scheuchte. Als Yia-yia gestern in Daphnes Tasse geschaut hatte, hatte sie gesehen, dass der Boden mit tiefschwarzem Kaffeesatz bedeckt war, während sich an den Seiten der Tasse nur ganz dünne Streifen Kaffeesatz befanden.

»Was bedeutet das?«, hatte Daphne gefragt.

»Der Bodensatz symbolisiert deine Vergangenheit; du hattest viel Kummer. Aber schau hier...« Yia-yia beugte sich vor, um es Daphne zu zeigen. »Du siehst, wie an den Seiten das Weiß der Tasse durchscheint. Das bedeutet, dass sich der Himmel für dich aufhellt. Dein Kummer wird sich auflösen.«

Daphne hatte die Hände über der Brust gekreuzt und sich weiter vorgelehnt. Sie zog die Wangen ein, während sie darauf wartete, dass Yia-yia fortfuhr.

»Ich sehe am oberen Tassenrand eine Linie, das bist du. Und das hier...«, Yia-yia drehte die Tasse herum und deutete auf eine frische weiße Linie, die im Inneren auf halber Höhe verlief, »das ist deine Lebenslinie. Und daneben siehst du noch eine weitere Linie. Die Linien machen alle unvermittelt einen Bogen nach rechts. Und schau, wie sie danach deutlicher, stärker hervortreten.«

Yia-yia drehte die Tasse erneut herum. Sie zuckte zusammen, straffte die Schultern und den Rücken. »Daphne, da ist jemand, der deinen Lebenslauf verändern wird. Du begibst dich auf eine neue Reise, und er wird dich dabei begleiten. Er macht dich stärker und heilt dein gebrochenes Herz. Er wird den Rest deines Lebens an deiner Seite sein und dir so viel Liebe schenken, wie du es noch nie erlebt hast.«

Die Worte erfüllten Daphne mit Wärme. In wenigen Tagen würde Stephen hier eintreffen, und gemeinsam würden sie ihre neue Reise antreten – ihr neues Leben, und sie würde die Dunkelheit ein für alle Mal hinter sich lassen.

In der Vergangenheit hatte Daphne das Kaffeesatzlesen lediglich für einen Zeitvertreib an heißen Nachmittagen gehalten. Doch dieses Mal nicht. Dieses Mal wollte sie glauben, dass die Deutung des Kaffeesatzes sich bewahrheiten würde. Dieses Mal war es zu wichtig.

»Komm, leg deinen linken Zeigefinger auf den Boden der Tasse. Das ist der tiefste Teil deines Herzens, wo all deine Träume ruhen.«

Yia-yia hatte in die Tasse hineingedeutet, dorthin, wo der Bodensatz am dicksten war. Daphne folgte Yia-yias Anweisung. Sie drückte den linken Zeigefinger, der, der ihrem Herzen am nächsten war, auf den Bodensatz.

»Und jetzt nimm ihn heraus«, befahl Yia-yia.

Daphne zog ihren Finger zurück. Dann beugten sie sich vor und begutachteten gemeinsam die hinterlassene ovalrunde Spur im Bodensatz.

Daphne atmete tief durch.

»Schau, Daphne *mou*, du hast einen eindeutigen Abdruck hinterlassen. Dein Herz ist rein, und dein innigster Wunsch wird erfüllt werden.«

Jetzt, auf ihrem Stuhl unter dem alten Olivenbaum und Evie zu ihren Füßen, starrte Yia-yia auf ihren eigenen Kaffeesatz. Sie hörte, wie Daphne in der Küche ein altbekanntes Lied sang. Es war das Wiegenlied, das ihre eigene Tochter, Daphnes Mutter, vor Jahren an der Wiege ihrer Enkelin im Schatten des Zitronenbaums gesungen hatte. Und es war genau das Lied, das Yia-yia immer wieder gesungen hatte, wenn sie mit Daphne auf den Knien die Götter anflehte, den Worten zu lauschen und zu begreifen, was ihr dieses Kind bedeutete. Und jetzt war Daphne an der Reihe, eben diese Worte zu singen, ihre Bedeutung aufzunehmen und zu verstehen. Daphne war an der Reihe, zu begreifen, wie magisch und wirkungsvoll die Kraft der Liebe einer Frau sein konnte.

Ich liebe dich wie sonst niemanden auf der Welt...
Ich habe keine Gaben, mit denen ich dich überschütten kann,
Kein Gold, keine Juwelen oder sonstigen Reichtümer.
Und doch gebe ich dir alles, was ich besitze,
Und das, mein liebes Kind, ist all meine Liebe.
Ich verspreche dir:
Du kannst dir meiner Liebe immer sicher sein.

Yia-yia drehte und drehte ihre Tasse in den Händen. Sie starrte auf den dunklen Bodensatz und überlegte, dass auch sie alles, was sie besaß, für ihre Daphne geben würde. Sie war eine arme Frau und hatte außer einigen alten Geschichten und der Deutung eines dunklen Kaffeesatzes nichts, was sie ihrer Enkelin schenken konnte. Gestern hatte sich Daphne so sehr über die Deutung gefreut, dass Yia-yia es nicht übers Herz brachte, ihr die Wahrheit zu sagen.

Bald würde Daphne diejenige sein, die ihren Platz unter den Ahnen einnahm und die Stimmen hörte, die Yia-yia all die Jahre begleitet hatten. Aber es war noch zu früh. Yia-yia wusste, dass ihre Enkelin noch nicht so weit war.

»*Ohi tora*, nicht jetzt«, sagte Yia-yia laut, obwohl sie allein im Patio war. Die alte Frau blickte über die Insel zum Horizont und sagte: »Bitte, noch ein wenig Aufschub.« Sie schwieg, um zu lauschen. »Sie braucht noch mehr Zeit.«

Yia-yia nickte, als sie die Antwort der Insel vernahm. Der Wind wurde stärker, und die Zypressen raschelten.

Das Geräusch breitete sich über der Insel und dem Patio aus, das gedämpfte Stimmengewirr flüsternder Frauen, verborgen hinter den Bewegungen der Blätter. Es war die Antwort, auf die sie gewartet hatte, die Antwort, die im Moment allein sie hören konnte.

Yia-yia blickte über das Meer und dankte der Insel, dass sie ihr dieses Geschenk der aufgeschobenen Zeit machte. Sie würde das, was sie sah, für sich behalten, zumindest noch eine Zeit lang. Sie war eine alte, ungebildete Frau, aber Yia-yia konnte einen Kaffeesatz deuten wie ein Gelehrter ein Fachbuch. Sie wusste, dass die klare weiße Linie, die plötzlich am Seitenrand der Tasse erschienen war, bedeutete, dass Daphne tatsächlich auf eine Reise gehen würde, aber das war noch nicht alles, was sie im Bodensatz erkannt hatte.

Ich habe keine Gaben, mit denen ich dich überschütten kann,
Kein Gold, keine Juwelen oder sonstigen Reichtümer.
Und doch gebe ich dir alles, was ich besitze...

Einstweilen wählte Yia-yia die Gabe des Schweigens.

10

Später am Nachmittag saßen Daphne, Evie, Yianni und Popi auf alten Holzstühlen unter dem Olivenbaum und ließen sich Yia-yias *patatopita* schmecken. Daphne hatte den gesamten Vormittag gehofft, Yianni werde Yia-yias Einladung zum Essen und seine Zusage vergessen. Aber sie hoffte vergeblich.

Yianni war pünktlich aufgetaucht, und sein Gestöhne, er habe einen Wolfshunger, brachte Yia-yia zum Kichern, während Daphne sich eilends in die Küche verzog, um diesem Mann zu entrinnen, der nicht nur gekommen war, um die Pita zu verzehren, sondern auch, um den Frieden und die Ruhe dieses Tages zu zerstören. Daphne hatte beschlossen, dass die beste Methode, mit ihm umzugehen, die Nichtbeachtung sei.

Anscheinend hatte Yianni sich dieselbe Strategie zurechtgelegt.

Er stürmte durchs Gartentor, in einer Hand eine in Zeitungspapier eingeschlagene *tsipoura*, eine frisch gefangene schöne, große Goldbrasse, in der anderen Hand eine große Tafel Nussschokolade.

»*Yia sou* Thea«, rief er, als er den Patio betrat. Er beugte sich zu Yia-yia hinunter, küsste sie auf beide Wangen und reichte ihr den in Zeitungspapier gehüllten Fisch.

»Und das ist für dich, kleine Evie«, sagte er in perfektem Englisch, das jedoch einen starken Akzent verriet. Er strich Evie über die dunklen Locken und gab ihr die Schokoladentafel. Für Daphne hatte er weder ein Geschenk noch ein freundliches Wort. Er nahm sie nicht einmal zur Kenntnis.

Evie kletterte auf Daphnes Schoß und schmiegte sich an ihre Schulter. Als Daphne die Arme um ihre kleine Tochter schlang, wunderte sie sich über die Heilkraft von Evies Haut auf ihrer. Noch nie war sie glücklicher gewesen, dass Evie auf ihren Schoß krabbelte und sich an sie kuschelte. Gerade jetzt benötigte sie die Unbefangenheit und Zuneigung ihrer Tochter. Welch ein Gegensatz zu der abweisenden Haltung von Yianni, der nur wenige Zentimeter von ihr entfernt saß.

Evie blieb auf ihrem Schoß sitzen, genoss Daphnes Zeit und ihre Zuwendung. Da die Unterhaltung hauptsächlich auf Griechisch verlief, hatte das kleine Mädchen schnell das Interesse daran verloren, zu erraten, was die Erwachsenen redeten, und wandte ihre Aufmerksamkeit stattdessen den Korkenzieherlocken ihrer Mutter zu, die sie sich unermüdlich um die Finger wickelte. Sie lag über Daphnes Schoß gebreitet; ein Arm baumelte hinunter bis zum Boden, mit dem anderen spielte sie mit Daphnes dunklen Locken. Aber plötzlich sprang sie hoch und fing an zu schreien.

»Mommy, Mommy, nimm sie weg!«

»Evie, Liebes, was ist los?«, rief Daphne, als sie Evie von oben bis unten mit den Augen absuchte.

»Eine Spinne, eine riesige Spinne, krabbelt auf meinem Arm. Ihhh ... Mommy, hilf mir!«

Tatsächlich, ein winziger schwarzer Körper mit acht

spindeldürren Beinen kroch Evies Arm entlang. Mit einer Handbewegung fegte Daphne die Spinne vom Arm ihrer verängstigten Tochter.

»Ist ja gut, Liebes, es war nur eine Spinne, nichts, wovor du Angst haben müsstest.« Aber Daphne, die ihre Tochter kannte, wusste natürlich, dass ihre tröstenden Worte nutzlos waren.

»Evie, es ist nur eine Spinne«, eilte Popi Daphne zu Hilfe.

»Ja, Schatz, es ist nichts«, wiederholte Daphne, zog ihre Tochter zu sich heran und strich mit den Fingern über ihre Arme, als wolle sie die winzigen Fußspuren der Spinne beseitigen.

»Evie *mou*, keine Angst, es bedeutet Glück, wenn ein Kind von einer Spinne geküsst wird. Daphne *mou*, sag ihr, dass es Arachnes Kuss ist«, fügte Yia-yia hinzu.

Daphne, die Evie noch immer auf dem Schoß hielt, beugte sich zu deren Ohr herab und erklärte ihr, was Yia-yia gesagt hatte. »Weißt du, mein Herz, der Besuch einer Spinne ist nichts Furchterregendes, sondern ein Geschenk von Arachne.«

»Wer ist denn Arachne?«, wollte das kleine Mädchen wissen. »Noch eine Cousine? Mommy, weshalb habe ich so viele Cousinen mit seltsamen Namen?«, schnaubte sie. »Warum haben die Leute hier keine normalen Namen?«

»Nein, Evie«, lachte Daphne, »Arachne ist keine Cousine, sondern eine Spinne.«

»Mommy, nun redest du aber Blödsinn.« Verwirrt und entrüstet stemmte Evie die Hände in die Hüften und machte einen Schmollmund. Bei ihrem Anblick brachen die Erwachsenen in schallendes Gelächter aus.

»Arachne ist eine Spinne, Evie«, sagte Daphne und beugte

sich zu ihr, um es ihr zu erklären. »Als ich noch ein kleines Mädchen war, ungefähr in deinem Alter, hat Yia-yia mir die Geschichte von Arachne und Athena erzählt. Arachne war ein junges Mädchen, das sehr eingebildet und eitel war. Sie war jedoch in ganz Griechenland wegen ihrer Kunstfertigkeit bekannt, auf ihrem Webstuhl aus bunten Fäden wunderschöne Bilder zu fertigen. Sie prahlte sogar damit, dass sie besser weben könne als die Göttin Athene selbst. Athene wurde fuchsteufelswild und forderte Arachne zu einem Wettbewerb heraus, um zu sehen, wer das schönere Bild weben konnte. Sie saßen Seite an Seite am Webstuhl, bis der Wettbewerb beendet war. Beide Bilder waren vollkommen. Aber Arachne war erneut so dreist zu behaupten, dass ihr Bild besser sei als das von Athene. Die Göttin wurde so zornig, dass sie Arachne mit einem Bann belegte. Athene verwandelte Arachne in die erste Spinne auf Erden. Von diesem Augenblick an war Arachne an ihren Webstuhl gebunden und dazu verurteilt, für immer zu weben.«

»Siehst du, Evie?«, fügte Popi hinzu und nahm noch einen Bissen von der *patatopita*. Als sie den Mund öffnete, um noch etwas zu sagen, flogen kleine Krümel mit heraus. »Athene verwandelte Arachne in eine Spinne, weil sie ein sehr ungezogenes Mädchen war.«

»Aber warum war sie so ungezogen, Thea Popi? Sie hat doch nur ein Bild gemacht. Also?«, fragte Evie.

»Nun, Evie... ähhhhh... weißt du...« Popi blickte hilfesuchend zu Daphne. »Äh, der Grund ist... weil...« Es war eine der wenigen Situationen, in denen Popi keine Worte fand. Ihr Stottern und Stammeln verrieten, dass sie keine Ahnung hatte, was sie ihrer neugierigen kleinen Nichte antworten sollte.

Daphne lehnte sich auf ihrem Stuhl zurück, nahm sich noch etwas vom Kuchen und schwieg. Sie genoss diesen kleinen Austausch zwischen ihrer neugierigen, ausgelassenen Tochter und ihrer besserwisserischen Cousine, die erst vor Kurzem Daphnes Erziehungsmethoden infrage gestellt hatte.

»Ja, Popi, erzähl uns, weshalb Arachne in Schwierigkeiten geriet«, forderte Daphne sie schließlich auf und brach mit Daumen und Zeigefinger etwas von der Kruste der *patatopita* ab.

»Evie, ich werde es dir erklären«, mischte Yianni sich ein, rückte seinen Stuhl näher an das Mädchen heran und beugte sich hinunter, sodass er sich auf Augenhöhe mit Evie befand.

Yiannis Angebot überraschte Daphne. Sie blickte kurz zu ihm hinüber. Seit er zum Essen gekommen war, war dies das erste Mal, dass sie es wagte, ihn direkt anzusehen. Aber jetzt, hier im Patio, da er Evie Hilfe anbot, konnte sie den ungehobelten Fischer nicht mehr übergehen. Sie sah noch einmal zu ihm hinüber und erhaschte einen Blick auf sein Profil, die leicht gekrümmte Nase, die Knitterfalten um die Augen und den struppigen Bart, der noch mit mehr Grau durchzogen zu sein schien, als sie es in Erinnerung gehabt hatte.

»Weißt du, Evie, sie geriet in Schwierigkeiten, weil sie sich für besser hielt als alle anderen«, sagte Yianni. »Sie war zu eingebildet. In der Mythologie nennen wir das Selbstüberschätzung.«

»Ja, das stimmt, Evie *mou*«, fügte Daphne hinzu. »Yianni scheint diesen Mythos sehr gut zu kennen, kennt er sich doch offensichtlich mit Selbstüberschätzung gut aus.«

Das erste Mal seit seinem Kommen wandte Yianni sich ihr zu. Die Lockerheit, mit der er zu Evie gesprochen hatte, löste sich in Nichts auf, als er der *Amerikanida* in die Augen sah. Er hatte für sie nur einen dreisten, herausfordernden Blick übrig. Daphne verspürte den Drang, woandershin zu sehen, seinen schwarzen Augen zu entfliehen, die kälter waren als die des toten Fisches, der jetzt in einem Eisbett auf dem Küchentresen lag. Aber sie hielt seinem Blick stand, sie konnte sich nicht geschlagen geben – nicht schon wieder.

»Ja, Evie«, erwiderte Yianni und richtete seine Aufmerksamkeit erneut auf das Kind. »Ja, die alten Griechen nannten es Selbstüberschätzung oder Hybris. Es ist ein großes Wort, bedeutet aber, dass jemand zu eingebildet ist, was nie gut ist.« Als er diese Worte aussprach, wandte er sich erneut Daphne zu.

»Okay«, erwiderte Evie, sprang auf und jagte einem Salamander über den Patio hinterher. Für sie war die Hybris, ja die ganze Unterhaltung, abgehakt.

»Nun, Daphne, dieses Mal ist es dir wirklich gelungen, ihre Aufmerksamkeit zu fesseln«, lachte Popi.

»Ich weiß.« Daphne schüttelte den Kopf. »Sie ist nicht unbedingt eine aufmerksame Zuhörerin.«

»Sie ist ein hübsches kleines Mädchen«, fügte Yianni hinzu und blickte Evie hinterher. »Es verwundert aber nicht, dass sie so hübsch ist. Sie ist ja nach Thea Evangelia benannt, nicht wahr? Sie ist genauso hübsch wie ihre Urgroßmutter«, erklärte Yianni.

»Ja, das ist sie.« Popi schenkte sich noch ein Bier ein und stieß mit Yianni an. »Das stimmt doch, Daphne, oder? Evie ist doch nach deiner Yia-yia benannt?«

Daphne nickte. Sie bemerkte, wie Yianni Evie beobachtete, die über den Patio rannte und mit einem Stock hinter den Steinen nach Salamandern stocherte. Als sie bei der alten Kellertür angelangt war, deren blaue Farbe abblätterte, blieb sie stehen. Sie riss die Augen auf, als sie eine Spinne entdeckte, die in der Ecke des Türrahmens ihr Netz gewoben hatte.

»Thea Evangelia, schau dir Evie an! Sie hat Arachne gefunden.« Yianni deutete zu der Stelle, an der Evie reglos stand.

»Nur noch ein Stück...« Popi lehnte sich über den Tisch und holte sich das letzte Stück Pita von der Platte, sodass nur noch ein paar Brotkrümel übrig blieben.

»Ach, heute sind alle sehr hungrig. Ich hole noch mehr Pita.« Yia-yia nahm die leere Platte und schlurfte in die Küche zurück.

»Auf Thea Evangelia«, rief Popi, deren Zunge anfing, schwer zu werden.

»Auf Thea Evangelia«, rief Yianni.

»Ja, auf Yia-yia«, stimmte Daphne mit ein, überrascht darüber, dass es tatsächlich etwas gab, worin sie und Yianni sich einig waren.

»Thea Evangelia ist einmalig«, sagte Yianni und wiegte den Kopf hin und her. »Und es wird nie wieder eine geben wie sie«, fügte er hinzu, während er sein viertes Bier hinunterkippte.

»Daphne«, sagte Popi und hob das Glas an die Lippen. »Daphne, ich habe dich das noch nie gefragt. Warum hast du Evie nach Yia-yia benannt und nicht nach deiner Mutter? Angeliki ist ein schöner Name... Und es ist eine Tradition, unsere Kinder nach ihren Großmüttern zu benennen, nicht nach deren Urgroßmüttern. Du wurdest ja auch nach der Mutter deines Vaters benannt.«

Yianni blickte Daphne an und wartete auf ihre Antwort.

»Ich weiß nicht, ich hatte darüber nachgedacht. Aber ich glaube, ich wollte irgendwie Yia-yia ehren, ihr zu verstehen geben, wie viel sie mir bedeutet. Sie war wie eine zweite Mutter für mich.« Daphne lief es kalt den Rücken hinunter bei dem Gedanken an ihre Mutter, die so sinnlos umgebracht, so früh von ihnen genommen worden war, als Evie gerade ihre ersten Gehversuche gemacht hatte.

»Es gibt viele Möglichkeiten, jemanden zu ehren«, bemerkte Yianni, der erneut sein Bierglas füllte. »Und ich persönlich sehe keine große Ehrenbezeugung darin, ein Kind nach jemanden zu benennen, der von dem Kind ferngehalten wird, Tag und Nacht davon träumt, sie endlich kennenzulernen. Für mich ist das keine Ehre, sondern eine Qual.«

»Wie bitte?« Daphne wirbelte herum, um ihm ins Gesicht zu blicken.

Popi setzte sich in ihrem Stuhl auf, bereit für das Blitzgewitter, das sich sicherlich gleich entladen würde.

»Was zum Teufel soll das denn heißen?«, wollte Daphne wissen.

»Das heißt, dass es klüger wäre, wenn du dir etwas anderes einfallen lassen würdest, deine Yia-yia zu ehren«, bemerkte Yianni achselzuckend und duzte sie unwillkürlich.

»Du weißt nichts von uns, von mir«, zischte sie und spürte, wie die Wut sie zu übermannen drohte. Sie hatte das Gefühl, so rot wie die Tomaten an den Sträuchern zu sein und so heiß wie der griechische Kaffee, den Yia-yia auf dem Herd zubereitete. Dieser Mann wusste nichts von ihr, nichts über Yia-yia. Wie kam er nur dazu, sich anzumaßen, ihre Geschichte zu kennen? Sich anzumaßen, auch nur im Geringsten zu ahnen, wie tief Daphnes Gefühle für ihre Yia-yia waren?

»Daphne, ich weiß mehr, als du glaubst«, erwiderte Yianni. »Du glaubst, ein Kind nach einer alten Frau zu benennen, sei eine Ehre. Wozu soll diese Ehre gut sein, wenn diese alte Frau Tag für Tag und Nacht für Nacht allein dasitzt und darum betet, dass sie eines Tages das Glück haben möge, dieses Kind, das ihren Namen trägt, kennenzulernen. Was nutzt ein Name einer alten Frau, die Tag und Nacht Klagelieder singt und den Namen des Kindes laut herausschreit, aber genau weiß, dass ihre Stimme zu weit entfernt ist, um von den beiden kleinen Ohren, die sie so gerne streicheln und küssen möchte, gehört zu werden.«

»Wer zum Teufel glaubst du, bist du?«, zischte Daphne. »Was weißt du denn von all dem?«

»Aber ich weiß es«, erwiderte Yianni, unbeeindruckt von ihrer Wut. »Daphne, ich weiß Dinge, die du nicht weißt. Ich sehe Dinge, die du nicht sehen kannst. Ich weiß, wie sehr sie dich vermisst, wie allein sie sich fühlt. Ich weiß, wie oft sie, wenn ich sie besuche, ins Feuer starrt und weint. Wie sie die Fotos, die du ihr schickst, immer wieder anschaut. Häufig bin ich abends hierhergekommen, um nach ihr zu sehen, und habe beobachtet, wie sie allein dasaß und mit deinen Fotos redete, deine Lieblingsgeschichten flüsterte und darum betete, du könntest sie irgendwie hören.«

»Hör auf!« Daphne sprang auf und warf den wackeligen Stuhl um. »Was ist los mit dir? Haben wir nicht genug Mythen für einen Tag gehört?«

»Was soll los sein?«, fragte Yianni achselzuckend. »Ich habe nur die Wahrheit gesagt. Ob es dir gefällt oder nicht, es ist die Wahrheit. Ich sehe sie, Daphne, kenne sie. Ich spotte gern darüber, wie wenig ihr Amerikaner wisst, aber tu nicht so, als seist du auch noch blind.«

Daphne hielt sich mit zitteriger Hand am Tisch fest, um sich zu beruhigen. »Du weißt überhaupt nichts«, knurrte sie und blickte ihm direkt in die Augen, gefasst auf seinen kühlen, herausfordernden Blick. Aber sie stellte verblüfft fest, dass sein Blick so etwas wie Mitgefühl verriet.

»Ich kümmere mich um sie«, betonte Daphne. »Ich schicke Geld. Ich arbeite jeden Tag von früh bis spät, damit ich für Evie und Yia-yia sorgen kann. Niemand hat mir geholfen, niemand. Ich habe es ganz allein geschafft, uns alle zu versorgen. Du hast nicht das Recht, so etwas zu sagen.« Daphne kehrte ihm den Rücken zu und stellte fest, dass sich ihre Augen mit Tränen füllten. Aber er durfte sie auf keinen Fall so sehen.

»Daphne, wozu soll dein Geld gut sein?«, fuhr er fort, allerdings mit etwas sanfterer Stimme. »Glaubst du, deine Yia-yia sei an deinem Geld interessiert? Glaubst du, das Geld leistet ihr nachts Gesellschaft, wenn sie sich einsam fühlt? Wenn sie Angst hat? Glaubst du, es verschafft ihr Wohlbehagen? Es redet mit ihr, wenn sie sich nach Gesellschaft sehnt?«

Daphne hatte nicht mehr die Kraft, ihm weiter zuzuhören. Ihr drehte sich der Kopf, als ob sie statt eines kleinen Glases Wein genauso viel getrunken hätte wie Yianni und Popi. Sie ging auf das Haus zu.

»Einmal hatte ich ihr berichtet, dass mir mein Boot Kummer mache und dass ich mir keinen neuen Motor leisten könne. Sie nahm mich bei der Hand und führte mich ins Haus. Deine Yia-yia holte eine Schachtel unter dem Bett hervor, die bis oben hin mit Dollar angefüllt war. Sie forderte mich auf, mir so viel zu nehmen, wie ich benötigte, weil sie keine Verwendung für das Geld hatte. Ich aber lehnte ihr Angebot ab. Sie bewahrt alles in der Schachtel auf, dahin wandert dein Geld, wo es nutzlos herumliegt.« Er schnappte sich seine Fischermütze, die er über die Stuhllehne gehängt hatte, stülpte sie über und stapfte zum Gittertor. »*Yia sou*, Thea Evangelia, ich muss jetzt gehen. Vielen Dank für das Essen.«

Das Tor schloss sich hinter Yianni, als Yia-yia aus der Küche auftauchte und noch mehr Pita brachte.

»Popi, wo sind denn alle? Was ist passiert?«, fragte Yia-yia und stellte das Tablett auf den Holztisch.

»Keine Ahnung«, erwiderte Popi, wiegte den Kopf hin und her und leerte ihr Bierglas.

Daphne öffnete die Tür zu Yia-yias kleinem Haus und ging hinein. Sie schloss die Tür hinter sich und lehnte sich gegen den Türrahmen. Ihre Knie zitterten. Sie hob den Kopf und sah sich im Zimmer um. Es war ein winziges Haus, bestehend aus zwei kleinen Schlafzimmern und einem sparsam möblierten Wohnzimmer. Das Pochen an ihren Schläfen war so stark, dass es ihren Blick trübte.

Das einzige Mobiliar im Raum bestand aus einem alten, unbequemen grünen Sofa und einem Tisch mit vier Stühlen, deren rote Seidenbezüge mit Plastikschutzhüllen überzogen waren – als Schutz für fiktive Gäste. Daphne seufzte.

Hinter dem Tisch befand sich eine lange Glasvitrine mit vielen Familienfotos. Es gab ein Schwarz-Weiß-Foto von Daphnes Eltern an ihrem Hochzeitstag. Die Haare ihrer Mutter waren in kunstvolle Locken gelegt und mit Spray haltbar gemacht. Und da war ein ziemlich mitgenommenes

Schwarz-Weiß-Foto von Papou, Daphnes Großvater, aus seiner Zeit bei der griechischen Marine. Er sah gut aus in seiner sorgfältig gebügelten Uniform und mit dem vollen Schnurrbart. Daneben befand sich ein seltenes Foto von Yia-yia als junge Mutter. Sie stand am Hafen, hielt Mamas winzige Hand und zeigte einen ernsten Gesichtsausdruck, wie es damals üblich war. Kein einziger Mensch dieser Generation lächelte je, wenn er fotografiert wurde. Die übrigen Fotos zeigten ausnahmslos Daphne – Daphne bei der Taufe, Daphne, die unter dem Olivenbaum im Patio ihre ersten Schritte machte, Daphne mit vorstehenden Zähnen auf einem Schulfoto in der dritten Klasse, Daphne und Alex, die sich an ihrem Hochzeitstag küssten, Daphne, die mit ihrer noch intakten griechischen Nase sehr viel südländischer aussah, Daphne und Evie, wie sie von ihrem Apartment in Manhattan Yia-yia Küsschen zuhauchten, und Daphne, die Küchenchefin in Weiß, die Yia-yia aus der Küche des *Koukla* zuwinkt. Hier war Daphnes gesamtes Leben auf staubigen Fotos in billigen Rahmen dargestellt.

Sie fühlte sich jetzt etwas ruhiger, fern von der sengenden Nachmittagssonne und dem ätzenden Gift von Yiannis Anklagen. Als sie sicher war, wieder fest auf den Beinen zu stehen, ohne sich an der Wand abstützen zu müssen, steuerte sie Yia-yias Schlafzimmer an. Sie wusste, was sie dort finden würde, aber sie musste es mit eigenen Augen sehen.

Als sie sich aufs Bett setzte, knarzte es. Ihre Hände berührten die gehäkelte Bettdecke, tasteten sie ab. Nach einer Weile beugte sie sich vor, fasste unters Bett und wurde sofort fündig. Daphne nahm die staubige Schuhschachtel, legte sie sich auf den Schoß und ließ ihre abgebrochenen

Fingernägel über den Deckel gleiten, hob ihn schließlich hoch und blickte ins Innere.

Da waren sie, genau wie Yianni berichtet hatte. Hier waren Dollarbündel angehäuft, Stapel grüner Scheine, Tausende von Dollar – das gesamte Geld, das Daphne Yia-yia in den letzten Jahren geschickt hatte.

Daphne starrte in die Schachtel, auf das Ergebnis all der Stunden, die sie fern von zu Hause verbracht hatte, fern von Evie, fern von Yia-yia. Sie griff in die Schachtel und hob das Ergebnis all der Stunden heraus, die sie damit vergeudet hatte, mit den Lieferanten und ihrem Personal zu streiten und vor Erschöpfung zu weinen. Sie fächerte die Scheine auf, das Ergebnis von Auszeichnungen, Anerkennung und einem ausgebuchten Restaurant, für das sie so hart gekämpft hatte.

Da lag es gebündelt in einer Schuhschachtel unter Yia-yias Bett. Und alles war auf einmal bedeutungslos.

11

MANHATTAN

Januar 1998

Als Daphne bei der Eighth Street in der Nähe der New York University den U-Bahn-Aufgang hochstieg, schlang sie sich wieder den Häkelschal um den Hals. Sie vergrub das Gesicht in der kratzigen Wolle und wappnete sich gegen den beißenden Wind, der durch den Broadway peitschte. Ein weiterer eisiger Windstoß traf sie, als eine durch den Wind erzeugte Träne ihre Wange hinunterrollte.

Verdammt. Sie schmiegte ihr Gesicht noch tiefer in die braune Wolle. Es gab kein Entkommen. Selbst der neue Schal, den Yia-yia gehäkelt hatte und der gestern aus Griechenland eingetroffen war, roch bereits nach Bratenfett.

Verdammt. Verdammt. Verdammt.

Daphne zitterte unwillkürlich, selbst unter den vielen Kleidungsschichten, die Mama ihr aufgedrängt hatte, bevor sie sich in die eisige Kälte wagte. Das Vibrieren und Zucken ihrer Muskeln gab Daphne das Gefühl, auf einer dieser lächerlichen 25-Cent-Massageliegen zu ruhen, nach denen Baba so verrückt gewesen war, als sie vor ein paar Jahren den großen Familienausflug zu den Niagarafällen unternommen hatten.

Baba hatte immer davon geträumt, die legendären Wasserfälle mit eigenen Augen zu sehen. Immerhin standen sie auf der Liste der Sieben Weltwunder, zusammen mit der Akropolis. Sie wusste zwar, dass ihr Vater die Niagarafälle unbedingt sehen wollte, war aber dennoch schockiert, als ihre Eltern das Lokal in die Obhut von Theo Spiro gaben, den Buick beluden und ihre zweitägige Reise nach Norden antraten. Gewöhnlich ließ Baba das Lokal nämlich nie allein, absolut nie.

Doch so beeindruckt Baba auch von der wilden Schönheit der Niagarafälle sein mochte, noch mehr schienen ihn die vibrierenden Betten im Howard Johnson Motel zu faszinieren. Daphne hatte eine Münze nach der anderen in den winzigen Schlitz gesteckt und beobachtet, wie Baba selig lächelte. Sein gewaltiger Bauch wackelte und zitterte wie die riesigen Schüsseln mit cremefarbener *tapioca*, die Mama jeden Sonntag auftrug. Daphne wusste, dass dieser 25-Cent-Genuss für Baba die Verkörperung von Luxus und Erfolg symbolisierte. Für ihn, der es gewohnt war, sechzehn Stunden pro Tag hinter einem heißen Grill zu stehen und Burger zuzubereiten, bedeutete ein vibrierendes Bett in einem in Senfgelb gehaltenen Motel, wo die Nacht 29,99 Dollar kostete, dass er es wirklich geschafft hatte und endlich den amerikanischen Traum lebte.

Daphne war gut dreißig Minuten vor der Vorlesung im Hörsaal. Sie hasste es, so früh dort zu sein, aber da die U-Bahn von Yonkers nach Manhattan nur alle halbe Stunde fuhr, verbrachte sie viel Zeit damit, in Hörsälen zu warten. Einige der anderen Pendler-Studenten trafen sich oft bei Kaffee und Zigaretten in der Cafeteria auf der gegenüberliegenden Straßenseite, aber Daphne war wenig angetan von ihrem geschwätzigen Small Talk und den unverblümten Flirtversuchen. Lieber war sie für sich und wartete allein.

Dankbar, der Kälte entronnen zu sein, begann sie langsam, sich zu entblättern. Erst zog sie den langen, voluminösen schwarzen Mantel aus, dann die gelbe Strickjacke und den braunen Baumwollpullover und schließlich den nach Fett riechenden Schal. Es war unmöglich, alles auf der Lehne ihres engen Hörsaalstuhls zu verstauen. Und so blieb ihr nichts anderes übrig, als ihre Wintergarderobe auf dem Boden neben ihrem Sitz am Gang aufzustapeln. Sie hasste es, wusste aber nicht, wo sonst sie sie unterbringen sollte. Nichts nervte einen pendelnden Studenten mehr als an einem Unitag einen Stapel warmer Winterkleidung und einen Rucksack voller Bücher mit sich herumzuschleppen.

Daphne war klar, dass sie sich von vielen der Studenten unterschied, die sich auf dem Campus volldröhnten, Pyjamapartys veranstalteten und ohne Schuldgefühle sexuelle Erfahrungen machten. Aber manchmal, wenn sie allein im Hörsaal saß, tat sie so, als wäre sie doch wie die anderen. Vielleicht war es sogar möglich? Vielleicht konnte man sie für eine zerzauste Studentin halten, die gerade aus dem Bett ihres Freundes kam und über die Straße sprintete, um rechtzeitig in der Vorlesung zu sein. Daphne genoss ihre Tagträume, liebte es, sich vorzustellen, genau wie die anderen Studenten zu sein. Aber dann fiel ihr Blick unweigerlich wieder auf den Stapel Kleider und Bücher neben sich. Sie wurde erneut daran erinnert, dass ihr Markenzeichen anstelle einer faszinierenden Mischung aus Räucherstäbchen, Patchouli und Sex am Morgen das Bratenfett war.

Daphne würde nie jenen denkwürdigen Tag in ihrem Theatergeschichtskurs vergessen. Der Tag war nicht denkwürdig aufgrund der eiskalten Temperaturen, sondern wegen ihm. Wegen Alex.

Sie hatte ihn schon ein paarmal auf dem Campus gesehen, ihn aber nur flüchtig zur Kenntnis genommen, sein typisch amerikanisches gutes Aussehen. Doch als Alex an jenem Tag in ihrem Theatergeschichtskurs sein Referat hielt, stellte Daphne fest, dass der äußere Schein trügen konnte. Alex war kein eindimensionaler, privilegierter amerikanischer Junge, der von einem hübschen griechischen Mädchen nur das eine wollte, wovor ihre Mutter sie so vehement gewarnt hatte. Als er zu sprechen begann, erkannte Daphne, dass hinter diesen kornblumenblauen Augen mehr steckte als Fußball, wilde Partys und die neueste Eroberung eines Mädchens aus der Studentinnenverbindung.

Daphne würde nie vergessen, wie seine Stimme krächzte und seine Hände zitterten, als er vor der Gruppe stand und sich an seinem Blatt festhielt. Sein Hemd war zerknittert und abgetragen und seine Khakihose wies Flecken an den falschen Stellen auf.

»Meiner Meinung nach enthält Christopher Marlowes *Doktor Faustus* eine der großartigsten, wenn nicht überhaupt die großartigste Stelle in der gesamten Theatergeschichte«, begann Alex. Er hielt kurz inne und blickte sich im Raum um. Dann hielt er sich das Papier etwas näher unter die Nase und nahm den Faden wieder auf. Aber als er die Stelle vorlas, bemerkte Daphne, dass seine Hände nicht mehr zitterten und seine Stimme ruhig und gefasst klang.

»War dies das Antlitz, das an tausend Schiffe
zur Meerfahrt zwang und Ilions stolze Türme
den Flammen weihte? Süße Helena,
mach mich durch einen Kuss von dir unsterblich!
Es saugen ihre Lippen meine Seele
Aus mir – da fliegt sie, schau! – Komm, Helena,
komm, gib mir küssend meine Seele wieder!
Hier will ich bleiben, denn der Himmel wohnet
auf diesem Lippenpaar, und alles, was
nicht Helena, ist nichts!
Paris will ich sein, nun soll Wittenberg
um deine Liebe untergehn, statt Trojas,
den Schwächling Menelaos will ich angehn
und deine Farben auf dem Helmbusch tragen;
ja, ich will des Achilles Ferse treffen,
dann heim zu dir und deinem Kusse kommen!
Oh, du bist schöner als der Abendhimmel
im schönsten Kleide seiner tausend Sterne,
bist strahlender als Zeus, wie er Semelen
in Flammenpracht erschien, der Unglückseligen,
liebreizender noch als der Herr des Himmels
umkost von Arethusas Azurarmen –
du, einzig du sollst meine Liebste sein!«[*]

Als er mit seinem Vortrag zu Ende war, blickte er vom Blatt hoch. Er zauberte ein leicht schiefes Lächeln in sein Gesicht, als er sich im Raum umsah und nach etwas Aufmunterung oder irgendeiner Reaktion seiner Kommilito-

---

[*] Christopher Marlowe: Die tragische Historie vom Doktor Faustus, Reclam, Stuttgart 2008, S. 67

nen suchte. Aber Alex sah nur in blutunterlaufene ausdruckslose Augen. Bis er das Mädchen mit dem Stapel Bücher und dem Haufen Kleider sah. Daphne hielt dem Blick des irritierten amerikanischen Jungen stand und erwiderte schüchtern sein Lächeln.

»Sehr gut gewählt, junger Mann«, bemerkte der Professor. »Erklären Sie mir jetzt, was dies für Sie bedeutet.«

»Für mich ist diese Textstelle reine Kunst«, begann Alex. Er starrte wieder auf das Papier, das er mit beiden Händen krampfhaft umfasste. »Für mich ruft reine Kunst Emotionen hervor. Liebe, Hass, Freude, Leidenschaft, Mitgefühl und Traurigkeit. Egal in welcher Form, die Kunst erweckt Empfindungen, vermittelt einem das Gefühl, lebendig zu sein.«

Alex hielt inne, um Luft zu holen. Er blickte von seinem Blatt hoch und stellte erneut Blickkontakt mit Daphne her. Sie drehte und wand sich auf ihrem Stuhl und spürte einen Kloß im Hals.

»Diese Textstelle lässt mich daran denken, welche Kraft und welche Möglichkeiten zwischen zwei Menschen bestehen«, fuhr Alex fort. »Ich stelle mir vor, wie es wäre, eine Frau so tief und vorbehaltlos zu lieben, dass man für sie in den Krieg ziehen und das Leben seiner Freunde aufs Spiel setzen würde – wie Paris es für Helena tat. Das Gefühl, das diese Textstelle bei mir auslöst, ist absolute Faszination. Ich bin fasziniert von der Möglichkeit, dass ein bloßer Kuss die Engel zum Singen bringt und Menschen unsterblich macht – dass die Himmelspforten durch einen Kuss geöffnet werden können.«

Oberflächlich betrachtet, ergab es keinen Sinn. Dies war eine Hausaufgabe, nicht mehr. Aber trotz der Grundregel des Einwanderers »Halte dich an deinesgleichen«, wusste Daphne, als sie Alex' fünfminütigem Referat lauschte, dass sich alles verändert hatte.

»Danke, Alex. Gut gemacht.« Der Professor entließ ihn mit einem Kopfnicken.

Alex sammelte seine Unterlagen ein und schickte sich an, die Stufen in dem höhlenartigen Hörsaal hochzusteigen. Daphne zwang sich, den Blick abzuwenden und stattdessen auf den Mosaikboden zu starren. Es tat ihr allzu weh, ihn zu beobachten, genau zu wissen, dass Jungs wie er nichts für Mädchen wie sie waren. Doch dann wurde ihre einsame Betrachtung durch eine Stimme von oben unterbrochen.

»Entschuldigung, ist dieser Platz frei?«, flüsterte die Stimme.

Noch bevor sie den Blick hob, wusste sie, dass *er* es war. Als Daphne zu ihm hochblickte, wartete er ihre Antwort nicht ab. Sie beide wussten, dass dies überflüssig war. Mit seinen langen, muskulösen Beinen und seiner ausgefransten Khakihose stieg er über Daphnes Kleiderstapel und ließ sich auf den Sitz neben ihr gleiten – und damit in ihr Leben.

»Hi, ich bin Alex«, sagte er und streckte die Hand aus. Ihre langen Wimpern flatterten, bevor sich ihre großen, schwarzen olivenförmigen Augen erneut in seine versenkten.

Nach der Vorlesung gingen sie auf einen Kaffee, und beide schwänzten entgegen ihrer Gewohnheit den Rest des Tages ihre Vorlesungen. Sie verbrachten den gesamten Nachmittag mit Spazierengehen und Reden und hielten Händchen unter dem Tisch des Cafés. Anfangs berührten sich nur ihre Fingerspitzen, aber bei Sonnenuntergang hielt er ihre Hand in seiner. Bei Einbruch der Nacht wusste sie, dass es Zeit wurde aufzubrechen. Mama und Baba würden sich Sorgen machen, wenn sie zu spät käme. Er bat sie zu bleiben, mit auf sein Zimmer zu gehen. Sie wünschte sich nichts sehnlicher als das, sich an seine Brust zu schmiegen, seinen Duft einzuatmen und seinen Herzschlag zu hören. Aber Daphne sagte Nein.

Hand in Hand gingen sie zur U-Bahn. Weder sie noch er beklagten sich über die Kälte, schienen sie gar nicht zu bemerken. Am Eingang zur U-Bahnstation Eighth Street hob er mit den Fingern ihr Kinn und küsste sie zum ersten Mal.

Als sie endlich wieder die Augen öffnete, sah sie direkt in seine elektrisierenden blauen Augen. Von diesem Augenblick an liebte es Daphne, in diese Augen zu blicken.

Sie vermisste diese Augen.

12

Gott sei Dank war Evie schließlich eingeschlafen; Daphne griff nach ihrer weißen Strickjacke, die über einem der mit Plastikhüllen überzogenen Stühle hing. Sie hielt sie fest, strich mit den Händen immer wieder über die weiche Wolle, als sie in die windige mondhelle Nacht hinaustrat.

»*Ella*, Daphne *mou. Katse etho*. Komm her«, forderte Yia-yia sie auf und deutete auf den Stuhl neben sich. Die hervortretenden Venen und dunklen Flecken auf ihren Händen wurden durch den goldenen Schein des Feuers hell angestrahlt.

Daphne gesellte sich zu Yia-yia an den Kamin im Freien. Anfangs schwiegen sie beide. Sie saßen nebeneinander und beobachteten, wie die Flammen von den brennenden Holzscheiten aufzüngelten und weiße glühende Asche durch die Nachtluft wirbelte wie die Akrobaten im Zirkus, den Daphne seit einer Ewigkeit mit Evie besuchen wollte, wofür sie aber nie die Zeit gefunden hatte.

»Ist dir kalt, Daphne *mou*?«, fragte Yia-yia und griff nach ihrem eigenen Schal, der über ihrem Stuhl hing. Sie legte sich den schwarzen Fransenschal um die hochgezogenen Schultern.

»Nein, alles bestens.«

»Daphne *mou*, möchtest du etwas essen?«

»Nein, Yia-yia, ich habe keinen Hunger.«

»Du hast heute gegessen wie ein Spatz. Ich habe dir doch gesagt, du musst etwas zunehmen. Du willst doch nicht in deinem Hochzeitskleid wie ein Skelett aussehen?«, zog Yia-yia sie auf.

Daphne fand nicht einmal die Kraft, ein Lächeln vorzutäuschen. Sie starrte einfach weiter ins Feuer, gebannt von den glühenden Kohlen. Sie fühlte sich erschöpft.

In den wenigen Stunden nach ihrer hitzigen Unterhaltung hatte Daphne die Szene immer wieder im Kopf abspielen lassen. Ihre Schläfen pochten, aber schließlich hatte sie eine seltsame Erkenntnis gewonnen, etwas, das sie nie erwartet hätte. Anfangs verstand sie es nicht, aber als sie einen Hauch davon begriff, gab es kein Entkommen mehr. Auch wenn seine Worte noch so hasserfüllt klangen, spürte sie instinktiv, dass unter den Lügen, mit denen er sie überhäuft hatte, ein Hauch von Besorgnis zu erkennen gewesen war. Daphne hatte das Gefühl, dass all seinen Anschuldigungen, so unsinnig sie auch waren, zweifellos eines zugrunde lag: Dieser Fischer war Yia-yia sehr zugetan. Auch wenn Daphne ihn verachten, ihn hassen, es ihm heimzahlen wollte, weil er in der kurzen Zeit, seit sie ihn kannte, ein solches Chaos in ihr verursacht hatte, fühlte sie sich irgendwie hin und her gerissen. Wie konnte sie jemanden hassen, der so tiefe Zuneigung für ihre Yia-yia empfand, sich so sehr um sie sorgte?

Daphne wandte sich ihrer Großmutter zu. Jede Linie, jede Falte und jeder dunkle Fleck im Gesicht der alten Frau waren im sanften bernsteinfarbenen Licht des Feuers verschwunden. Sie streckte die Hand aus – ihre einst so makellosen Fingernägel waren jetzt kurz und eingerissen – und führte Yia-yias Hand an den Mund. Sie küsste ihre rauen Knöchel und legte dann die Hand der alten Frau an ihre Wange.

Glaubt sie wirklich, ich hätte sie im Stich gelassen? Glaubt sie wirklich, ich sei nicht ihretwegen hier?, überlegte Daphne und spürte, wie sich ihre Augen erneut mit Tränen füllten. Sie drückte die Lider zusammen und versuchte, die Tränen zu unterdrücken. Yia-yia musterte einen Moment lang das Gesicht ihrer Enkelin, als diese ihre Hand so zärtlich hielt. Beiden lag so viel auf der Zunge, aber sie dehnten das Schweigen noch eine Weile aus. Schließlich fing Daphne an zu sprechen.

»Yia-yia...«

»*Ne*, Daphne *mou*?«

»Yia-yia, fühlst du dich hier einsam?« Die Worte sprudelten aus ihr heraus wie die Gedärme der Opferlämmer.

»Daphne, was meinst du damit?«

»Fühlst du dich hier einsam? Ich weiß, es ist schon eine Weile her, seit ich zuletzt hier war, und nach Mamas und Babas Tod...«

Yia-yia entzog Daphne ihre Hand. Da sie jetzt beide Hände frei hatte, ordnete sie ihren Schal, löste den Knoten unter dem Kinn und band ihn erneut.

»Ich muss es wissen«, bettelte Daphne. »Ich weiß, mein letzter Besuch bei dir liegt schon lange zurück. Aber ich habe mich so sehr bemüht, mich um alles zu kümmern. Dafür zu sorgen, dass es Evie, dir und mir gut geht.«

»Es geht uns gut, *koukla mou*. Es wird uns immer gut gehen.«

»Der Gedanke, dich hier zu wissen, ganz allein, mit so wenig, während wir in New York so viel haben, widerstrebt mir sehr.«

»Ich bin nicht allein. Ich bin nie allein. Solange ich hier in meinem Heim bin, umgeben vom Meer, dem Wind und den Bäumen, bin ich immer von denen umgeben, die mich lieben.«

»Aber Yia-yia, du bist allein. Wir sind alle weg. Haben Mama und Baba nicht deswegen Griechenland verlassen, um für uns alle ein besseres Leben zu schaffen? Und es hat funktioniert. Schließlich haben wir alles, was sie für uns erhofften. Ich kann dir und Evie endlich die Dinge geben, die Mama und Baba mir gern gegeben hätten, von denen sie aber immer nur träumen konnten.«

»Daphne, was glaubst du denn, was Evie braucht? Sie ist ein kleines Mädchen. Kleine Mädchen brauchen ihre Fantasie und ihre Mutter, sonst nichts. Sie braucht deine Zeit. Sie braucht dich, damit sie mit dir Geheimnisse teilen kann. Sie braucht dich, damit du ihr Geschichten erzählst und ihr einen Gutenachtkuss gibst.«

Daphne zuckte bei diesen Worten zusammen. Sie konnte sich nicht mehr daran erinnern, wann sie in New York das letzte Mal früh genug nach Hause gekommen war, um Evie ins Bett bringen zu können. Es war Wochen, ja Monate her. Yia-yia wandte einen Moment lang den Blick von Daphne. Als sie sich ihr erneut zuwandte, sah Daphne den Widerschein des Feuers in den Augen ihrer Großmutter.

»Daphne, nichts kann die Mutterliebe ersetzen. Nichts kann die Zeit ersetzen, die eine Mutter ihrem Kind schenkt. Deine Mutter wusste das ganz genau, auch als sie sich abmühte, dir ein neues Leben zu bieten.« Yia-yia beobachtete, wie Daphne sich auf ihrem Stuhl wand, doch das hielt die alte Frau nicht davon ab, das zu Ende zu führen, was sie zu sagen hatte. »Hast du gesehen, wie sie heute Abend auf deinem Schoss saß und wie ein Kätzchen geschnurrt hat? Das liegt daran, dass du sie dieses Mal nicht abgewiesen hast.«

»Ich weise meine Tochter nicht ab«, protestierte Daphne und bemühte sich darum, nicht laut zu werden.

»Als Evie heute Abend auf deinem Schoss saß, bist du nicht weggerannt, um dich um etwas Wichtigeres zu kümmern. Du warst einfach da. Endlich warst du lange genug da, dass Evie dich fassen und dich spüren konnte, wie du sie in den Armen gehalten hast. Evie hatte in diesem köstlichen Augenblick das Gefühl, das Wichtigste in deinem Leben zu sein. Und das Kind war glücklich.«

Daphne spürte erneut das Kribbeln in ihren Augen. Verdammt. Auch wenn sie Yia-yia jahrelang nicht gesehen hatte, war es nicht zu leugnen, dass Daphne für Yia-yia ein offenes Buch war.

»Daphne *mou*«, fuhr Yia-yia fort, »ich sehe, wie du immer in Bewegung bist, aber wo ist deine Lebendigkeit geblieben? Sie ist genauso verschwunden wie deine alte Nase. Sicher ist deine neue Nase schön, aber wo ist das Besondere daran, das dich ausmacht, dich so lebendig macht? Du hast vergessen, wie man lebt und noch schlimmer: Du hast vergessen, *warum* du lebst.«

Daphne starrte ins Feuer. »Yia-yia...«, sagte sie und sprach direkt in die Flammen, »hast du dir denn nie gewünscht, dein Leben wäre anders verlaufen? Dass alles, wenn du einen Augenblick verändern könntest, völlig anders gelaufen wäre?« Ihr versagte die Stimme. »So viel besser...«

»Daphne *mou*«, erwiderte Yia-yia, »dies ist mein Leben. Egal, wer bei mir ist, wer mir genommen worden ist oder wer sich auf die Suche nach einem besseren Leben auf den Weg gemacht hat. Dies ist mein Leben, das einzige, das ich habe. Das ist das Leben, das am Grund unzähliger Kaffeetassen vorauszusehen war, das im Himmel vor meiner Geburt beschlossen und dann in den Wind geflüstert worden war, als meine Mutter mich zur Welt brachte. Ihre Schreie vermischten sich mit dem Flüstern der Zypressen, als ich das Licht der Welt erblickte. Daphne, ein Mensch kann nicht ändern, was in den Wind geflüstert wurde. Ein Mensch kann sein Schicksal nicht ändern. Und dies ist meines – genauso wie du deines hast.«

Daphne hatte dem nichts hinzuzufügen. Sie saß einfach neben Yia-yia und beobachtete, wie der letzte Holzscheit verglühte und zu Asche zerfiel.

13

Um fünf Uhr morgens hatte Daphne genug. Sie hatte die Risse in der Decke angestarrt und war im Kopf immer wieder die Unterhaltung mit Yia-yia am Kamin durchgegangen. Wie war es möglich, dass eine Frau, die praktisch Analphabetin war, keinerlei Schulbildung genossen, noch nie einen Fuß außerhalb von Griechenland gesetzt und ihr Haus nur selten verlassen hatte, Daphne viel präziser und gründlicher analysieren konnte als die teure Therapeutin, die Daphne einmal in der Woche in New York aufsuchte.

Daphne stellte fest, dass sie sich zu einer Expertin in puncto Neuerfindung entwickelt hatte. Sie war jetzt eine erfolgreiche Unternehmerin und die Verlobte eines reichen Bankmanagers. Es war genau das, was sie wollte, was sie ihrer Meinung nach wieder glücklich machte. Auf dem Papier führte sie das Leben, von dem viele andere nur träumen konnten und um das sie sie beneideten. Doch Yia-yia hatte mit einem Blick die Risse in ihrem sorgfältig gepflegten Image entdeckt.

Daphne schwang die Beine aus dem Bett und bemühte sich, das Quietschen der alten Sprungfedern zu vermeiden, um Evie nicht zu wecken. Sie zog ihre Strickjacke über ihr langes weißes Nachthemd und tastete sich durch den Raum auf den Schreibtisch zu, auf dem ihr Handy lag und rot blinkte, was bedeutete, dass neue Anrufe eingegangen waren.

Als Daphne die Tür öffnete, fühlte sie sich besänftigt durch den Klang der frühen Morgensymphonie der Insel – der Serenade der Grillen, dem Rascheln der Bäume in der frühmorgendlichen Luft und dem fernen Rauschen der Brandung als früher Gruß an die Fischer. Als Daphne die Tür hinter sich schloss, schloss sie auch die Augen und lauschte einen Augenblick lang: Bald würde der erste Hahnenschrei den Tagesanbruch willkommen heißen.

Die frühe Morgenluft war kühler, als Daphne vermutet hatte. Also schnappte sie sich Yia-yias Fransenschal von der Stuhllehne, den ihre Großmutter dort zurückgelassen hatte. Vorsichtig setzte sie einen nackten Fuß vor den anderen, um die vielen Risse und Spalten im Boden zu umgehen. Sie schlurfte über den Patio und tippte Stephens Nummer auf dem Handy ein. In New York war es jetzt 23 Uhr. Sie wusste, dass sie ihn vermutlich wecken würde, denn er ging häufig früh zu Bett und war schon wieder vor Tagesanbruch auf, um die internationalen Aktienkurse zu studieren. Daphne ließ sich jedoch nicht abschrecken und wählte seine Nummer. Sie musste unbedingt seine Stimme hören.

»Hallo.« Er antwortete nach fünfmaligem Klingeln.

»Hi. Habe ich dich aufgeweckt?«, fragte sie, obwohl sie wusste, dass es so war.

»Daphne? Kein Problem, Liebes. Ich freue mich, deine Stimme zu hören.« Stephen ließ ein langes, herzhaftes Gähnen hören. »Ich habe versucht, dich zu erreichen. Habe dir heute eine Nachricht hinterlassen. Wir müssen wirklich etwas an der Telefonsituation dort ändern. Die Telefonleitungen waren den ganzen Tag außer Gefecht, und dein Handyservice funktioniert nur unregelmäßig. Kannst du nicht bei der Telefongesellschaft anrufen und eine andere Leitung im Haus einrichten lassen oder etwas Ähnliches? Ich hasse es, wenn ich dich nicht erreichen kann, besonders nachdem du mir gesagt hast, dass es auf deiner Insel keine Polizei gibt. Das ist nicht gerade beruhigend.«

»Es ist alles in Ordnung. Wir hatten noch nie Polizei auf der Insel. Dazu bestand keine Notwendigkeit. Aber immerhin haben wir jetzt einen Arzt, das ist doch schon mal ein Fortschritt!« Sie lachte und wusste, wie provinziell sich das für Stephen anhören musste.

»Sehr lustig, Daphne. Bitte, kümmere dich um die Telefongeschichte, mir zuliebe.«

»Oh, Stephen.« Daphne hatte alle Mühe, ein Lachen zu unterdrücken. »So funktioniert das hier nicht. Es würde Wochen, ja Monate dauern, die Jungs hierher zu lotsen.« Sie zog den Stoff ihres Nachthemds zurecht und setzte sich auf die Steinmauer. In Kürze würde die Sonne aufgehen und sich ihr ein prachtvoller Blick auf den Hafen und den Strand bieten.

Da Stephen ein dynamischer Mann war, der stets dafür sorgte, dass alles klappte, wusste Daphne, dass ihre Antwort bei Stephen nicht gut ankommen würde. Aber das Leben auf dieser Insel wurde von anderen Regeln bestimmt und verlief in einem anderen Rhythmus als das Leben in Manhattan. Hier dauerte alles länger. Die Insel lag im Vergleich zum Rest der Welt Jahrzehnte zurück, ja sogar Jahre hinter dem Festland, das nur rund elf Kilometer entfernt war. Aber für Daphne bestand die Schönheit der Insel gerade darin, dass die Moderne sie noch nicht eingeholt hatte.

»Nun, schau einfach, ob du etwas erreichen kannst.«

»Ja, ich werde es versuchen.« Daphne wollte ihn beschwichtigen. Dabei wusste sie genau, dass Stephens Vorstellung davon, etwas zu »regeln«, darin bestand, jemanden dafür zu bezahlen, das Problem zu beheben.

»Sag, Stephen, wie lautete deine geheimnisvolle Nachricht?«, wollte Daphne wissen.

»Ich habe hier alles so organisiert, dass ich einen früheren Flug nehmen kann. Ich lande am Dienstag um 14 Uhr in Korfu. Ich kann es nicht abwarten, dich zu sehen. Ich vermisse dich.«

»Ich dich auch, und das ist eine großartige Neuigkeit«, rief Daphne und sprang von der Mauer. Sie hatte ganz vergessen, dass es erst kurz vor 6 Uhr morgens war und die meisten Inselbewohner noch schliefen.

»Meine Familie kommt nächste Woche nach, aber ich wollte so bald wie möglich bei dir sein. Ich halte es nicht aus, so lange von dir getrennt zu sein. Ich will dir helfen, will dafür sorgen, dass alles so abläuft, wie du es dir erträumst. Ich will, dass du glücklich bist.«

»Wird es, ich weiß, dass es so sein wird.« Sie holte tief Luft, ließ die Morgenluft in ihre Lungen dringen. »Ich hole dich am Flughafen ab. Ich liebe dich«, versicherte ihm Daphne. Dann legte sie auf und ließ den Blick über den Strand schweifen.

Stephen würde also am Dienstag eintreffen. Es wurde jetzt Wirklichkeit, sie würden heiraten. Es gab noch so viel zu tun, aber aus irgendeinem Grund fühlte sie sich durch ihre Aufgabenliste nicht so gestresst, wie es in New York der Fall gewesen war. Vielleicht lag es an der klaren Meeresluft oder an dem guten Gefühl, Yia-yia bei sich zu haben, oder vielleicht daran, dass hier Perfektion nicht so wichtig war wie in Amerika. Auf der Insel rechnete man damit, dass nicht alles klappte, ja, die Unvollkommenheit wurde sogar gefeiert. Daphne wünschte sich zwar, dass bei ihrer Hochzeit alles glattlief, fühlte sich aber bei Weitem nicht mehr so angespannt wie noch vor ein paar Tagen. Ich werde am späten Vormittag bei Thea Nitsa vorbeigehen, um mit ihr die letzten Details zu besprechen. Daphne atmete tief durch und streckte die Arme über den Kopf. Sie gähnte ausgiebig. Da sie eine schlaflose Nacht hinter sich hatte, fühlten sich ihre Lider an wie Blei.

In der Ferne vereinigte sich das Meer mit dem Himmel. Sie beobachtete, wie die Morgendämmerung die Dunkelheit verdrängte und die ersten Lichtstrahlen die Meeresoberfläche mit breiten metallischen Pinselstrichen markierten. Daphne stand unter dem größten Olivenbaum des Grundstücks, denn von hier hatte sie die beste Aussicht auf das morgendliche Erwachen von Hafen und Strand. Das war das Besondere an Yia-yias Haus. Viele der anderen Häuser auf der Insel waren größer und weitaus moderner als ihr bescheidenes kleines Haus. Doch auch wenn die anderen Häuser mit ihren neuen Errungenschaften wie den Terracotta-Ziegeldächern und den bunten Außenfassaden oberflächlich betrachtet beeindruckender waren, bot nur Yia-yias Haus von der Terrasse aus den idealen, unbehinderten Blick auf den Hafen. Yia-yia hatte immer gescherzt, dass sie, obwohl sie eine arme Frau war, einen unbezahlbaren Ausblick genoss. Als Daphne jetzt unter dem Olivenbaum stand und beobachtete, wie die Schatten der Morgendämmerung sich in eine bunte Morgenlandschaft verwandelten, erkannte sie, dass Yia-yia recht hatte.

Das frühe Licht durchdrang die Dunkelheit, und Daphne

glaubte, in einem Zombiefilm aus Hollywood zu sein. Die frühe Morgensonne beleuchtete dort unten auf jeder grob gepflasterten Straße und jedem Lehmpfad, die zum Hafen führten, die Umrisse von Fischern, die ihr Morgenritual vollzogen. Einige waren alt, ihre Körper gekrümmt von ihrem harten Leben und dem täglichen Einholen der schweren Netze. Andere, die noch jung, stark und ungebeugt waren, rannten buchstäblich zum Hafen. Einige Männer hatten sich Netze über die Schultern geschlungen. Sicherlich hatten sie den größten Teil des Abends über den Netzen aus gezwirntem Garn gekauert und sie am Feuer ausgebessert. Dabei hatten sie sich eine Zigarette und nach Lakritze schmeckenden Ouzo gegönnt, während ihre Frauen das Abendessen zubereiteten. Ob jung oder alt, müde oder dynamisch, jeder der Männer strebte im fahlen Morgenlicht zum Hafen, bereit, in sein Fischerboot zu steigen, um den Morgenfang einzuholen.

Daphne war so versunken in den Anblick der Fischer, dass sie nicht hörte, dass Yia-yia aus dem Haus getreten war, um die täglichen Aufgaben in Angriff zu nehmen.

»*Ella*, Daphne *mou*«, rief Yia-yia von der anderen Seite des Hofs. »*Koukla mou*, ich hatte nicht erwartet, dass du schon so früh auf bist.«

»Ich auch nicht, Yia-yia, aber ich konnte nicht schlafen.« Daphne kehrte dem Hafen den Rücken und ging auf Yia-yia zu, die sich bereits über den Kamin im Freien beugte und das erste Feuer des Tages entfachte.

»Ach, Hochzeitsflattern«, kicherte Yia-yia, als sie mehrere dünne Zweige unter einen großen Ast legte. Sie griff nach dem Stapel vergilbten Zeitungspapiers, das sie in einem Korb neben dem Feuer aufbewahrte, und legte es ebenfalls auf das Feuer. Dann rieb sie ein langes Streichholz an der Zündfläche einer schwarzen abgenutzten Streichholzschachtel und setzte das Kleinholz in Brand.

»Ja, ich glaube auch, es ist das Hochzeitsflattern.« Daphne lächelte Yia-yia an, nahm den schwarzen Schal von den Schultern und legte ihn Yia-yia um. Das faltige Gesicht der alten Frau strahlte voller Dankbarkeit.

»Yia-yia«, sagte Daphne und beobachtete, wie ihre Großmutter nach der kleinen Kupferkanne, dem Zucker, Kaffee und Tafelwasser griff.

»Ne, Daphne *mou*.« Yia-yia nahm einen Löffel voll dunklen gemahlenen Kaffees und rührte ihn in die kleine glänzende Kanne.

»Yia-yia, woher kennst du eigentlich Yianni? Warum erinnere ich mich überhaupt nicht an ihn? Und dabei kenne ich doch jeden auf der Insel.«

»Ne, *koukla*, es gibt nicht mehr viele von uns. Natürlich kennst du hier jeden. Aber Yianni, ach, Yianni...« Yia-yia seufzte, als sie ins Feuer blickte. »Nein, Daphne *mou*. Du hast seine Familie nicht gekannt. Aber ich. Ich kannte seine Yia-yia und seine Mama.« Yia-yia gab ein wenig Zucker in die Kanne und rührte um, bevor sie sie auf einen Kochrost aus Metall über der offenen Flamme platzierte.

»Aber warum bin ich ihm nie begegnet?«, wollte Daphne wissen. Sie saß auf ihrem Stuhl und winkelte unter dem gazeähnlichen Stoff ihres Nachthemds die Knie bis zur Brust an. Ihre Zehen hingen über der Stuhlkante.

»Daphne *mou*, Yiannis Familie ist schon lange von hier weggezogen. Yianni wuchs in Athen auf, nicht hier. Deshalb kannst du dich nicht an ihn erinnern.« Yia-yia nahm den Kaffee genau in dem Augenblick vom Feuer, als er anstieg und aufschäumte und die Gefahr drohte, dass er übersprudelte.

»Yianni ist erst vor ein paar Jahren auf der Insel aufgetaucht. Er hat seine Kindheit nicht so wie du hier verbracht. Aber er mag die Insel genauso, wie du sie magst. Wie wir alle.« Yia-yia goss den dicken Kaffee in zwei Mokkatassen und reichte Daphne eine.

»Daphne, er ist ein gebildeter Mann, nicht von Geburt an Fischer wie die anderen Männer hier auf der Insel. Er besuchte die besten Schulen, ging aufs College... genau wie du. Aber die Insel lockte ihn.«

Daphne hob die Tasse an den Mund und beobachtete, wie Yia-yia ihre kleine Tasse mit gekrümmten Fingern umfasste und sich daran wärmte.

»Er kam auf die Insel und suchte als Erstes mich auf. Kaum hatte er den Fuß an Land gesetzt, kam er zu mir. Seine Yia-yia hatte ihm Geschichten über uns erzählt, wie wir vor langer, langer Zeit herzlich miteinander befreundet waren. An jenem Tag marschierte er durchs Tor herein, und wir saßen zusammen. Ich bot ihm *kafe* an, und wir tranken ihn zusammen, so wie wir jetzt. Als er fertig war, bat ich ihn um seine Tasse. Ich schaute mir seinen Kaffeesatz an und sah die schwere Sorge, die ihn niederdrückte. Aber dann drehte ich die Tasse um und sah sein Herz, das im Gegensatz zum Herzen vieler anderer Männer, deren Kaffeesatz ich gelesen hatte, rein war.

Und an jenem Tag sah ich noch etwas, was ich nie erwartet hätte«, fuhr Yia-yia fort. »Ich sah sein Herz und seinen Geist so klar vor mir wie der helle Tag. Sie befanden sich beide am Ende einer deutlichen geraden Linie und trafen an einem Punkt zusammen, nämlich hier. Ich sah mir seinen Kaffeesatz an, schaute dann ihn an und erklärte ihm, dass seine Suche hier ende. Dass sich sein Herz und sein Geist endlich hier vereinigen würden.«

»Siehst du ihn oft, ich meine, Yianni?«, fragte Daphne und rührte immer wieder ihren Kaffee um. »Gestern hat er mir beim Essen erzählt, er würde oft hierherkommen, viel Zeit mit dir verbringen und dir Fische mitbringen. Stimmt das?«

»Ja, Daphne, es stimmt. Er kommt fast täglich, um sich zu erkundigen, ob er mir helfen kann oder ob ich etwas brauche. Aber jeden Tag erkläre ich ihm genau wie dir, dass ich nichts brauche. Er setzt sich zu mir, und wir unterhalten uns. Wir reden über die alten Zeiten, über seine Yia-yia, sein Leben in Athen, all die wunderbaren Dinge, die er an der Universität gelernt hat. Und oft unterhalten wir uns auch über dich.«

Daphne rutschte auf ihrem Stuhl hin und her. Sie fühlte sich unbehaglich bei der Vorstellung, dass Yianni hier auf ihrem Stuhl saß und die Abende damit verbrachte, sich Yia-yias Berichte über sie anzuhören. »Was hast du ihm denn über mich erzählt?«, konnte sie sich nicht verkneifen zu fragen.

»Ach, ich berichte ihm von all den unglaublichen Dingen, die du in New York vollbringst«, sagte Yia-yia, und dabei leuchtete ihr Gesicht vor Stolz. »Ich zeige ihm deine Fotos, berichte ihm vom *Koukla* und wie stolz ich darauf bin, dass es dir gelungen ist, unsere einfachen Rezepte und Traditionen zu einem erfolgreichen Geschäft auszubauen.«

Daphne rutschte erneut auf ihrem Stuhl hin und her.

»Wir reden über Dinge, die andere nicht zu verstehen scheinen«, fuhr Yia-yia fort. »Wir reden über Dinge, von denen andere nichts wissen oder die sie nicht glauben wollen. Aber Yianni versteht sie, er glaubt daran, Daphne. Ich habe ihm die Geschichte vom Flüstern der Zypressen erzählt, habe ihm erzählt, dass die Insel zu mir spricht und ihre Geheimnisse mit mir teilt.«

»Und was sagt er?«

»Auch wenn er es nicht hören kann, versteht er es. Er weiß, dass wir auf einer magischen Insel leben, Liebes. Er weiß, dass auch er mit diesem Ort verbunden ist und dass die Insel jene, die sie lieben, nie vergisst.«

Daphne wurde ungeduldig. Gewöhnlich hörte sie Yiayias Geschichten von dem Zauber und den Geheimnissen der Insel gerne, aber dieses Mal brauchte sie Tatsachen, keine Fantasiegebilde. »Aber ich verstehe es nicht. Wenn er so wunderbar ist, so liebevoll – warum war er dann so grob zu mir?«

Yia-yia bewegte den Kopf auf und ab. Sie lächelte unmerklich, nur so viel, dass ihr Silberzahn aufblitzte, den ihr vor vielen Jahren ein Zahnarzt auf dem Festland verpasst hatte.

»Ich weiß, *koukla*. Vielleicht war er ein bisschen zu hart zu dir«, räumte Yia-yia ein und versuchte vergeblich, ein leichtes Kichern zu unterdrücken, das wie eine winzige Luftblase in die Morgenluft aufstieg.

»Ein bisschen? Hast du gehört, was er gesagt hat?«

»Daphne, ich weiß, aber du musst das verstehen. Ich glaube, Yianni versteht dich manchmal falsch. Er sieht sich als mein Beschützer. Er weiß, wie sehr ich dich vermisst habe, und ist ärgerlich, dass du nicht früher gekommen bist.«

»Aber Yia-yia, das ist doch eine Sache zwischen dir

und mir, kein Diskussionsthema für irgendeinen Fremden. Und außerdem weißt du, dass er unrecht hat, sich gewaltig irrt...« Daphne sprang hoch.

»Daphne, ich weiß alles«, beruhigte Yia-yia sie. »Ich habe zwar kein Handy und keinen Computer, aber ich erfahre die Dinge auch ohne diese modernen Vorrichtungen. Ich verstehe mehr, als du dir vorstellen kannst.« Yia-yia blickte an Daphne vorbei zu den satten grünen Olivenbäumen und den Zypressen, die die Landschaft akzentuierten, so weit das Auge reichte.

»Bevor Yianni Athen verließ, nahm seine Großmutter ihm das Versprechen ab, mich hier aufzusuchen, an dem Ort, der uns beide rettete, auch als es für uns eigentlich keine Rettung mehr gab. Seine Yia-yia und ich halfen einander, als der Krieg alles sehr schwierig machte, schwieriger, als du dir vorstellen kannst. Nach den Gesetzen der Menschen hätte keiner von uns überleben dürfen. Wir saßen Abend für Abend zusammen und stellten uns immer die Frage, warum wir auserwählt worden waren, warum wir verschont geblieben waren.« Während Yia-yia sprach, wurden ihre geröteten Augen glasig. Doch so, wie sie den Kaffee vor dem Übersprudeln bewahrt hatte, bekam sie auch jetzt ihre Gefühle unter Kontrolle.

»Manchmal greifen die Gesetze der Menschen nicht, Daphne *mou*, denn manchmal sind größere Gesetze und Kräfte am Werk. Yianni hat das Versprechen gegeben, hierherzukommen und die Erinnerung an seine Großmutter zu ehren, ihren letzten Willen zu erfüllen. Er erwartete nicht, dass dieses Versprechen sein Leben derart verändern würde. Aber das tat es. Schnell wurde ihm klar, welch besonderer Ort diese Insel ist, wie sie uns alle verändert. Und wenn er dir gegenüber grob ist, dann deshalb, weil er nicht verstehen kann, dass du fern der Insel leben kannst. Aber ich verstehe es sehr wohl.« Yia-yia tätschelte Daphnes Knie.

»*Entaksi, koukla mou.* Sprich mit ihm, und du wirst feststellen, dass ihr beide gar nicht so unterschiedlich seid. Ihr habt viel gemeinsam.« Nach diesen Worten blickte Yia-yia zur Morgensonne auf. Ihre Position über dem Berggipfel hinter dem Hafen verriet ihr, dass es bereits nach sieben Uhr war. Nach Yia-yias Vorstellungen bedeutete dies, dass der Morgen bereits fortgeschritten war.

»Es ist schon spät. Du musst hungrig sein.« Sie klatschte mehrere Male in die Hände, was anzeigte, dass ihr gemütliches vertrauliches Gespräch jetzt ruckartig zu Ende war. »Bleib sitzen, ich mache uns etwas zu essen.« Im Nu war Yia-yia auf den Füßen und in die Küche geeilt.

Daphne nahm die Füße vom Stuhl und stellte sie auf den kühlen Zementboden. Sie griff über den Tisch nach dem Kännchen mit Kaffee, aber es war kein Tropfen mehr darin.

»Ach, das ist schon besser! Wie sollen wir unsere Arbeit erledigen, wenn wir keine Energie haben?« Yia-yia kehrte mit einem großen, voll beladenen Tablett aus der Küche zurück.

Daphne beugte sich vor, um einen Überblick über ihr Frühstück zu gewinnen, während ihre Großmutter das schwere Tablett auf dem Tisch abstellte. Sie hatte alles zusammengetragen, was Daphne am liebsten mochte: Oliven, Käse, knuspriges Brot, Salami und bröckeliges Sesamhalva mit Mandeln. Im Gegensatz zu anderen Kulturen, für die das Frühstück aus süßem, klebrigen Brot und Marmelade bestand, bevorzugten die Griechen ein schlichtes, salziges Frühstück.

»Yia-yia, in New York finde ich nie solch saftige Oliven wie diese hier«, sagte Daphne, als sie sich eine besonders fruchtige in den Mund schob. Sie durchbiss die Schutzhaut und spürte das weiche saftige Fleisch auf der Zunge, zusammen mit einem Schuss essigsaurem Saft. Daphne schloss die Augen und kaute genüsslich, und als sie schluckte, spürte sie, wie der salzige Olivenbrei ihre Kehle hinunterglitt. Schade, dass sie auf dem Weg von der Speiseröhre zum Magen keine Geschmacksnerven besaß, um die vielschichtige, köstliche Sinneserfahrung mit jeder einzelnen Olive zu verlängern.

»*Ne*, ich weiß. Es gibt Dinge, die nicht zu kaufen sind, *koukla mou*. Unser alter Baum und unser Fass leisten gute Dienste.« Yia-yia deutete auf das Baumkronendach, das die Olivenbäume auf dem Grundstück bildeten. Es war ein jährliches Ritual, die Oliven zu ernten und in dem riesigen Vorratsfass in der Küche in Salzwasser einzulegen.

Während Daphne noch mehr Oliven verzehrte, beobachtete sie, wie Yia-yia den *kasseri*-Käse in hauchdünne Scheiben aufschnitt und diese in eine kleine Backform legte, die sie dann direkt auf die glühenden Kohlen schob. Dann eilte Yia-yia auf die andere Seite des Hofs, wo sie eine große, runde Zitrone vom Baum pflückte. Daphne hielt den Blick auf die Form mit den Käsescheiben gerichtet und beobachtete, wie die harten Rinden der dünnen Käsescheiben allmählich in sich zusammenfielen und eine goldene Masse flüssiger Ambrosia bildeten.

Yia-yia, die sich wieder ans Feuer gesetzt hatte, die fruchtige Zitrone neben sich, behielt den Schmelzkäse im Auge, bis sich aus den Blasen eine goldbraune dünne Kruste bildete, unter der die köstliche Masse weiterköchelte. Sie griff sich den Saum ihrer Schürze und nahm damit die Form vom Feuer. Mit ihrem scharfen Schälmesser schnitt sie die Zitrone entzwei und tröpfelte den Saft über den blubbernden Käse.

»Hmmm...«, stöhnte Daphne, als sie ein großes Stück Brot abbrach und die Kruste in den geschmolzenen *kasseri* tauchte. »Es ist schon so lange her, dass ich *saganaki* gegessen habe. Ich hatte fast vergessen, wie sehr ich es mag.«

»Wie meinst du das? Du magst *saganaki*, warum isst du es dann nicht?«, wollte Yia-yia wissen.

»Hast du vergessen... Es ist weiß, vielmehr gebrochen weiß. Ich habe dir doch von der Diät erzählt, die ich gemacht habe.«

»Diese Diäten sind so albern. Das Essen beruht auf Aromen, nicht auf Farben...«, schalt Yia-yia.

»Oh, Yia-yia, fast hätte ich es vergessen: Ich habe heute Morgen mit Stephen telefoniert.«

»Ich weiß, Koukla *mou*, er kommt. Endlich werde ich diesen Mann kennenlernen.«

»Aber woher weißt du das denn?« Sie tunkte ein weiteres Stück Brot in den *saganaki*. »Ich habe doch gerade erst mit ihm gesprochen.«

»Koula *mou*, ich habe dir doch gesagt, die Insel teilt ihre Geheimnisse mit mir.«

Daphne schüttelte den Kopf. So war es immer mit Yia-yia, irgendwie schien sie stets die Dinge zu wissen, noch bevor sie eintraten. Als Teenager hatte Daphne sich gefragt, ob Yia-yia mehr war als nur eine intuitiv veranlagte alte Frau, die im Kaffeesatz lesen konnte.

»Ich hole ihn am Flughafen in Korfu ab. Es ist nur für einen Tag, und es ist besser, wenn Evie hier bei dir bleiben kann.«

»*Entaksi.* Natürlich.«

»Um wie viel Uhr kommt Big Al? Heute oder morgen früh?«, wollte Daphne wissen, als sie über das Wasser blickte und ihren Teller auf dem Tisch abstellte.

»Bis Mittwoch gibt es keine Fähre mehr. Die Alexandros ist erst gestern Abend gelandet, sie fährt nicht jeden Tag.«

Daphne fuhr sich mit dem Handrücken über den Mund. »Dann nehme ich das *kaiki*.«

»Stamati ist zur Hochzeit seiner Nichte nach Athen gefahren. Es gibt kein *kaiki*.«

Daphne blickte über das Meer, als ob sich wie durch ein Wunder ihre Fahrgelegenheit am Horizont abzeichnen würde. »Was soll ich tun?«, fragte sie und wandte sich wieder Yia-yia zu.

»Yianni.«

Daphne zuckte zusammen. »Yianni? Gibt es denn niemanden sonst?«

»Daphne, es gibt niemand anderen. Nur Yianni«, wiederholte Yia-yia. »Wir bitten ihn, dich hinzubringen. Sein Boot ist jetzt startklar. Ich bin mir sicher, dass er es tun wird.«

Daphne starrte noch einmal übers Meer, aber sie konnte nur Wasser und den Himmel erkennen. Kein Boot tauchte in der Ferne auf, keine Fähre und kein *kaiki*, um sie davor zu bewahren, für die zweistündige Fahrt nach Korfu auf Yiannis Boot angewiesen zu sein. Doch Daphne wusste, sie hatte keine Wahl. Es gab keine Alternative.

»Nun gut«, seufzte Daphne, »dann also Yianni.«

Es war wie eine emotionale Rückblende. Zum ersten Mal seit Jahren hatte Daphne das Gefühl, wieder einmal an einem sonnigen Samstagnachmittag ganz hinten in der

Imbissbude ihrer Eltern festzustecken oder sich gedemütigt auf dem Rücksitz des Buick ihrer Eltern zusammenzukauern, während diese die Ausfahrt zum Bronx River Parkway nach Löwenzahn absuchten, um ihn zu pflücken und zu Hause zum Essen zuzubereiten. Und selbst jetzt als erwachsene Frau fühlte sie sich so viele Jahre später wie in einer Falle gefangen, so als gäbe es nichts, was sie tun könne, um sich daraus zu befreien.

14

Es war bereits 11 Uhr, als Evie endlich ausgeschlafen hatte und verkündete, dass sie geträumt habe, Arachne zu einem Webwettbewerb herausgefordert zu haben. Für ein fünfjähriges amerikanisches Kind, das es gewohnt war, morgens um sieben Uhr für die Schule geweckt zu werden, hatte Evie sich ihrem neuen Zeitplan auf der griechischen Insel mühelos angepasst. Hier schlief sie morgens lange und blieb auf bis nach Mitternacht – genau wie die Erwachsenen. Nach dem Frühstück eilten Mutter und Tochter die Steinstufen hinunter, um Nitsa abzufangen, bevor sie im Restaurant des Hotels mit Bestellungen fürs Mittagessen beschlagnahmt wurde.

»Wozu brauchst du den?«, fragte Evie, als Daphne nach dem langen Bambusstock griff, der am Fuß der Treppe gegen die Mauer gelehnt war.

Als sie weitergingen, erkundete Daphne bei jedem Schritt mit dem Stock die lose Erde am Rand der unbefestigten, von Gestrüpp gesäumten Straße. Tap, tap, tap, tastete sie mit dem Stock abwechselnd jede Seite ab. Es herrschte brüllende Hitze, und das Konzert der Grillen erfüllte die Luft.

»Es ist wegen der Schlangen«, erklärte Daphne. Sie hielt Evies Hand und schwenkte den Stock beim Gehen hin und her.

»Schlangen?«, kreischte Evie und umklammerte Daphnes Bein.

»Ja, Schlangen.«

»Mommy, das ist wirklich nicht lustig!«, schrie Evie und riss die riesengroßen Augen auf.

»Keine Angst, Liebes, die Schlangen hören die Stockschläge und verziehen sich vorsichtshalber. Und solange sie das Geräusch hören, zeigen sie sich auch nicht.«

Doch Daphnes beruhigende Worte verfehlten ihre Wirkung. Das kleine Mädchen war so verängstigt, dass es nicht aufhörte zu jammern, bis Daphne die Kleine widerstrebend Huckepack nahm. Evie klammerte sich an sie, während sie ihren Weg fortsetzte und weiterhin den Stock auf den unbefestigten Straßenrand niedersausen ließ.

Kaum waren sie um die Ecke des Hotels Nitsa gebogen, hörte Daphne auch schon Nitsas dröhnende Stimme, die vom frisch gescheuerten Marmorboden widerhallte. »Da ist sie ja, die schöne Braut! *Ella*, Daphne. *Ella*, gib deiner Thea Nitsa einen Kuss.«

Sie betraten das Hotelfoyer, und schon watschelte Nitsa geradewegs auf sie zu. Die 78-Jährige bewegte sich in ihrem langen schwarzen Rock, ihrem Baumwoll-T-Shirt und ihren Plastik-Flip-Flops schneller, als man es einer übergewichtigen Frau mit Asthma, Diabetes und Arthritis in den Knien, die zudem noch zwei Packungen Camel Light pro Tag paffte, zugetraut hätte.

Daphne hatte von jeher gespürt, dass Thea Nitsa ein ganz besonderer Mensch war. Als ihr Mann starb, hielt sie die alte Tradition aufrecht, Schwarz zu tragen und nie mehr zu heiraten, obwohl sie bereits mit 23 Jahren Witwe geworden war. Ihr Mann hatte einen Herzinfarkt erlitten, und es gab auf der Insel weder ein Krankenhaus noch einen Arzt, um ihn zu retten. Als Nitsa es geschafft hatte, Hilfe zu holen und das *kaiki* schließlich nach Korfu übersetzte, war er bereits tot.

Aber wie üblich stellte Nitsa sich beherzt ihrem Schicksal, und immer zu ihren Bedingungen. Ja, sie trug tagaus, tagein Schwarz, wie es auf der Insel für Witwen Tradition war. Aber im Gegensatz zu den anderen Witwen trug Nitsa nie ein Tuch auf dem Kopf, obwohl sie keine zweite Ehe einging oder Ausschau nach einem neuen Ehemann hielt. Aber sie hockte nicht untätig am Feuer und wartete darauf, bis sie mit ihrem verstorbenen Mann im Jenseits wieder vereint wurde. Jeden Abend, wenn ihre Arbeit im Hotel erledigt war, saß Nitsa an der Hotelbar, rauchte ihre Camel Lights und kippte mit ihren Gästen Black-Label-Metaxa-Whisky hinunter.

Im Gegensatz zu den anderen Witwen, die sich auf die Unterstützung der Familie verlassen konnten, hatte Nitsa keine Kinder. Da sie zu stur und zu stolz war, um andere um Hilfe zu bitten, hatte sie mit der Lebensversicherung ihres Mannes das Hotel gekauft, und zwar zu einer Zeit, in der es für eine Frau unerhört war, ein eigenes Geschäft zu betreiben. Aber Nitsa hatte es geschafft, ein gut besuchtes Hotel auf die Beine zu stellen, so wie sie es auch getan hätte, wenn Gott sie mit Kindern gesegnet hätte. Lange Zeit führte sie das Hotel ganz allein, erledigte das Kochen, Reinigen und alle sonstigen Aufgaben selbst. Doch in den letzten Jahren ließ sie es etwas langsamer angehen. Ihr fortgeschrittenes Alter und ihre geschwächte Gesundheit ließen sie schließlich erkennen, dass sie nicht mehr länger alles allein machen konnte. Aber auch als sie junge Leute einstellte, bestand sie weiterhin darauf, das Kochen und Bedienen selbst zu erledigen. Das Hotel war mehr als Nitsas Beruf, es war ihr Heim, und jeder Restaurantbesucher war ihr persönlicher Gast.

»Thea Nitsa, wie schön, dich zu sehen.« Daphne gab Nitsa einen Kuss auf die linke und einen auf die rechte Wange. Ihre prallen, sonnengebräunten Wangen glänzten feucht, doch Daphne widerstand der Versuchung, sich Nitsas Schweiß von der Haut zu wischen.

»*Ahooo... kita etho*«, rief Nitsa und sah Evie an, die immer noch auf dem Rücken ihrer Mutter kauerte. Nitsa bemerkte Evies verständnislosen Blick und erkannte, dass das kleine Mädchen sie nicht verstehen konnte.

»Schau mal, wen wir hier haben.« Nitsa wechselte mühelos in Englisch über. Auch das unterschied sie von den anderen Frauen auf der Insel. Die meisten älteren Frauen weigerten sich schlichtweg, Englisch zu lernen. Sie wussten, wenn sie ihre Enkel zwangen, sich auf Griechisch zu verständigen, dann hielten sie ihre Sprache lebendig und bewahrten ihren kostbarsten Besitz, ihr Erbe.

»Ach, Evie... kleine Evie, ich habe so viel von dir gehört.« Nitsa rieb ihre schwieligen Hände aneinander, so als wolle sie ein Feuer entfachen. »*Ahoo*, lass mich dich anschauen. *Ahoo*, wie eine griechische Göttin, wie Aphrodite! Aber... mit der Nase der *Amerikanos*.« Nitsa lachte. »Das ist eine feine Sache, k*oukla mou*«, fügte sie augenzwinkernd hinzu.

»Mommy...« Evies Stimme zitterte. »Mommy, werde ich Scherereien bekommen?«, flüsterte sie Daphne ins Ohr und klammerte die Beine um Daphnes Taille und die Ärmchen um ihren Hals.

»Liebes...« Daphne löste Evies Hand von ihrem Hals. »Evie, Süße. Warum solltest du Scherereien bekommen? Du hast doch nichts getan, oder?«

»Nein«, flüsterte Evie und schüttelte den Kopf. »Nein, habe ich nicht.« Sie hob den zitternden Finger und deutete auf Nitsa. »Aber sie hat gesagt, dass ich wie Aphrodite aussehe. Macht sie das nicht wütend? Wird sie mich auch in eine Spinne verwandeln?«

»Nein, Herzchen, das wird sie nicht.« Daphne unterdrückte mit größter Mühe das Lachen, war froh, dass es ihr gelang.

Aber Nitsas Talent lag irgendwo anders. Sie war es gewöhnt, ihr Leben lautstark zu führen, zu ihren Bedingungen, ein Leben, für das nur Gott persönlich verantwortlich war. Derselbe Gott, zu dem sie im Morgengrauen betete, jeden einzelnen Tag, niedergelassen auf ihre dicken Knie. Sie verzichtete darauf, wie die anderen Witwen zur Kirche zu gehen, dort eine Kerze anzuzünden und in der Öffentlichkeit zu beten, um allen zu zeigen, wie tugendhaft sie waren. Nitsa fand Evies Antwort göttlich und lachte ihr typisches gutturales Lachen.

»*Ahoo*, du hast also den Geschichten deiner Urgroßmutter gelauscht.« Nitsa schüttelte sich vor Lachen – angefangen bei den roten vollen Wangen über den stämmigen Rumpf bis hin zu den Hängebrüsten, die bis zu ihrem gewaltigen Bauch reichten, bebte alles an ihrem üppigen Körper vor Lachen.

»*Ella, koukla.*« Thea Nitsa streckte ihren molligen Arm nach Evie aus. »Um sicher zu sein, dass du vor Aphrodite und allen anderen, die auf deine Schönheit eifersüchtig sein könnten, geschützt bist, habe ich etwas für dich. *Ella*, Thea

Nitsa wird dich beschützen. Wir haben bereits genug Spinnen auf der Insel, wir brauchen jetzt kleine Mädchen wie dich.«

Evie zögerte.

»Es ist okay, Evie«, beruhigte Daphne sie. »Nur zu.«

Das kleine Mädchen legte seine zarte Hand in Thea Nitsas Hand. Daphne sah ihnen hinterher, wie sie Hand in Hand auf den Barbereich zusteuerten. Nitsa hievte Evie auf einen Barhocker und verschwand hinter der Theke, öffnete eine Schublade nach der anderen und suchte nach dem Geschenk.

»*Ahoo*, ich weiß genau, dass es hier war. Wo nur habe ich es hingetan?«, murmelte Nitsa und suchte weiter hinter der Holztheke in jeder Schublade, in jeder Nische. »Ach, *nato*, da ist es ja...«, rief sie triumphierend und beförderte eine lange, zarte Kette zutage.

Evie kniff die Augen zusammen, um besser sehen zu können.

»Damit wirst du geschützt sein«, sagte Thea Nitsa, trat hinter Evie und legte ihr die Kette um den Hals.

Evie blickte an sich herunter. An der feingliedrigen Kette war ein kleines blaues Glasauge befestigt, das auf ihrem Herzen lag. Sie hob es hoch, um es näher betrachten zu können.

»*To mati*«, erklärte Nitsa, »das Auge. Es bewahrt dich vor dem bösen Blick. *Ftoo, ftoo, ftoo.*« Nitsa spuckte dreimal auf Evie.

Evie zuckte zusammen. Sie hatte gerade Thea Nitsa lieb gewonnen, aber das war, bevor sie zu spucken anfing.

»Es ist okay, Evie«, lachte Daphne. »Thea Nitsa sorgt nur dafür, dass du beschützt bist. Das Auge bewahrt dich vor bösen Geistern und vor Flüchen. Als du ein Baby warst, habe ich eines davon an deinem Bettchen angebracht.«

Evie betrachtete das Auge aufmerksam, und ein Lächeln breitete sich auf ihrem Gesicht aus. »Okay, ich will keine Spinne sein, sondern ein kleines Mädchen bleiben.«

»Fein. Auch ich will, dass du ein kleines Mädchen bleibst, mein kleines Mädchen.« Daphne zog Evie vom Hocker. Evies strahlendes Lächeln fühlte sich gut an, ebenso ihre weichen Arme um ihren Hals.

Ungern löste Daphne die Umarmung. »Nun, Liebes, müssen Mommy und Thea Nitsa etwas besprechen...«

»Evie, meine Katze Katerina hat Junge bekommen; sie sind draußen im Patio. Willst du sie sehen?« Nitsa deutete zur Tür hinaus.

Es war, als finde Nitsa die Zauberworte, um Evie zu beschäftigen. Sie hüpfte auf den blumenübersäten Hof, begierig, die Kätzchen zu sehen.

»Bravo, Daphne *mou*.« Sie klatschte in die Hände. »Sag, was würdest du gern essen? Vielleicht etwas *yemista*, ich weiß noch, dass dir meine gefüllten Paprika schmecken. Ich habe sie heute Morgen mit vielen Rosinen und Minze zubereitet, genauso, wie du sie magst... *Thelis ligo*, willst du welche?«

Nitsa wartete Daphnes Antwort nicht ab. Sie sprang auf, verschwand in der Küche und kehrte mit einer großen Platte mit *yemista* zurück, noch bevor Daphne irgendetwas sagen konnte.

»Danke, Thea.« Daphne stach mit der Gabel in eine grüne Paprikaschote. Der Geschmack war köstlich; leicht, frisch und würzig – genauso wie Daphne sie in Erinnerung hatte.

Sie verbrachten den größten Teil des Vormittags mit der Planung der Speisenfolge. Die Frauen waren sich einig, dass das ideale Hochzeitsessen eine Kombination aus hiesigen Delikatessen und traditionellen Gerichten wäre. Sie entschieden sich für eine Auswahl frisch gefangener Fische, verfeinert mit Zitrone, Olivenöl, Oregano und Meerwasser. Daphne bestand jedoch darauf, dass Nitsa den Fisch, nachdem er erst als Ganzes aufgetragen wurde, auf einem Beistelltisch filetieren würde. Sie wusste, dass Stephens Familie keine Ahnung hatte, wie man einen Fisch filetierte, und dazu fähig wäre, sich an den Gräten zu verschlucken. Der Rest des Menüs war genauso erstklassig in seiner Einfachheit. Abgesehen vom Fisch würde Nitsa viele Platten mit Appetithappen, Käse und Dips anrichten. Als sie alles besprochen hatten, wandte sich Nitsa dem anderen Themenbereich zu, in dem sie sich genauso auszeichnete – dem Klatsch.

»Daphne, weißt du, diese Sophia ist unmöglich.«

Daphne erinnerte sich genau an Sophia, und sie konnte nicht glauben, was sie da hörte. Als sie Kinder waren, hatte Daphne immer Mitleid mit Sophia, die mit ihrer Familie ganzjährig auf der Insel lebte. Sophia war hier wie festgenagelt. Sie wusste, sie würde nie die Welt sehen, eine gute Ausbildung erhalten oder jemand anderen heiraten als einen Jungen von der Insel, den ihre Eltern für eine angemessene Wahl hielten. Und genauso geschah es. Mit sechzehn wurde sie mit einem Jungen von der anderen Seite der Insel verheiratet.

»Du solltest sie sehen. Sie sitzt nicht allein zu Hause herum und wartet, dass ihr Mann aus Amerika zurückkommt. Ha, genau die, die so unschuldig tun, haben es faustdick hinter den Ohren.« Nitsa beugte sich vor, die Beine gespreizt, die Ellbogen auf die Knie gestützt, und zündete sich eine Zigarette an. Sie wollte unbedingt ihre Meinung über Sophia mitteilen, die sich ihren Worten zufolge in die Insel-*poutana* verwandelt hatte.

Nitsa nahm noch einen kräftigen Zug und blickte sich um, um sich zu vergewissern, dass niemand lauschte. »Und glaube mir, Sophia ist keineswegs einsam, wenn ihr Mann in Amerika in den Imbissbuden arbeitet und ihr seinen Lohn zuschickt. Wenn in alten Zeiten die Männer weggingen, waren sie es auch, die untreu waren. Und sieh nur, wie modern wir sind; jetzt sind auch die Frauen untreu.«

Nitsa klatschte sich aufs Knie und brach wieder in ihr gutturales Lachen aus. Und wieder zündete sie eine Zigarette an. Der Aschenbecher quoll bereits über von den Zigaretten, die sie in den letzten beiden Stunden geraucht hatte.

Daphne lächelte und überlegte, ob Nitsa vielleicht das Geheimnis um Yianni etwas lüften könnte. Dabei hatte Daphne keineswegs das Gefühl, dass ihre Neugier wirklich Lust auf Klatsch sei. Sie betrachtete sie eher als Recherche. Schließlich würde sie morgen auf der Fahrt nach Korfu ihr Leben in seine Hände geben.

»Thea Nitsa...«

»*Ne*, Daphne.«

»Thea, was weißt du über Yianni, den Fischer?«

»Ach, Yianni. Für jemanden, der nicht am Meer aufgewachsen ist, hat er ein Zauberhändchen für seine Netze. Daphne, ich kann dir sagen, sein Fang ist immer der beste. Ich habe mich zu seiner besten Kundin entwickelt.« Nitsa nickte, als sie sich an der Innenseite ihres Schenkels kratzte, wobei die Zigarette dem Stoff ihres Rocks gefährlich nah kam.

»Okay, aber was weißt du über ihn? Er scheint sehr viel Zeit mit Yia-yia zu verbringen. Wie wir wissen, arbeitet er als Fischer, aber womit sonst beschäftigt er sich? Er hat hier ja keine Familie, ist nicht verheiratet. Hat er Freunde?«

»Nein.« Nitsa schüttelte den Kopf. »Ich habe ihn noch nie mit Freunden gesehen, natürlich abgesehen von deiner Yia-yia. Daphne *mou*, er ist wirklich sehr geheimnisvoll. Ich erinnere mich noch an seine Yia-yia, was ja schon viele Jahre zurückliegt, aber auch sie war geheimnisumwittert. Während des Kriegs tauchte sie hier mit ihren Töchtern auf, aber ohne Ehemann. Es rankten sich Geschichten um sie. Anfangs hieß es, ihre Ankunft sei ein schlechtes Omen; da nun noch mehr Mäuler gestopft werden müssten, und unsere eigenen Leute doch auch Hunger litten. Aber deine Yia-yia wollte nichts davon wissen.« Nitsa rückte näher an Daphne heran und hob die rechte Augenbraue. »Es heißt auch, dass zu der Zeit ein Wunder auf der Insel geschehen sei.«

»Ein Wunder?«, erkundigte sich Daphne. Sie hatte von Wundern gehört, die auf Korfu dem heiligen Spyridon zugesprochen wurden, aber sie hatte noch nie von Wundern hier auf Errikousa gehört.

»Ja, ein Wunder, Daphne *mou*.« Nitsa senkte den Kopf. Sie bekreuzigte sich dreimal, holte ihr Kreuz zwischen ihren Brüsten hervor und küsste es, bevor sie mit ihrer Geschichte fortfuhr.

»Um uns herum, auf Korfu und dem Festland, wurden die Menschen ermordet und gefoltert oder sie verhungerten. Aber nicht hier. Hier wurde niemand getötet. Ich sage dir, Daphne, die deutschen Soldaten waren grausam, böse. Auf Korfu massakrierten sie viele unschuldige Menschen. Aber niemanden hier.« Sie nickte langsam, nachdenklich.

»Jeder rechnete mit dem Schlimmsten, aber deine Yia-yia, sie hatte das Wissen. Und den Glauben. Auch wenn die anderen fürchteten, dass die Lebensmittel knapp werden und die Soldaten sich als brutal erweisen könnten oder dass wir uns aus lauter Verzweiflung schließlich gegeneinander wenden würden – sie wusste es besser. Selbst als alle anderen auf der Insel voller Angst und Panik waren, blieb sie gelassen und behauptete, unsere Güte, unsere Hilfsbereitschaft untereinander und gegenüber der jungen Mutter, die zu uns auf die Insel gekommen war, würden belohnt werden. Und sie hatte recht. Deine Yia-yia wusste es einfach, wie sie es immer tut.«

»Sie hat mit mir nie wirklich über den Krieg geredet.«

»Daphne *mou*, das waren schwierige Zeiten, die man am besten vergisst, begräbt. Wir alle haben aus dieser Zeit unsere Narben davongetragen. Und es ist oft besser, nicht in unseren Wunden herumzustochern, sondern zu versuchen, unsere Versehrtheit zu vergessen. Wir beten, dass wir irgendwie im Lauf der Zeit geheilt werden. Es bleibt immer eine Erinnerung zurück, ein unvergängliches Mal auf unserer Haut, in unserer Seele... Vielleicht verblasst es mit der Zeit, aber es wird nie wirklich verschwinden. Aber manchmal ist es am besten, man versucht es und tut so, als ob es nicht mehr da ist.«

Nitsa klopfte sich die Asche vom Rock. »Ella, du hast mich aber über Yianni befragt und ich habe mich über die alten Zeiten und die alten Frauen ergangen. Typisch alte Frau, nicht wahr? Was wolltest du über Yianni wissen?«

»Warum ist er hier? Wenn seine Familie doch nach dem Krieg die Insel verlassen hat, warum kam er dann zurück?«

»Mein Kind, ich habe mir dieselbe Frage gestellt. Er ist ein gebildeter Mann. Was tut er also hier zwischen den Fischern und alten Frauen? Ich weiß es nicht. Aber ich weiß, dass er nie zur Kirche geht.« Nitsa lachte, als sie sich ein Stück Tabak von der Zunge entfernte.

»Keine Freunde?«

»Keine. Nur seine Netze und seine Bücher. Das ist alles.«

»Seine Bücher?«

»Ja, wenn er nicht an seinem Boot herumwerkelt, kann man ihn hier an der Bar finden.« Nitsa deutete auf den Barbereich. »Manchmal trinkt er einen Frappé, manchmal einen Whisky, aber egal, was er trinkt, er hat immer ein Buch dabei. Er atmet diese Bücher ein wie ich das hier.« Sie lachte, als sie sich wieder eine Zigarette anzündete.

»Aber da ist noch etwas, Daphne«, fuhr sie fort. »Vor ein paar Wochen war er hier, saß am Ende der Theke, den Whisky und ein Buch vor sich.« Sie lachte, als sie mit ihrer Zigarette durch die Luft fuchtelte und eine Reihe von Rauchkringeln zauberte. »Es war spät, sehr spät, und alle hatten genug Alkohol intus, auch ich. Ich war etwas beschwipst«, gab sie kichernd zu und zuckte die Schultern.

»Ich stand auf, um zu Bett zu gehen. Aber ich vergaß meine Brille. Ein paar Minuten später kam ich noch mal die Treppe herunter und sah, dass Yianni den Arm um Sophia gelegt hatte. Er war ihr sehr nah. Er hielt sie kurz im Arm, legte dann den Arm um ihre Taille, und sie schmiegte sich an seine Schulter. So gingen sie gemeinsam hinaus in die Nacht. Ich weiß nicht, ob man sie als Freunde bezeichnen kann«, gluckste Nitsa. »Ich glaube, in jener Nacht war Yianni weniger mit seinem Buch beschäftigt.«

Also ist Yianni doch nicht so wunderbar, wie Yia-yia ihn gern sehen würde, überlegte Daphne bei sich. Er ist absolut nichts Besonderes. Sie seufzte.

Sie konnte es eigentlich nicht verstehen: Noch heute Morgen hatte sie nichts als Verachtung für ihn übrig gehabt. Aber jetzt, als Nitsa ihr den seltenen Blick auf Yiannis wahren Charakter gewährte, war sie überrascht, festzustellen, dass sie sich tatsächlich irgendwie enttäuscht fühlte. Aber sie war sich nicht ganz sicher, warum. Lag es daran, dass Yianni die Art Mann war, der mit einer verheirateten Frau ins Bett ging? Daran, dass Yia-yia diesem Mann so blind vertraute, der plötzlich mit nicht mehr als einem Namen und einer Geschichte aus alter Zeit vor ihrer Tür stand? Oder daran, dass sie im Moment unsicher war und tatsächlich den sehr starken und sehr negativen ersten Eindruck, den er bei ihr hinterlassen hatte, infrage stellte?

»Daphne, komm heute Abend zum Essen.« Nitsa drückte ihre Zigarette in den überquellenden Aschenbecher. »Du bist mein Gast. Ich will dir ein Geschenk machen, und zwar in Form eines köstlichen Essens mit deiner Familie, bevor dein *Amerikano* eintrifft«, sagte Nitsa, als sie aufstand.

»Thea, das wäre wunderbar. Ich will nur noch Yia-yia fragen...«

»Da gibt es nichts zu fragen. Ich werde sie jetzt gleich rufen.« Thea Nitsa eilte zum Hotel hinaus. Sie stand auf der kleinen Marmortreppe, formte die Hände zu einem Trichter und rief buchstäblich über die Insel hinweg nach Yia-yia.

»EVAN-GE-LIAAAAA! EVAN-GE-LIAAA!«, brüllte sie.

Nach wenigen Augenblicken ertönte die Antwort laut und deutlich, oben aus dem Olivenhain. »*NE?*«

»EVANGELIA, *ELLA*... DU UND DAPHNE, IHR KOMMT HEUTE ABEND ZUM ESSEN INS HOTEL, OKAY!«

»*NE, ENTAKSI.*«

»So, erledigt.« Thea Nitsa wischte sich die Hände an ihrer Schürze ab, als sie wieder ins Foyer trat. »Um zehn Uhr, ja? Das ist Griechenland, wir essen zu zivilisierten Zeiten, nicht wie ihr Amerikaner, die ihr viel zu früh zu Abend esst.«

Sie schüttelte missbilligend den Kopf und murmelte vor sich hin: »Abendessen um fünf Uhr, was denken sich diese Amerikaner eigentlich dabei?« Sie beugte sich vor und kratzte sich am Oberschenkel, bevor sie die Zigarette ausdrückte und in der Küche verschwand, um ihre Mittagsschicht zu beginnen.

15

ERRIKOUSA

1999

Überall hingen Büschel von Oregano zum Trocknen. Etwa ein Dutzend Kräuterzweige erfüllte die Luft mit ihrem würzigen Duft. Jedes Mal, wenn Daphne sich auf die Zehen stellte, um nach einem der würzigen Bündel zu greifen, spürte sie ein Prickeln in der Nase. Sie holte eines nach dem anderen herunter und warf es auf das riesige weiße Laken, das sie auf dem Boden ausgebreitet hatte.

Vor zwei Wochen, kurz nach Daphnes Ankunft in Griechenland, hatte Yia-yia kalte *patopita* für das Mittagessen eingepackt, und sie hatten den Tag in den Bergen verbracht und den wilden Oregano gepflückt. Yia-yia hielt den Oregano jetzt für trocken genug, um ihn zu zerkleinern.

»Daphne, *etho*. Bring ihn her, ich bin bereit«, rief Yia-yia vom Patio her.

Sie hatten sich beide als Schutz gegen den harten Boden im Patio Handtücher unter die Knie gelegt und knieten nun Seite an Seite auf einem weiteren sauberen weißen Laken. Nach und nach legten sie die Bündel auf den metallenen Zerkleinerer, zerrieben sie über der Walze und beobachteten, wie die getrockneten winzigen Blätter wie ein Wasserfall auf das ausgebreitete Laken fielen.

Das Ritual beanspruchte den größten Teil des Vormittags, sodass Daphne auf ihr tägliches persönliches Schwimmvergnügen in der Bucht verzichten musste. Aber sie empfand keinerlei Bedauern. Sie fühlte sich, wenn auch kniend, wie im Himmel, eingetaucht bis zu den Ellbogen in getrockneten Oregano. Munter trällerte sie die griechischen Lieder mit, die aus dem rosafarbenen Radio in der Küche zu ihnen drangen.

»Daphne *mou*...« Yia-yia schüttelte den Kopf, als sie beobachtete, wie Daphne ein altes melodramatisches Liebeslied nach dem anderen mitträllerte. »Manchmal denke ich, du bist zu einer falschen Zeit geboren, obwohl du so modern und so amerikanisch bist. Doch diese Lieder faszinieren dich, als ob du eine einsame alte Frau wärest, die auf ihr Leben zurückblickt oder sehnsuchtsvoll übers Meer schaut, um die Rückkehr ihres Geliebten abzuwarten. Dies sind doch keine Lieder für hübsche junge Mädchen.«

»Yia-yia, hast du das etwa getan?« Daphne streckte die Arme aus und legte die Hände auf Yia-yias Schultern, deren Knochen sie unter dem Stoff spürte. »Hast du hier gesessen und gehofft, dass Papou übers Meer heimkommt?« Yia-yia sprach nur selten über Papou, der während des Krieges nicht nach Hause zurückgekehrt war. Eines Morgens hatte er seine Frau und seine kleine Tochter zum Abschied geküsst und war mit sieben Männern in ein *kaiki* gestiegen. Ihr Plan war, ihr Geld zusammenzulegen und nach Korfu zu fahren, um ausreichend Wintervorräte zu besorgen. Aber Papou gelangte nie nach Korfu. Sein Boot wurde nie gefunden. Nie wieder hörte man etwas von ihm und den anderen sieben Männern an Bord.

»Ach, Daphne ...« Yia-yia seufzte. Es war ein tiefer trauriger Seufzer, der vielleicht ein Klagelied einleitete, wie Daphne vermutete, aber dem war nicht so. »Ja, das tat ich«, bestätigte Yia-yia, während sie die Blätter begutachtete und zerrupfte. Dabei wanderte ihr Blick zum fernen Horizont.

»Ich saß hier unter dem großen Olivenbaum. Tag für Tag hielt ich Ausschau und wartete. Anfangs hatte ich noch Hoffnung, dass er zurückkommen würde. Ich saß hier, mit deiner Mutter an der Brust, und starrte auf das Meer, wie einst Aigeus, der hoffte, Theseus' weißes Segel in der Ferne zu erblicken. Aber kein Segel zeigte sich am Horizont. Weder ein schwarzes noch ein weißes Segel. Nichts. Und im Gegensatz zu Aigeus schaffte ich es nicht, mich ins Meer zu stürzen, wie ich es mir so oft gewünscht und vorgestellt hatte. Ich war ja schließlich Mutter. Und dann eben auch eine Witwe.«

Yia-yia zupfte mit den Fingern an ihrem Tuch und wandte ihre Aufmerksamkeit wieder dem Oregano zu. Wie immer musste die Arbeit getan werden, mussten Aufgaben erfüllt und Vorbereitungen für den bevorstehenden harten Winter getroffen werden. Jetzt blieb, genauso wie damals, keine Zeit, der Vergangenheit nachzutrauern, dem, was geschehen war und was sich wohl abgespielt hatte. Jetzt, genauso wie damals, war Selbstmitleid inakzeptabel und unwillkommen. Schweigend füllten sie den Rest des Oregano in Flaschen. Yia-yias Finger verschlossen die Deckel. Nichts wies auf ihre chronischen Arthritisschmerzen hin, die jedes ihrer Gelenke in Mitleidenschaft zogen.

Es war erst ein paar Monate her, dass sie im Hörsaal zum ersten Mal Blickkontakt mit Alex aufgenommen hatte. Es waren erst ein paar Wochen vergangen, seit ihnen Händchenhalten und Küssen nicht mehr genügte. Schließlich war sie bereit, ihn in sein Zimmer zu begleiten, in sein Doppelbett, wo sie sich liebten, bis die Sonne unterging und es Zeit war, nach Hause zu gehen. Jetzt, da sie wusste, wie es war, neben ihm zu liegen, mit seinen Haaren zu spielen, wenn er schlief, konnte sie sich vorstellen, wie es für Yia-yia gewesen sein musste, im Bett die Hand auszustrecken und nichts als Leere zu fühlen.

An jenem Tag unter dem Olivenbaum, als ihre Nase vom Oreganostaub juckte, brach Daphnes Herz zum ersten Mal, aber nicht wegen eines Jungen. Sie hatte sich in Alex verliebt, sehr verliebt – doch der einzige Schmerz, den sie im Augenblick empfand, war ihre Trennung.

An jenem Morgen unter dem Olivenbaum brach Daphnes Herz, weil sie endlich erkannte, dass Yia-yia nicht nur ihren Ehemann verloren hatte, als dieser nicht mehr heimkehrte, sondern auch jegliche Chance auf ein besseres Leben. Im Gegensatz zu den Geschichten des tapferen Odysseus und der stoischen, geduldigen Penelope, die Yia-yia immer wieder erzählte, bot das, was ihre Großmutter erlebt hatte, keinen Stoff für einen epischen Mythos oder eine Legende. Als Papou vermisst wurde, erwiesen sich ihre Zukunftsaussichten als genauso schwarz wie die Kleider, die sie den Rest ihres Lebens tragen musste.

In diesem Augenblick schwor Daphne sich eines. Sie würde es irgendwie gutmachen, würde das Leben für Yia-yia einfacher machen. Sie schwor sich, ihre Ausbildung zu beenden, sich einen Job zu suchen und sich abzurackern, um für Yia-yia zu sorgen. Sie würde das tun, wozu Papou nie die Gelegenheit gehabt hatte und was ihre eigene Mutter verzweifelt versuchte – sich den harten Herausforderungen eines Einwandererlebens zu stellen.

Nachdem die verschiedenen Krüge und Flaschen an sicheren Orten in der Küche verstaut waren, bereitete Yia-yia ein einfaches Gericht aus gegrilltem Tintenfisch und Salat zu. Während sie mit dem Oregano beschäftigt gewesen waren, hatte der Tintenfisch in einem Topf mit Bier, Wasser, Salz und zwei ganzen Zitronen geköchelt. Nachdem Yia-yia mehrmals Stichproben gemacht hatte, befand sie den Fisch jetzt für weich genug. Sie beträufelte ihn mit Olivenöl, würzte ihn mit Meersalz und legte ihn auf den Grill im Freien.

»Daphne *mou*, erinnerst du dich an die Geschichte von Iphigenie?«, begann Yia-yia, als sie den Tintenfisch vom Feuer nahm.

»Ja, ich mag Iphigenie sehr, das arme Mädchen. Kannst du dir vorstellen, dass ein Vater dies seiner eigenen Tochter antut? Yia-yia erzähl mir die Geschichte noch mal.«

»Ach, *entaksi, koukla mou*. Iphigenie...« Yia-yia stellte ihren Teller auf den Tisch und wischte sich mit dem Saum ihrer weißen Schürze über den Mund. Die alte Frau erzählte erneut die tragische Geschichte von dem jungen Mädchen, dessen Vater, König Agamemnon, sie den Göttern opferte, damit diese den Wind wehen ließen und seine Männer in die Schlacht ziehen konnten. Der König hatte seine Frau und seine Tochter angelogen, ja ihnen aufgetischt, die junge Prinzessin solle mit dem Gott Apollo vermählt werden. Erst als das Hochzeitsgefolge den Altar erreichte, erkannte das junge Mädchen, dass sie nicht vermählt, sondern geopfert werden sollte.

Daphne schauderte, als Yia-yia ihre Geschichte beendete.

Obwohl es wieder ein drückend heißer Tag war, bekam sie eine Gänsehaut. Soweit Daphne sich erinnern konnte, hatte sie jede einzelne von Yia-yias Geschichten gemocht, aber der Mythos von Iphigenie berührte sie immer auf ganz besondere Weise. Jedes Mal, wenn sie die Geschichte hörte, sah sie lebhaft das Bild eines jungen Mädchens in ihrem Alter vor sich. Und zwar noch deutlicher als sonst. Da jetzt Alex in ihr Leben getreten war, spürte sie die Aufregung, die Iphigenie gefühlt haben musste, als sie mit jedem Schritt ihrem Bräutigam näher kam. Daphne konnte sich vorstellen, wie sie selbst zum Altar schritt, wo Alex auf sie wartete. Sie sah, wie seine Augen aufleuchteten, und den ausgefransten Saum seiner Khakihose.

Sie konnte sich auch Iphigenie vorstellen. Sie trug ein mit Gold besticktes Gewand, das auf einer Seite schulterfrei war, und einen Brautkranz aus Wildblumen auf ihrem langen schwarzen Haar. Sie spürte die bange Aufregung des Mädchens, das die Hand seiner Mutter umklammerte und mit ihr durch die Straßen ging, während die Bürger Blütenblätter über sie regnen ließen. Und dann kam Yia-yia immer zu der Stelle, an der Iphigenie erkannte, dass sie nicht vermählt, sondern ermordet werden sollte. Daphne fühlte, wie ihr das Blut in den Adern gefror, als handle es sich um ihre eigene zarte Kehle, die durchtrennt wurde, um der Gottheit ein Opfer zu bringen.

»Yia-yia, ich kann nicht glauben, dass dies Brauch war. Das eigene Kind zu töten, um es den Göttern als Opfer darzubringen! Warum taten sie so was? Warum verlangte jemand so etwas?«

»Ach, *koukla mou*. Es gibt viele Dinge, die wir nicht verstehen können. Aber lass dich nicht täuschen und schreib die Blutlust nicht allein den Göttern zu. Es gab eine Zeit...«, fuhr Yia-yia fort und beobachtete den Kaffee, der auf dem Feuer heiß wurde. »Es gab eine Zeit, als die Menschen alte Wahrsager oder junge Priesterinnen befragten, um den Willen der Götter zu erforschen. Aber wie es oft der Fall ist: Macht verdirbt. Es heißt, sogar der große Wahrsager Calchas habe seine eigenen Gründe gehabt, um Iphigenie in den Tod zu schicken.« Der dicke schwarze Kaffee in dem Kännchen fing an zu brodeln.

»Aber mach dir keine Sorgen, mein Kind. So wie sich die Erinnyen als gütig herausstellten, waren es auch die Götter. Als sie entdeckten, dass ihre Wünsche verdreht und entsprechend der Selbstsucht der Menschen ausgelegt wurden, geriet der oberste Gott Zeus in Zorn. Von diesem Augenblick an ordneten die Götter an, dass nur ältere Frauen mit reinem, offenem Herzen die Wünsche der Götter übermitteln dürften und ihnen die Ehre zuteil werden sollte, das Orakel auszulegen. Sie wussten, dass nur Frauen, die echte Liebe erfahren hatten, Vertrauen verdienten. Nur diese Frauen konnten begreifen, wie kostbar das Leben in Wirklichkeit ist.«

Daphne sah zu, wie Yia-yia unaufhörlich ihren Kaffee rührte. Wo sind diese angeblich gütigen Götter und Erinnyen heute?, überlegte Daphne. Wenn sie so gerecht und so fair waren, wie ihre Großmutter behauptete, warum hatte dann das Leben ihrer Großmutter eine solch tragische Wende genommen? Sie fragte sich, wie Yia-yias Leben wohl verlaufen wäre, wenn sie nicht mit dem Stigma der Witwe belegt gewesen wäre, das wie ein scharlachroter Buchstabe auf ihrem schwarzen Kleid prangte.

Daphne wusste, dass sie froh sein durfte, dass sie in

Amerika geboren wurde, mit all seinen Möglichkeiten, der Chancengleichheit und den Schlafsälen, in die man sich davonschleichen konnte. Sie wusste, sie hatte Glück gehabt, Alex kennenzulernen. Sie wünschte sich nichts sehnlicher, als weiterhin die Vielfältigkeit des Lebens und der Liebe mit ihm zu entdecken. Als sie auf ihren Kaffeesatz blickte, stellte sie sich vor, dass sie im Unterschied zu Yia-yia nicht allein durchs Leben gehen würde. Sie sah sich Hand in Hand mit Alex – Seite an Seite mit ihm, statt in seinem Schatten. Sie wirbelte die Tasse herum und flehte den Kaffeesatz an, er möge ihr ihre Lebensreise enthüllen.

Aber das war zu viel verlangt. Wie üblich, konnte Daphne nicht mehr erkennen als ein dunkles Gemisch.

16

Es war ein wunderbarer Tag gewesen, die Art von Tag, an den sie und Evie sich gern erinnern würden. Nachdem sie sich von Nitsa verabschiedet hatten, kletterte Evie in dem Augenblick wieder auf Daphnes Rücken, als sie sah, dass ihre Mutter nach dem Bambusstock griff. Und so traten sie den Heimweg zu Yia-yia an, auf dem Daphne wieder den Boden links und rechts des Wegs abtastete. Einmal hielten sie kurz an, damit Evie die größten und reifsten Brombeeren pflücken konnte.

Als sie wieder zu Hause waren, packte Daphne Handtücher, Badeanzüge, Wasserflaschen und dicke Mortadella-Sandwiches, die Daphne als Kind sehr gemocht hatte und die auch Evie jetzt gern verzehrte, in eine Tasche. Sie machten sich ohne bestimmtes Ziel auf den Weg, hatten nichts anderes vor, als den Tag und ihre Zweisamkeit zu genießen und dabei die Insel zu erkunden. Doch als sie das Haus verließen, überlegte Daphne, dass noch etwas fehlte.

Da sie wusste, dass Evie ihre Schlangenphobie nicht so schnell überwinden und es zu mühsam sein würde, sie den ganzen Tag lang die Hügel und felsigen Pfade hinauf und hinunter zu schleppen, band Daphne Jack los, den sanften Esel, der im Garten hinter dem Haus angebunden war.

»Betrachte ihn als unser eigenes Inseltaxi.« Daphne

lachte, als sie Evie aufsteigen ließ und sie die Stufen hinunterführte, damit das Abenteuer beginnen konnte.

Als Erstes hielten sie vor der winzigen malerischen Inselkirche an. Mit dem verwilderten Friedhof, den weiß getünchten Mauern, den kunstvollen bunten Glasfenstern und den handgemachten Kerzen, die am Eingang brannten, sah die Kirche genauso aus, wie Daphne sie in Erinnerung hatte – als ob die Zeit stillgestanden hätte. Anfangs war Evie entsetzt über die Vorstellung, dass dort auf dem angrenzenden Friedhof Tote lagen, und weigerte sich, abzusteigen. Gerade, als Daphne sie dazu zwingen wollte, erspähte Pfarrer Nikolaos sie vom Friedhof aus, wo er damit beschäftigt war, das Olivenöl nachzugießen und den Docht der Grabkerzen anzuzünden.

Er winkte ihnen eifrig zu und kam mit flatternder schwarzer Robe auf sie zugerannt. Dies bewirkte bei Evie einen kleinen hysterischen Anfall, weil sie annahm, der bärtige Mann in der schwarzen Robe sei eine Art Dämon, der dem Grab entflohen war.

Evie beobachtete, wie ihre Mutter sich hinabbeugte, um seine Hand zu küssen. Erst als Pfarrer Nikolaos' Frau und Kinder herbeigerannt kamen, um zu sehen, was hier los war, ließ Evie sich davon überzeugen, dass sie nichts zu befürchten hatte. Schließlich war sie nach vielem guten Zureden bereit, vom Esel zu steigen. Hand in Hand mit der dreizehnjährigen Tochter des Priesters folgte sie Daphne in die Kirche.

Im Inneren stellte sich Pfarrer Nikolaos am Altar vor eine Ikone der Jungfrau Maria mit dem Jesuskind und segnete Mutter und Tochter. Die Kinder des Priesters standen mit gesenkten Köpfen da und verhielten sich vorbildhaft ruhig.

»Amen«, sagte der Priester nach der Segnung.

Nachdem seine Kinder dieses Gebet Hunderte Male miterlebt hatten, wussten sie, dass dies für sie das Zeichen war, sich aus dem Staub machen zu können.

»*Ella, ella*...« Sie zerrten Evie am Arm und drängten sie aus der Kirche zum Spielen. Die Erwachsenen blieben zurück, um die Hochzeitsdetails zu besprechen.

Sie waren sich alle darin einig, dass es eine schlichte, traditionelle Zeremonie werden sollte. Die Frau des Pfarrers, Presbytera – wie alle Frauen von Priestern genannt werden –, bot an, den Brautkranz aus Wildblumen zu flechten. »Ist viel hübscher und symbolischer als die gekauften«, beharrte sie und wiegte ihr Baby, das jüngste ihrer fünf Kinder, auf den Knien.

»Wir haben die Taufurkunde erhalten«, sagte Vater Nikolaos. »Dein Bräutigam ist willkommen in unserer Kirche, und wir freuen uns, dass du dich für eine kirchliche Trauung entschieden hast.« Sein breiter Mund verzog sich zu einem strahlenden Lächeln, das sich zwischen seinem dichten Bart hervorstahl.

»Daphne«, sagte die Frau des Priesters, die ihr langes braunes Haar ordentlich zu einem Nackenknoten geschlungen hatte, »iss doch mit zu uns zu Mittag.« Das Baby gluckste und streckte die Arme nach seinem Vater aus.

Pfarrer Nikolaos nahm das Baby von Presbyteras Schoß. Als es sich behaglich in seine Arme geschmiegt hatte, griff es mit seinen Patschhändchen nach dem Bart des Vaters, was beiden ein vergnügtes Lachen entlockte. Presbytera beobachtete das Ganze mit heiterem Lächeln.

Einen Augenblick lang war Daphne versucht, die Einladung anzunehmen. Sie fühlte sich zu Pfarrer Nikolaos und Presbytera hingezogen, obwohl Daphne auf den ersten Blick rein gar nichts mit dem einfachen Inselpriester und seiner reizenden, aber ausgemergelten Frau, gemeinsam hatte. Daphnes städtischer Lebensstil und ihre Ansichten waren weit entfernt von denen des frommen Paars, das streng nach den Geboten und Bräuchen der Kirche lebte. Daphne wusste, sie wären entsetzt, wenn sie erfahren würden, dass sie in New York selten eine Kirche betrat und Evie den Ostersonntag mit dem Osterhasen verband und nicht als Fest der Auferstehung Christi feierte. Und wenn Pfarrer Nikolaos und Presbytera wüssten, dass Evie seit ihrer Taufe nie mehr die heilige Kommunion empfangen hatte, wären sie wahrlich entsetzt. Hier auf der Insel und in allen griechisch-orthodoxen Kirchen der Welt sorgten die Eltern jeden Sonntag dafür, dass ihre Kinder gewissenhaft vor dem Priester Schlange standen und bei der Kommunion die Hostie und den Wein erhielten – wie eine wöchentliche spirituelle Vitaminspritze. Immer wieder tauchte der Priester denselben goldenen Löffel in den Kelch und dann in den Mund eines Kindes. Daphne wollte sehr wohl daran glauben, dass die Kommunion heilig sei und deshalb keimfrei mache, denn sie war gläubig und wollte auch an den Sakramenten teilnehmen. Aber wieder einmal ließ die Realität ihres Lebens als alleinerziehende Mutter keinen Raum für Gefühlsduselei. Wenn Evie krank wurde, sich erkältete und nicht in die Schule gehen konnte, versank Daphnes Welt im Chaos. Daphne hatte schon vor Langem folgenden Beschluss gefasst: Solange das Kommunionsritual nicht modernisiert und keimfrei gemacht wurde, würde es als weiteres Element ihrer eigenen Kindheit in Griechenland in Evies amerikanisierter Welt fremd bleiben.

Daphne beobachtete, wie Presbytera ihrem Mann das Baby abnahm und ihm mit jedem Schritt auf den Altar zu etwas ins Ohr gurrte. Dann kniete sie vor der großen Ikone der Jungfrau Maria nieder, die ein pausbäckiges Jesuskind in den Armen hielt. Presbytera beugte sich über die Ikone, küsste die Füße der Jungfrau und brachte ihr Baby dazu, es ihr nachzumachen. Sein Gesabbere hinterließ eine feuchte Spur auf den blassblauen Gewandfalten des Jesuskinds.

So gerne Daphne mehr Zeit in Gesellschaft des geistlichen Paars verbracht hätte, war ihr doch bewusst, dass sie, wenn sie erst einmal mit Stephen verheiratet wäre, nicht mehr so oft die Gelegenheit finden würde, einen ganzen Tag mit Evie allein zu verbringen. Höflich lehnte sie die Einladung ab, versprach aber, die beiden bald zu besuchen.

Von der Kirche steuerten Daphne, Evie und Jack die Bucht an, wo Daphne direkt am Wasser eine große Decke ausbreitete, auf der sie das Essen verteilte, das sie von zu Hause mitgebracht hatte. Während sie ihre Sandwiches verspeisten, sagten sie nicht viel. Sie saßen einfach kauend da. Daphne hielt die Beine ausgestreckt, und Evie hatte es sich zwischen den Beinen ihrer Mutter bequem gemacht und sich mit dem Rücken gegen Daphnes schlanken Oberkörper gelehnt. Die Locken des kleinen Mädchens ergossen sich über Daphnes Körper wie ein dunkler Wasserfall. Während sie ihr Essen vertilgten, blickten sie zum Horizont und beobachteten, wie die Seevögel ihr lebhaftes Ballett aufführten, ins Wasser tauchten, dann wieder hochstiegen und über den wolkenlosen Himmel glitten.

Daphne erwog, Evie eine Geschichte zu erzählen, eine von Yia-yias Geschichten – vielleicht die über Persephone oder über Cupido und Psyche. Sie beugte sich vor, um Evie prüfend ins Gesicht zu schauen, und war überrascht, wie gelöst die kindlichen Züge wirkten – ihre rosigen Wangen, ihre Rosenblütenlippen, der dunkle Schleier ihrer langen Wimpern, der mit jedem Blinzeln flatterte. Ihr kleines Mädchen schien glücklich zu sein – rundum glücklich. Daphne fühlte, wie ihr warm ums Herz wurde und wie ihr Tränen in die Augen traten.

Evie war glücklich. Und schuld daran war nicht ein Geschenk oder ein Spielzeug oder sonst etwas Materielles. Es lag an diesem Ort, an diesem Augenblick. Es war so, wie Yia-yia gesagt hatte. Es lag an der bloßen Tatsache, dass sie lange genug dasaß, damit Evie ihre Nähe genießen konnte.

Daphne öffnete den Mund, um zu erzählen. Aber plötzlich erhob sich eine Windböe, trieb ihr Sand in die Augen und in den Mund. Als sie sich die brennenden Augen rieb, warf sie einen Blick auf Evie, die jetzt aufrecht dasaß und zu dem Schleier von Bäumen blickte, die den Strand säumten.

»Was ist los, Liebes?«, fragte Daphne.

»Hast du das gehört?«, wollte Evie wissen, als sie sich zu den Bäumen umdrehte.

»Was gehört?«

»Ich glaube, ich habe jemanden singen gehört«, fügte Evie hinzu, während sie Daphne den Rücken zuwandte und zum Strand hinuntersah. »Eine Frauenstimme.« Sie erhob sich und ging ein paar Schritte auf die Bäume zu. »Es war hübsch und leise … und Griechisch.«

Daphne stand ebenfalls auf und blickte zum Dickicht. Unmöglich, dachte sie, als es ihr heiß und kalt den Rücken hinunterlief. Sie griff nach Evies Hand. Daphne erinnerte sich, dass sie als junges Mädchen ebenfalls hier gewesen war und sich bemüht hatte, das leise Flüstern eines Lieds im Wind zu hören.

»Weißt du, Evie«, sagte sie, legte den Arm um das kleine Mädchen und zog sie wieder zurück auf die Decke, »als ich ein kleines Mädchen war, bin ich jeden Tag hierhergekommen und in der Bucht geschwommen, ganz allein. Ich hatte nie Angst, allein im Meer zu schwimmen, weil Yia-yia mir die Geschichte vom Flüstern der Zypressen erzählt hatte. Sie sagte mir, die Insel würde sich um mich kümmern und durch Flüstern und Singen mit mir Kontakt aufnehmen.«

Evie riss die Augen auf und umklammerte Daphnes Hand. »Wie die Geister?« Sie erschauderte. »Du meinst, ich habe einen Geist gehört?« Sie vergrub den Kopf im Schoß ihrer Mutter.

»Nein, Evie, Liebes. Es gibt keine Geister.« Daphne lachte über die Ironie – das, was Evie jetzt in Panik versetzte, hatte Daphne als Kind inbrünstig erfleht. Es war etwas, was sie sich mehr als alles andere auf der Welt gewünscht, was sich aber – wie so viele von Daphnes Träumen – nie erfüllt hatte.

»Es ist wieder eine andere Geschichte, wie Persephone oder Arachne«, fuhr Daphne fort. »Ein alter Mythos, den sich die alten Frauen abends am Feuer erzählen. Was du gehört hast, war einfach Nitsas Radio. Die Leute beklagen sich immer, dass sie es zu laut aufdreht.« Daphne beobachtete, wie erleichtert Evie bei diesen Worten aussah.

»Aber als du mir erzählt hast, dass du ein Singen hören würdest, habe ich mich daran erinnert, wie ich als kleines Mädchen Stunde um Stunde hier saß und wartete und überlegte, ob ich je das Flüstern der Zypressen hören würde.«

»Aber du hast es nie gehört?«

»Nein, Süße, nie«, erwiderte Daphne und blickte über das Gebüsch. »Es gibt kein Flüstern der Zypressen.«

Als die Sonnenstrahlen gegen 20 Uhr ihre Kraft verloren und die sengende Hitze des Tages endlich nachließ, warf Daphne einen Blick auf ihre Armbanduhr. Sie mussten jetzt zusammenpacken und den Heimweg antreten. Während sie Jack und Evie entlang der Brombeersträucher nach Hause führte, warf sie einen Blick auf ihre Tochter, und ihr wurde erneut warm ums Herz. Evies Gesicht wirkte immer noch strahlend.

»Das hat Spaß gemacht heute, nicht wahr, mein Herz?«, fragte Daphne.

»Mommy, so viel Spaß habe ich noch nie im Leben gehabt«, rief Evie, beugte sich vor und schlang die Arme um Jacks Hals.

»Ich auch nicht.« Daphne nickte zustimmend und lächelte ihre Tochter an. Sie hielt Jacks Zügel fest in der Hand, und sie setzten ihren Heimweg fort. *So viel Spaß habe ich noch nie im Leben gehabt*, sagte sich Daphne immer wieder vor.

Es stimmte, sie hatte vergessen, wie wunderbar, wie lohnend ein Tag sein konnte, an dem man eigentlich nichts tat. Aber solange Evie bei ihr war, gab es so etwas wie einen Tag, der mit nichts angefüllt war, nicht, das erkannte Daphne jetzt ganz deutlich. Selbst die einfachsten Vergnügungen wie ein Picknick, eine Sandburg und der Ritt auf einem alten, müden Esel, boten Anlass zur Freude, in einem Ausmaß, wie sie es nie für möglich gehalten hätte.

17

Daphne saß auf dem Bettrand und zuckte zusammen, als sie behutsam die Lemonita-Lotion auf ihre von der Sonne geröteten Schultern auftrug. Als sie den letzten Tropfen der trüben Flüssigkeit auf die brennende Haut tupfte, holte sie tief Luft, nahm trotz des schmerzenden Körpers alle Kraft zusammen und stand auf. Noch immer in ihr Badetuch gehüllt, riss sie den Schrank auf und warf einen Blick auf dessen Inhalt. Dann fand sie, was sie suchte: ein trägerloses blaues Kleid, das sie sich über die Schultern streifte.

»Yia-yia, Evie. *Pame*, lasst uns gehen, ich bin fertig«, rief Daphne. Sie griff über das Bett und schnappte sich eine kleine Taschenlampe vom Schreibtisch. Da es immer noch keine Straßenbeleuchtung auf der Insel gab, würden sie dieses Licht benötigen, um ihren Weg zu finden. Als sie mit der Taschenlampe in der Hand zur Tür eilte, warf sie einen letzten Blick in den Spiegel. Sie blieb wie gebannt stehen, wandte erneut den Kopf, um ihr Spiegelbild näher zu betrachten. Die dunklen Ringe unter ihren Augen waren verschwunden. Auch der fahle, grünliche Teint, der ihr in New York aus dem Spiegel entgegensah, gehörte der Vergangenheit an. Sie trug auch nicht mehr den altmodischen, unordentlichen Haarknoten, den sie in Amerika immer beim Kochen trug. Die Frau, die Daphne heute Abend aus dem Spiegel entgegenblickte, war jünger, glücklicher, lebendiger, sprühender als die Daphne der letzten Jahre. Die Frau im Spiegel war mit ihrer sonnengebräunten Haut, den losen, aufspringenden Locken, dem trägerlosen Sommerkleid und, was noch wichtiger war, dem entspannten, stressfreien Gesicht nicht länger ein Bündel aus Sorgen und Angst. Diese Frau war glücklich, sorglos. Und sie war schön. Zum ersten Mal seit langer Zeit fühlte Daphne sich schön.

»*Ella*, Evie, Yia-yia, *pame* – lasst uns gehen«, rief sie erneut, bevor sie einen letzten Blick in den Spiegel warf und dann buchstäblich aus dem Zimmer hüpfte.

Punkt 22.05 Uhr betraten Daphne, Evie und Yia-yia das Hotel Nitsa. Als sie das Foyer betraten, schlug ihnen sofort plärrende Bouzouki-Musik entgegen. Aber die Musik wurde immer wieder übertönt von rund einem halben Dutzend französischer Touristen mit zotteligem Haar, die an der Bar saßen und sich mit einem Trinkspiel amüsierten: Jedes Mal wenn einer der Männer einen Ouzo hinunterkippte, riefen sie »*Opa*, auf geht's!« Ihrer Verfassung nach schien dies alle paar Sekunden der Fall zu sein.

»Daphne!«, begrüßte Popi sie von ihrem Barhocker aus, wo sie zwischen zwei der jungen Touristen saß, ein Schnapsglas in der Hand. »*Ella*, komm, spiel mit und lern meine neuen Freunde kennen.« Popi führte die Hand zum Mund, kicherte, rief »*Opa*!« und leerte das Schnapsglas. Ihre neuen Freunde taten es ihr sofort nach.

»*Opa*!«, riefen die Franzosen.

Daphne, Yia-yia, die fassungslos den Kopf schüttelte, und sogar die kleine Evie standen mitten im Raum und starrten Popi an. Yia-yia faltete die Hände, bewegte sie hin und her und bekundete durch einen tiefen Seufzer ihr Missfallen. Daphne wusste, dieses Händeschütteln war oft der Auftakt für einen Klagegesang, und sie fasste sofort den Entschluss, dass sie heute Abend nichts davon hören wollte. Auch wenn sie vor ein paar Stunden noch sehr müde gewesen war, jetzt fühlte sie sich von Energie erfüllt. Vielleicht lag es an der Bouzouki-Musik oder an ihrem schmeichelhaften Spiegelbild oder vielleicht auch daran, dass sie einen wundervollen Tag mit Evie verbracht hatte. Woran es auch liegen mochte, sie fühlte sich heute Abend sehr lebendig und war nicht gewillt, sich durch ein Klagelied die Stimmung verderben zu lassen. Bevor Yia-yia damit beginnen konnte, eilte Daphne zu Popi an die Bar, packte sie unter den Armen und hievte sie vom Barhocker.

»Los, Cousine«, forderte sie sie auf, »verabschiede dich von deinen neuen Freunden.«

»Aber Daphne«, protestierte Popi und beugte sich vor, um ihr etwas ins Ohr zu flüstern. »Sie sind wirklich süß.«

»Und halb so alt wie du.« Daphne lachte, als sie Popi mit sich zog. »Im Übrigen wird dir ein wenig feste Nahrung guttun.«

Sie bemühte sich, Popi von der Reihe frisch eingeschenkter Schnapsgläser wegzuzerren. Sie hielt ihre Cousine jetzt mit beiden Armen fest umklammert und war voll darauf konzentriert, sie aus dem Barbereich wegzulotsen. Während sie sich mit Popi abmühte und versuchte, deren Aufmerksamkeit abzulenken, übersah sie den Mann, der ihr, den Rücken zugekehrt, im Weg stand und in ein Gespräch mit Yia-yia vertieft war.

»Aua!«, rief sie, als sie mit voller Wucht gegen den mächtigen Rücken prallte, Popi aber weiter im Klammergriff hielt, damit ihre Cousine nicht die Gelegenheit nutzte, um sich aus dem Staub zu machen.

»*Malaka*«, zischte der Mann verärgert, als er sich umwandte, um zu sehen, wer ihn angerempelt und im Gespräch gestört hatte.

Daphne ließ den Blick hinauf zu den breiten Schultern und dem kräftigen Hals wandern. Als der Mann sich ihr zuwandte, sah sie seinen ausladenden Brustkorb. Sein Hemd war so weit aufgeknöpft, dass man einen Blick auf sein Brusthaar werfen konnte, das mit Grau durchzogen war. Daphnes Blick glitt weiter hoch zu seinem Gesicht.

Verdammt. Es war Yianni.

»Ich habe dich nicht gesehen.« Es erforderte ihre ganze Selbstbeherrschung, ihn nicht mit einem abfälligen, ironischen Kommentar anzupöbeln, den er Daphnes Meinung nach als Strafe für seine vergangenen Unverschämtheiten sehr wohl verdient hätte. Da sie jedoch wusste, dass er der Einzige war, der sie morgen nach Korfu fahren konnte, beschloss sie, auf derartige Bemerkungen zu verzichten. Sie brachte zwar kein Lächeln zustande, tat aber das Nächstliegende: Sie biss die Zähne zusammen und hielt den Mund.

»Du scheinst ja alle Hände voll zu tun zu haben.« Er schnappte sich von einem Beistelltisch ein dickes Buch mit Eselsohren, machte dann auf dem Absatz kehrt, tippte sich, an Yia-yia gewandt, an die Fischermütze und steuerte auf einen kleinen Tisch am anderen Ende des Empfangsbereichs zu, weg vom Lärm und den Menschen.

Nachdem Daphne tief Luft geholt und ihre Haltung zurückgewonnen hatte, ging sie am Empfangsbereich vorbei auf die blumengeschmückte Veranda hinaus. Da stürzte

Nitsa aus der Küche und balancierte, eine Zigarette im Mundwinkel, vier Teller auf dem Arm.

»Da ist sie ja, da ist meine *nifee*, unsere wunderschöne Braut«, rief sie, als sie mit den dampfenden Tellern an ihnen vorbei hinaus in den Hof schlurfte.

Daphne beobachtete, wie Nitsa die Speisen vor einem hübschen italienischen Paar mit zwei kleinen Kindern abstellte. Nitsa brauchte nicht zu fragen, wem was gehörte, da sie nie ein Gesicht oder eine Bestellung vergaß.

»*Mangia, mangia*«, forderte Nitsa die Familie auf. Sie stand vor ihrem Tisch, die Hände in die Hüften gestemmt, und paffte ihre Zigarette. »*Mangia*. Zum Nachtisch habe ich noch eine tolle Überraschung, euch Kindern wird sie schmecken.«

Sie zerzauste die Haare des kleinen Jungen und kniff seiner jüngeren Schwester in die Wange.

»Evangelia, Daphne. *Etho*, hierher.« Nitsa schwenkte die Arme und gab ihnen zu verstehen, dass sie zu ihr kommen sollten. »Ich habe euch einen Tisch reserviert.« Sie geleitete sie zu einem runden Tisch in der Mitte des Hofs, der mit einem üppigen Korb weißer und blauer Wildblumen geschmückt war.

»Danke, Nitsa.« Daphne küsste ihre Gastgeberin auf beide Wangen.

»Evangelia«, lachte Nitsa, wischte sich die Hände an der Schürze ab und griff in ihre Tasche, um eine weitere Zigarette herauszuholen. »Ich weiß, nichts kann es mit deiner Kochkunst aufnehmen, aber heute Abend habe ich es versucht.«

»Nitsa, *ella*... Du bist die bessere Köchin. Ich habe so viel von dir gelernt«, beharrte Yia-yia, als sie Platz nahmen. »Alle Welt weiß, dass du die beste Köchin auf der Insel bist.«

»*Ella*, Evangelia. Hör auf...« Nitsa hob die Arme, und Zigarettenasche flog durch die Luft. »*Ella*, ich weiß gar nicht, wo ich anfangen soll...«

»Nitsa, red keinen Unsinn«, sagte Yia-yia mit fester Stimme. Ihr Gesicht verschwand fast hinter der großen Flasche von Nitsas Hauswein und dem Blumenkorb, der in gleicher Kombination alle Tische schmückte.

»Schluss damit«, rief Daphne, die abwechselnd zu Nitsa und Yia-yia blickte, als sei dies eine Art kulinarisches Tennisspiel. Daphne kreuzte die Arme. »Heute Abend bin ich Richter und Jury zugleich, und ich sterbe vor Hunger.«

»Ahoooo, die große amerikanische Chefköchin fordert mich heraus. Ich bin bereit, Chefin«, rief Nitsa und deutete mit ihrer brennenden Zigarette auf Daphne. »Am Ende dieses Mahls wirst du mich anflehen, zu dir nach New York zu kommen und für all deine noblen Freunde zu kochen.«

»Okay, Nitsa«, sagte Daphne und goss etwas Wein in Yia-yias Glas, dann in Popis und zuletzt in ihr eigenes. »Nun gut, sieh dies als dein Probekochen an.« Daphne lachte, als sie ihr Glas hob und Nitsa zuprostete. »*Opa*!«, rief sie leerte ihr Glas in einem Zug.

»*Opa*!«, stimmten Yia-yia und Popi mit ein. Popi trank ihr Glas ebenfalls ex, doch Yia-yia nahm nur einen kleinen Schluck vom Wein.

»*Opa*!«, hörten sie die französischen Touristen vom Inneren der Bar. Daphne und Popi sahen sich an und fingen an zu kichern. Daphne schenkte sich ein weiteres Glas

Wein ein, und Nitsa eilte in die Küche, um sich ihrem »Probekochen« zu widmen.

Im Nu tauchte Nitsa wieder auf und trug den ersten von vielen Gängen auf. Sie begannen mit einer Auswahl kleiner Gerichte: einem schmackhaften *melitzanosalata* aus gegrillten Auberginen, püriert mit Knoblauch und Essig, taramosalata, tzatziki, köstlichen Weinblättern, gefüllt mit pikantem Reis und Pinienkernen, und Nitsas weich-cremigem selbst gemachten Feta, der Daphne auf der Zunge zerschmolz, als sie ihn in den Mund nahm. Als Nächstes kamen *tiropites* – kleine dreieckige Käsepasteten, gefüllt mit Feta und Gewürzen. Danach gab es gefüllte Zucchiniblüten, deren Reis-Schweinefleisch-Füllung so dosiert war, dass sie geschmacklich nicht die leicht süßen Hüllen erdrückte.

Das Hauptgericht war ein kulinarischer Höhepunkt. Statt des traditionellen gegrillten Fisches überraschte Nitsa Yia-yia und Daphne mit einer großen Platte *bakaliaro*, zart gebratenen Kabeljaustücken mit einer großen Schüssel scharfer *scordalia*-Paste aus Kartoffeln, Knoblauch und Olivenöl.

»Nitsa!«, rief Daphne, als diese darauf wartete, dass sie den Fisch kostete. »Seit Jahren habe ich keinen gebratenen *bakaliaro* mehr gegessen.«

»Ja, weil er weiß ist«, lachte Yia-yia, beugte sich vor und kniff Daphne in den Arm. »*Ella*, Daphne *mou*. Es wird Zeit, wieder zu leben.«

Daphne zeigte ein strahlendes Lächeln. Das Wasser lief ihr buchstäblich im Mund zusammen, als sie einen Löffel voll von der *skordalia* auf ein kleines Stück gebratenen Fisch auftrug und in den Mund schob. Sie schloss die

Augen und kaute langsam, genoss die Vielfalt der Aromen und überirdischen Empfindungen, als die geschmeidige Kartoffelpaste auf ihrer Zunge schmolz. Der heiße Nachgeschmack aus Knoblauch wurde dann wieder abgeschwächt, als sie den Fisch in Angriff nahm. Seine süße knusprige Teigschicht öffnete sich wie eine Schatzkammer, hinter der sich das seidige, schmackhafte Fleisch befand.

»Das, Daphne *mou*, ist der Grund, weshalb ich nie wieder von dir hören möchte, dass du keine weißen Speisen zu dir nehmen möchtest«, lachte Yia-yia und tupfte sich mit ihrer Papierserviette den Mund ab. »Familie und Essen, Daphne *mou*. Du hast es im Blut, kannst dich dem nicht entziehen.«

»Will ich auch gar nicht. Ich möchte noch eine Portion.« Daphne lachte, als sie mit der Gabel ein weiteres Stück Kabeljau aufspießte und in die *scordalia*-Paste tunkte.

Als das Mahl beendet war, schienen alle reichlich gesättigt und leicht beschwipst zu sein. Evie war bereits vor einer Weile vom Tisch aufgestanden und spielte in der Ecke mit den italienischen Kindern und den Kätzchen. Ihr Gelächter vermischte sich mit der Musik, der Unterhaltung der gesättigten Gäste und dem fernen Rauschen der Brandung. Auf der anderen Seite der Terrasse hatten die französischen Touristen die Bar gegen einen großen Tisch eingetauscht, auf dem einige von Nitsas berühmtesten Speisen aufgetischt waren. Selbst als das Essen vorbei war, blieben alle an den Tischen sitzen, ließen sich den Wein schmecken, lachten und nahmen die Vollkommenheit des kleinen Blumenhofs in sich auf.

Im Lauf des Abends wurde die Musik immer lauter. Bald wurde die kleine Fläche gegenüber den Tischen in eine improvisierte Tanzfläche verwandelt. Das italienische Paar eröffnete den Tanz. Sie hielten sich wie trunkene Liebende in den Armen, waren eindeutig dem Bann dieses Inselparadieses erlegen und dankbar, dass ihre Kinder mit den schnurrenden Kätzchen beschäftigt waren. Alle Augen waren auf sie gerichtet. Sie besaßen eine besondere Ausstrahlung, wie sie in dem gedämpften Licht über die Tanzfläche glitten, wie sie aufeinander abgestimmt waren, sich dank langjähriger Liebesspiele und dem Aneinanderschmiegen im Schlaf im perfekten Rhythmus bewegten. Daphne, die das Paar beobachtete, war fasziniert, aber auch leicht verlegen. Sie fühlte sich wie eine Voyeurin, die in eine Privatsphäre eindrang. Aber dem Paar schien es nichts auszumachen, ja, es schien dies alles gar nicht zu bemerken. Es tanzte einfach weiter, ließ sich vom Zauber Errikousas einhüllen.

»Daphne, schau sie dir an. Das gibt doch wieder Hoffnung, nicht wahr? Es ist schön, dass zwei Menschen nach so vielen gemeinsamen Jahren und zwei Kindern immer noch so verliebt sind.« Popi seufzte. Sie hatte die Ellbogen auf den Tisch und den Kopf in die Hände gestützt.

»Ja, das tut es«, erwiderte Daphne und ließ den Blick zum Strand wandern, der in die schwarze Nacht gehüllt war. Doch im Gegensatz zu Popi war es für Daphne keine sensationelle Entdeckung, dass eine unglaubliche Liebesgeschichte tatsächlich möglich war. Genauso hatte sie sich ihr Leben vorgestellt, es so geplant.

»Komm, Daphne.« Popi griff nach der Hand ihrer Cousine. »Los, lass uns ihnen zeigen, wie es die Einheimischen machen.«

»Nein, ich glaube nicht…«

»Los. Betrachte es als deinen Junggesellinnenabschied. Steh auf und tanz mit mir.« Popi zerrte an Daphnes Arm und zog sie mit zur Tanzfläche. Daphnes Versuche, sich dagegen zu sträuben, verliefen im Sand. Popi setzte sich durch. Und so folgten Daphne und Popi dem Paar auf die winzige Tanzfläche. Die Italiener lächelten, als sie die Cousinen auf der Tanzfläche entdeckten, wandten aber ihre volle Aufmerksamkeit schnell wieder einander zu. Von der anderen Seite des Raums spendeten die Franzosen lautstark Beifall, als die Cousinen mit ihrem Bauchtanz begannen.

Daphne hob die Arme über den Kopf, schnalzte mit den Fingern und drehte ihre Handgelenke im Rhythmus der Bouzouki-Musik. Popi tat es ihr nach, hob die Arme und wiegte die Hüften im Rhythmus der Musik. Man sah ihr an, dass sie Erfahrung hatte. Während Daphne sich wie wild im Kreis drehte, tanzte und mit ihrer Cousine scherzte, warf sie den Kopf in den Nacken. Ihre Locken reichten ihr bis zur Mitte des Rückens. Und aus der Tiefe ihres Inneren brüllte sie »*Opa*!«

Sie hielt den Kopf aufrecht, lachte über das Hochgefühl, einfach alles loszulassen. Daphne gab sich ganz dem Augenblick hin, war erstaunt, wie jung sie sich fühlte, wie sinnlich, wie sexy. Ihre Hüften schienen den Rhythmus zu spüren, so als würden sie den nächsten Takt kennen, den nächsten Ton der Bouzouki-Musik, noch bevor er aus der Stereoanlage drang. Die griechische Musik war immer recht dramatisch, und heute Abend ging Daphne darin auf, verlor sich in der Musik, dem Tanz, dem Zigarettenqualm und den Jubelrufen einer Gruppe betrunkener Touristen.

Als die Musik vom Bouzouki zu einem traditionellen Seemannstanz wechselte, wandte sich Daphne ihrer Cousine zu. Unter dem dunklen Schleier ihrer Haare, die ihr beim Tanzen ins Gesicht fielen, riss sie die Augen auf. Sie suchte Popis Blick, und die Cousinen nickten einmütig, weil sie wussten, was als Nächstes kam. Sie standen da, Hüfte an Hüfte, die Arme über die Schulter der anderen gelegt.

»*Darararum, darararum*...« forderte die Musik sie auf.

Daphne schnippste mit den Fingern zur Musik, ließ den Kopf nach vorn fallen, wippte mit den Zehen und wartete auf den Einsatz für ihren Tanz.

»*Darra... darrararum. Daraaa... darra... darrararrarram.*« Die Musik begann langsam, jeder Ton hing in der Luft, perfekt abgestimmt, um die Dramatik des Lieds hervorzuheben. Für die Touristen war dies das Zorbas-Lied, das Lied, zu dem sie Anthony Quinn unzählige Male im Fernsehen hatten tanzen sehen. Aber für die Einheimischen, die Griechen, war dies der *sirtaki*, der Tanz, der bei jedem großen Ereignis in ihrem Leben aufgeführt wurde, bei Hochzeiten, am Heiligen Abend, am Ostersonntag. Es war, als fließe dieses Lied, diese Musik durch ihre Adern wie die DNA, die sie miteinander und mit der Insel verband.

Erst links, dann rechts, die Cousinen vollführten ihre Schritte in völligem Gleichklang. Mit bewussten, gut abgestimmten Schritten sprangen sie vor und zurück, dann wieder vor. Daphne beugte ein Knie, strich mit der Hand über den Boden und hob sie dann wieder rechtzeitig für den nächsten Akkord, bei dem sie wieder auf beide Füße sprangen und den Tanz von vorne begannen. Als das Tempo schneller wurde, wurde auch der Tanz schneller. Daphne blickte zu Yia-yia, als sie wieder ihre Schritte nach links und nach rechts vollführte, und sah, dass ihre Großmutter jemandem am anderen Ende des Raums zuwinkte, ihn aufforderte, an ihren Tisch zu kommen.

»*DARARARAUMMMMMM*«, die Cousinen sprangen vorwärts, höher, und dieses Mal mit mehr Schwung, da die Musik schneller wurde. Daphne sah nach links, als sie nach rechts sprang, und sah, wie Yianni neben Yia-yia Platz nahm.

»*DADADA – DADA – DADADA.*« Immer schneller beugten Daphne und Popi die Knie, vollführten ihre Schritte und Sprünge, um mit dem inzwischen rasenden Rhythmus der Musik Schritt halten zu können. Aller Augen waren auf die beiden Cousinen gerichtet, als die Gäste im Raum klatschten und sie anspornten. Ihr Tanz wurde immer schneller. Daphne und Popi beugten gerade ein Knie, als der erste Teller auf dem Tanzboden landete. Es folgte ein weiterer und so fort. Während Daphne den Kopf nach links und nach rechts drehte, stellte sie fest, dass Nitsa die Teller in ihre Richtung warf. Sie stand mit einem Stapel weißer Teller neben der Tanzfläche. Als die Musik schließlich so schnell war, dass Daphne und Popi es nicht mehr schafften, schneller zu tanzen oder zu springen, erklang der letzte dramatische Ton. »*DA RA RA RUM.*« Der Tanz endete mit einem Tusch, als die Cousinen sich, schwitzend und beschwingt, um den Hals fielen.

»Das war fantastisch«, brachte Daphne nur mit Mühe hervor. Sie schleppte sich zu Yia-yia, lehnte sich gegen den Tisch und trank ein großes Glas Wasser.

»Popi, Daphne… wunderbar!«, rief Yia-yia und hielt

die Hände verschränkt. »Yianni, hast du gesehen, wie wunderbar meine Mädchen tanzen?« Die alte Frau schubste Yianni mit dem Ellbogen an.

»Ja, es war ein wunderschöner *sirtaki*, perfekt«, stimmte er zu, hob das Glas und nickte Yia-yia zu.

Popi bekam das Kompliment nicht mit, weil sie bereits am Tisch der Franzosen war und ihre Glückwünsche sowie ein Glas Wein entgegennahm. Doch an Daphne gingen Yiannis Worte nicht spurlos vorüber. Sie konnte kaum glauben, was er gesagt hatte.

»Danke«, sagte Daphne, als sie sich mit dem Handrücken über die schweißnasse Stirn fuhr.

»Ich kann mich gar nicht mehr erinnern, wann ich das letzte Mal so getanzt habe. Ich wundere mich, dass ich die Schritte noch nicht vergessen habe.«

»Manche Dinge prägen sich uns für immer ein und werden wieder aktiviert, wenn wir sie am meisten brauchen«, bemerkte er und blickte zu Yia-yia, die zustimmend nickte.

Daphne ließ den Blick zwischen Yianni und Yia-yia hin und her wandern. Sie wollte ihnen gern sagen, dass sie von Yiannis Großmutter wusste, dass Nitsa ihr die Geschichte erzählt hatte, doch bevor sie das Wort ergreifen konnte, fing Yianni an zu sprechen.

»Daphne, deine Yia-yia hat gesagt, dass ich dich morgen nach Korfu bringen soll.«

»Ja.« Daphne rang immer noch nach Atem und glänzte vor Schweiß. »Wenn es dir nicht zu viel Mühe macht.« Der Gedanke, mit diesem Mann allein zu sein, bereitete ihr immer noch Unbehagen. Aber da ihr klar war, dass sie keine andere Wahl hatte, bemühte sie sich, freundlich zu sein.

»Es macht mir keine Mühe. Ich ziehe meine Netze um

sechs Uhr ein, und wir könnten um halb acht losfahren, und zwar nach Sidari, denn ich habe morgen dort zu tun. Von Sidari aus kannst du dann ein Taxi nach Korfu nehmen.«

»Ja, das ist prima. Danke«, erwiderte Daphne, erleichtert, dass Yianni sowieso fuhr und sie lediglich mitnahm. Trotz der liebevollen Worte, die Yia-yia für Yianni fand, gefiel es Daphne gar nicht, ihm aus irgendeinem Grund dankbar sein zu müssen. Bevor sie weiterreden konnte, hörte sie, wie jemand von der anderen Seite des Raums nach ihr rief.

»Daphne *mou*, Daphne«, rief Nitsa. »Daphne, *ella*, tanz! Dieses Lied widme ich dir.« Nitsa deutete auf jemanden hinter der Bar, jemanden, der die Stereoanlage bediente. Als die ersten Töne erklangen, brandete erneut Applaus auf. Die Touristen hatten keine Ahnung, warum sie klatschten, aber sie waren inzwischen viel zu betrunken, um sich Gedanken darüber zu machen.

»*Ella*, tanz«, rief Nitsa erneut und klatschte in die Hände.

»Nein, Nitsa, ich kann nicht.« Daphne schüttelte ablehnend den Kopf. »Wirklich nicht.«

»*Ella*, Daphne«, forderte Nitsa sie erneut auf.

»Los, Daphne, zier dich nicht«, befahl Popi, einen Ouzo in der Hand, von der anderen Seite des Raums.

»Yia-yia ...« Daphne blickte ihre Großmutter flehend an.

»Deine Gastgeberin verlangt nach dir. *Pegene* ... Liebes, tanz für uns. Du bist jung und schön. Tanz für uns!«, erwiderte Yia-yia und blickte auffordernd zu der inzwischen leeren Tanzfläche.

Daphne sah ihre Yia-yia an und rang sich ein Lächeln ab. Sie wusste, es gab jetzt kein Zurück. Die Höflichkeit erforderte es, dass sie dem Wunsch ihrer Gastgeberin entsprach, obwohl sie absolut keine Lust hatte, sich zur Schau zu stellen. Sie griff nach ihrem halb vollen Glas Wein. »*Yiamas*... auf unsere Gesundheit!«, rief sie, leerte das Glas in einem Zug und begab sich dann zur Tanzfläche.

Der Wein vermittelte ihr Selbstvertrauen, und so drehte sie sich nach den Klängen der Musik, die jetzt voll aufgedreht war, riss die Arme hoch, wiegte sich in den Hüften und wirbelte die Handgelenke herum. Daphne wusste, dass sie nicht die beste Tänzerin war; Popi war ihr darin weit überlegen. Aber gerade darin lag das Besondere des griechischen Tanzes. Er bestand weniger aus technischem Können als im Erleben der Musik, in den Bewegungen, die die eigenen Gefühle zum Ausdruck brachten. Obwohl Daphne anfangs viel zu verlegen war, schloss sie jetzt die Augen und fühlte, wie ihr jeder Ton durch und durch ging und sie mitriss.

»*Opa!*«, hörte Daphne jemanden rufen. Während sie immer weiter herumwirbelte, spürte sie, wie Blütenblätter auf sie herabregneten. Sie hielt die Augen immer noch geschlossen, hob das Kinn und spürte, wie die Blüten ihre Lider und Lippen berührten, als werde sie beim Tanz im Sonnenregen von winzigen Regentropfen geküsst.

»*Opa!*«, rief die Stimme erneut, und Daphne spürte, wie noch mehr Blütenblätter auf der Tanzfläche verstreut wurden. Sie berührten ihre nackten Schultern und Arme wie die zärtliche Geste eines Geliebten. Ihr Tanz wurde immer wilder. Plötzlich riss sie voller Erstaunen die Augen auf, denn direkt vor ihr stand Yianni.

»*Opa*!«, rief er, riss die Blütenblätter einer roten Nelke ab und ließ sie über Daphne, die sich unaufhörlich im Kreis drehte, niederregnen.

18

Als Daphne am nächsten Morgen den betonierten Weg zum Hafen hinunterging, dankte sie im Stillen dem Schöpfer, dass sie auf Yia-yia gehört und sich dazu überwunden hatte, etwas zu essen, bevor sie das Haus verließ. Als sie im Morgengrauen aufgewacht war und den hämmernden Schmerz in ihrem Kopf gespürt hatte, eine Folge von Nitsas Hauswein, hätte sie am liebsten losgeheult. Allerdings trieb ihr der Gedanke, dass sie den Morgen auf einem *kaiki* verbringen würde – allein mit Yianni, ohne Yia-yia, Bouzouki-Musik oder Nitsas Wein als Ablenkung –, noch mehr die Tränen in die Augen.

Nach einer kalten Dusche und einem heißen Kännchen von Yia-yias starkem griechischen Kaffee fühlte sie sich etwas besser. Doch allein der Gedanke an Essen war ihr zuwider. Ihr Magen rebellierte, und sie glaubte nicht, dass sie auch nur einen Bissen runterbringen würde. Doch trotz Daphnes Protest bestand Yia-yia darauf, dass sie eine Scheibe knuspriges Bauernbrot sowie ein paar schwarze Oliven aß. Die salzigen Oliven und das feste Brot wären, so Yia-yia, ein bewährtes Katerfrühstück, das ihren rebellischen Magen beruhigen und ihre Kopfschmerzen lindern würde.

Zuerst war Daphne keineswegs davon überzeugt. Sie knabberte nur Yia-yia zuliebe an dem Brot und den Oliven herum, und ihr Magen krümmte sich bei jedem Bissen. Aber nach wenigen Minuten zeigten das Brot und die Oliven ihre Wirkung, so wie es Yia-yia vorausgesagt hatte. Sie fühlte sich besser, ihre etwas wackeligen Beine zeigten wieder Standfestigkeit, würden ihr Körpergewicht tragen können. Ihr Magen war immer noch empfindlich, aber der Brechreiz war überwunden. Als Daphne am Hafen angelangt war, fühlte sie sich wieder wie ein Mensch.

»Daphne, *etho* ... hier bin ich«, hörte sie Yiannis Stimme, die das Geplauder der anderen Fischer übertönte. Er hatte seine Netze zum Trocknen an Deck ausgelegt und lehnte nun an der Reling des *kaiki*. Gewissenhaft prüfte er das raue, feuchte Garn und vergewisserte sich, dass keine Löcher oder sonstigen Schäden entstanden waren.

»Du bist ja pünktlich«, bemerkte Yianni mit unbewegter Miene. »Ich hatte damit gerechnet, dass du zu spät kommst, denn Amerikaner kommen immer zu spät.«

Mit ausgestreckten Armen hob er die Netze in die Luft, um sie zu untersuchen. Daphne blickte hoch zu Yiannis schwarzer Silhouette, die sich gegen das gleißende Licht abhob. Sie stellte sich vor, dass Ikarus wohl so ausgesehen haben mochte, mit seinen handgefertigten Wachsflügeln, die sich gegen den Himmel abhoben und dann im Sonnenlicht dahinschmolzen, bevor er ins Meer abstürzte – ein tödlicher und fataler Sturz als Folge von Selbstüberschätzung. Aber auch Yiannis Anmaßung würde sich eines Tages rächen. Doch Daphne sprach im Stillen ein Gebet, hoffte, dass der Zorn der Götter sich noch nicht entladen möge, nicht, bevor Yianni sie sicher abgeliefert hatte.

Daphne holte tief Luft, bevor sie antwortete, zwang sich dazu, ruhig zu bleiben, um den Frieden zu wahren.

»Ich bin immer pünktlich«, erwiderte sie und beschattete die Augen vor der Sonne.

»*Ella*, wir müssen los!«, rief er, lehnte sich über die Reling und streckte seinen braunen Arm nach Daphne aus. »Ein Unwetter braut sich zusammen, und wir müssen fahren, bevor der Wind aufkommt.«

Daphne blickte hoch zu Yiannis Hand. Instinktiv streckte sie die Hände hoch, aber nicht Yianni entgegen. Sie umfasste die Reling aus Holz, hievte das rechte Bein an Deck und sich selbst hinterher. Als sie oben am Außendeck war, schwang sie die Beine über die Reling. Dann ließ sie sich am inneren Rand nieder, faltete die Hände im Schoß und breitete ihren langen weißen Rock über die Beine.

»Dann also los.« Sie blickte Yianni an, der immer noch an derselben Stelle stand, die Hand reglos ausgestreckt. Verständnislos schüttelte er den Kopf. Daphne fühlte sich gestärkt. Sie kicherte und fuhr sich mit den Fingern durchs Haar, ihre feuchten Locken kringelten sich in der Morgenbrise.

»Die Sturheit liegt wohl in der Familie«, brummte Yianni, nahm seine Hand zurück und beugte sich erneut vor, diesmal um den Anker einzuholen.

Bleib ruhig und behalte dein Ziel Korfu im Auge, wiederholte sich Daphna als Mantra, bevor sie hochblickte und auf Yiannis Ironie reagierte. »Es ist tief verwurzelt im Stammbaum von Errikousa, du bist also genauso davon betroffen wie ich.«

»Sei dir da nicht so sicher«, schnaubte er, als er den Platz hinter dem großen Steuerrad aus Holz einnahm. Die Fischermütze auf dem Kopf, die Beine gespreizt und die riesigen Hände am dunkelbraunen Steuerrad, begann Yianni, das Boot aus dem Hafen in die offene See zu manövrieren.

Die ersten zwanzig Minuten ihrer Fahrt verliefen schweigend. Daphne hatte noch nie Gefallen an Small Talk gefunden und würde dies wegen Yianni bestimmt nicht ändern. Sie freute sich auf eine ruhige Fahrt, deren Stille lediglich durch das dumpfe Geräusch der Wellen, die gegen das Boot schlugen, oder die schrillen Schreie der Möwen, die über ihnen ihre Kreise zogen, unterbrochen wurde.

Daphne streckte gegen die Reling gelehnt die Beine auf dem Deck aus, presste den Rücken gegen einen Metallpfosten und legte den Kopf in den Nacken, als eine Windböe ihr Gischt und Salz ins Gesicht spritzte. Im Augenblick ging ihr so viel durch den Kopf. Sie hatte sich wieder dem Rhythmus des Insellebens angepasst, genoss einfache Freuden wie einen Spaziergang mit Evie oder einen Kaffee mit Yia-yia, sodass sie ganz gegen ihre Gewohnheit ihre Pflichten vernachlässigt hatte – die Hochzeitsvorbereitungen. Es gab noch einige Details zu regeln, Listen in Angriff zu nehmen und flüchtige Momente der Einsamkeit, wie diesen hier, zu pflegen. Bald würde sich ihr Leben grundlegend verändern. Das Alleinsein, das sie in den letzten Jahren ertragen hatte, würde durch Pfarrer Nikolaos beendet werden, wenn sie, einen Kranz aus Wildblumen auf dem Haar, an der Hand ihres frischgebackenen Ehemannes dreimal um den Altar schreiten würde.

»Hast du Hunger?«, fragte Yianni.

Daphne öffnete die Augen, aufgeschreckt durch den Klang seiner Stimme, die ihre Gedanken unterbrach.

»Ich habe gefragt, ob du Hunger hast?«, wiederholte

Yianni mit leicht erhobenem Tonfall. Er war aufgestanden, hatte die Hände aber immer noch am Steuerrad.

»Nein, danke«, antwortete sie, obwohl es in ihrem Magen rumorte und sie die Leere spürte. »Ich habe keinen Hunger.«

»Ich aber schon«, brummte er. »Komm her und halte das Steuerrad.« Mit einer Hand hielt er es immer noch fest, die andere legte er an die Stirn und beobachtete die Meeresoberfläche.

Die Tatsache, dass er sie nicht bat, sondern sie im Befehlston anraunzte, verfehlte ihre Wirkung auf Daphne nicht. »Ich habe gesagt, komm her und halte das Steuerrad.«

»Ich bin kein Matrose, sondern eine Chefköchin.«

»Du bist stur, das ist alles. Komm her und halt einfach das Steuerrad, du brauchst es nur festzuhalten. Jeder Idiot kann das, sogar eine amerikanische Chefköchin.«

Daphne spürte, wie Wut in ihr aufflammte. Sie ballte die Hände zu Fäusten, sodass die Fingernägel sich in ihre Handflächen bohrten.

»Ich mache doch nur einen Scherz«, lachte Yianni. »Daphne, das war ein Scherz. Du bist so angespannt, ein ideales Opfer. Ich hoffe, dein Verlobter weiß, was er tut, und kann dir diesen Stress nehmen.« Yianni schlug auf das Steuerrad und lachte dröhnend. »Aber die Amerikaner sind im Gegensatz zu den Europäern nicht gerade wegen ihrer Romantik bekannt. Vielleicht kann sich dein Amerikaner von Ari beraten lassen; wie du weißt, kann er mit Frauen umgehen.«

Daphne konnte nicht anders; zuerst war es nur ein leichtes innerliches Kichern, doch je mehr sie über Stephen und Ari nachdachte, desto größer wurde ihr Drang loszuprusten. Das Kichern explodierte, und Daphne schüttelte sich vor Lachen, als sie sich Stephen und Ari vorstellte, der ihrem Verlobten einen Crashkurs in Romantik gab.

»Daphne, komm«, wiederholte er. »Nimm das Ruder, ich muss mich um etwas kümmern.«

Dieses Mal reagierte sie, ohne zu überlegen. Sie erhob sich und ging zum Kapitänssitz. Dabei hielt sie sich an der Reling fest, um nicht ins Schwanken zu geraten. In der kurzen Zeit, die sie sich auf dem Meer befanden, hatten der Wind und die Wellen sich verstärkt, sodass das Boot immer mehr ins Schaukeln geriet.

»Was soll ich tun?«, fragte sie.

»Da, umfass das Steuerrad!« Er stellte sich hinter Daphne, fasste nach ihren Händen und drängte sie näher ans Steuer. Seine Brust berührte ihren Rücken. »Halt es einfach fest.«

»Also jeder Idiot kann es«, spottete Daphne, »sogar du.«

Sie wandte sich um und blickte kurz den Mann an, der es geschafft hatte, sie mit einer völlig absurden Äußerung zu besänftigen und ihre Funktion von der eines Fahrgasts in die eines Matrosen zu verwandeln.

»Ja, jeder Idiot«, nickte er zustimmend. Er nahm den Blick von Daphne und blickte hinaus auf das aufgewühlte Meer. »Die Flut ist stark und gegen uns. Wir werden länger bis Sidari brauchen als gewöhnlich. Das Meer hat mich hungrig gemacht, wie immer. Ich muss unbedingt etwas essen. Bist du sicher, dass du keinen Hunger hast?«

»Ehrlich gesagt, sterbe ich vor Hunger.«

Sie hatte nicht vorgehabt, sich mit Yianni zu unterhalten, geschweige denn ein Mahl mit ihm zu teilen. Aber hier in einem Boot auf offener See fühlte sie sich etwas abenteuerlustiger als sonst – und auch viel hungriger.

»Okay, bleib einfach, wo du bist, ich komme gleich wieder.« Bevor Daphne fragen konnte, wohin er wollte, streifte Yianni sein Hemd ab, grapschte nach einer schäbigen alten Segeltuchtasche und hängte sie sich quer über die Brust. Dann stellte er sich auf die Reling und sprang in die bewegte See.

»Was zum Teufel ...« Daphne beobachtete, wie er unter den Schaumkronen verschwand. Sie stand noch genauso da, wie er es ihr gezeigt hatte, umklammerte das Steuerruder mit beiden Händen und versuchte, das Boot gegen die Strömung zu lenken. Sie blickte aufs Meer und wartete darauf, dass Yianni auftauchte. Obwohl sie das Meer liebte und sich nie fürchtete, allein im Wasser zu schwimmen, bekam Daphne zu ihrer Überraschung Angst. Es war zwar nicht so, dass sie im Niemandsland dahintreiben würde. Vom Deck aus konnte sie deutlich die zerklüfteten Klippen von Korfu erkennen, die malerischen Strände von Errikousa sowie die hübschen, aber noch verlassenen Strände von Albanien. Aber aus irgendeinem Grund war Daphne von dem Augenblick an, in dem Yianni vom Boot ins Meer gesprungen war, nervös, fühlte sich unbehaglich und ungewöhnlich einsam.

Schließlich tauchte er nach einer Ewigkeit – in Wahrheit waren es lediglich ein oder zwei Minuten – wieder an der Wasseroberfläche auf.

»Was tust du denn da?«, rief Daphne Yianni zu, der ungefähr viereinhalb Meter vom *kaiki* entfernt war.

Yianni schwamm, ohne zu antworten auf sie zu.

»Da«, sagte er, als er sich wieder aufs Boot hievte.

Er stieg über die Reling und hinterließ mit jedem Schritt riesige Pfützen von Meerwasser.

»Da«, wiederholte er. »Wie nennt ihr Amerikaner das noch mal? Ah ja, Brunch.« Er grinste breit. Die Muskeln an seinem nassen Unterarm traten hervor und bogen sich unter dem Gewicht der Segeltuchtasche, die er Daphne nun hinhielt.

Da sie nicht wusste, was sie tun sollte, außer seinen glänzenden Oberkörper anzustarren, streckte sie die Hand aus, um Yianni die Tasche abzunehmen. Sie öffnete sie und warf einen Blick hinein.

»*Heinea*... Seeigel.« Sie lachte, als sie zu Yianni hochblickte.

»Ja. Und unter Deck habe ich Brot, Olivenöl und Zitronen.«

Dieses Mal wartete sie nicht, bis er sie dazu aufforderte, sondern ging schnurstracks zur Treppe, die unter Deck führte. Dabei hielt sie sich an der Reling fest, da das Meer immer bewegter wurde. Sie blieb im Türrahmen stehen und blickte sich in der kleinen Kabine um. Der Raum war ungewöhnlich ordentlich und sauber, wie sie es noch auf keinem Fischerboot gesehen hatte. Es gab die übliche Küche, eine Spüle und Kochplatte auf engstem Raum sowie ein schmales Bett an der Wand. Aber im Gegensatz zu anderen Fischerbooten, die sie kannte, befand sich in der Ecke ein kleiner Schreibtisch mit einem Computer. Und überall waren Bücherstapel.

Mensch, wie modern, nicht einmal ein Brecheimer in Sicht, dachte sie amüsiert, als sie den Blick durch den Raum schweifen ließ. In der Ecke neben Kochplatte und Kaffeekännchen erblickte Daphne den Korb mit Öl, Brot und

Zitronen sowie eine Flasche Meersalz. Sie griff nach dem Korb und drückte ihn sich an die Brust, bevor sie den Rückweg die Treppe hinauf antrat.

Als Daphne wieder an Deck war, blickte sie sich ungläubig um. Wie war das möglich? In der kurzen Zeit, in der sie unter Deck gewesen war, hatte sich der Wind gelegt, und das Meer war plötzlich weniger aufgewühlt; die weißen Schaumkronen von vorhin waren einer spiegelglatten Meeresoberfläche gewichen.

Daphne nahm wieder ihren Platz ein und verteilte die Zutaten zu ihrem Brunch auf einer kleinen Holzkiste, die Yianni herbeigeholt hatte. Yianni fasste in die Taschen seiner nassen Jeans und zog ein paar abgetragene gelbe Lederhandschuhe hervor. Er streifte sie über, griff in die Segeltuchtasche und holte einen schwarz gespickten Seeigel hervor. Er hielt ihn in einer Hand, griff mit der anderen nach einem breiten Fischmesser, drückte die Klinge in die stachelige Schutzschicht und knackte den oberen Teil der Schale auf, wie man die Schale eines weich gekochten Eis köpft. Dann reichte er Daphne den Seeigel, und sie machte sich an die Arbeit, beträufelte das weiche braune Fleisch mit frischem Zitronensaft, etwas Olivenöl und würzte es zuletzt mit Meersalz. Als alle Seeigel geöffnet und gesalzen waren, brach Daphne eine Ecke des knusprigen Brots ab, reichte es Yianni und nahm sich dann ebenfalls ein Stück.

»*Yia-mas*«, sagte sie, nahm einen Seeigel und lächelte Yianni an.

»*Yia-mas*«, echote Yianni und wandte sich dann seinem Mahl zu. »Hey, Daphne, wie viel wirst du mir für dieses Mahl berechnen? Vielleicht hundert Dollar? Verlangst du das in deinem Restaurant?«

Daphne blickte von ihrer Mahlzeit hoch und sah ihm direkt in die Augen. »Nun, du bekommst den *kaiki*-Nachlass. Immerhin bietest du mir eine Mitfahrgelegenheit. Für dich sind es also nur fünfundsiebzig Dollar.«

»Sehr großzügig«, spottete Yianni. »Thea Evangelia hat mir berichtet, du seist eine knallharte Geschäftsfrau.«

»Nun, du und meine Yia-yia, ihr scheint euch ja ausgiebig über mich zu unterhalten.«

»Nicht nur über dich, Daphne. Wir reden über alles Mögliche.« Er reichte ihr noch einen Seeigel.

»Warum ist das so? Ich kann es nicht verstehen.« Daphne warf die leere Schale über Bord und wischte sich mit dem Handrücken über den Mund. »Was ist zwischen euch beiden?«, fuhr sie fort. »Ich hatte noch nie zuvor von dir gehört oder dich gesehen. Und jetzt bist du plötzlich wie aus dem Nichts hier aufgetaucht, wie der Sohn, den sie nie hatte. Und von mir erwartet man, dass ich dich in der Familie willkommen heiße, obwohl du seit unserer ersten Begegnung unausstehlich und grob zu mir bist.« Sie knallte den Seeigel auf den Tisch, heftiger als sie es vorhatte.

Yianni betrachtete Daphne einen Moment lang, als überlege er, was er sagen sollte. Als der Wind wieder stärker wurde, warf er eine Brotkruste über Bord. Diese wurde kurz mit der Brise davongetragen, bevor sie ins Meer fiel und von einer Seemöwe aufgeschnappt wurde, die bereits über dem Boot gekreist war und sich auf den Bissen gefreut hatte.

»Ich verdanke ihr mein Leben«, sagte er ohne eine Spur seines üblichen Sarkasmus' oder von Prahlerei. »Hätte es Thea Evangelia nicht gegeben, würde ich nicht hier sitzen.«

Daphne verstand kein Wort. Wie konnte dieser große kräftige Mann sein Leben ihrer gebrechlichen und zarten

Yia-yia verdanken? »Wovon redest du?«, fragte sie und atmete tief durch.

Und so sind wir also wieder zum Ausgangspunkt zurückgekehrt, dachte sie. Da sie zusammen gelacht und Seeigel gegessen hatten, hatte sich Daphne vorgestellt, dass sich etwas zwischen ihnen verändert hätte. Dass er den Machtkampf, den sie seit ihrem ersten Treffen führten, ebenfalls satthabe. Aber jetzt, mit dieser neuesten dramatischen Behauptung schien er wieder der Yianni zu sein, den sie kennengelernt hatte. Er verstand es mit seinem angeborenen Talent, die Erinnyen heraufzubeschwören, einen rundum angenehmen Vormittag zu verdüstern und Daphne wütend zu machen.

»Daphne, schau mich nicht so an.« Seine dunklen Augen waren so intensiv auf ihr Gesicht gerichtet wie der Blick der Seemöwe vorhin auf die weggeworfene Brotkruste.

»Bist du immer so dramatisch?«, forderte sie ihn heraus.

»Daphne, das ist kein Scherz. Ich verdanke deiner Yia-yia mein Leben, genauso wie meine Mutter und meine Großmutter es ihr verdanken. Sie hat sie beide gerettet. Sie riskierte ihr eigenes Leben, um das ihre zu retten, und deshalb bin ich für immer und ewig mit ihr verbunden.«

Eine Weile saß sie schweigend da und versuchte nachzuvollziehen, worauf Yianni hinauswollte. Sie kaute an ihrer Unterlippe, zerrte mit den Zähnen an der rosigen Haut. In ihrem Kopf drehte sich alles.

»Meinst du das allen Ernstes?«

»Ich könnte es nicht ernster meinen«, bemerkte er ohne jegliche Ironie. »Daphne, es gibt vieles, was du von deiner Yia-yia nicht weißt. Dinge, die sie dir nie erzählt hat, vor denen sie dich bewahren wollte.«

Am liebsten wäre sie hochgesprungen und hätte ihm erklärt, dass seine Vermutungen absurd, ja verrückt seien. Es war unmöglich, dass er in Yia-yias Geheimnisse eingeweiht war, während sie, Yia-yias eigenes Fleisch und Blut, im Dunkeln gelassen wurde, von einer dunklen Vergangenheit, auf die Yianni anspielte, verschont wurde. Es war unmöglich! Oder doch nicht? Sie erinnerte sich, wie Yia-yia Yianni begrüßte, wie sie ihn verhätschelte, dass er über die Schuhschachtel unter Yia-yias Bett Bescheid wusste, wie sie einander ansahen, als ob sie die Gedanken des anderen lesen könnten, dessen Geheimnisse wüssten. Als sie sich die verschiedenen Episoden vorstellte, spürte sie, wie ihr Herz immer heftiger schlug. Sie hatte nach Antworten gesucht, und Yianni schien jetzt gewillt, diese so bereitwillig zu geben, wie er den Seeigel-Brunch gezaubert hatte. Daphne war begierig zu hören, was er zu sagen hatte. Ob sie ihm Glauben schenken würde oder nicht, stand auf einem anderen Blatt.

»Erzähl's mir«, forderte sie ihn auf. Sie faltete die Hände im Schoß, schwor sich, nicht zu urteilen, sondern einfach dazusitzen und zuzuhören. »Erzähl's mir, ich muss es wissen...«

Yianni fing an zu reden, noch bevor sie die Worte zu Ende gesprochen hatte.

19

»Ich war wie du, Daphne«, begann er. »Du siehst, wir ähneln uns mehr, als du dir vorstellen kannst. Auch ich liebte es über alles, den Geschichten meiner Großmutter zuzuhören, genau wie du lebte ich für diese Geschichten.«

Daphne nickte zustimmend, aber sie war auch überrascht. Er beobachtete, wie ihre Miene sich veränderte, die Muskeln um ihren Mund sich endlich wieder entspannten.

»Als ich noch ein Kind war, erzählte mir meine Großmutter oft, was sich ereignet hatte. Ich lauschte gerne ihren Erzählungen, aber um ehrlich zu sein, dachte ich, es seien die Halluzinationen einer alten, müden Frau, die nicht mehr Wahrheit und Fantasie unterscheiden konnte. Aber dann traf ich Thea Evangelia, und alles ergab schließlich einen Sinn.«

»Was ergab einen Sinn? Was hat sie dir erzählt?« Daphne zog die Beine unter den Körper und hielt sich an der Reling fest, als wolle sie sich wappnen für das, was als Nächstes kommen mochte.

»Sie hat mir erzählt, was ihnen während des Kriegs zugestoßen war. Sie hat mir berichtet, wie von einem Moment auf den anderen Fremde ihr Leben veränderten, ja, es sogar retteten. Sie erklärte mir, wie es ist, wenn man dem Teufel höchstpersönlich begegnet... und ihm die Seele verweigert.«

Das war tatsächlich die Geschichte, die Yia-yia und Nitsa ihr gegenüber erwähnt hatten. Aber Yiannis Version schien anders zu sein, düsterer.

»Warum erfahre ich erst jetzt davon?«

Er lächelte sie an, als habe er diese Frage geahnt, noch bevor er mit der eigentlichen Geschichte begann.

»Sie wollte die Vergangenheit hinter sich lassen, sie vergessen. Sie wollte nicht, dass du von diesen alten Geschichten belastet würdest, wie es bei ihr und deiner Mutter der Fall war. Sie wollte, dass du frei davon seist, du solltest nur von Magie und Schönheit erfahren.« Sein Gesichtsausdruck wurde weicher, doch Daphne entging nicht, dass die Ader an seiner Schläfe pochte, sich blau gegen seine gebräunte Haut abhob.

»Erzähl.« Es wurde Zeit, dass sie die Wahrheit erfuhr.

»Es begann in Korfu. Meine Großmutter Dora lebte in der Altstadt, in einer Wohnung im zweiten Stock, direkt unter den venezianischen Bögen. Mein Großvater war Schneider, der beste Schneider in Korfu. Seine Anzüge und Hemden saßen perfekt, seine Stiche waren hundertprozentig exakt, sodass sich alle um ihn rissen. Sie standen Schlange, um seine auserlesenen Kleidungsstücke zu kaufen, wie meine Großmutter immer voller Stolz erzählte...« Für einen Moment versagte ihm die Stimme.

»Sie sagte, alle hätten sein Talent bewundert, denn keine Maschine habe es mit seinen geschickten Fingern aufnehmen können – es sei eine Gabe Gottes gewesen. Sein Laden lag direkt unter der Wohnung, im Erdgeschoss im Judenviertel.«

»Im Judenviertel?« Daphne hatte noch nie von einem Judenviertel in Korfu gehört.

»Ja, das Judenviertel. Meine Familie gehörte zu einer erfolgreichen Gemeinschaft von zweitausend jüdischen Händlern und Handwerkern. Korfu war über Generationen hinweg ihre Heimat, genauso wie die deiner Familie. Sie waren genauso wie deine Ahnen Teil der Insel. Aber das war vor dem Krieg, bevor die Deutschen kamen und alles sich veränderte«, sagte er, blickte auf den Boden und atmete tief durch. Mit einer Hand lenkte er das *kaiki* direkt auf Sidari zu.

»Es war das Jahr 1943. Die Italiener hielten Korfu besetzt, und in der Stadt herrschte beunruhigende Stille. Meistens ließen die Italiener unsere Leute in Ruhe. Die italienischen Soldaten führten sich in ganz Griechenland barbarisch auf, aber nicht auf Korfu. Da die hiesigen Inseln so nah bei Italien liegen, sprachen viele der Männer Italienisch – und die Soldaten verhielten sich den Männern gegenüber, die ihre Muttersprache beherrschten, freundlich, warnten sie sogar, empfahlen ihnen, zu fliehen, als die Deutschen sich näherten. Die Italiener wussten genau, wie dieses tragische Drehbuch enden würde, wenn die Deutschen erst einmal Korfu erreicht hätten. Aber leider waren meine Großeltern und ihre Gemeinschaft so sehr mit ihrer Heimat, die sie liebten, verwurzelt, dass sie blieben. Meine Familie hatte erfahren, dass die deutschen Truppen immer näher rückten, dass sie ganze Gemeinden ausgerottet, griechische Widerstandkämpfer und Juden in ganz Griechenland abgeschlachtet hatten. Aber meine Großeltern fühlten sich auf Korfu, unter diesen zivilisierten und kultivierten Menschen, sicher.« Er legte eine kleine Pause ein. »Unter ihren Freunden.

Doch als die Italiener schließlich kapitulierten, kapitulierte auch die Zivilisation sowie die Augen Gottes, wie meine Großmutter zu sagen pflegte.« Daphne sah, dass seine Augen feucht wurden, als er seine Großmutter erwähnte. Aber vielleicht war es auch der Dunst vom Meer, sie wusste es nicht genau.

»Es war der 8. Juni 1944, zwei Tage nach der Landung der Alliierten in der Normandie. Die Rettung war so nah, unglaublich nah. Aber nicht nah genug. Die Deutschen ordneten an, dass sich alle Juden auf Korfu am nächsten Morgen um sechs Uhr auf dem Marktplatz einzufinden hatten.«

Er schüttelte den Kopf und wandte den Blick Daphne zu. »Stell dir vor, jemand dringt in dein Heim ein, das Heim, in dem deine eigenen Großeltern zur Welt kamen, in dem du jeden Abend das Essen zubereitet hast und deine Kinder gespielt und geschlafen haben. Stell dir vor, eines Tages wachst du auf und es wird dir erklärt, dass du ein Nichts bist, dass deine Familie ein Nichts ist. Genau das geschah in ganz Griechenland und schließlich auch auf Korfu. Viele ihrer Freunde brachen in dieser Nacht auf, flüchteten in die Berge, in die kleinen abgelegenen Dörfer. Aber nicht meine Familie, sie blieb.«

Daphne starrte ihn an, konnte diese Geschichte nicht begreifen. »Aber warum? Warum sind sie geblieben, wenn sie doch wussten, wie gefährlich das war?«

»Sie konnten nicht gehen.« Er schüttelte erneut den Kopf. Sein Blick folgte einem Seevogel, der anmutig seine Bahnen zog, bevor er sich schließlich im Sturzflug einen Fisch aus dem Meer schnappte. Dann fuhr er fort.

»Sie konnten nicht gehen. Meine Großmutter Dora hatte sich in eine Klinik in Paleokastritsa begeben und meine Mutter Ester und ihre zweijährige Schwester Rachel mitgenommen. Mein Großvater und ihr vierjähriger Sohn David waren zu Hause geblieben. Rachel war ein schwächliches Kind und hatte seit Tagen Fieber. Der Arzt in Paleokastritsa war wirklich eine Koryphäe und kannte die entsprechenden Mittel, die Rachels Gesundheitszustand jedes Mal wieder besserten. Dora zögerte keine Sekunde lang, die Reise anzutreten. Die Deutschen waren grausam und gefährlich, aber die Juden lernten, ihnen aus dem Weg zu gehen, sich ruhig zu verhalten und zu verstecken. Monatelang lebten sie so. Sie beteten darum, dass die Alliierten endlich anrückten und die Nazis bald aus ihrem Land vertreiben würden. Keiner von ihnen ahnte, was auf sie zukommen würde, aber alles änderte sich über Nacht. Korfu wurde gefährlich, und ihre Welt geriet von heute auf morgen aus den Fugen. Mein Großvater hätte nie und nimmer seine Frau und seine Töchter zurückgelassen, also beschloss er, zu bleiben, die Anordnung zu übergehen und auf die Rückkehr von Frau und Kindern zu warten.

Als die Alliierten am nächsten Morgen Bomben über Korfu abwarfen, versammelten die Deutschen alle Juden auf dem Marktplatz. Sie leerten die Gefängnisse, die Krankenhäuser und sogar die Nervenanstalten. Alle Juden von Korfu, sogar werdende Mütter, wurden auf dem Marktplatz zusammengetrieben. Die Soldaten gingen von Haus zu Haus und holten alle heraus, die sich der Anordnung widersetzten: Männer, Frauen, Kinder, alte Menschen. Die funktionierende Gemeinschaft wurde über Nacht zerstört. Die Menschen wurden aus ihren Heimen gezerrt, als seien sie ein Nichts. Stell dir vor, du wirst von Fremden wie ein Tier aus dem Käfig gezogen, wie ein Fisch aus dem

Meer...« Er wandte sich um und blickte Daphne an. Dieses Mal stand außer Zweifel, warum seine Augen gerötet und feucht waren.

»Sie standen dort in der glühenden Sonne, von früh bis spät, bis in den Abend hinein, wussten nicht, was geschehen würde, waren nicht bereit, das zu glauben, was ihnen wohl bevorstand. Schließlich trieben die Soldaten sie alle ins Gefängnis. Fast zweitausend Juden befanden sich in der Frourio. An eben jenem Ort, an dem sie am Sabbat mit ihren Familien spazieren gingen. Sie wurden in der Festung eingepfercht, ohne Essen, ohne Wasser, aller persönlicher Habseligkeiten beraubt, ja ihrer Identität – ihrer Würde.« Schließlich wandte er den Blick von ihr. Er schloss die Augen und ließ den Kopf auf die Brust sinken. So verweilte er einige Augenblicke, bis er schließlich die Sprache wiederfand. »Dann wurden sie nach Auschwitz deportiert.«

Seine Worte wirkten wie eine Ohrfeige. »Wie?«, schrie sie entsetzt und stellte sich die malerische Festung vor, die immer als Symbol für Schutz, Kraft und Sicherheit gegolten hatte. »Was sagst du da?«

Yianni überging ihre Frage. »Mein Großvater und David...« Er atmete tief aus. Daphne sah, wie seine Finger zitterten, als sie sich fester um das Steuerrad schlossen. »Als die Soldaten kamen, waren mein Großvater und David im Laden. Die Deutschen plünderten die Geschäfte, verhafteten jeden und erschossen jene, die es wagten, zu protestieren. Mein Großvater weigerte sich zu gehen, weigerte sich, ohne Frau und Töchter zu gehen. Die Soldaten schlugen ihn wegen seines Ungehorsams und befahlen ihm, sich in die Reihe der anderen Männer, die wie Vieh zusammengetrieben worden waren, zu stellen. Aber er wollte nicht, dass sein Sohn Zeuge davon wurde, wie er wie ein Tier abgeführt wurde.« Yianni schloss erneut die Augen. »Und so erschossen sie ihn.«

Daphne legte beide Hände vor den Mund, doch sie konnte nicht verhindern, dass ihr ein Schluchzer entfuhr.

»Sie schossen meinen Großvater in den Kopf. Direkt vor den Augen seines Sohns. Und sie ließen seinen leblosen Körper zusammengesunken auf seinem Nähtisch zurück.«

»O mein Gott«, schluchzte Daphne. Sie hatte das Gefühl, keine Luft mehr zu bekommen. Aber Yianni reagierte nicht darauf. Es war, als hätte er so lange darauf gewartet, diese Geschichte zu erzählen, dass ihn jetzt nichts davon abhalten konnte. Die Worte sprudelten nur so aus ihm heraus, noch schneller, noch niederschmetternder.

»Als meine Großmutter ins Judenviertel zurückkehrte, fand sie die Straßen menschenleer. Sie rannte nach Hause und umklammerte die Hände ihrer Töchter. Sie stürmten in den Laden und fanden meinen Großvater, kalt und tot. David war verschwunden.«

Daphne konnte die Tränen nicht länger zurückhalten. Sie spürte, wie sie ihr in die Augen traten und die Wangen hinabrollten. Sie weinte um diesen kleinen Jungen, um seinen Vater, seine Mutter und Schwestern, weinte, dass Korfu nicht das Paradies war, das sie sich immer vorgestellt hatte, sondern auch eine tragische und düstere Vergangenheit hatte.

»In dieser Verfassung hat deine Großmutter sie vorgefunden: Meine Mutter und ihre Schwester saßen zusammengekauert auf dem Boden und streichelten ihren toten Vater, während meine Großmutter schreiend durch die Gassen rannte und ihren Sohn suchte.«

»Yia-yia hat sie gefunden? Yia-yia war dort?« *Wie war das möglich?* Es war unmöglich, sich vorzustellen, dass ihre Großmutter diese grauenhafte Szene gesehen hatte. Es ergab für Daphne keinen Sinn, dass Yia-yia überhaupt dort gewesen war, denn sie verließ Errikousa nur sehr selten. Es war, als spürte Yianni, dass sie anfing, ihm zu misstrauen. Bevor sie die Echtheit seiner Geschichte hinterfragen konnte, fuhr er fort:

»Deine Großmutter war gerade aus Errikousa eingetroffen und wusste noch nichts von dem Übergriff der Deutschen und den Verhaftungen. Sie war lediglich ins Judenviertel gekommen, um eine Rechnung zu begleichen. Sie schuldete meinem Großvater Geld. Es hatte sich über Monate hingezogen und Evangelia konnte ihre Schulden immer noch nicht bezahlen. Sie betrat den Laden mit einem Korb Eiern und einer Flasche Olivenöl und hoffte, er würde dies als Zahlung akzeptieren. Und sie geriet mitten in die Familientragödie. Thea Evangelia ließ sich auf die Knie nieder und zog die Kinder von ihrem blutüberströmten Vater weg, bei dem inzwischen die Leichenstarre eingetreten war.«

Daphne hatte das Gefühl, sie könnte das Blut buchstäblich riechen. Einen Augenblick lang hielt sie den Atem an und lauschte. Das Schluchzen der Kinder schien immer noch auf der Insel widerzuhallen.

»Aber was geschah mit David?«

»Sie haben ihn mitgenommen... Aber deine Yia-yia versuchte... Sie versuchte...« Seine Stimme zitterte, als er die Worte wiederholte.

»Sie verkleidete meine Großmutter, band ihr das eigene schwarze Kopftuch um und gab ihr ihren eigenen schwarzen Pullover. Sie suchten Zuflucht in der Kirche des heiligen Spyridon. Deine Yia-yia flehte den Schutzheiligen an, während meine Großmutter und ihre Mädchen zusammengekauert auf dem Boden saßen und sich die Seele aus dem Leib weinten. Deine Yia-yia forderte sie auf, gemeinsam mit ihr zu beten. Sie erklärte ihnen, dass Agios Spyridon sie beschützen werde. Und es stimmte, er tat es. Sie versteckten sich länger als einen ganzen Tag in der Kirche. Außerhalb der Kirche herrschte Chaos, es wurden Schüsse abgefeuert. Aber kein Deutscher betrat die Kirche, kein einziger. Als die Schreie und Schüsse endlich aufhörten, befahl deine Yia-yia Dora, in der Kirche zu bleiben, sich nicht zu rühren und mit niemandem zu reden. Evangelia verließ die Kirche und legte den Weg zur Frourio im Laufschritt zurück. Sie hatte vor, mit der Polizei zu reden und zu behaupten, dass hier ein Missverständnis vorliege, dass David ihr Sohn sei, ein Grieche, und nicht ein Jude. Aber es war zu spät. Die Frourio war leer, die Juden waren abtransportiert worden.

In jener Nacht nahm deine Yia-yia Dora, meine Mutter und die kleine Rachel im Schutz der Dunkelheit mit nach Errikousa. Anfangs weigerte sich meine Großmutter wegzugehen, wollte erst gehen, nachdem sie ihren Sohn gefunden hatte. Sie schwor, lieber wolle sie sterben, bevor sie die Hoffnung aufgab, ihren Jungen zu finden. Aber deine Großmutter machte ihr klar, dass keine Hoffnung bestehe, David zu finden. Ihr kleiner Junge, ihr David, war zusammen mit all ihren Freunden, ihrer Familie abtransportiert worden – es war zu spät, ihn zu retten. Es war zu spät, überhaupt jemanden von ihnen zu retten.«

Yianni zupfte mit seiner großen rauen Hand an seinem Bart und wandte sich ihr wieder zu. »Daphne, du bist selbst Mutter. Stell dir vor, du müsstest einer anderen Mutter sagen, sie müsse die Hoffnung aufgeben, ihr Kind zu finden. Stell dir vor, du müsstest deine Evie, dein hübsches Kind, das du in dir getragen, geboren und genährt hast, für tot halten, müsstest dein Leben lang mit der Gewissheit leben, dass du dein Kind gottlosen, seelenlosen Tieren überlassen hast, die nichts anderes im Sinn hatten, als sie leiden zu lassen, sie umzubringen. Stell dir vor, deine reizende Evie würde wie Müll entsorgt. Und ich denke, jetzt kannst du dir vorstellen, wie meine Großmutter gelitten hat.«

Daphne stellte sich ihr kleines Mädchen vor... verdrängte aber den Gedanken sofort wieder. Sie konnte ihn nicht ertragen... Es war zu schmerzhaft, darüber nachzudenken... selbst heute nach Jahrzehnten. Sie konnte lediglich den Kopf schütteln. Nein.

»Und stell dir deine Großmutter vor, die einer anderen Mutter einflüstern musste, ihr Kind zu vergessen – ihr eigenes Kind zu vergessen, mit der Hoffnung, die anderen retten zu können.«

»Nein, das kann ich nicht«, flüsterte sie fast unhörbar.

Yianni hob wieder den Kopf und sah ihr direkt in die Augen. »Aber deine Yia-yia tat es, und das rettete ihr Leben. Sie rettete das Erbe meiner Familie, unser Vermächtnis. An jenem Morgen, als deine Yia-yia meine Großmutter und ihre Töchter aus dem Schneiderladen hinausdrängte, rannte Dora noch einmal zurück. Sie wusste, dass sie nichts mitnehmen konnte, dass Evangelia recht hatte und sie auf der Stelle verschwinden mussten, bevor die Soldaten wieder auftauchten. Aber Dora nahm einen Gegenstand mit, der beweisen würde, dass ihre Familie tatsächlich existierte. Es handelte sich um die Familien-Menora, die ihr Vater aus Olivenholz geschnitzt und ihr am Hochzeitstag geschenkt hatte. Deine Yia-yia, die wusste, dass sie getötet würden, wenn irgendjemand sie damit durch die Straßen gehen sah, wickelte die Menora in ihre Schürze und verbarg sie unter den Falten ihres Rocks.

Evangelia bezahlte die Fahrt nach Errikousa mit den Eiern und dem Olivenöl. Es war alles, was sie hatte, aber sie gab es einem Inselbewohner, damit er schweige und sie in seinem *kaiki* mitnahm. Sie setzte alles auf eine Karte, um meiner Familie zu helfen. Die Nazis wussten, dass Juden entkommen waren, sie überall auf Korfu von griechischen Familien versteckt wurden, in den Dörfern und auf den umliegenden kleineren Inseln. Sie machten bekannt, dass jeder Christ, der dabei erwischt wurde, dass er einem Juden half oder ihn versteckte, umgebracht würde; dass er und seine gesamte Familie erschossen würden, weil sie den Befehl missachtet und den Juden geholfen hatten. Aber ungeachtet dieser Drohung, des Risikos und des Wissens, dass sie getötet würde, versteckte Evangelia sie, beschützte sie und rettete sie.« Er schwieg kurz und fuhr dann fort: »Sie rettete uns.«

Daphne starrte Yianni an. Sie fühlte sich hin und her gerissen. Sie wusste nicht, ob sie ihn als Lügner bezeichnen sollte, weil er ihr ein solch grauenhaftes Märchen aufgetischt hatte, oder ihn umarmen und ihm dafür danken sollte, dass er ihr endlich die Wahrheit gesagt hatte.

»Wie?«, war alles, was sie hervorbrachte.

»So lebten sie bis zum Kriegsende. Die beiden Witwen und ihre Kinder lebten in Evangelias Haus und schlugen sich durch mit dem wenigen, was sie besaßen. Dora brachte Evangelia das Nähen bei, sodass sie aus den paar Fetzen, die sie fanden, hübsche Kleider machen konnten, und Evangelia brachte Dora und ihren Mädchen die Gebräuche der Inselfrauen bei, sodass sie nicht auffielen... und am Leben blieben. Nacht für Nacht redeten sie miteinander und vermittelten einander die Geschichten, Traditionen und die Kultur ihres Volkes. Sie erkannten, dass Griechen und Juden trotz allem, was man ihnen einzureden versucht hatte, mehr Ähnlichkeiten besaßen als Unterschiede. Evangelia erklärte allen auf der Insel, dass meine Großmutter eine Cousine sei, die jetzt bei ihr wohne, aber alle kannten die Wahrheit. Jeder auf Errikousa wusste, wer sie war – *was* sie war. Sie alle wussten, dass meine Großmutter sich versteckte, dass sie und deine Großmutter und vielleicht auch sie selbst umgebracht würden, wenn die Nazis sie fänden. Aber alle hielten dicht. Niemand auf der Insel gab das Geheimnis preis. Auch wenn sie selbst, ihre Familien, ja, die ganze Insel in Gefahr war, schwiegen sie gegenüber den Nazis. Kein Erwachsener, kein Kind verriet etwas. Anfangs blieben sie fern und ließen die Witwen einfach in Frieden leben. Aber Dora hat erzählt, dass die Inselbewohner sie im Lauf der Zeit akzeptierten. Sie halfen ihnen, schützten sie und vermittelten ihnen das Gefühl, zusammen mit Evangelia, Teil der Insel zu sein, Teil ihrer Familie.«

Daphne zerknüllte den weißen Stoff ihres Rocks zwischen den Fingern. »Aber wie gelang es ihnen, sich vor den Soldaten zu verstecken?«

Yianni lächelte. »Deine Yia-yia ist eine tapfere und ganz besondere Frau, Daphne. Jedes Mal, wenn meine Großmutter mir von ihr erzählt hat, geschah dies mit Ehrerbietung und großem Respekt.«

»Meine Yia-yia...« Daphne stellte sich ihre zerbrechliche Großmutter vor, die sogar in ihren schwarzen Gewändern winzig wirkte. Dieselbe Yia-yia, die kein Englisch sprach, nie eine Schule besucht und noch nie den Fuß in ein Flugzeug gesetzt hatte oder aus Griechenland herausgekommen war. »Wie konnte sie wissen, was zu tun war?«

»Wenn ich meiner Großmutter diese Frage stellte, hat sie lediglich geantwortet, dass deine Yia-yia es einfach wusste. Sie konnte es fühlen. Sie wusste, wann die Soldaten kommen würden. Sie wusste auch, wann sie sich wieder zurückziehen würden. Sie sorgte dann dafür, dass Dora und die Mädchen bäuerliche Röcke und Blusen anzogen, und schickte sie mit einem Sack Brot, Oliven und Wasser los; und immer war die Menora meiner Großmutter in eine Schürze gehüllt und in den Falten ihres Kleides verborgen. Sie versteckten sich in den Höhlen oben auf dem Berg, auf der unbewohnten Seite der Insel, so lange, bis die Soldaten wieder abgezogen waren. Deine Yia-yia wusste immer, wann sie im Anmarsch waren und wann sie wieder den Rückzug antraten. Sie war allerdings die Einzige. Irgendwie hörte sie, wenn sie anrückten. Anfangs brachte allein Evangelia ihnen Lebensmittel und Wasser, wenn sie sich versteckten, was jedes Mal sehr gefährlich war. Aber dann kamen nach und nach die Inselbewohner und brachten Essen und Vorräte sowie Puppen für die Mädchen, die aus Lumpen und Maishülsen hergestellt waren.« Er lächelte bei der Vorstellung, dass die kleinen Mädchen unter solch gefährlichen Umständen in aller Unschuld gespielt hatten. Aber dann verschwand sein Lächeln, als er sich erinnerte, wie es weiterging.

»Die Deutschen haben Errikousa nie besetzt, aber gewöhnlich tauchten sie einmal pro Monat auf der Insel auf und blieben ein paar Tage, immer auf der Suche nach entflohenen Juden. Diese Tage schienen kein Ende zu nehmen, und die Deutschen waren brutal, schlugen sogar kleine Kinder, die es wagten, sie nicht mit erhobenen Armen zu begrüßen, oder deren Hitlergruß nach dem Geschmack der Soldaten nicht laut genug war. Aber Dora, Evangelia und die Inselbewohner hatten so etwas wie eine Routine entwickelt, soweit das eben in Kriegszeiten möglich war. Alle wussten, wo sich Dora und die Mädchen versteckten. Auch wenn es für sie in den Höhlen noch so schwierig war, mussten sie nie hungern. Immer kam jemand und brachte ihnen, was sie benötigten... Kleidung, Essen, Gesellschaft und Gespräche, um die einsamen Stunden und die Angst zu vertreiben. Aber einmal blieben die Deutschen länger als gewöhnlich. Es war am Ende des Sommers und ein schrecklicher, hartnäckiger Sturm fegte über die Insel. Es regnete tagelang, und das Meer war aufgewühlt. Kein Fischer wagte sich auf die tosende See, auch nicht die Deutschen. Selbst ihre großen modernen Boote waren machtlos gegen das stürmische Meer. Dora erzählte, dass sie eine Ewigkeit gewartet und gebetet hätten, endlich das Zeichen zu bekommen, dass sie unbesorgt wieder heimkehren konnten. Aber das Zeichen blieb aus, es kam einfach nicht.« Er schüttelte den Kopf und sackte in sich zusammen, erdrückt von der Erinnerung an Doras Angst und Verzweiflung.

»Die ständige Feuchtigkeit war zu viel für Rachels geschwächten Körper. Sie bekam Husten, der von Tag zu Tag schlimmer wurde. Selbst die kostbare Medizin, die Evangelia und die anderen Inselbewohner ihr unter Lebensgefahr brachten, konnte den Infekt nicht heilen, auch nicht den Dauerhusten, der ihren geschwächten zarten Körper durchschüttelte. Schließlich beruhigte sich der Sturm, und die Deutschen fuhren nach Korfu, aber es war zu spät. Rachels Husten wurde noch heftiger, und dann setzte das Fieber ein. Das arme Ding hatte keine Kraft mehr. Sie starb im Bett deiner Yia-yia. Dora und Evangelia hielten Wache, hielten ihre winzige Hand und kühlten ihre glühende Stirn mit feuchten Tüchern. Es war zu viel für Dora. Wie viel kann ein Mensch ertragen? Es war einfach zu viel. Wochenlang saß sie vor Kummer wie versteinert da. Evangelia hatte Doras Geschichten aufmerksam zugehört und wusste, was zu tun war. Sie wusch Rachels zarten Körper und benutzte die Laken ihres eigenen Betts als Leichentuch. Da Rachel Jüdin war, ließ der Priester es nicht zu, dass sie auf dem christlichen Friedhof begraben wurde. Aber Evangelia ließ sich außerhalb der Friedhofstore auf die Knie nieder und schaufelte mit bloßen Händen eine Vertiefung, in der sie Rachel begruben, in der Nähe des Eingangs. Der Priester verfolgte das Ganze zusammen mit Dora, deiner Yia-yia und den anderen Inselbewohnern. Obwohl er das Kaddisch, das jüdische Gebet für die Toten, nicht kannte, sprach er von Herzen kommende Gebete und bat Gott, dieses unschuldige Kind in sein Reich aufzunehmen.«

Daphne schwieg. Sie öffnete den Mund, um etwas zu sagen, aber vergeblich. Sie fand keine Worte. Aber Yianni war mit seinem Bericht noch nicht zu Ende, hatte noch mehr zu erzählen.

»An der Universität habe ich mich mit Kriegsberichten beschäftigt«, fuhr er fort. »Wir befassten uns mit der Tapferkeit von Erzbischof Damaskinos von Athen, der seinem Klerus befahl, Juden in ihren Häusern zu verstecken. Er stellte gefälschte Taufurkunden aus, die Tausenden das Leben retteten. Als die Nazis ihm wegen seiner Aktivitäten mit einem Exekutionskommando drohten, erwiderte der Erzbischof unerschrocken: ›Gemäß den Traditionen der griechisch-orthodoxen Kirche werden unsere Prälaten mit dem Strick zu Tode gebracht und nicht durch Erschießen. Bitte, respektieren Sie unsere Traditionen.‹«

Yianni schloss erneut die Augen. Er saß bewegungslos da, sinnierte über die Worte des Erzbischofs.

»Ich erfuhr auch von Bischof Chrysostomos und Bürgermeister Loukas Karrer von Zakynthos. Als die Deutschen ihnen befahlen, eine Liste der Juden, die auf der Insel lebten, vorzulegen, überreichten sie eine Liste mit lediglich zwei Namen, ihren eigenen. Aufgrund des Muts dieser Männer kam auf Zakynthos kein einziger Jude um.«

Er holte tief Luft. »Daphne, Evangelia ist genauso mutig wie diese Männer, verdient genau wie sie Dankbarkeit und Ehre. Du hast mich gefragt, warum ich mich deiner Großmutter so verbunden fühle. Weil ich ihr alles verdanke, alles, was ich habe, alles, was ich bin. Mein Leben lang hatte ich mir geschworen, nach Errikousa zurückzukehren und Evangelia aufzusuchen, um ihr zu danken. Um ihre Hand zu halten, sie auf die Wange zu küssen und der Frau in die Augen zu schauen, die ihr Leben riskierte, um meine Familie zu retten. Das ist alles, was Dora je von mir verlangte, und ich versprach, dies für sie zu tun. Als ich jünger war, fand ich nie die Zeit. Ich war immer überaus beschäftigt, rannte hierhin und dorthin. Ich verbrachte meine gesamte Zeit damit zu studieren, steckte den Kopf in Bücher und saugte Wissen und Informationen in mich auf. Aber letztlich war dies alles bedeutungslos. Ich war angefüllt mit Fakten, aber innerlich leer. Als ich dies erkannte, fand ich es an der Zeit, den Wunsch meiner Großmutter zu erfüllen, hierherzukommen und die Frau kennenzulernen, die ihr Leben und das meiner Mutter gerettet hatte. Und so kam ich und lernte deine Yia-yia kennen.«

»Warum hat mir nie jemand davon erzählt?«

»Sie hatte vorgehabt, es dir zu erzählen, als du selber Mutter wurdest. Sie fand, erst dann würdest du das, was geschehen ist, wirklich verstehen. Aber dann hat auch dich das Schicksal schwer getroffen, auch du wurdest Witwe und hattest ein kleines Kind zu versorgen. Sie wollte dich nicht mit den Gespenstern der Vergangenheit belasten, weil du mit deinen eigenen Problemen fertigwerden musstest.«

Die Wahrheit, die seine Worte enthielten, ließ sich nicht verleugnen. Daphne hielt die Augen geschlossen, als sie ihm zuhörte, dennoch spürte sie seinen Blick. Was sie sah, als sie die Augen öffnete, erstaunte sie von Neuem. Dieses Mal war sein Blick nicht durchdringend, herausfordernd, keine Aufforderung zum Machtkampf.

Verschwunden war der Draufgänger mit den breiten Schultern, den Yianni noch vor wenigen Stunden verkörpert hatte, als sie das Fischerboot bestieg. Er saß jetzt mit hängenden Schultern da und suchte Halt an der Reling. Diese Fahrt, diese Geschichte, hatte ihn erschöpft. Er warf einen Blick zum Dock, das näher war, als er vermutet hatte – als ob das Ufer sich an sie herangeschlichen hätte. Ihre gemeinsame Fahrt ging allzu schnell zu Ende. Ohne ein weiteres Wort sprang er hoch und bereitete sich zum Anlegen vor.

Nein, geh nicht, wir sind noch nicht fertig. Sie wollte ihn bei sich haben, aber sie konnte sich nicht überwinden, es in Worte zu fassen, es laut auszusprechen. *Komm zurück. Komm zurück, setz dich neben mich und erzähl mir mehr.* Aber er konnte ihr stillschweigendes Flehen nicht hören.

»Wir sind am Ziel.« Er sprang auf das Dock und vertaute das *kaiki* mit der Erfahrung eines Mannes, der komplizierte Knoten mit geschlossenen Augen knüpfen konnte.

»Warte...«, rief sie ihm hinterher. »Warte... geh nicht...« Daphne schnellte von ihrem Sitz hoch und streckte ihm den Arm entgegen. Er zog sie an Land und geleitete sie zum Ufer. Daphne blickte noch einmal hoch, wusste, was sie zu tun hatte. *Nur noch einmal, um sicher zu sein.*

Ihr Blick versank in seinem, und sie erhielt die Bestätigung, die sie benötigte.

Die schwarzen Augen, die sie anblickten, waren voller Schmerz. Diesen Blick kannte sie nur allzu gut.

Es war, als würde sie in den Spiegel schauen.

20

Sobald Stephen am Flughafen von Korfu aus der Menge sonnengebräunter Touristen auftauchte, rannte Daphne auf ihn zu und warf sich in seine Arme. Beim Anblick seiner perfekt geschnittenen Hose und seines gestreiften Poloshirts erwartete sie, sich irgendwie erleichtert zu fühlen. Stephen hatte von jeher eine beruhigende und besänftigende Wirkung auf sie, etwas, was ihr immer sofort in den Sinn kam, wenn sie an ihren Verlobten dachte. Wenn Stephen in der Nähe war, hatte sie das Gefühl, dass sich alles irgendwie regeln lassen würde – dass es für jedes Problem eine Lösung geben und jedes kleinste Detail beachtet werden würde.

Hier im heißen, staubigen Flughafengebäude begrüßte er sie mit »Hallo, wunderschöne Frau«, nahm sie stürmisch in die Arme und beugte sich zu ihr hinunter, um sie zu küssen. Doch selbst Stephens Anwesenheit, seine starken Hände, seine zärtlichen Finger, die ihr übers Haar strichen, seine verführerische Stimme konnten den unterschwelligen Schmerz nicht lindern, den Yiannis Geschichte bei ihr hinterlassen hatte. Dieses Mal war selbst Stephen machtlos, die Geschehnisse der Vergangenheit ungeschehen zu machen. Nicht einmal Stephen konnte die Wirkung von Yiannis Worten und intensiven Blicken auslöschen. Als sie sich gegen Stephen lehnte, hatte sie das Gefühl, kraftlos zu sein. Die Fahrt übers Ionische Meer am Vormittag hatte sie ausgelaugt und so ausgetrocknet und leer zurückgelassen wie die Schalen der schwarzen Seeigel, die sie und Yianni ins Meer geworfen hatten.

Aber Daphne wusste, dass dies weder die Zeit noch der Ort war, um Stephen zu erzählen, was geschehen war, was sie gerade erfahren hatte. Als Daphne versucht hatte, ihn zu überreden, die Hochzeit hierher zu verlegen, hatte sie ihm das Bild einer paradiesischen Insel, eines wundervollen Orts, an dem es nur Liebe und Lachen gab, vor Augen geführt. Daphne hatte geglaubt, das träfe auf ihr ganzes Leben zu. Aber heute Morgen hatte ein bärtiger Fischer an Bord eines *kaikis* dieses Traumbild zerstört.

»Liebes, geht's dir nicht gut? Was ist los?«, erkundigte sich Stephen.

»Alles okay«, erwiderte sie. »Ich bin so glücklich, dich zu sehen. Ich glaube, ich bin einfach...« Sie überlegte kurz, um die richtigen Worte zu wählen. »Ich glaube, ich bin einfach überwältigt.«

Und das stimmte. Auch wenn sie es genossen hatte, Evie und Yia-yia so viele Tage für sich zu haben, sehnte sie sich doch danach, nach vorn zu sehen, ihr neues Leben zu beginnen. Aber etwas änderte sich für Daphne an diesem Morgen hier im Terminal. Als sie Stephen erblickte, empfand sie statt Erleichterung etwas anderes, etwas, womit sie nie gerechnet hätte. Als Daphne Stephen aus dem Flugzeug steigen sah, da dachte sie, welches Glück sie hatte, mit einem Mann zusammen zu sein, der alle Antworten wusste. Doch stattdessen erkannte sie, dass sie selbst keine hatte.

Ja, sie hatte Erfolg, sie hatte jetzt Geld und genoss sogar höchste Anerkennung. Aber all dies verdankte sie Stephens Hilfe. Ohne ihn hätte sie es nie geschafft. All die Jahre hatte Daphne sich für so fortschrittlich, so unabhängig gehalten, obwohl sie bäuerliche Wurzeln hatte, von einer Insel mit ungepflasterten Straßen, Hühnerställen und überholten Bräuchen stammte. Aber in diesem Augenblick erkannte sie, dass sie trotz ihrer Bildung, ihrer Erziehung in Amerika, ihren weltoffenen Anschauungen und ihrem finanziellen Erfolg nicht die Vorreiterin in der Familie war. Sie war nicht diejenige, deren Leistungen und Leben geehrt und belohnt werden sollten. Nachdem Daphne Yiannis Geschichte gehört hatte, hatte sie keinen Zweifel, dass diese besondere Ehre Yia-yia gebührte.

Yia-yia und nicht Daphne hatte bewiesen, was es hieß, eine Frau zu sein: furchtlos, stark, zielbewusst und einmalig. Als Daphne Stephens Hand hielt und mit ihm auf den Ausgang zusteuerte, fühlte sie nichts dergleichen. Sie kam sich vor wie ein Feigling.

»Ich bin gleich wieder zurück.« Stephen küsste sie auf die Wange und eilte ins Bad, um zu duschen.

Daphne drehte sich im Bett um, presste das weiße Laken an die Brust und lauschte dem Ächzen und Krächzen der veralteten Duschvorrichtung des Hotels, als Stephen im weißen Marmorbad den Wasserhahn aufdrehte. Obwohl das Corfu Palace ein Viersternehotel war, hatte es einige der Marotten und Eigenarten des traditionellen Lebens auf Korfu beibehalten.

Schon als junges Mädchen hatte Daphne das majestätische alte Hotel gemocht. Wenn sie und Yia-yia von Errikousa nach Korfu fuhren, um Vorräte einzukaufen, oder Yia-yia einen Arzt aufsuchen musste, waren sie Arm in Arm an der Garitsa Bay entlangspaziert und hatten über die Hauptstraße zu dem Hotel mit der verschnörkelten Fassade hochgeblickt. Yia-yia girrte und gluckste vor Begeisterung beim Anblick der üppigen Gärten mit den grünen Palmen, den hohen Lilien und dem anscheinend endlosen Regenbogen von Rosensträuchern. Daphne bewunderte die gepflegten Anlagen, war aber besonders fasziniert von dem prachtvollen Hoteleingang.

Mehr als alles andere liebte sie breite, halbkreisförmige Auffahrten, gesäumt von einer Reihe internationaler Fahnen, die Wache standen, als der Chefportier jeden Gast einzeln begrüßte. Daphne hatte Spaß daran gehabt, mit Yia-yia auf der anderen Straßenseite zu stehen und zu beobachten, wie die Fahnen im Wind flatterten. Für Yia-yia war dieser Anblick ein Genuss, den sie aus der Ferne aufnehmen konnte. Aber für Daphne war dieses Hotel nicht nur etwas, was sie bewundern wollte; es war etwas, was sie anstreben konnte.

Nachdem Daphne all die Jahre vom Stadtgarten auf der anderen Straßenseite zu dem Hotel hochgeschaut hatte, war sie heute zum ersten Mal als Gast dort abgestiegen. Es war das erste Mal, dass sie keine Probleme damit hatte, Hunderte von Dollar für ein Hotelzimmer auszugeben, obwohl Popis Wohnung nur wenige Wohnblocks entfernt lag und leer stand. Als sie mit Evie aus New York gekommen war, hatte sie erwogen, mit ihr in diesem Hotel abzusteigen, aber trotz der Tatsache, dass Evie das breite flache Kinderplanschbecken gemocht hätte, wusste Daphne, dass Popi und Evie sich in der Wohnung besser näherkommen würden, ohne irgendwelche Ablenkungen von außen.

Aber jetzt, an Stephens erstem Tag auf Korfu, wusste Daphne, dass es der ideale Zeitpunkt war, ihren lebenslangen Traum, die beflaggte Auffahrt hochzufahren und vom Chefportier begrüßt zu werden, wahr werden zu lassen. Sie wollte, dass Stephens erste Eindrücke von Griechenland angenehm und positiv waren. Und der Aufenthalt hier würde dies bestimmt fördern. Zuversichtlich, die richtige Entscheidung getroffen zu haben, schwang Daphne sich aus dem Bett und versank mit den Zehen in dem flauschigen weißen Teppich der Hotelsuite.

Die Sache mit den Fliegen, den Hühnern und dem Esel sparen wir uns für später auf, sagte Daphne sich und lachte bei dem Gedanken an den Kulturschock, der Stephen auf Errikousa erwartete. Im Augenblick lasse ich ihn in der Illusion, hier gebe es nur Marmorbäder und Zimmerservice.

Während Stephen unter der Dusche stand, wickelte Daphne sich in ihre behelfsmäßige Toga und stieß die Terrassentür auf. Von der Garitsa-Bucht wehte ein leichter Wind herauf, der ihre Lakentoga anhob. Daphne lehnte sich an das Metallgeländer und beugte sich hinunter. Mit einer Hand hielt sie das Laken über der Brust fest, mit der anderen umklammerte sie das Geländer. Sie beugte sich vor, um jede Einzelheit der atemberaubenden Aussicht in sich aufzunehmen. Sie blickte hinunter zum Gartenrestaurant und dem Poolbereich. Der Salzwasserpool war umgeben von korinthischen Säulen und üppigen Grünpflanzen, damit die Gäste den Eindruck gewannen, als befänden sie sich in einer geheimen alten Grotte. Daphne lächelte, als sie erkannte, dass sie sich hier so ähnlich fühlte, umgeben von der üppigen Pracht des Corfu Palace. Zwischen diesem Ambiente und dem Leben ihrer Familie auf Errikousa lagen Welten.

Sie blickte vom Swimmingpool zur Bucht. Auf dem spiegelglatten Wasser befanden sich große Yachten sowie die schlichten, wetterharten Fischerboote, die sie so gut aus ihrer Kindheit kannte. Das Licht dieser Tageszeit besaß eine gewisse Magie. Daphne liebte es, wenn das blendende Licht des Mittags allmählich verblasste und es dem bloßen Auge möglich wurde, Farben und Einzelheiten zu erkennen, die durch das intensive Tageslicht häufig verdunkelt werden. Sie nahm alles in sich auf: die abblätternde blassblaue Farbe der Fischerbootrümpfe, die zweifarbige Maserung der hölzernen Yachtreling, das rostige Orange der Hibiskuspflanzen, die die Fußwege der Bucht säumten, und natürlich die letzten gold- und lilafarbenen Lichtflecke der verblassenden Sonnenstrahlen über der Wasseroberfläche.

Sie atmete tief durch, als sie sie erblickte. Immer wieder wurde sie von den Wogen des Kummers überflutet, die die Flut nachahmten, die unten gegen das Ufer schlug. Dort war sie. Direkt hinter dem Poolbereich, links von der Bucht. Sie ragte hinaus ins Wasser und stand Wache auf einer durch Menschenhand entstandenen Insel – die alte Festung. Daphne erschauderte, als sie daran dachte, was dort geschehen war. Sie konnte immer noch nicht begreifen, wie eine Festung, die erbaut worden war, um das Volk von Korfu zu beschützen, derartig übel missbraucht worden war. Sie konnte sich nicht vorstellen, dass Männer, Frauen und Kinder dorthin verschleppt wurden, dass sie voller Panik und in Ungewissheit über ihr Schicksal aus der ruhigen Routine ihres Lebens herausgerissen wurden, ihr eigenes Dasein und das ihrer Kinder der Gnade von bewaffneten Fremden ausgeliefert. Sie stellte sich Yia-yia vor, damals noch jünger, wie sie durch die Straßen zur Festung eilte, entschlossen, das Kind einer anderen Frau zu retten. Dies alles schien fantastischer und surrealistischer zu sein als jeglicher Mythos oder jegliche Fabel, die Daphne je vernommen hatte. Aber Yiannis Worten nach war alles wahr, verwirrend und erschreckend wahr.

Daphne war derart in ihre Gedanken vertieft, dass sie nicht bemerkte, dass das Ächzen in der Dusche aufgehört und Stephen die Terrassentür hinter ihr geöffnet hatte. Erst als er seine immer noch feuchte nackte Brust gegen ihren Rücken drängte, wurde sie aus ihrem Tagtraum gerissen.

»Ist dir kalt?«, fragte er. »Meinem Gefühl nach hat es mindestens dreißig Grad, und du hast eine Gänsehaut.« Er rieb mit den Händen ihre Schultern.

»Nein, alles okay.« Daphne wandte sich ihm zu. »Wirklich, alles okay«, wiederholte sie in dem Versuch, eher sich selbst zu überzeugen als Stephen.

»Ist dieses Hotel nicht großartig?« Sie hob den Arm und schwenkte ihn durch die Luft. »Das Bett und die Laken sind so gemütlich. Ich könnte wieder hineinkriechen und tagelang schlafen.« Sie straffte die Schultern, umfasste das Laken mit beiden Händen und vergrub das Gesicht in dem weichen weißen Baumwollstoff.

»Ja, aber nicht so großartig wie du.« Er beugte sich zu ihr hinunter und küsste sie auf die Stirn. »Lass uns aufbrechen. Ich bin hungrig wie ein Wolf und kann es nicht abwarten, diese Insel, von der du so geschwärmt hast, zu erkunden.« Er küsste sie noch einmal und kehrte ins Zimmer zurück.

Daphne sah zu, wie er den Reißverschluss seines Kleidersacks aufzog und ein paar sauber gebügelte Khakihosen und ein Poloshirt hervorholte. Während er sich ankleidete, blickte Daphne wieder über das Wasser. Es herrschte jetzt Dämmerlicht; eine fahle grauviolette Blässe hatte sich über die gesamte Bucht gebreitet. Die Yachten, die sich auf der Wasseroberfläche hin und her bewegten, hatten ihre Scheinwerfer eingeschaltet und verbreiteten einen unheimlichen Schimmer über der Bucht. Sie blickte zum Park hinunter und beobachtete, wie Kinder auf ihren Tretrollern vorbeiflitzten, während Paare ihnen Hand in Hand folgten. Daphne schloss die Augen und holte noch einmal Luft. Die frische Seeluft war jetzt durchdrungen von dem qualmigen Geruch eines Lamms, das unten am Spieß mit Knoblauch, Rosmarin und Zitrone gebraten wurde.

Ihr knurrte der Magen, und sie wollte sich nun ankleiden. Doch dann erblickte sie sie und konnte nicht anders, als noch zu bleiben und sie zu beobachten.

Entlang der Bucht schlenderten ein Teenager im Minirock und eine ältere Frau in einem unförmigen schwarzen Kleid Arm in Arm. Daphnes Blick folgten ihnen. Sie unterhielten sich angeregt, kicherten und lächelten sich an. Beim Gehen stützte sich die ältere Frau auf das junge Mädchen. Daphne beugte sich noch etwas weiter vor, bemühte sich zu hören, was sie sagten, aber der Balkon war zu hoch, sie konnte nichts verstehen. Doch dann erkannte Daphne, dass es nicht wichtig war. Sie brauchte nicht unbedingt die Unterhaltung zwischen einer Yia-yia und einem jungen Mädchen zu hören, die, eingerahmt vom Meer auf der einen und dem Lockruf eines Grand Hotels auf der anderen Seite, umschlungen in der Dämmerung dahinspazierten. Daphne brauchte ihre Worte nicht zu hören oder zu überlegen, worüber sie sprachen, denn sie konnte sich sehr genau daran erinnern.

21

Es war schon nach neun, als sie endlich das Hotel verließen, frisch geduscht und gierig nach einem Abendessen. Als sie Hand in Hand die Bucht entlang zur Stadt gingen, beschloss Daphne, nicht die Führerin zu spielen. Anfangs hatte sie Stephen unbedingt alles zeigen wollen, was Korfu so einzigartig machte. Aber es war eine so wundervolle Nacht, dass Daphne es vorzog, die Insel für sich sprechen zu lassen. Als sie an dem großen Pavillon im Park vorbeikamen, wo die Philharmoniker von Korfu die Spaziergänger mit einem kostenlosen Konzert unterhielten, lauschten sie schweigend. Die gefühlvollen Streich- und Trommelklänge boten die ideale Hintergrundmusik für ihren Spaziergang. Arm in Arm schlenderten sie weiter bis zum Ende des Parks, wo sich der gepflegte Rasen bis zu den alten venezianischen Bögen des Spianada-Platzes erstreckte. Sie blieben stehen und beobachteten die Zigeuner bei ihren Feilschgeschäften: Sie hatten Luftballons, Spielzeug, eine zehnminütige Fahrt mit einem Autoscooter, gegrillten Mais und sogar *spanakopita* im Angebot.

Daphne blieb vor einem alten Zigeuner stehen, der ihre Aufmerksamkeit erregt hatte. Es gab keine Möglichkeit, herauszufinden, wie alt er war, vielleicht fünfzig oder vielleicht auch fünfundneunzig. Sein Teint war dunkel, glänzend, derb wie Leder, sein Gesicht von tiefen Furchen durchzogen. Wenn er etwas verkauft hatte, grinste er so breit, dass seine Zahnlücken sichtbar wurden. Obwohl immer noch circa siebenundzwanzig Grad herrschten, trug er eine alte, schlecht sitzende Anzugjacke mit einem Schal, den er sich um den Hals geschlungen hatte.

Sie beobachteten, wie er sich um seine Maiskolben kümmerte. Er hob jeden Kolben mit einer flachen Zange hoch, hielt ihn sich unter die Nase, begutachtete ihn von allen Seiten und vergewisserte sich, dass er karamellisiert und braun war, aber nicht verbrannt. Wenn er davon überzeugt war, dass der Maiskolben fertig war, legte er ihn in eine andere Pfanne und würzte ihn reichlich mit Meersalz.

»Komm, wir probieren einen.« Daphne zerrte Stephen näher an den Stand heran.

»Willst du mich auf den Arm nehmen?« Er entzog sich ihr. »Daphne, der Mann hat keine Zähne. Und hast du seine Fingernägel gesehen? Sie sind ganz schwarz. Ich werde auf keinen Fall...«

Aber Daphne wartete das Ende seines Protests nicht ab. Sie ließ seinen Arm los und näherte sich mit einem breiten Lächeln dem Maiskolbenverkäufer. »Zwei, bitte«, sagte sie auf Griechisch und holte ihr Portemonnaie aus der Tasche.

Der Zigeuner reagierte auf Daphnes Bestellung mit einem breiten Grinsen, wobei sich an seinen Mundwinkeln kleine Speichelbläschen bildeten. »Für Sie, schöne Dame, zwei Euro, ein Sonderpreis.« Er wickelte die Maiskolben in einfaches braunes Papier und reichte sie Daphne.

»*Efharisto*«, erwiderte sie, reichte dem Mann einen Zwanzigeuroschein und ging weiter, bevor er ihr das Wechselgeld geben konnte.

Der alte Zigeuner blickte Daphne sekundenlang nach, sah dann auf den Schein in seiner Hand und riss voller Staunen die kleinen trüben Augen auf. Er zerknüllte ihn in der Faust, blickte sich nach allen Seiten um und vergewisserte sich, dass ihn niemand beobachtete. Dann schob er das Geld in seine Jackentasche und wandte sich wieder seinen Maiskolben zu.

»Da«, sagte sie und reichte Stephen einen Kolben. »Vertrau mir, er schmeckt köstlich.« Herzhaft biss sie in den süßen, saftigen Appetithappen. Obwohl der Mais auf glühenden Kohlen gegrillt worden war, war er nicht trocken. Als Daphne erneut einen kräftigen Bissen nahm, spritzte der zuckrige Saft aus den Körnern, die mit einer schmackhaften Kruste aus Meersalz überzogen waren.

Stephen starrte Daphne an, den Maiskolben in der Hand. »Und das von einer Frau, die keinen Hotdog von einem Straßenstand in Manhattan isst. Einem *zugelassenen* und *den Hygienegesetzen entsprechenden* Straßenstand.«

»Ja, aber diese Würstchen sind ekelhaft. Wer weiß, wie lange sie in dem widerlichen Wasser liegen, bevor ein dämlicher Tourist sie kauft?« Sie lachte.

»Gut, wenn du darauf bestehst. In Rom...« Er biss in seinen Maiskolben und lächelte, als sich der Geschmack in seinem Mund entfaltete.

»Darf ich dich daran erinnern, dass wir in Griechenland sind?« Sie hakte sich erneut bei ihm ein, und sie setzten ihren Bummel fort.

Das nächste Mal blieben sie stehen, um wieder etwas zu essen. Es ging so unkonventionell und einfach zu wie vorhin, und das Essen war genauso köstlich. *Ninos Fast Food* war von jeher ein Lieblingslokal von Daphne und Popi gewesen. Die fettigen *souvlaki*-Sandwiches mit *tzatziki*-Sauce, belegt mit Zwiebeln, Tomaten, gegrillten Schweinefleischwürfeln und gebackenen Kartoffeln, waren für die Cousinen jedes Mal ein Muss, wenn sie in die Stadt kamen. Sogar Yia-yia, die selten auswärts aß, gönnte sich, wenn sie nach Korfu kam, ein *souvlaki* von Ninos.

»Hm, das ist gut, wirklich gut«, sagte Stephen, als er nochmals kräftig in sein Sandwich biss und das *tzatziki* sein Kinn hinuntertropfte. Daphne wischte ihm mit einer Serviette die Sauce ab und reinigte sich dann ihr eigenes Gesicht. »Du solltest dir ernsthaft überlegen, das im *Koukla* anzubieten«, sagte er mit vollem Mund.

»Nein, nicht im *Koukla*.« Sie schüttelte den Kopf. »Aber so etwas wäre großartig im Zentrum, in der Nähe der NYU. Als ich Studentin war, gab es ein kleines schmieriges Lokal, wo es Falafel gab. Es lief ausgezeichnet, war aber ein schmutziges Rattenloch. Stell dir vor, was man alles mit modernem griechischen Fast Food machen könnte. Man nehme Klassiker wie diesen, gegrillte Maiskolben und *spanakopita* und serviere alles hübsch verpackt den Studenten.« Sie schwieg und musterte Ninos Lokal mit der einfachen Holztafel und der langen Reihe von Touristen und Einheimischen, die herauskamen und den Bürgersteig entlanggingen. »Weißt du, etwas Ähnliches wie *Ninos* in New York.«

»Das könnte funktionieren«, stimmte Stephen zu und biss in sein Sandwich, das zweite.

»Ich weiß«, erwiderte Daphne, nicht sicher, ob sie sich freuen sollte, dass Stephen ihre Idee gefiel oder ob sie sich ängstigen sollte, weil er diese in die Tat umsetzen könnte. Ja, mit Stephens Hilfe war das *Koukla* ein großer Erfolg geworden, aber es war auch der Beginn ihres Achtzehnstundentags fern von Evie. Daphne war sich sehr wohl bewusst, dass dieser Erfolg, wie alles andere, seinen Preis hatte.

»Komm«, sagte sie und zerrte an seinem Arm, begierig, das Thema zu wechseln. »Ich möchte dir etwas zeigen.«

Als Stephen fertig gegessen hatte, führte Daphne ihn durch das enge Gewirr von Gassen – das historische Einkaufszentrum der Stadt. Nachdem sie noch eine weitere Gasse hinuntergeschlendert waren, blieben sie schließlich vor einem großen Platz stehen.

»Was ist das?«, wollte Stephen wissen und wischte sich die letzte Fettspur vom Kinn.

»O fein, sie hat noch auf!« Daphne seufzte zufrieden auf, als sie die offenen Doppeltüren entdeckte. »Ich war mir nicht sicher, wann sie schließt.«

»Wann was schließt?«

»Die Kirche von Agios Spyridon, dem heiligen Spyridon. Komm.« Sie führte ihn zu der alten Kirche.

Als Daphne sich der Doppeltür der Kirche näherte, umfing sie der vertraute Geruch von Rauch und Weihrauch. Alles war so, wie sie es in Erinnerung hatte. Im großen Kirchenraum befanden sich schwarz gekleidete Witwen und weißhaarige Männer in schlecht sitzenden Anzugjacken, die vor dem mit einer Ikone geschmückten Altar knieten. Sie hielt Stephens Hand und nahm alles in sich auf, erinnerte sich an die Geschichte, die Yianni ihr erzählt hatte. Sie stellte sich vor, wie Yia-yia, Dora und die Mädchen sich hier versteckt hatten, während die blutrünstigen Todeskommandos vor der Kirche auf der Lauer lagen. Sie versuchte, sich die Szene vorzustellen, und war erneut von

Kummer erfüllt. Und wieder verdrängte sie das Bild aus ihrem Kopf. Nicht jetzt. Sie konnte jetzt nicht darüber nachdenken, konnte all das im Moment nicht verarbeiten. Sie musste Dora und die Mädchen aus ihren Gedanken verdrängen, wenn auch nur für heute Abend.

Sie wandte den Blick zu den Kerzen am Kircheneingang, beobachtete Mütter, die über ihre Kinder wachten, deren zittrige kleine Hände Kerzen anzündeten und diese dann in die mit Sand gefüllten Halterungen steckten. Ein silberner Glanz erfüllte die Kirche. Daphne blickte umher, wie andere Mütter ihre Kinder hochhoben, damit sie die Ikone berühren konnten. Sie beobachtete, wie sie ihren Kindern etwas ins Ohr flüsterten, sie aufforderten, den Heiligen zu küssen. Damit pflanzten sie den ersten Samen der Tradition und des Glaubens in die Herzen ihrer Kinder. Daphne erkannte, wie sehr sie Evie vermisste. Sie hatte Evie nur für eine Nacht bei Yia-yia gelassen, aber jetzt, als sie die anderen Mütter mit ihren Kindern sah, wünschte sie sich, Evie wäre bei ihr.

Sie hatte vorgehabt, Evie hierher zu bringen und sie über ihren geliebten Heiligen zu unterweisen, aber die Zeit war einfach zu knapp gewesen. *Nach der Hochzeit*, schwor sie sich, zündete eine Kerze an und steckte sie zu den anderen. Sie drückte die drei Finger ihrer rechten Hand zusammen und machte dreimal das Kreuzzeichen, wie Yia-yia es ihr beigebracht hatte, als sie noch ein Kind war. Als sie sich vorbeugte, um die silbern gerahmte Ikone des heiligen Spyridon zu küssen, hielt sie die Haare nach hinten. Aber im Gegensatz zu den anderen Gläubigen war Daphne darauf bedacht, eine andere Stelle mit den Lippen zu berühren als die von den Kirchgängern bevorzugte.

Stephen verharrte einen Moment lang am Eingang und ließ die geheimnisvolle exotische Szene auf sich wirken. Diese Kirche war das Gegenbild der blütenweißen Episkopalkirche, die seine Familie in Amerika besuchte.

»Das ist eine beeindruckende Kirche«, flüsterte er ihr ins Ohr.

»Ich weiß.« Sie nickte. »Aber das ist noch gar nichts.« Sie wandte sich um und lächelte ihn an. »Komm mit.« Sie griff nach seiner Hand und geleitete ihn durch den Kirchenraum. Zur Rechten des Altars befand sich eine weitere Türöffnung, verziert mit kunstvollen Ikonen. Stephen versuchte, einen besseren Blick darauf zu erhaschen, aber Dutzende von Menschen gingen ein und aus, sodass er nicht herausfinden konnte, was sich im Inneren befand, was alle sehen wollten.

»Es ist der Heilige«, flüsterte Daphne und deutete zu der offenen Tür.

Stephen verrenkte sich den Hals, erkannte aber immer noch nicht, was es zu sehen gab.

»Es ist der Heilige«, wiederholte Daphne. »Der heilige Spyridon, unser Schutzheiliger.«

»Und was sieht man da? Einen Schrein oder dergleichen?«

»Nein, er, vielmehr sein Leichnam, befindet sich dort *drinnen*.«

Er wich einen Schritt zurück.

»Er ist der Schutzheilige der Insel, hat für die Bewohner von Korfu eine ganz besondere Bedeutung. Sein Leichnam ist schon Hunderte von Jahren alt, aber immer noch unversehrt. Er beschützt die Insel, beschützt uns, wirkt Wunder für uns.«

»Für uns?« Er kehrte dem Altar den Rücken und blickte sie an. »Aber, Daphne, du glaubst doch nicht wirklich an diesen Unsinn?«

Daphne war verblüfft. Sie hatte nie zuvor wirklich über ihren Glauben nachgedacht. In New York ging sie nie in die Kirche, unterhielt sich nie über Religion. So war es nicht verwunderlich, dass Stephen über ihre Verbindung zu dem Heiligen überrascht war. Aber der Glaube an Agios Spyridon wurde von keinem Bewohner Korfus je infrage gestellt. Es bestand auch kein Grund dazu, denn er war in jedem Kind verankert, das mit einer Verbindung zur Insel zur Welt kam. Es war, als würde der Heilige selbst jedes Neugeborene segnen und begleiten, es beschützen und lebenslang über ihm wachen. Und jetzt, besonders nachdem sie Yiannis Geschichte vernommen hatte, bestand mehr denn je kein Zweifel daran, dass sie glaubte.

»Doch.« Daphne blickte Stephen direkt in die Augen. »Doch, ich glaube daran.«

»Aber Daphne...« Er neigte den Kopf und blickte zu ihr hinunter. »Bist du dir sicher?«

»Ja, ich bin mir sicher. Ich habe immer geglaubt und werde es immer tun.«

Der winzige Raum mit den sterblichen Überresten des Heiligen begann sich zu leeren, bevor sie noch etwas sagen konnte. Mehrere Frauen und Männer gingen der Reihe nach hinaus, einige hielten kleine Kinder an der Hand. Ein paar neugierige Touristen blieben zurück, verwirrt durch das, was sie soeben miterlebt hatten.

»Komm«, forderte Daphne Stephen auf und hakte sich bei ihm ein. »Die Messe ist zu Ende, gehen wir hinein.«

Er zögerte, als Daphne ihn zur Tür mitzog.

»Los.« Sie zupfte ihn ein letztes Mal am Ärmel.

Der winzige Raum hatte sich geleert. Zwei alte Frauen und ein Priester, in ein Gespräch vertieft, verweilten bei dem offenen Silberschrein mit den sterblichen Überresten des Heiligen. Daphne lächelte, denn es war ein Glücksfall, dass der Schrein offen war. Er wurde nämlich nur bei besonderen Anlässen und speziellen Gottesdiensten geöffnet. Daphne verbeugte sich vor dem bärtigen Priester, der sich ebenfalls verbeugte. Sie umklammerte Stephens Hand und führte ihn in dem kleinen Raum herum, ausgestattet mit Silberlampen und geschmückt mit Bildern aus dem Leben des Heiligen. Sie blieb am Fußende des Schreins stehen und deutete auf die roten Samtschuhe an Agios Spyridons Füßen.

»Das sind seine Schuhe.« Daphne schmiegte sich enger an Stephen, als sie redete, um die anderen Gläubigen, die hereinströmten, nicht zu stören. »Jedes Jahr streifen ihm die Priester ein neues Paar über«, flüsterte sie. »Und am Ende des Jahres öffnen sie den Schrein und sehen, dass die Schuhe abgetragen sind.«

Stephen drückte ihre Hand. Daphne wusste, dass es ihm schwerfiel, auch nur ein Wort davon zu glauben, aber sie war entschlossen, ihre Geschichte zu Ende zu führen. »Sie sind deshalb abgetragen, weil der Heilige sich jede Nacht erhebt und durch die Straßen von Korfu geht, um die Insel und ihre Bewohner zu beschützen.« Sie begab sich zum anderen Ende des Schreins. »Da, schau.«

Im schwachen Licht war es schwierig, Einzelheiten zu erkennen, doch es war unverkennbar das Gesicht von Agios Spyridon. Es war mumifiziert, dunkelgrau und ausgetrocknet. Die Augenhöhlen waren eingesunken, die Wangen hohl.

An der Stelle, wo sich der Mund befinden sollte, war ein schmaler Strich. Menschen ohne Glauben wären vielleicht bei seinem Anblick zurückgewichen. Aber für Daphne und die anderen Gläubigen war der Anblick ihres Beschützers beruhigend.

Während Stephen sich näher über den Schrein beugte, sprach Daphne ein stilles Gebet. Sie dankte dem *agios* für ihr Glück und ihre Gesundheit, auch für die Gesundheit ihrer Tochter und ihrer Großmutter und auch dafür, dass er einst Yia-yia, Dora und den Kindern sichere Zuflucht geboten hatte.

Ich weiß, du hast schon viele Wunder gewirkt, betete sie. *Ich danke dir, dass du immer eine Möglichkeit gefunden hast, unserer Familie zu helfen, sie zu beschützen. Bitte, Agios Spyridon,* bat sie, *bitte bleib an meiner Seite und leite mich. Halte meine Hand und hilf mir, die richtigen Entscheidungen in meinem Leben zu treffen. Bitte, hilf mir, Stärke zu finden, dieselbe Stärke, die du Yia-yia verliehen hast. Bitte, leite mich, wie du sie geleitet hast, und hilf mir, Evie zu einem glücklichen und erfüllten Leben zu verhelfen.*

Als ihr Gebet beendet war, bekreuzigte Daphne sich wieder dreimal. Sie kniete nieder und küsste den Schrein, bevor sie nach Stephens Hand griff und ihn zur Tür führte.

»Na, so was.« Er fuhr sich mit den Fingern durchs Haar und hob eine Augenbraue. »Er erhebt sich also bei Nacht und wandert umher. Und dabei nutzt er seine Schuhe ab.«

Sein Versuch, das Ganze ins Lächerliche zu ziehen, entging Daphne nicht. Da sie aber keineswegs seiner Ansicht war, beschloss sie, es einfach zu ignorieren.

»Komm, wir sind noch nicht fertig.« Sie führte ihn zum

Kirchenhauptraum und griff nach einem Bleistift und einem Stück Papier in einem Korb, der auf einer Bank aufgestellt war.

»Was tust du da?«, wollte er wissen.

»Es ist Tradition, die Namen jener, die der Heilige beschützen soll, auf ein Stück Papier zu schreiben.« Daphne erstellte ihre Liste: Evie, Yia-yia, Popi, Nitsa und Stephen. Sie küsste das Papier, faltete es und legte es in einen weiteren Korb, in dem bereits viele Zettel lagen. Daphne wandte sich um. Sie lächelte ihren Verlobten an, führte seine Hand an die Lippen und küsste sie. Sie wusste, er verstand es nicht, fand die Vorstellung von Wundern und Verehrung eines mumifizierten Körpers irgendwie überholt und unheimlich. Er war ein Vernunftmensch – ein Mann der Fakten und nicht des blinden Glaubens. Daphne wusste, es gab grundlegende Unterschiede zwischen ihnen; ihre Kulturen und ihre Geschichte lagen Welten auseinander. Aber letztlich war das in Ordnung. Sie hatte schon lange die Wunschvorstellung von einem idealen Partner, der jede Nuance an ihr verstand, aufgegeben. Daphne hatte diesen Traum an dem Tag begraben, als Alex' Sarg in die Erde gelassen wurde.

»Komm, lass uns gehen.« Sie zog wieder an seiner Hand. »Im Hotel Cavalieri gibt es eine hübsche Dachterrassenbar, die ich dir zeigen möchte.«

»Das hört sich ja gut an. Ich könnte jetzt wirklich einen Drink gebrauchen.« Er legte den Arm um Daphne.

»Ja, ich auch.« Bevor sie zum Ausgang gingen, wandte sie sich noch einmal um. Sie blickte zum Grab des Heiligen und hielt plötzlich inne.

»Was ist los?«, fragte Stephen.

Am Eingang des Grabs stand Yianni. Daphne spürte Schmetterlinge im Bauch. Sie versuchte, zu schlucken, aber die Schmetterlinge schienen auch in ihrer Luftröhre zu flattern und die Luft zu blockieren. Sie stand neben Stephen und beobachtete, wie Yianni sich vor der Ikone verbeugte. Daphne bemerkte, dass er nicht wie die anderen Andächtigen das Kreuzzeichen machte. *Natürlich nicht, er ist ja Jude.*

Aber er beugte sich zum Sockel der Ikone vor und küsste die Füße des Heiligen, der vor vielen Jahren zur Rettung seiner Mutter und Großmutter beigetragen hatte. Er ging durch die Tür und verschwand in dem kleinen Raum, in dem der *agios* ruhte.

»Was ist los?«, fragte Stephen noch einmal.

»Nichts.« Sie lächelte zu ihm hoch. »Da war nur jemand, den ich kenne.«

Sie verließen die Kirche Arm in Arm und traten in die kühle Nachtluft. Daphne drehte sich ein letztes Mal um und betrachtete die Kirche. »Ein alter Freund aus Errikousa.«

22

NEW YORK

2001

»Nie und nimmer.« Mama knallte die Faust auf den Esszimmertisch. »Du wirst ihn nicht wiedersehen«, zischte sie durch zusammengepresste Zähne.

»Aber Mama, er ist nicht so, wie du denkst!«, rief Daphne. Sie streckte die Arme flehend nach ihrer Mutter aus. »Bitte, er ist nicht so, wie du denkst.« Ihre Stimme zitterte, ebenso ihre Hände.

Mama erhob sich und blickte auf Daphne hinunter. Sie kniff die Augen zusammen, die um drei Nuancen dunkler zu werden schienen, als Daphne zu ihr hochblickte.

Mama führte den Knöchel ihres rechten Zeigefingers an den Mund und biss darauf. Daphne hatte dies nur einmal bei ihrer Mutter gesehen, nämlich, als sie es gewagt hatte, dem süßen, blassen Jungen mit den schweißnassen Händen, den sie beim Schulball in der siebten Klasse kennengelernt hatte, ihre Telefonnummer zu geben. Als er am Morgen danach anrief und darum bat, sie sprechen zu dürfen, hatte Baba einfach aufgelegt und den Hörer so hart auf die Gabel geknallt, dass Daphne aus ihrem Zimmer gerannt kam, um zu sehen, was los war. Baba war dann hinaus zum Restaurant gestürmt, ohne sie eines Blickes zu würdigen oder das Wort an sie zu richten. Daphne kannte das hitzige Temperament ihres Babas nur allzu gut. Seit einem zwanzig Jahre zurückliegenden Streit mit seinen Geschwistern über das Erbe seiner Eltern, einen kleinen Schrebergarten auf der angrenzenden Insel Othoni, hatte er kein Wort mehr mit seiner Familie gewechselt. Sie überlegte, wie lange er sich Zeit lassen würde, um wieder mit ihr zu sprechen. Als die Tür hinter ihm ins Schloss fiel, biss Mama an ihrem Knöchel herum, bevor sie Daphne ins Gesicht schlug. »*Poutana*«, kreischte sie und verbannte Daphne in ihr Zimmer.

Das war der erste und letzte Schulball, den Daphne je besuchte.

Aber das war damals. Sie war jetzt keine verängstigte, gehorsame Dreizehnjährige mehr. Ja, sie hatte Respekt, aber keine Angst mehr. Es war zu wichtig, es ging um Alex.

»Baba, bitte.« Er hatte ihr den Rücken zugekehrt. Sie stand da und legte die Hand auf seine Schulter, wollte, dass er sich umdrehte und die Ehrlichkeit in ihrem Blick erkannte. »Du musst mir vertrauen. Alex ist ein guter Mann.«

Baba hob das Kinn und schluckte.

»Sieh ihn dir einfach an, du wirst anders über ihn denken, wenn du ihn kennenlernst.«

Er zog sich zurück, genau wie an jenem Morgen nach dem Ball – und wich ihrem Blick aus. Ihr Arm sank herab, als sie hörte, wie im Nebenraum das Radio eingeschaltet wurde und die griechischen Nachrichten viel zu laut durch die Wand drangen.

Mama erhob sich von ihrem Stuhl am Ende des Wohnzimmertisches. Sie ging drei Schritte auf die Küche zu, blieb dann aber ruckartig stehen, wandte sich nach Daphne um und rang die Hände. Ihr schwarzer Haarknoten, den sie gewöhnlich ordentlich aufgesteckt hatte, war in Unordnung geraten, denn Haarklemmen können es nicht mit dem Fuchteln und den Gebärden einer griechischen Mutter aufnehmen, deren Tochter es wagt, ihre Eltern herauszufordern.

»Du wirst das deinem Vater nicht antun. Du wirst mir das nicht antun. Wir sind nicht in dieses Land gekommen, um sechzehn Stunden pro Tag auf den Beinen zu sein, um zu kochen, zu bedienen, zu putzen – um wie Tiere zu schuften, bis wir so erschöpft sind, dass nicht einmal der Schlaf unseren ausgelaugten Körpern Linderung bringen kann; all das, Daphne, haben wir nicht auf uns genommen, damit du die Hure irgendeines amerikanischen Jungen wirst, den du in der Schule kennengelernt hast.«

Ihre Worte schmerzten mehr als der Schlag ins Gesicht. Daphne straffte sich und hielt dem Blick ihrer Mutter stand, ohne zu zucken und ohne zurückzuweichen. »Ich bin nicht seine Hure.« Sie sprach leise und überlegt. »Ich liebe ihn, und er liebt mich. Und wir werden zusammenbleiben.«

Mama schwieg. Sie stürmte aus dem Wohnzimmer in die Küche. Daphne hörte, wie die Tür des Kühlschranks zugeschlagen wurde. Sie erschauerte, als Mamas Hackmesser auf das Küchenbrett einhackte, immer wieder, lauter und stärker als erforderlich.

Ende der Diskussion.

Und hier begann die übermenschliche Mission von Daphne und Alex.

Daphne, die zwischen ihren Eltern auf der Kirchenbank saß, betete das Vaterunser erst auf Griechisch und dann auf Englisch mit den anderen Gläubigen.

»*Pater emon, O en tis Ouranis, Agiastiste to onoma sou* ...«

»Vater unser, der du bist im Himmel, geheiligt werde dein Name ...«

Sie wusste, er war da. Sie brauchte ihn nicht zu sehen. Sie spürte seine Nähe. Da sie wusste, dass es sich nicht gehörte, in der Kirche nach hinten zu sehen, starrte sie geradeaus, wagte es nicht, sich umzudrehen, um Gewissheit zu haben.

Denk an Orpheus und Eurydike, gemahnte sie sich und führte sich wieder vor Augen, wie nah Orpheus der Rettung seiner geliebten Eurydike gekommen war. Die junge Braut war von einer giftigen Schlange gebissen worden, gestorben und in die Unterwelt gebracht worden. Orpheus war verzweifelt, spielte so schwermütig auf seiner Laute, dass Königin Persephone und sogar König Hades mit den Liebenden, deren Herzen gebrochen waren, Mitleid hatten und versprachen, sie wieder zu vereinen. Sie erlaubten Eurydike, die Unterwelt zu verlassen und Orpheus zu folgen, allerdings unter einer Bedingung: Orpheus durfte sich nicht nach ihr umsehen. Aber Orpheus, überwältigt von Angst und Zweifel, wandte sich um und sah, wie Eurydike vor seinen Augen verschwand.

Daphne würde nicht denselben Fehler begehen.

»Und führe uns nicht in Versuchung ...«, fuhr sie fort und sprach das Gebet heute etwas lauter als sonst.

Sie ging mit ihren Eltern zur Kommunion vor dem Altar. Vater Anastasios tauchte den Gemeinschaftslöffel in den

Kelch mit Wein und Brot und führte ihn an ihren Mund. Als sie zu ihrem Platz zurückkehrte, entdeckte sie ihn. Er saß ganz hinten, umgeben von Familien und *yia-yias*.

Ihre Augen leuchteten bei seinem Anblick. Er lächelte ihr zu, hielt aber weiterhin den Kopf gesenkt, genauso wie die anderen Gemeindemitglieder.

Mama war Daphnes Blick zu Alex hin gefolgt. Eine Erklärung, wer der Junge war, erübrigte sich.

»Was tut er denn hier? Er ist doch kein Grieche«, zischte sie, griff ziemlich unsanft nach Daphnes Ellbogen und bugsierte sie zurück in ihre Kirchenbank. Baba folgte ihnen gedankenverloren, bekam nichts von dem Drama mit.

Daphne beugte sich vor und zog das rote samtbezogene Kniepolster herunter. Sie kniete nieder, machte das Kreuzzeichen, faltete die Hände zum Gebet und sagte ihr Dankgebet, bevor sie sich ihrer Mutter zuwandte.

»Er liebt mich.« Sie lächelte. Damit waren ihre Erklärungen erschöpft.

Mama kniete ebenfalls nieder und sprach ihr eigenes Gebet.

So zog es sich monatelang hin. Jeden Sonntag saß er hinten in der Kirche, respektvoll und allein, wagte es nie, sich Daphne oder ihrer Familie zu nähern. Er schenkte Daphne einfach ein Lächeln – und wenn sie es wagte, zu ihm zu blicken und ihn zur Kenntnis zu nehmen, schenkte er auch Mama eines.

Er war auch am 11. August da, als die Fürbitten zum heiligen Spyridon gesprochen wurden. Aus dem Augenwinkel beobachtete Mama, wie er die rote Opferkerze anzündete und sie auf den Altar zu Füßen der Heiligenikone stellte.

Er war auch am 15. August anwesend, dem Fest von Mariä Himmelfahrt. Mama war gerade von der Damentoilette zurückgekehrt, als sie sah, wie er eine Kerze anzündete und das Kreuzzeichen machte, nicht mit drei Fingern, wie es in der griechisch-orthodoxen Kirche Tradition war, sondern ein »Kreuz anderer Kirchen«, wie Mama es bezeichnete, wobei er die ganze Hand benutzte.

Er fehlte auch nicht am Heiligen Abend, hatte einen ganzen Arm voll Geschenke für die Waisensammlung des heiligen Basileus dabei, als er sich lächelnd dem Tisch der von Damen geführten Philoptochos-Gesellschaft näherte, bei der Mama ehrenamtlich für Spielsachen zuständig war.

»Frohe Weihnachten, junger Mann«, sagte eine der Damen zu ihm, als er die Geschenke überbrachte. Mama nestelte eifrig an einer großen grünen Schleife auf einer kleinen Schachtel herum.

»*Kala Hristougena, kyries*«, erwiderte er; »frohe Weihnachten, meine Damen.« Der Akzent war unverkennbar, aber die Worte waren korrekt.

»Bravo, junger Mann.« Die Damen klatschten in die Hände und machten viel Wirbel um ihn.

Mama schwieg.

Auch am Palmsonntag war er da. Alex beugte sich vor, um Vater Anastasios die Hand zu küssen, als der Priester ihm am Ende des Gottesdiensts sein geflochtenes Palmkreuz überreichte. Mama beobachtete, wie der Priester Alex in der Gemeinde willkommen hieß und ihn zum Kaffee einlud. »Jeder ist in unserem Gotteshaus willkommen«, sagte er und tätschelte Alex den Rücken.

Mama und Baba beobachteten vom Gemeindesaal aus,

wie Daphne auf Alex zuging. Sie tranken Kaffee, unterhielten sich und lächelten sich an. Sie wagten es aber nicht, sich zu berühren oder zu küssen, weil sie wussten, dass dies als leichtsinnig und dreist gewertet werden würde. Baba schnaubte, als er sie beobachtete, machte einen Schritt auf sie zu, um dieses peinliche Schauspiel zu beenden. Aber Mama legte die Hand auf seinen Arm und hielt ihn zurück.

»Nein«, sagte sie. »Jeder ist im Haus Gottes willkommen.«

In der Karwoche war er jeden Abend anwesend, nahm an jedem Gottesdienst teil. Am Gründonnerstag stand er in der Schlange vor dem Altar und hob das Gesicht Vater Anastasios entgegen. Dieser salbte es mit dem heiligen Öl, zuerst die Stirn, dann Kinn und Wangen und schließlich die Hände und Handinnenflächen. Am Karfreitag schloss er sich der Prozession an, als der blumengeschmückte *epitaphios*, der das Grab Christi darstellte, um die Kirche herumgetragen und von der Prozession der Gläubigen begleitet wurde. Anfangs ging Daphne an der Seite ihrer Eltern, aber nach einer Weile löste sie sich aus der Reihe und schloss sich Alex an. Mama und Baba beobachteten das Ganze und schüttelten den Kopf, als ihre Tochter sich davonstahl, aber sie versuchten nicht, sie zurückzuhalten.

Zur österlichen Mitternachtsmesse der Auferstehung Christi hatte Alex bereits seinen Platz in der Kirchenbank eingenommen, als Daphne und ihre Eltern kurz vor zwölf Uhr die Kirche betraten. Sie waren spät dran, in ihrem Lokal war es heute hektischer zugegangen als üblich, sodass sie nicht die Zeit gefunden hatten, rechtzeitig in der Kirche zu sein, um sich in dem überfüllten Gottesdienst einen Platz zu sichern. Sie standen hinten in der Kirche, hinter Alex, der sich jedoch nicht umwandte, um nach Daphne Ausschau zu halten. Trotz der vielen Menschen herrschte in der Kirche Ruhe und Stille. Die Gläubigen standen Schulter an Schulter, unangezündete Kerzen in der Hand, und warteten auf den glorreichen Abschluss der schwermütigen und besinnlichen Karwoche.

Kurz vor Mitternacht gingen alle Lichter aus. Vater Anastasios tauchte in der abgedunkelten Kirche hinter dem Altar auf, eine brennende Kerze in der Hand. Dann wandte er sich den Ministranten zu und zündete ihre Kerzen an. Die Jungen verteilten sich dann in der Kirche. Nach und nach wurden die Kerzen der Gläubigen angezündet, eine nach der anderen, Reihe für Reihe, bis das Licht von Christi Auferstehung die ganze Kirche erfüllte. Die junge Mutter, die vor Alex saß, wandte sich um, um seine Kerze anzuzünden. Alex wiederum wandte sich um, um das Licht weiterzugeben, und war mit Daphne und ihrer Mutter konfrontiert. Er lächelte, als er Daphnes Kerze anzündete. Mama starrte ihn an und zögerte kurz. Doch dann beugte sie sich vor und ließ auch ihre Kerze von ihm anzünden. In diesem Augenblick brach die Gemeinschaft der Gläubigen in Jubel über Christi Auferstehung aus.

»*Christos Anesti ek nekron. Thanato Thanaton patisas, Kai tis en tis mnimasi, Zoi, Harisamenos.*«

Daphne hob das Gesicht dem Licht entgegen, und jedes ihrer Worte klang, als käme es aus ihrem Herzen und nicht aus ihrem Mund.

Mit einer Hand hielt sie ihre Kerze, mit der anderen fasste sie nach der Hand ihrer Mutter. Dieses Mal reagierte Mama sofort und verschlang ihre Finger mit Daphnes. Und sie stimmten in den Gesang ein:

»Christus ist von den Toten erstanden, hat den Tod bezwungen und die Toten zum ewigen Leben erweckt.«

Und in diesem Augenblick erkannte Daphne, dass ihr wirklich ein neues Leben geschenkt worden war.

23

Als Evie sah, wie Daphne aus Big Al ausstieg, rannte sie übers Dock. Sie stiess einen schrillen Schrei aus und flog ihrer Mutter buchstäblich in die Arme.

»Mommy, ich hatte so viel Spass«, quiekte Evie, schlang die Beine um die Taille ihrer Mutter und legte die Arme um ihren Hals.

»Hast du mich denn ein bisschen vermisst?« Daphne küsste ihr kleines Mädchen auf den Hals. Evie duftete nach Sonnenschutz und nach der riesigen roten Rose, die sie sich hinters rechte Ohr gesteckt hatte.

»Ja, aber Mommy, du wirst es nicht glauben. Yia-yia hat mir gezeigt, wie man Pita macht, meinen eigenen Pizzateig. Ich habe einen alten Besen benutzt, wie du ihn zu Hause hast. Es war so cool. Mommy, es hat einfach Spass gemacht. Warum kochst du nie mit mir zu Hause? Warum nicht? Versprich mir, dass du mit mir kochen wirst, versprich es, Mommy!«

»Liebes, natürlich werde ich mit dir kochen«, lachte Daphne.

»Und noch etwas«, fuhr das kleine Mädchen fort. »Thea Popi hat mir eine Geschichte von diesem Mann, König Midas, erzählt. Der war richtig gierig. Alles, was er anfasste, verwandelte sich in Gold – ich meine, alles.«

»Hört sich gut an«, kicherte Stephen.

»Ja, bis er sein kleines Mädchen berührte.« Daphne strich Evie übers Haar und küsste sie auf die rosige Wange.

»Und dann hat sie sich auch in Gold verwandelt«, rief Evie und klatschte in die Hände.

»Eine tolle Geschichte, Süße. Eine meiner Lieblingsgeschichten. Aber hast du nicht etwas vergessen?«, schalt Daphne sie. »Willst du denn Stephen nicht Hallo sagen? Er hat den ganzen weiten Weg zurückgelegt, um dich zu sehen.« Daphne löste Evies Arme von ihrem Hals und stellte das kleine Mädchen wieder auf den Boden.

»Hi.« Evie fummelte an dem Glasauge herum, das um ihren Hals hing.

»Hallo, du. Für dich, Miss Evie.« Er nahm sie in den Arm und überreichte ihr einen regenbogenfarbenen Lutscher.

»Danke.« Evie nahm den Lolli, wickelte ihn aus dem Papier und steckte ihn in den Mund. Dann rannte sie mit einem der streunenden Hunde, die sich am Hafen herumtrieben, davon.

Popi, die abseits gestanden und alles beobachtet hatte, trat zu ihnen heran. »Willkommen daheim, liebe Cousine.« Sie umarmte Daphne und küsste sie auf beide Wangen.

»Popi, das ist Stephen.«

»Ah, endlich lernen wir uns kennen!«, kreischte Popi und umarmte Stephen. Einen Augenblick lang stand er mit herunterhängenden Armen regungslos da, wusste nicht, was er mit der Zuneigung dieser Fremden anfangen sollte. »Willkommen, Stephen!«, rief Popi, drückte ihn noch einmal und entließ ihn dann aus ihrem Anakondagriff.

Daphne kicherte. Sie musste zugeben, das Ganze war

wirklich lustig. Auf der einen Seite Popi, rotwangig, rundlich und berstend vor überschäumender Energie und Zuneigung, die ihre Hüften und Arme schwang, als vollführe sie gerade eine Art Fruchtbarkeitstanz. Auf der anderen Seite Stephen, fit, verschlossen, tadellos gekleidet und frisiert und mit untadeligen Manieren.

»Wo ist Yia-yia?«, fragte Daphne, als sie sich am Hafen umsah.

»Sie wartet zu Hause auf uns. Ach, Cousin Stephen, es wartet eine große Überraschung auf dich«, gluckste Popi und hakte sich bei Stephen unter.

Daphne biss sich auf die Unterlippe, um nicht zu lachen. Stephen, der sich immer so gut unter Kontrolle hatte, sah aus, als habe er Angst, Popi würde ihn zum Frühstück verspeisen.

»Was für eine Überraschung?«, wollte Daphne wissen.

»Ah, Cousin Stephen...« Popi tätschelte seinen Unterarm. »Yia-yia hat sich selbst übertroffen. Sie hat einen *stifado* für dich gemacht.«

»*Stif* – wie?«

»*Stee-faa-do*«, wiederholte Popi.

»Das ist ein Stew«, mischte sich Daphne ein. »Ein wirklich köstliches, reichhaltiges Stew.«

»Warum hast du es mir dann noch nie vorgesetzt, wenn es so köstlich ist?«, neckte Stephen sie.

»Ich weiß, ich habe es dir vorenthalten«, gab Daphne zu. »Aber es macht sehr viel Arbeit. Der würzige Rindfleischeintopf wird mit Tomaten, Essig und winzigen kleinen Perlzwiebeln geköchelt. Es dauert Stunden, diese kleinen Zwiebeln zu schälen.«

Daphne lief das Wasser im Mund zusammen, und ihre

Augen wurden feucht, als sie überlegte, wann sie das letzte Mal *stifado* zubereitet hatte. Es war zu Alex' Geburtstag gewesen. Damals war sie im siebten Monat schwanger. Als sie mit dem Schälen der winzigen Perlzwiebeln fertig gewesen war, taten ihr Hände und Rücken weh. Das Stew war wirklich köstlich, aber danach verbrachte Daphne zwei Tage im Bett, um sich von der Zubereitung zu erholen. Aber es hatte ihr nichts ausgemacht. Die Verzückung auf Alex' Gesicht, als dieser die Sauce bis zum letzten Tropfen aufgeschleckt hatte, war die Mühe wert gewesen. Das war das erste und letzte Mal, dass sie *stifado* zubereitet hatte.

»Popi, wie kann Yia-yia mit ihrer Arthritis *stifado* machen?«

»Sie ist seit vier Uhr morgens auf. Es geht langsam, aber sie ist wild entschlossen.« Popi, noch immer bei Stephen eingehakt, schlug den Weg ein, der vom Hafen wegführte. »Cousin Stephen, du hast wirklich großes Glück gehabt.« Popi blickte zu ihrem neuen Cousin hoch und flatterte mit den dichten Wimpern.

»Ja, ich weiß.« Er warf einen Blick auf Daphne und grinste übers ganze Gesicht. Dann stellte er den Koffer ab und holte aus seiner Gesäßtasche das weiße Taschentuch, das er immer dabeihatte, und tupfte sich die Schweißperlen von der Stirn.

Evie und der ausgemergelte streunende Hund führten die Gruppe an, als sie dem Hafen den Rücken kehrte und den Weg zu Nitsas Hotel einschlug, wo Stephen übernachten würde.

Es war ein typischer Inselmorgen. Im Rücken spürten sie die sanfte Brise vom Hafen, unter den Füßen das rissige Pflaster der behelfsmäßigen Straßen. Der Duft von Gischt,

Geißblatt und frischen Rosmarinsträuchern stieg ihnen in die Nase. Und wohin sie auch schauten, kamen *yia-yias* heran und küssten, umarmten und drückten den gerade eingetroffenen Amerikaner. Stephen, der schon kaum wusste, was er mit Popis überschäumender Zuneigungsbekundung anfangen sollte, hatte noch weniger Ahnung, wie er sich dem gegenüber verhalten sollte, was noch auf ihn zukommen würde.

Verdammt, dachte Daphne und unterdrückte das Kichern, das sich in ihrer Kehle aufbaute. Ich habe vergessen, ihn zu warnen.

Als sich die erste schwarz gekleidete Witwe näherte, hatte Stephen keine Ahnung, dass er das Ziel war, das sie anpeilte. Thea Paraskevi umkreiste ihre Beute eine Weile, wedelte mit den Händen in der Luft und kreischte und quiekte ihre Glückwünsche. Leider verstand Stephen nicht, dass sie ihn beglückwünschte, sondern bekam nur mit, dass eine verschrumpelte alte Frau in verblassten schwarzen Gewändern ihn anschrie und mit feuchten Küssen bedachte.

Daphne beobachtete vom Rande aus, wie jede *thea*, jeder *theo, jeder ksadelfos und jede ksadelfin,* die ihren Weg kreuzten, den makellos gekleideten *Amerikano*, der gekommen war, um ihre Daphne zu heiraten, gebührend willkommen hieß. Mit flehendem Blick bombardierte er Daphne mit SOS-Signalen, aber sie konnte den Strom von Gratulanten nicht aufhalten. Sie zuckte die Schultern und flüsterte: »Tut mir leid, ich weiß«, während ihr Verlobter immer wieder in seine Gesäßtasche fasste, um sich die feuchten Küsse von den Wangen zu wischen.

Schließlich waren sie beim Hotel Nitsa angelangt. Gerade als Stephen dachte, er hätte es überstanden, sei jetzt sicher vor der übereifrigen Schar von Inselbewohnern, betraten sie das glänzende Marmorfoyer, wo Nitsa darauf lauerte, sich auf ihn zu stürzen.

»*Ahoo*, da bist du ja!«, hallte Nitsas Reibeisenstimme vom weißen Marmor wider. »Komm her, komm zu Thea Nitsa. Komm, lass dich anschauen und begrüßen.«

Die Weingläser über der Bar zitterten bei jeder ihrer Bewegungen. Stephen stellte seinen Koffer im Foyer ab und sah aus, als wolle er auf der Stelle Reißaus nehmen, als Nitsa in ihrer weißen Schürze, ihrem Haarnetz und natürlich mit einer brennenden Zigarette in der Hand auf ihn zueilte. Sie war halb so groß wie er, dafür aber dreimal so voluminös und wild entschlossen, den amerikanischen Banker auf typische Errikousa-Art willkommen zu heißen.

»Schaut ihn euch an!«, kreischte Nitsa, als sie sein Gesicht mit beiden Händen umfasste. Der Geruch nach Tabak und Knoblauch, der an ihren Fingerspitzen haftete, erregten bei Stephen Brechreiz. »Schaut ihn euch bloß an! Er sieht aus wie Kennedy. Er *ist* Kennedy. Daphne, dein Verlobter sieht aus wie Präsident Kennedy.« Nitsa drückte ihre drei rundlichen Finger zusammen und bekreuzigte sich. »Möge Gott seiner Seele gnädig sein.«

»Danke«, stammelte Stephen und lächelte Nitsa an, unsicher, welche Reaktion in einer solchen Situation angemessen wäre. Kaum hatte er das Wort hervorgewürgt, nahm Nitsa erneut sein Gesicht zwischen ihre molligen Hände.

»Willkommen im Hotel Nitsa«, begrüßte sie ihn, wirbelte ihre Arme herum und streckte sie zum Himmel hoch. »Ich…«, verkündete sie mit klopfendem Herzen, »…bin Nitsa.«

»Ich freue mich, dich kennenzulernen«, erwiderte er.

»Du gehörst jetzt zur Familie, und ich werde dafür sorgen, dass du dich wie zu Hause fühlst. Ella. Du bist sicher müde, ich zeige dir dein Zimmer. Es ist das schönste, das wir haben.«

»Ich warte hier mit Evie«, rief Popi, griff nach Evies Hand und steuerte auf die Bar zu, wo sich eine neue Gruppe australischer Touristen gerade eisgekühlten Mythos genehmigte. »Lasst euch Zeit, ich passe auf sie auf.«

Daphne und Stephen folgten Thea Nitsa einen langen weißen Flur entlang, bis zur letzten Tür. Nitsa drehte den Türgriff der unverschlossenen Tür und führte sie in ein helles, sparsam möbliertes Zimmer, das aber blitzsauber war. Der Raum wurde vor allem durch das schmale Doppelbett beherrscht. Unter der erlesenen Häkeldecke, die als Tagesdecke über das Bett gebreitet war, lugten gestärkte und gebügelte Laken hervor. Daphne wusste, dass das winzige Rosettenmuster zu den komplizierteren Mustern gehörte und Nitsa diese Decke ganz besonderen Gästen vorbehielt. Außer dem Bett befanden sich nur wenige Möbelstücke im Zimmer, nur ein kleiner Schreibtisch aus dunklem Holz, auf dem sich eine kleine Vase mit zwei wunderschönen roten Rosen befand. Eine Glastür führte auf einen winzigen Balkon mit Meerblick.

»So, da wären wir.« Nitsa stand in der Tür, da für sie kein Platz im Zimmer war. Sie holte eine Zigarette aus ihrer Schürze, zündete sie an und blies den Rauch direkt in das winzige Zimmer. »Vielleicht ist dieses Hotel nicht so nobel wie die anderen Hotels, in denen du abgestiegen bist. Aber es ist das beste auf Errikousa, und ich hoffe, es gefällt dir und du fühlst dich hier wohl.«

»Ja, es ist perfekt, nicht wahr, Stephen?«, sagte Daphne von der Bettkante aus, wo sie die zarten Fäden der Rosettenblütenblätter befühlte. »Nicht wahr?« Sie erhob sich und öffnete die Balkontür, um den Zigarettenqualm zu vertreiben, denn Stephen hasste nichts mehr als Zigarettenrauch.

»Ja, es ist sehr hübsch. Danke, Nitsa.« Er inspizierte das Bad und streckte den Kopf heraus: »Eine Frage noch: Wie lange hat die Rezeption geöffnet?«

»Die Rezeption?«, lachte Nitsa. »*Ich* bin die Rezeption, bin rund um die Uhr hier, habe für meine Gäste stets geöffnet.« Sie schlug sich mit der linken Hand gegen die Brust und merkte nicht, dass Zigarettenasche auf ihr schwarzes T-Shirt gefallen war. »Wenn du irgendetwas brauchst, dann sag es Nitsa – und Nitsa wird sich darum kümmern.«

»Es gibt also keine Rezeption?« Er warf Daphne einen Blick zu.

»Nein. Keine Rezeption.« Daphne spielte mit ihrem Verlobungsring.

»Nun gut. Ich lasse euch beide jetzt allein, nochmals herzlich willkommen.« Bevor Nitsa die Tür hinter sich schloss, sagte sie: »Wenn du irgendetwas brauchst, dann wendest du dich an Nitsa, okay?«

»Danke.« Er entließ sie mit einem Nicken.

So enttäuscht Stephen über das Zimmer auch sein mochte, er besaß so gute Manieren, dass er es Nitsa gegenüber nie und nimmer zeigen würde. Eines musste Daphne ihrem Verlobtem zugestehen: Er war ein Gentleman. Er wartete an der Tür, bis Nitsas Schritte, die an ein Erdbeben erinnerten, sich immer weiter entfernten. Erst als er hörte, wie Nitsa unten an der Bar rief: »Hallo, mein lieber

Freund, hättest du noch gern einen Mythos?«, fühlte er sich in Sicherheit und traute sich zu reden.

»Nun, es ist nicht gerade das Vier Jahreszeiten, nicht wahr?« Als er auf dem Bett Platz nahm, knarzten die Sprungfedern.

»Ich weiß, es entspricht nicht dem, was du gewöhnt bist. Es ist einfach, aber es ist sauber. Und außerdem wirst du nicht viel Zeit hier verbringen«, sagte sie. »Erinnere dich daran, was ich dir gesagt habe. Schlichte Inseleleganz. Genau die wird hier gepflegt.«

»Nun, mit dem ›Schlicht‹ hast du allerdings recht.«

Er erhob sich vom Bett und öffnete den Reißverschluss des Kleidersacks. Fast genauso wenig wie Zigarettenrauch mochte er zerknautschte, ungepflegte Kleidung. Er öffnete die Tür des leeren Schranks. »Hey, wo sind denn deine Sachen?«

»In Yia-yias Haus, wo denn sonst?«

»Hier bei mir, deinem Verlobten.« Er hielt kurz inne. »Erinnerst du dich an mich?« Er deutete auf sich.

»Ach Stephen, ich habe es dir doch erklärt. Wir sind doch noch nicht verheiratet, erinnerst du dich?« Sie hob die Hand, an der ihr Verlobungsring steckte, und fuchtelte ihm damit vor der Nase herum.

»Du hast es also ernst gemeint.« Er trat hinter sie und drückte sie an sich. »Können wir wirklich nicht hier zusammen sein« – er deutete auf den Raum – »oder irgendwo anders?«

»Ja, ich habe es ernst gemeint.« Sie wandte sich ihm zu, schüttelte den Kopf und wedelte mit dem Finger, als wolle sie ihn tadeln.

»Hier geht es noch sehr traditionell zu, das habe ich

dir doch erklärt. Unverheiratet kann ich kein Hotelzimmer mit dir teilen, Liebster. Es geht einfach nicht. Alle würden sich das Maul zerreißen. Ich weiß, das hört sich albern an, aber so läuft es hier eben. Und erinnere dich daran, dass in Rom...«

»Darf ich dich daran erinnern, dass wir hier in Griechenland sind?« Er packte sie und warf sie aufs Bett, thronte über ihr, bevor er sie sanft auf die Lippen küsste. »Bist du sicher, dass es *nichts* gibt, was deine Meinung ändern könnte?«

»Mach es mir nicht noch schwerer, als es bereits ist.« Sie kniff die Augen zusammen und schüttelte den Kopf. »Hier herrschen noch die Traditionen. Ich weiß, das ist schwer zu verstehen, aber wenn ich hier bin, halte ich mich daran.«

All das hatte sie Stephen lang und breit in New York dargelegt. Sie hatte ihm erklärt, dass das moderne Leben noch keinen Einzug in Errikousa gehalten hatte, auch wenn Korfu, das lediglich elf Kilometer entfernt lag, im Vergleich dazu progressiv und weltoffen war. Aber Errikousa war in seiner eigenen provinziellen Zeitschleife verharrt. Bestimmte Traditionen, Vorurteile und Bräuche veränderten sich nie. Für die Fans von Errikousa machte gerade das den Charme der Insel aus – die Vorhersehbarkeit und Nostalgie. Doch für Außenstehende war es schwer, wenn nicht gar unmöglich, die Kultur der Insel zu verstehen.

»Es würde mir sehr viel bedeuten, wenn du während unseres Aufenthalts hier diese Traditionen respektieren würdest.«

»Ich weiß, Daphne. Das werde ich. Wenn es dich glücklich macht, werde ich es, das weißt du doch.« Er küsste sie, erhob sich, um zum Schrank hinüberzugehen, blieb dann aber stehen und drehte sich wieder zu ihr um. »Seltsam finde ich nur, dass du mir immer wieder vorgejammert hast, wie schwer dir diese Traditionen das Leben als Kind gemacht haben. Und jetzt als Erwachsene, da du endlich deine eigenen Entscheidungen treffen kannst, fühlst du dich eben diesen Traditionen wieder verpflichtet? Das ist für mich einfach schwer zu verstehen.« Er wirkte nicht verärgert, sondern einfach verwirrt ob dieses Widerspruchs.

»Ich weiß, und ich glaube, so habe ich es noch nie gesehen«, bemerkte sie und lächelte ihren Verlobten an. »Aber es geht hier nicht darum, dass ich eine griechische Schule besuchen muss, statt zu den Pfadfinderinnen zu gehen. Der Fall liegt anders. Natürlich lässt es sich nicht leugnen, dass vieles hier keinen Sinn ergibt. Aber vielleicht passt das zu meiner derzeitigen Stimmung. Ich bin es so leid, ständig irgendwelche Entscheidungen treffen zu müssen. Vielleicht erscheint es mir angenehm, der Tradition den Vorrang und sie für mich entscheiden zu lassen, zumindest für eine Weile.«

Sie strich ihren Rock glatt und zuckte die Schultern.

24

»Yia-yia...« Daphne riss das Gartentor auf und stellte überrascht fest, dass Yia-yia nicht neben der Feuerstelle saß. »Yia-yia?«

Die Haustür wurde knarrend geöffnet, und Yia-yia stand in der Tür. »*Koukla mou*, endlich bist du zurück. Ich habe dich so vermisst.«

»Yia-yia, *ella,* komm, ich stell dir Stephen vor. Ich habe so lange darauf gewartet, dass du ihn endlich kennenlernst.«

»*Ah, ne. O Amerikanos. Pou einai.* Wo ist er?« Die alte Frau ergriff Daphnes Hand und ging Stephen entgegen. Sie trug keine Schuhe, sodass die Umrisse ihrer entzündeten Fußballen durch ihre dünnen Strümpfe deutlich zu sehen waren.

Als sie sich zum Patio begaben, wo Stephen auf sie wartete, bemerkte Daphne, dass Yia-yia sich mehr als sonst auf sie stützte. Yia-yia war im Unterschied zu den anderen Witwen, bei denen sich alles ums Kochen und Essen drehte, ein Leichtgewicht. Obwohl es unmöglich war, dass Yia-yia in den vergangenen vierundzwanzig Stunden spürbar an Gewicht zugelegt hatte, war Daphne sich sicher, dass ihre Großmutter noch nie so schwer an ihrem Arm gehangen hatte.

Als sie auf Stephen zukamen, lächelte er höflich und streckte die Hand aus.

»*Te einai afto?* Was soll denn das?« Sie blickte von Stephen zu Daphne. »Daphne *mou*. Bitte, sag deinem jungen Mann, dass dies hier kein Geschäftsmeeting ist. Dies ist unser Zuhause.«

»Stephen, Liebling.« Daphne berührte mit den Fingerspitzen ihrer freien Hand seine Schulter. »Hier umarmen und küssen sich die Leute zur Begrüßung. Das Händeschütteln ist Geschäftsbeziehungen vorbehalten.« Sie blickte sich um und sah, wie Yia-yia, Popi und sogar Evie ihn anstarrten. »Das hier ist meine Familie.«

Stephen nickte wortlos und trat auf Yia-yia zu. Er legte die Arme um die alte Frau und drückte sie an sich. Yia-yia küsste ihn links und rechts auf die Wange. Stephen lächelte sie an, als sie sich aus seiner Umarmung löste, und seine perlweißen Zähne blitzten im Sonnenlicht. Yia-yia kniff die Augen zusammen und blickte ihn durchdringend an.

Daphne kaute an ihrer Unterlippe und beobachtete, wie Yia-yia Stephen tief in die Augen sah. Sie blickte durch seine Wimpern, durch das trübe Blau seiner Iris, durch die schwarzen Pupillen, offensichtlich direkt in seine Seele. Selbst die Bäume stellten das Rascheln ein, damit ihr leises Flüstern Yia-yia nicht von ihrer Aufgabe ablenkte.

»*Ah, kala.* In Ordnung.« Anscheinend hatte sie gesehen, was sie sehen wollte.

Während Daphne diese Szene verfolgte, überlegte sie unwillkürlich, was im Kopf der alten Frau vor sich ging. Daphne kannte Yia-yia gut genug, um zu wissen, dass sie nach etwas Bestimmtem gesucht hatte, als sie Stephen derart gemustert hatte. Bei Yia-yia gab es keine Zufälle. Alles bei ihr hatte Bedeutung – jedes Wort, jeder Blick, jedes Kännchen Kaffee.

»Popi, Evie ...« Daphnes Blick ruhte immer noch auf Yia-yia. »Warum führt ihr Stephen nicht im Garten herum und stellt ihn vielleicht auch Jack vor, okay? Bald gibt es Essen.« Sie wandte sich Stephen zu und lächelte. »Es dauert nur ein paar Minuten, und es ist gut, wenn du mit Evie zusammen bist. Wie du ja weißt, braucht sie immer etwas Zeit, um warm zu werden.«

»Aber klar.« Er blickte sich im Patio nach Evie um, die eine Spinne entdeckt hatte, die gerade zwischen den gekrümmten Ästen des Zitronenbaums ihr Netz wob. »Evie, kommst du?«, rief er. »Wo ist denn der berühmte Esel, von dem ich so viel gehört habe?«

»Schau«, sagte sie, und deutete auf das Spinnennetz. »Das ist Arachne.«

»Oh, eine Spinne. Nun, die haben wir ja in New York auch. Aber wir haben keine Esel oder Hühner, und wie ich gehört habe, gibt es hier jede Menge davon.«

»Nein, sie ist keine gewöhnliche Spinne.« Evie wandte endlich den Blick von dem Spinnennetz und blickte hoch zu Stephen. »Es ist Arachne. Sie ist ein Mädchen, das zu stolz war. Das hat Thea Popi mir erklärt. Athene hat sie bestraft und in eine Spinne verwandelt.« Sie schaute ihm direkt in die Augen, die Arme über der Brust verschränkt. »Das passiert einem, wenn man sich für besser hält als die anderen.«

»Nun, kleine Evie, du hast wirklich viel gelernt, seit du hier bist.« Während er dies sagte, flog etwas Kleines, Schwarzes über ihre Köpfe, direkt in das Spinnennetz. »Schau dir das an! Sie war so schlau, einen kleinen Freund in die Falle zu locken.« Stephen ging näher an das Spinnennetz heran.

Stephen und Evie beobachteten, wie sich die Fliege gegen die beengenden Fäden des Netzes wehrte. Ihr kleiner schwarzer Körper und ihre Flügel wanden sich und kämpften, bis die Fliege ermattete. Die Spinne jedoch rührte sich nicht von der Stelle. Sie saß auf der anderen Seite des Spinnennetzes, als warte sie, bis es Zeit zum Essen wurde.

»Evie, weißt du, was als Nächstes passiert? Diese Fliege dient als Dinner. Spinnen saugen das Blut von Insekten aus, die so dumm sind, in ihre Falle zu tappen. Das ist doch echt cool, oder? Wenn du mich fragst, diese kleinen achtbeinigen Viecher sind wirklich clever. Sie haben allen Grund, stolz zu sein, egal, was Athene davon hält.«

»Nicht immer.« Evie wandte sich Stephen zu, ihre Katzenaugen funkelten. »Thea Popi sagt, dass Arachne manchmal immer noch zu stolz ist. Und Yianni hat mir erklärt, dass sich jeder in Acht nehmen sollte, der zu stolz ist.«

»Nun, das hört sich wie ein guter Rat an«, erwiderte Stephen. »Aber vergiss nicht, mein kleines Mädchen, Stolz kann auch etwas Gutes sein – er kann dich anspornen, besser zu sein, die Beste zu sein. Und es ist nichts falsch daran, die Beste zu sein – schau dir nur deine Mom an.« Doch Evies berühmte Kurzzeitaufmerksamkeit war bereits erschöpft. Sie machte kehrt und rannte die Stufen zum Hühnerstall hinab, bevor Stephen noch etwas sagen konnte.

Als Evie davonrannte, hängte Popi sich an Stephen wie die Fliegen an den Honigtopf. Mit ihren dicken Fingern strich sie über seinen Bizeps. »Komm mit, ich zeige dir alles. Daphne hat mir erzählt, was für ein guter Geschäftsmann du bist, wie viel sie von dir gelernt hat. Ich habe eine

Bitte an dich. Schließlich sind wir ja bald miteinander verwandt, und in der Familie hilft doch einer dem anderen, nicht wahr? Ich habe eine Idee, aber auf diesen Inseln kann mir niemand weiterhelfen. Wollte ich lernen, wie man einen Fisch ausnimmt oder Käse herstellt, wäre das kein Problem, ich hätte alle Hilfe der Welt. Aber Geschäfte...« Popi kratzte sich mit der rechten Hand am Hals und am Kinn, die griechische Version der amerikanischen Mittelfinger-Symbolik. »Geschäft, *tipota... skata*. Scheiße.«

»Nun, du bist genauso ein Hitzkopf wie deine Cousine.« Stephen schüttelte den Kopf und lächelte sie an.

»Daphne und ich sind wie Zwillinge. Aber sie hatte das Glück, in Amerika aufzuwachsen. Hier haben wir nicht so viel Glück, haben nicht so viele Möglichkeiten, nur eine begrenzte Auswahl. Ich arbeite jetzt schon seit so vielen Jahren im Café, und ich weiß, ich kann mehr. Ich habe mich ruhig verhalten und gelernt. Ich weiß, ich könnte es schaffen, will mehr als nur für die *malakas* arbeiten, die den Likör panschen, Zigaretten rauchen, mit den Touristinnen ins Bett gehen und sich als große Geschäftsleute bezeichnen. Stephen, ich habe Ideen. Ich will wie meine Cousine sein, will wie Daphne sein.« Ihr Blick wanderte zu Daphne hinüber, verriet Sehnsucht und Liebe.

»Dann lass mal hören, was du für Ideen hast«, forderte er sie auf, als sie weitergingen.

Daphne sah zu, wie Popi Stephen mit sich führte. Sie spitzte die Ohren, um zu hören, was Popi gerade zu ihm sagte, aber es war nutzlos. Noch bevor Daphne auch nur ein Wort aufschnappen konnte, verschwanden sie im Hühnerstall. Und vielleicht, überlegte Daphne, war es besser so.

Daphne wandte sich erneut Yia-yia zu und hielt ihre mit

Altersflecken übersäte Hand noch etwas fester, bemühte sich, nicht zu fest zuzudrücken, weil sie wusste, welche Schmerzen Yia-yia die geschwollenen Gelenke bereiten konnten. Yia-yia ergriff als Erste das Wort.

»Das ist also dein Amerikaner.«

»In einer Woche wird er *unser* Amerikaner sein.«

»Nein, nicht meiner, definitiv nicht meiner.« Yia-yia schüttelte den Kopf.

»Warum? Was stimmt nicht? Stimmt etwas nicht mit ihm?«

»Ja, etwas stimmt ganz und gar nicht, Daphne. Er ist zu mager, genau wie du. Dieser Mann hat so viel Geld und kann es sich nicht leisten, Essen zu kaufen. Manchmal verstehe ich die Amerikaner nicht. *Tss, tss, tss.* Komm, wir schauen mal nach dem Stew, es darf nicht anbrennen.« Und damit schien Yia-yias Analyse von Stephen beendet zu sein.

Daphne wollte so gerne wissen, was Yia-yia beim Blick in Stephens Augen gesehen hatte. Und es gab noch viel mehr, worüber Daphne mit Yia-yia reden wollte, so viel, was sie fragen wollte. Warum sie darauf bestanden hatte, *stifado* zuzubereiten, obwohl sie wusste, dass es Tage brauchen würde, bis sich ihr gebrechlicher Körper davon erholt haben würde. Warum hatte ihr Yia-yia nach all den Jahren, in denen sie ihr Geschichten erzählt und Geheimnisse mit ihr geteilt hatte, nicht die Geschichte von Dora und den Ereignissen während des Kriegs erzählt? Daphne wusste, sie konnte ihre Großmutter alles fragen, und sie würde ihr die Wahrheit sagen. Aber je mehr sie darüber nachdachte, was die Wahrheit tatsächlich enthüllen würde, desto ängstlicher wurde sie. Während sie den Patio durchquerten, ging

Daphne in Gedanken immer wieder die Fragen durch, die sie stellen wollte, überlegte, wie sie diese in Worte fassen sollte und wie wohl die Antworten ausfallen würden.

»Schau, *koukla*.« Daphnes innerer Monolog wurde unterbrochen, als Yia-yia auf den Zitronenbaum deutete. »Schau, Daphne, es ist genauso, wie ich es dir gesagt habe. Wie ich es Evie erklärt habe.«

Yia-yia zeigte auf das Spinnennetz, dasselbe, das Evie zuvor entdeckt hatte. An einem Ende des kunstvollen Netzes befand sich ein klaffendes Loch, durch das die Fliege entkommen war.

»Weißt du, Daphne *mou*«, sagte Yia-yia, »Selbstüberschätzung ist sehr gefährlich. Ein Moment der Unachtsamkeit genügt, und die kostbare Beute ist getürmt, auch wenn deine Falle noch so raffiniert war.«

25

»Komm, ich erledige das.« Daphne beugte sich über die Feuerstelle und hob den schweren silberfarbenen Topf vom Metallrost.

»*Entaksi*, danke dir, *koukla mou*. Pass auf, dass du das Isolierband nicht kaputt machst.« Yia-yia saß immer noch in Strümpfen auf ihrem Holzstuhl.

»Ich weiß.« Daphne spürte jeden Muskel unter dem Gewicht des Eintopfs. Sie drehte und drehte den Topf und achtete darauf, dass der Deckel fest verschlossen blieb, und das Band, das Yia-yia am Deckel befestigt hatte, um den Dampf nicht entweichen zu lassen, intakt blieb. Obwohl Daphne seit Jahren keinen *stifado* mehr zubereitet hatte, wusste sie, dass das Geheimnis eines reichhaltigen, schmackhaften Stews darin bestand, den Dampf nicht entweichen zu lassen, damit der Essig im köchelnden Stew für eine pikante Sauce sorgte.

Daphne setzte den Topf wieder auf den Metallrost.

»Möchtest du Kaffee?«, erkundigte sich Yia-yia und zupfte ein paar lange graue Strähnen zurecht, die sich aus ihren Zöpfen gelöst hatten.

Daphne beugte sich vor und strich Yia-yia die Haarsträhnen hinters Ohr. »Wenn du magst, wasche ich dir heute Abend die Haare und flechte deine Zöpfe neu«, bot sie ihrer Großmutter lächelnd an, denn sie wusste, dass es Yia-yia aufgrund der schmerzenden Gelenke immer schwerer fiel, ihr langes Haar in Zöpfe zu flechten.

»Danke, *koukla mou*«, nickte Yia-yia zustimmend. »Hast du Hunger?«

»Ja, aber ich kann mich gedulden, bis der *stifado* fertig ist.« Daphne zog ihren Stuhl näher zu Yia-yia ran und nahm Platz. Vom Garten drangen Evies übermütige Schreie zu ihnen hoch.

»Was ist los, Daphne *mou*? Stimmt etwas nicht?« Yia-yia konnte in Daphnes Gesicht wie in einem Kaffeesatz lesen.

»Yianni hat mir alles erzählt.«

»Ah, *kala*, in Ordnung.« Sie schloss die Augen. »Ich dachte mir schon, dass er es tun würde.«

»Warum, Yia-yia? Warum hast du's mir nie erzählt? Warum hast du das vor mir geheim gehalten? Ich habe immer gedacht, wir würden uns alles sagen, es gäbe keine Geheimnisse zwischen uns.«

Yia-yias Augen waren gerötet, ihr Blick wehmutsvoll. »Daphne *mou,* das war kein Geheimnis, sondern unsere Geschichte. Du hast deine eigene.« Yia-yias Stimme klang leise, fast unhörbar. »Daphne *mou*. *Koukla.* Es ist ein schrecklicher Tag, wenn ein Mensch erkennen muss, dass es das Böse in der Welt gibt, dass der Teufel unter uns lebt. Ich erfuhr dies in dem Augenblick, in dem ich in Doras entsetzte schwarze Augen blickte und erkannte, was jene Männer ihr angetan hatten, ihr geraubt hatten. Diese Bestien glaubten, sie hätten das Recht, Menschen auszulöschen, wie man abends ein Feuer ausmacht oder in der Kirche eine Kerze ausbläst. Sie hatten bereits zu viele Leben vernichtet, zu viele Familien zerstört. Ich konnte nicht zulassen, dass sie es erneut taten. Und aus was für einem Grund? Nur weil Doras Volk seinen Gott bei einem anderen Namen rief? Gott beurteilt uns nicht nach dem Namen, den wir ihm geben. So werden wir nicht beurteilt.«

Daphne nahm Yia-yias Hand in ihre und beobachtete, wie die erste Träne ihre eingefallene Wange hinunterrollte, den Weg bereitete für die Tränen, die folgen würden. Aber Yia-yia ließ Daphnes Hand nicht los, um sich die Tränen abzuwischen. Sie hielt die Hand ihrer Enkelin noch fester umklammert.

»Manchmal gieren diese Monster nicht nur nach Blut. Sie wollen ein kleines Stück unserer Seele – aber auch das ist gefährlich, manchmal sogar noch gefährlicher. Selbst das zu geben, ist zu viel.« Endlich hob sie den gekrümmten, vernarbten Zeigefinger und wischte damit die Tränenspuren unter ihren Augen weg. »Hätte ich Dora an jenem Tag nicht geholfen, wäre es ihnen gelungen, sich auch meiner Seele zu bemächtigen. Und das konnte ich nicht zulassen.«

Yia-yias Stimme gewann jetzt wieder an Stärke, wurde deutlicher, kraftvoller und leidenschaftlicher. »Manchmal findet man bei der Konfrontation mit diesen Ungeheuern seine Kraft, seine Entschlossenheit.« Sie ließ den Blick zum Horizont schweifen. »Ich wusste nicht einmal, dass ich beides besaß, hätte diese Eigenschaften gar nicht besitzen sollen. Aber ich entdeckte sie an jenem grauenhaften Tag im Judenviertel.«

Sie zog Daphne näher an sich heran. Und genau wie sie es vorher mit Stephen getan hatte, blickte sie in die Tiefen der schwarzen Olivenaugen ihrer Enkelin. Diese Augen strahlten so viel Lebendigkeit und Klarheit und gleichzeitig doch so viel Verwirrung und Unsicherheit aus, wie es ihre eigenen einst getan hatten. »Daphne, manchmal werden wir stärker, wenn wir dem Teufel begegnen. Erst wenn du vor ihm stehst, weißt du, wie stark du bist, wer du wirklich bist und wozu du fähig bist.«

»Deshalb steht ihr, du und Yianni, euch so nahe. Er fühlt sich in deiner Schuld ... weil du seine Familie gerettet hast.«

»Nein, ich habe sie nicht gerettet.« Diese voller Überzeugung vorgebrachte Äußerung verblüffte Daphne. »Sie haben mich gerettet.«

Es gab so vieles, das sie von ihrer Großmutter nicht wusste, so vieles, wonach sie nie gefragt hatte, weil sie es nicht für wichtig genug gehalten hatte. Sie hatte immer vermutet, dass Yia-yia ihr während all der Jahre, in denen sie hier zusammensaßen und Daphne den Geschichten über Hades, Medusa und die erbarmungslosen Erinnyen lauschte, die alten Mythen nur erzählt hatte, um ihnen die Zeit zu vertreiben. Doch jetzt erkannte Daphne, dass hinter diesen alten Geschichten viel mehr steckte. Yia-yia war, genau wie die größten Helden dieser Geschichten, mit dem mythischen Bösen selbst konfrontiert worden.

»Wie haben sie dich gerettet?«

Yia-yia ließ Daphnes Hand los und lehnte sich auf ihrem Stuhl zurück. »Wie sie mich gerettet haben? Wie sie mich gerettet haben?«, wiederholte sie immer und immer wieder.

Daphne entdeckte einen melodiösen Unterton in ihrer Stimme. Einen Augenblick lang schien es, als ob Yia-yia mit einem Klagegesang antworten wollte. Aber Daphne kümmerte es nicht. Sie wollte einfach nur Antworten hören. Daphne beugte sich vor, legte die Hände ineinander, war voller Erwartung, die Worte zu vernehmen, die das große Geheimnis lüften würden. Seit Yianni die erste Beschreibung des lebhaften Judenviertels gegeben hatte, war sie begierig, mehr darüber zu erfahren. Sie musste jetzt unbedingt Yia-yias Version hören, damit sie die Geheimnisse der Insel besser verstehen konnte, das Geheimnis, das ihre Großmutter so viele Jahre lang mit sich herumgetragen hatte – vielleicht würde sie dann auch besser verstehen, wie ihr Leben und diese Legenden auf so unerklärliche Weise miteinander verwoben waren.

Doch während Daphne darauf wartete, dass Yia-yia dieses Rätsel lösen würde, wurden die Stimmen von unten lauter. Sie konnte jetzt Evies Gekicher deutlicher hören und sogar einiges von Popis Geplapper verstehen, wie zum Beispiel *Gelegenheit*, *Investition* und *Risiko*. Daphne war überrascht, dass Popi diese Begriffe kannte.

»Wie haben sie dich gerettet?«, fragte Daphne noch einmal, begierig, die Antwort zu hören, bevor die anderen bei ihnen waren. Aber es war zu spät.

Sie hörten das Trippeln von Evies Ballerinas, als sie die letzten Stufen hochsprang, über den Patio rannte und auf Yia-yias Schoß hüpfte.

»Pass auf, Evie.« Daphne war enttäuscht, dass ihre Unterhaltung mit Yia-yia so unvermittelt beendet war. Jetzt würde sie nicht mehr erfahren, was Yia-yia ihr sagen wollte. Sie musste bis heute Abend warten, wenn sie mit ihrer Großmutter allein sein würde. Erst dann konnte Daphne auf dieses Thema zurückkommen.

Auf dieser Insel gab es nicht viele Geheimnisse, nicht viele geflüsterte Unterhaltungen. Hier wurde alles geteilt und über die Baumwipfel weitergetragen: Neuigkeiten, Rezepte, Wetterberichte und Klatsch. Mochte diese Kommunikationsmethode auch primitiv anmuten, sie war hier üblich – die Menschen brauchten einander. Sie mussten über die Angelegenheiten des anderen Bescheid wissen; nicht nur mangels anderer Unterhaltung, sondern, um zu überleben. Aber diese Unterhaltung war anders. Evie war zu jung, Popi zu leichtfertig, und die griechische Kultur und ihre Bräuche waren ungewohnt für Stephen. Nein, dieses Gespräch würde allein zwischen Yia-yia und Daphne stattfinden, wenn die Glut in der Feuerstelle erloschen war.

»Darf ich? Darf ich? Darf ich?«, fragte Evie immer wieder und schaukelte auf Yia-yias Knien auf und ab, die, wie Daphne zuvor bemerkt hatte, heute etwas geschwollener waren als sonst.

»Evie, sachte, sachte. Hör auf.« Daphne streckte den Arm aus, um die akrobatischen Verrenkungen des kleinen Mädchens zu beenden. »Du tust Yia-yia weh. Hör auf.«

»Es ist in Ordnung, Daphne *mou*. Dieses Kind kann mir nicht wehtun. Es ist meine beste Medizin.« Yia-yia strich mit ihren knotigen Fingern durch Evies Haar.

»Dann darf ich also auf Jack reiten?«, bettelte Evie.

»Später, Liebes, versprochen. Stephen ist gerade erst hier eingetroffen, es ist nicht höflich, ihn allein zu lassen. Er will Zeit mit dir verbringen, hat dich vermisst.«

»Wenn er mich so sehr vermisst hat, warum spielt er dann mit Thea Popi und nicht mit mir?«

Obwohl Evie Englisch gesprochen hatte, nickte Yia-yia zustimmend. Sie brauchte die Sprache nicht zu beherrschen, um zu verstehen, was los war. Die alte Frau konnte mühelos in den Gesichtern ihrer Lieben lesen.

»Stephen, lass dich nicht von Popi vereinnahmen, denn alle wollen dich kennenlernen«, rief Daphne ihm zu.

»Nein, ist schon okay. Deine Cousine hat tolle Ideen.«

»Ja, ja, tut mir leid. Ich wollte dich nicht so sehr beanspruchen, schließlich wollen wir hier Hochzeit feiern. Daphne, tut mir wirklich leid, du bist die Braut, und es ist jetzt deine Zeit. Meine Zeit wird auch noch kommen, ich weiß es. Und da wir jetzt eine Familie sind, bleibt nach der Hochzeit jede Menge Zeit für Geschäftliches. Wie lautet noch mal das Wort...« – Popi durchforstete ihr Gedächtnis nach dem richtigen Begriff – »ah ja, jetzt hab ich's: Fusion.« Sie klatschte aus Freude über ihre erfolgreiche Wortfindung in die Hände. »Ja, eine Familienfusion, was bedeutet, dass auf uns alle große Dinge zukommen. *Ella.*« Popi hob die Arme über den Kopf und klatschte erneut in die Hände. »Und nun lasst uns essen.«

Daphne beobachtete, wie Popi zum Tisch tänzelte. Sie hätte schwören können, dass ein bisschen zusätzliches Olivenöl ihre Hüften schmierte, als sie sich anmutig hin und her wiegte.

»Danke, dass du sie erträgst. Manchmal ist sie etwas anstrengend, aber sie ist ein guter Mensch und meint es gut«, flüsterte Daphne Stephen zu.

»Ich ertrage sie keineswegs, sie ist wirklich eine erstaunliche Person.« Stephens Blick folgte Popi, die gerade am Tisch Platz nahm. »Sie hat ein paar gute Ideen, wirklich gute Ideen.« Er lachte, als wäre er überrascht, dass es hier noch mehr als Hühner, Fliegen und Eselsdung gab. »Daphne, sie ist ein kluges Mädchen, wie du.« Er drückte ihre Hand. »Das wird eine tolle Hochzeit... wie deine Cousine sagte, eine richtige Familienfusion.«

»So, nun wird aber gegessen. Genug von Geschäften für heute.« Daphne klatschte in die Hände und forderte alle auf, Platz zu nehmen.

»Das Besondere an diesem Stew ist der Duft, der einem in die Nase steigt, wenn man den Deckel öffnet. Es ist unglaublich. Komm, du wirst es mögen.« Sie lächelte Stephen an und geleitete ihn zu seinem Platz.

»Daphne, ich meine es ernst.« Er beugte sich ganz nah zu ihr und legte die Hände auf ihre Schultern. »Wenn alles gut läuft, werden wir bald das berühmteste Paar in ganz New York sein, ja, in Griechenland. Ich habe große Pläne für uns.«

Solange man sich erinnern konnte, wurden seit Generationen die Hochzeiten auf der Insel nicht nur aus Liebe gefeiert, sondern auch wegen des wichtigen Zusammenschlusses zweier Familien. Nirgendwo galt der Spruch »Gemeinsam sind wir stark« mehr als hier. Die Familien, die durch Heirat miteinander verbunden waren, teilten ihre Ernte, ihr Vieh und alles Lebensnotwendige. Daphne hatte zusammen mit Yia-yia und Popi an sehr vielen Hochzeitsfeiern teilgenommen. Da war die Hochzeit in jenem Sommer, als Daphne neun war... Nie würde sie vergessen, wie sie zusammen mit einer bunten Parade von Frauen die unbefestigten Straßen entlanggetänzelt war. Auf dem Kopf balancierten sie Kleiderbündel, Decken und Handtücher und vollzogen damit das *rouha*, ein schönes Ritual, bei dem die Frauen der Insel den Besitz der Braut ins Heim ihres frisch angetrauten Ehemannes trugen. Sie erinnerte sich auch an die Demütigung, die sie mit zwölf erlitten hatte: Sie trug ein Kilo Reis auf dem Arm, um Braut und Bräutigam beim Auftauchen aus der Kirche damit zu bewerfen. Stattdessen rutschte ihr der Reis aus der Hand und rieselte über den Rücken von Thea Anna, die anlässlich der Hochzeit ihr »gutes Kleid« trug. Im Lauf des Abends lösten sich immer wieder Reiskörner aus ihrem Mieder und ergossen sich über die Tanzfläche. Aber am meisten prägten sich ihr die Hochzeitsgeschichten ein, die Yia-yia ihr aus ihrer Kindheit erzählt hatte. Sie erinnerte sich zum Beispiel daran, dass am Morgen nach der Hochzeitsnacht blutbefleckte Laken am Olivenbaum hingen und im Wind flatterten.

Bei Daphnes Hochzeit würde es keine tanzenden Frauen geben, die ihre Habseligkeiten auf den Köpfen balancierten, kein Kilo Reis zum Werfen, denn sie hatte auf Rosenblüten bestanden, und ganz bestimmt keine blutbefleckten Laken als Beweis ihrer Jungfräulichkeit. Keine Mitgift, kein Vieh, keine Wäsche, kein Land würden den Besitzer wechseln. Ihre Hochzeit würde keineswegs eine typische Errikousa-Hochzeitsfeier werden, sondern modern und elegant sein – *Amerikanico*. Aber nachdem sie mitbekommen hatte, wie Stephen sich von Popi einwickeln ließ und wie aufgeregt er wegen der neuen Geschäftsprojekte war, die sich am Horizont abzeichneten, musste Daphne sich unwillkürlich eingestehen, dass sie in mancher Hinsicht weitaus stärker den Traditionen verhaftet war, als sie sich hätte vorstellen können – und dass diese ebenfalls Teil ihrer Mitgift waren.

Als das Stew schließlich fertig war, bestand Yia-yia darauf, dass sie am Tisch unter dem Olivenbaum speisten. Aber das war Yia-yias einzige Konzession an die amerikanische Förmlichkeit. Der runde Laib Bauernbrot lag in der Mitte des Tisches, und es war üblich, sich Stücke davon abzubrechen. Es würde kein zartes Porzellangeschirr und keine Servierplatten geben. Der alte verbeulte Topf wurde direkt vom Feuer mitten auf den Tisch gestellt, und Daphne würde das Stew verteilen.

»Er ist fertig, du kannst das Band abnehmen«, verkündete Yia-yia und gab Daphne zu verstehen, dass sie jetzt das verschmorte Band vom Deckel entfernen konnte.

»Warum tust du das?« Stephen beugte sich vor, um besser sehen zu können. Er hatte unzählige Stunden bei Daphne in ihrer Küche im *Koukla* verbracht, aber noch nie erlebt, dass sie bei der Zubereitung eines Gerichts ein Isolierband benutzte.

»Es soll den Geschmack bewahren«, erklärte Popi. »Wir kennen hier spezielle Tricks, wunderbare Tricks.« Sie erhob sich, wobei sie um ein Haar mit ihren Hüften den Stuhl umgestoßen hätte. Sie beugte sich über den Tisch, griff nach dem runden knusprigen Brotlaib und hielt ihn Stephen unter die Nase. »Da, riech mal«, befahl sie ihm.

Stephen gehorchte ihr. »Das ist köstlich.«

»Ja, das ist es«, nickte Popi eifrig. »Weißt du, Cousin Stephen, wir nehmen hier die Gastfreundschaft sehr ernst. Für unsere Gäste tun wir alles.«

»Es ist köstlich. Einfach köstlich.« Er brach ein Stück Brot ab und tauchte es in die reichhaltige Sauce. »Und ich mag diese kleinen Zwiebeln.« Er stach mit der Gabel in das Stew und beförderte eine vollkommene kleine, runde Perlzwiebel zutage. »Köstlich.« Stephen verschlang sein Stew und tupfte sich mit der Papierserviette den Mund, während Daphne seine Schale nochmals füllte. »Daphne, ganz im Ernst. Du musst das unbedingt auf die Speisekarte des *Koukla* setzen. Sobald du wieder dort bist.«

»Iss jetzt erst mal in Ruhe, okay?« Daphne gab ihm noch einen Nachschlag.

»Okay. Aber wenn dieser kleine Urlaub vorbei ist, müssen wir über vieles reden.«

Yia-yia beobachtete, wie Stephen das Stew verschlang, mit dem sie sich schon seit dem Morgengrauen abgemüht hatte. Sie beugte sich vor und flüsterte Daphne ins Ohr. »Dein junger Mann hat einen guten Geschmack. Aber hast du ihn auch wegen der kleinen Zwiebeln, die ihm so schmecken, gewarnt?«

Daphne hielt sich die Hand vor den Mund und lachte. Sie schüttelte den Kopf.

»Ah, *kala*. Er wird eine schöne Erinnerung an seinen ersten Tag auf Errikousa mitnehmen«, murmelte Yia-yia.

Das war zu viel für Daphne. In dem Versuch, das Lachen zu unterdrücken, zog sie die Lippen nach innen und biss darauf. Sie senkte den Kopf, sodass ihr das Haar ins Gesicht fiel. Der Schleier schwarzer Locken, der ihre Gesichtszüge verdeckte, hätte vielleicht den Zweck erfüllt, ihr Lachen zu verbergen, doch da sich ihr gesamter Körper vor Lachen schüttelte, war sie enttarnt.

»Was ist denn so lustig?« Stephen spießte noch eine Perlzwiebel auf und nahm sie mit den Zähnen von der Gabel.

»Nichts.« Daphne versuchte, sich zusammenzureißen, aber ein Blick zu Yia-yia genügte, um erneut in Kichern auszubrechen.

»Also wirklich, was ist denn so lustig?«, fragte er erneut.

»Es sind die Zwiebeln«, kam Popi ihm zu Hilfe und füllte wieder ihr Bierglas.

»Was ist denn so lustig an den Zwiebeln?«

»Sie... Wie soll man es ausdrücken...« Popi klopfte mit der Gabel gegen das Glas, während sie nach dem richtigen Wort suchte. »Sie... verursachen Luft.«

»Hm?« Stephen nahm einen Schluck Bier.

»Sie verursachen Luft.« Popi fuchtelte mit den Armen, als ob sie das passende Wort dem Wind entreißen könnte.

»Sie verursachen Blähungen.« Daphne genehmigte sich einen großen Schluck Mythos, unsicher, wie Stephen auf die Wende, die die Unterhaltung nahm, reagieren würde. Er besaß zwar Humor, doch dies waren trübe Gewässer für ihn. Unterhielt man sich mit Griechen, gab es keine Tabus, nichts wurde je als zu ordinär, unpassend oder sogar als zu risqué für eine Unterhaltung am Esstisch angesehen. Die Körperfunktionen eigneten sich als Grundlage für urwüchsigen Humor, und die Griechen schienen es zu lieben, immer etwas über die Schicklichkeit hinauszugehen.

»Fürze!«, brüllte Popi und knallte die leere Flasche Mythos auf den Tisch. »Genau das ist das Wort, das ich suche: Fürze!«

Daphne ließ erneut ihren Haarschleier herunter.

Popi legte die Hand auf Stephens Schulter und beugte sich näher zu ihm. »Cousin, sei froh, dass du hier im Freien mit uns bist und nicht bei einem deiner bedeutenden Meetings. *Stifado* ist so köstlich.« Sie fuhr sich mit der Zunge über die Lippen. »Aber nicht gut fürs Geschäft.«

Und anscheinend eignete sich das Stew auch nicht als Gesprächsstoff beim Essen, wie man aus der Art und Weise schließen konnte, wie Stephen auf seinem Stuhl hin und her rutschte und sich mit dem Taschentuch die Stirn betupfte.

26

Nachdem sich alle den Bauch mit *stifado* vollgeschlagen hatten, bestand Daphne darauf, dass Yia-yia sitzen blieb und sie es übernahm, den Tisch abzuräumen. Daphne wusste, wie viel Arbeit der Eintopf für ihre Großmutter bedeutet hatte, und wollte nicht, dass diese sich noch mehr verausgabte. Die Essensreste auf den Tellern sammelte sie in einer großen Schüssel für Nitsas Schweine. Daphne stellte jedoch fest, dass wenig übrig geblieben war. Der *stifado* war einfach zu köstlich gewesen, um etwas übrig zu lassen. Sie hatte Mitleid mit den Schweinen, deren abendlicher Fraß heute eher karg ausfallen würde. Als sie Stephens Teller aufnahm, lachte sie laut auf, denn er hatte alles aufgegessen, außer den winzigen Perlzwiebeln, die an den Rand geschoben waren.

»Daphne *mou*, ich bleibe einen Moment lang hier sitzen und erhole mich ein bisschen. *Efharisto.*« Yia-yia saß da, die Hände im Schoß gefaltet und beobachtete, wie Stephen, der Neuzugang in ihrer Familie, es anstellte, sich mit ihren anderen Gästen bekannt zu machen. Wie jede gute griechische Gastgeberin hatte sie immer genug Vorräte zu Hause, um das gesamte Dorf sättigen zu können. Und wie in jedem guten griechischen Dorf ließen sich die Dorfbewohner nicht zweimal bitten und nahmen die Gastfreundschaft sehr gerne an.

Nitsa kam als Erste. Ihre schweren Schritte kündigten ihre Ankunft an, noch bevor sie das quietschende Gartentor öffnete. Nitsa hatte Vater Nikolaos und seine gesamte Familie im Schlepptau sowie ein halbes Dutzend von *theas* und *theos*, die unbedingt Daphnes reichen Amerikaner kennenlernen wollten.

»Stephen, wie gefällt dir dein erster Tag auf unserer schönen Insel?« Stephen wappnete sich, als Nitsa auf ihn zukam. Mit der Zigarette in der Hand schlang sie die Arme um ihn und drückte sein Gesicht fest an ihren Busen.

»Großartig, einfach großartig«, würgte er hervor, obwohl ihm Nitsas gigantische Brüste jegliche Luftzufuhr blockierten.

»Wenn du gestattest, Thea Nitsa«, sagte Daphne und befreite Stephen aus ihrem Griff, bevor der Sauerstoffmangel sich fatal auf ihren Verlobten auswirkte, »ich muss dir meinen Verlobten entführen, muss ihn Vater Nikolaos und Presbytera vorstellen.«

»Danke«, flüsterte er mit hochrotem Gesicht, als sie ihn von Nitsa wegzog.

»Gern geschehen.« Daphne lachte und führte ihn zum Tisch zurück, wo Yia-yia sich jetzt in Gesellschaft von Vater Nikolaos, seiner Frau und ihrem Baby befand.

Daphne ergriff die Hand des Priesters und küsste sie. »Vater, das ist mein Verlobter Stephen.«

»*Yia sou*«, sagte Stephen, und der Priester streckte die Hand aus. Statt jedoch die Hand des Priesters zu küssen, wie es Brauch war, schüttelte Stephen sie, als ob er ein Geschäft abschließen würde. Falls Vater Nikolaos sich gekränkt fühlte, zeigte er es nicht. Er lächelte einfach nur, hob die rechte Hand und machte zwischen Daphne und

Stephen das Kreuzzeichen in die Luft. »Gott segne euch«, war alles, was er auf Englisch sagen konnte.

»Sie ebenfalls«, erwiderte Stephen.

»Stephen, das ist Presbytera. Sie war so freundlich, uns anzubieten, den Brautkranz aus Wiesenblumen zu flechten. Ist das nicht wunderbar? Das ist ein wahrer Segen.«

»*Yia sou*, Stephen.« Presbytera stand vor ihm, das quietschende, strampelnde Baby auf der Hüfte, und küsste Stephen auf beide Wangen. »Daphne, sag deinem jungen Mann, dass wir glücklich und geehrt sind, ihn auf unserer Insel und im Haus Gottes willkommen zu heißen. Ich bete dafür, dass Agios Spyridon über ihm wacht und Gott euch viele Kinder und viele gesunde und glückliche Jahre schenkt.«

Daphne übersetzte Presbyteras Wünsche für Stephen. Dieser lächelte höflich.

Als sich ein malerischer Sonnenuntergang ankündigte, löste sich die Willkommensparty für Stephen auf. Es war ein langer Nachmittag gewesen, bei dem man viel gegessen und gelacht hatte und Daphne die ganze Zeit damit beschäftigt gewesen war, ihrem Verlobten all die guten Wünsche zu übersetzen.

»Glückwunsch.«

»Willkommen in der Familie.«

»Willkommen in Griechenland.«

»Gott möge dich segnen.«

»Warum bist du so mager?«

»Bist du deshalb so reich, weil du kein Geld für Essen ausgibst?«

»Wie reich bist du eigentlich?«

»Mein Sohn möchte gern nach Amerika gehen. Kannst du ihm einen Job besorgen?«

Als der Austausch von Höflichkeiten sowie das Essen schließlich beendet waren, stand Daphne allein am Rand des Hofes und beobachtete, wie die Sonne hinter den weit entfernten Klippen des Ionischen Meers verschwand und ins magische goldene Licht eintauchte. Sie blickte sich um und versuchte, den Augenblick festzuhalten. Da war Yia-yia, die bei der Feuerstelle kauerte und Kaffee zubereitete. Evie spielte in aller Ruhe in einer Ecke mit ihrem Lieblingsküken; ihr Kätzchen hatte sich in ihrem Schoß zusammengerollt. Unter dem Olivenbaum steckten Popi und Stephen die Köpfe zusammen, waren wieder intensiv in ein Gespräch vertieft.

Als der letzte Schimmer der orangenen Sonnenkugel hinter dem Horizont verschwand, wollte Daphne sich gerade Yia-yia zuwenden, um mit ihr Kaffee zu trinken, als sie das Gartentor quietschen hörte. Sie wandte den Kopf.

»*Yia sou*, Thea Evangelia.«

Es war Yianni. Er trug ein braunes Netz über der Schulter und einen großen weißen Eimer in der Hand. »Thea Evangelia...« Er ließ das Netz fallen, stellte den Eimer ab und bückte sich, um die alte Frau auf beide Wangen zu küssen. »Thea *mou*, heute Nacht hat mich das Meer reich beschenkt, meine Netze ungewöhnlich gefüllt. Ich dachte, da deine Familie jetzt größer geworden ist...« Er blickte sich im Patio um und sah, dass alle, Daphne, Evie, Popi und sogar Stephen, ihre volle Aufmerksamkeit auf ihn gerichtet hatten. »Ich dachte, vielleicht magst du von der Meeresbeute etwas abhaben.«

»Ah, Yianni *mou*. Du bist immer so gut zu mir, so liebenswürdig.« Yia-yia schenkte ihm eine Tasse Kaffee ein, noch bevor er darum bitten konnte.

Daphne spürte erneut Unbehagen, merkte, wie sich ihr Nacken verspannte. Seit ihrer gemeinsamen Zeit auf dem *kaiki*, wo er ihr erzählt hatte, wie ihre Yia-yias gemeinsam den Krieg überlebt hatten, hatte sie an diesem Mann, den sie anfangs so heftig ablehnte, eine andere Seite entdeckt. Daphne sah Yianni nicht mehr als Gefahr an. Er stellte keine Bedrohung mehr dar. Als sie sich kennenlernten, hatte der bloße Gedanke an ihn wilde Erinnyen in Daphne entfesselt. Aber seit dem Augenblick, in dem er sich ihr geöffnet, sein *kaiki*, seine Geschichten und seine Seeigel mit ihr geteilt hatte, war dies nicht länger der Fall. Dieser geheimnisvolle Mann hatte nichts Furchterregendes an sich. Und genau wie die blutdürstigen Erinnyen, die von Rache genug hatten und sich in der Geschichte über Orestes letztlich als wohlwollend erwiesen, hatte Daphne das Gefühl, dass auch in ihrer Geschichte eine Wandlung vollzogen wurde.

»*Yia sou*, Yianni.« Die Ankunft eines alleinstehenden, interessanten Mannes genügte, um Popi von Stephen wegzulocken. »Yianni, das ist Stephen, mein Cousin und Daphnes Verlobter, der *Amerikano*«, verkündete Popi.

»Willkommen auf Errikousa. Ich hoffe, du wirst unsere Insel genauso lieben, wie wir es tun.« Yianni sprach Stephen direkt an, in perfektem Englisch.

»Du sprichst Englisch?« Stephen musterte Yianni von Kopf bis Fuß. Mit seiner tiefen Sonnenbräune und den ausgefransten Jeansshorts wirkte er wie ein Mann, der sein ganzes Leben auf offener See verbracht hatte und nicht in einem Klassenzimmer.

»Ja, ich spreche Englisch.« Yianni nippte an seinem Kaffee. »Ich habe an der Universität in Athen studiert und dann zur Columbia gewechselt.«

»Das wusste ich nicht, du hast nie erwähnt, dass du in New York gelebt hast.« Daphne trat einen Schritt vor. Sie hatte angenommen, sie habe auf ihrer Fahrt nach Korfu so viel über ihn erfahren. Doch jetzt hatte sie erneut das Gefühl, dass sie nichts wusste.

»Ich habe alte Sprachen studiert und war auf dem Weg, ein großer Professor zu werden.« Er lachte, aber es war ein nervöses Lachen, das Lachen eines Mannes, der versuchte, sich selbst genauso zu überzeugen wie die anderen. Dieses Mal hatte Daphne keine Probleme, ihn zu verstehen. Sie sah die Sehnsucht in seinen Augen, hörte die Enttäuschung in seiner brüchigen Stimme. Alles an diesem Mann war so fremd und doch so vertraut.

»Ich wollte nach Athen zurückkehren und der jüngeren Generation die Augen für die Weisheiten unserer Vorfahren öffnen.« Yianni lachte, weil alles so ehrgeizig klang, so sinnlos. »Aber es lief nicht nach Plan. Ich habe zwar an der Columbia studiert, aber nach einem Jahr aufgegeben.« Er ließ den Blick von Daphne zu Stephen wandern. »Das Ivy-League-Hochschulsport-Leben war nichts für mich. Ich bevorzuge das einfache Leben hier. Ich fühlte mich wie ein Fisch ohne Wasser, auch wenn sich das abgedroschen anhört.« Und wieder ließ er sein spezielles Lachen hören. »Aber es ist die Wahrheit.«

»Wann warst du denn dort – in New York, meine ich? Du hättest Kontakt mit mir aufnehmen können, Yia-yia hätte dir meine Adresse geben können.« Daphne war überrascht über die Aufrichtigkeit ihrer Worte.

»Daphne, das ist schon viele Jahre her, bevor ich deine Yia-yia kennenlernte, bevor ich auf diese Insel kam. Es scheint eine Ewigkeit her zu sein.«

»Was für ein Pech. Wir hätten uns schon vor einer Ewigkeit kennenlernen können.« Dieses Mal kam das Lachen von Daphne. Sie überlegte, wie angenehm es gewesen wäre, wenn sie in New York eine Verbindung zu Errikousa gehabt hätte. Daphne hatte immer das Gefühl gehabt, sich zwischen zwei Welten zu bewegen, zwischen der griechischen und der amerikanischen. Sie hatte sich immer gewünscht, es gebe eine Möglichkeit, die Kluft zwischen beiden zu überbrücken. Aber nach Mamas und Babas Tod gab es niemanden mehr in New York, bei dem sie sich als Griechin zu erkennen geben konnte; es war, als sei mit dem Tod ihrer Eltern auch ihre Identität gestorben.

»Ja, das ist wirklich Pech. Hätten wir uns dort getroffen, hätte ich New York vielleicht eine zweite Chance gegeben. Wäre vielleicht länger geblieben, hätte eine Veranlassung gehabt, mich anzustrengen. Es wäre vielleicht alles anders gelaufen«, erwiderte Yianni und ließ Daphne nicht aus den Augen.

»Nun, hier ist es schön, aber auch erstaunlich. Es ist kaum zu glauben, dass in unserer modernen Zeit alles noch so altmodisch sein kann« –, Stephen ließ den Blick über den holprigen, rissigen Patio gleiten, vorbei am Gartentor zur unbefestigten Straße vor dem Haus –, »so ursprünglich.«

»Dieser Ort hier unterscheidet sich von allen anderen, ebenso die Menschen.« Yianni zupfte an seinem Bart. »Aber lass dich nicht durch unsere äußere Schlichtheit täuschen, mein neuer amerikanischer Freund. Die Menschen dieser Insel sind sehr vielschichtig, und neben dem Meer und der Schönheit der Landschaft gibt es hier viele unglaubliche Dinge.«

Yianni nahm die Hand von Yia-yias Schulter und beugte sich vor, um Evie zu fassen, die das Küken über den Patio scheuchte. Er packte das kleine Mädchen und warf es in die Luft. Ihr Lachen wurde vom Abendwind wie eine zärtliche Melodie über die Baumwipfel der Insel getragen. Yianni küsste Evie auf den Kopf, bevor er sie wieder auf den Boden stellte. Das kleine Mädchen blickte zu Yianni hoch, die Wangen gerötet vor Übermut. In ihren Augen blitzte der Schalk. Mit ihren zarten Fingerspitzen kitzelte sie Yiannis Bauch. Er reagierte mit einem tiefen, kehligen Lachen. Evie streckte ihm die Zunge heraus und rannte davon. Noch lange war ihr Kichern zu hören.

Vielleicht war dies eines von den magischen Dingen, die Yianni erwähnt hatte, überlegte Daphne, als sie Evie hinterherblickte. Noch nie zuvor hatte sich ihr kleines Mädchen einem Mann gegenüber so unbefangen verhalten. Da sie ohne Vater aufgewachsen war, war sie es nicht gewöhnt, Männer um sich zu haben. Im Grunde genommen befand sie sich mit Stephen immer noch in der Eingewöhnungsphase.

»Nun, ich denke, ich bin ein typischer New Yorker, genau wie meine Verlobte, nicht wahr, Daphne?« Stephen zog sie an sich und küsste sie auf den Mund. Dies war für einen Mann, der in der Öffentlichkeit nur selten eine Gefühlsregung zeigte, eine sehr ungewöhnliche Geste, was Daphne nicht entging.

»Nun denn, nochmals Glückwunsch dem glücklichen Paar. Ihr scheint wie füreinander geschaffen zu sein.« Yianni setzte seine Mütze auf, zog sie in die Stirn, sodass seine schwarzen Augen beschattet, ja kaum mehr sichtbar waren. »Wie schon gesagt: Wir sind zwar einfache Leute, aber

wir sind großzügig. Das wenige, was wir haben, teilen wir.«
Yianni hob den Eimer hoch und leerte den Inhalt aus. »Ich
weiß, die Braut mag Seeigel, betrachtet es als Hochzeitsgeschenk.« Ungefähr zwei Dutzend schwarze und braune Seeigel verteilten sich über den Patio; die stacheligen Tiere kugelten auf der schiefen Fläche in alle Richtungen.

»*Kali nichta* – freut mich, dich kennengelernt zu haben,
Stephen. Ich hoffe, du genießt deinen Aufenthalt hier.«
Yianni küsste Yia-yia zum Abschied und tippte sich, an
Daphne und Popi gewandt, an die Mütze. Er öffnete das
Gartentor und eilte die Stufen hinunter, bevor der letzte
Seeigel zum Stillstand gekommen war.

Einer der Seeigel war vor ihren Füßen gelandet, und
Daphne bückte sich, um ihn in die Hand zu nehmen. Vielleicht lag es am Bier, vielleicht war sie auch einfach nur
müde. Doch Daphne war heute etwas weniger vorsichtig
als gewöhnlich, umfasste den schwarzen stacheligen Ball
mit den Fingern und drückte etwas zu stark zu. Als die
Stacheln in ihre Haut drangen, zuckte sie zusammen. Ein
winziger roter Blutstropfen trat hervor. Daphne führte den
Finger zum Mund und saugte daran, bis das Blut in ihrem
Mund verschwand. Ein Geschmack von Kupfer breitete
sich auf ihrer Zunge aus. Sie sah, wie das Gartentor ins
Schloss fiel.

27

Daphne und Yia-yia saßen zusammen und klatschten im Takt zur Bouzouki-Musik, die aus dem Kassettenrecorder in der Küche drang.

»*Opa*, Evie.« Daphne strahlte, als sie beobachtete, wie ihr kleines Mädchen im Rhythmus der Musik tanzte.

»Bravo, *koukla mou*. Bravo, Evie«, sagte Yia-yia, als Evie herumwirbelte. Ihr rosafarbenes Nachthemd blähte sich wie ein Ballon.

»Sie feiert gerne Partys, genau wie ihre Thea Popi«, kicherte Daphne. Es war ein offenes Geheimnis, dass Popi selbst in ihrem bunt gemischten erweiterten Familienkreis eindeutig als die lebenslustigste Person hervorstach.

Und auch an diesem Abend war es nicht anders. Obwohl sie den ganzen Tag gefeiert, gegessen, getrunken und mit allen gesprochen hatte, die gekommen waren, um Stephen in Errikousa willkommen zu heißen, wollte Popi immer noch nicht Schluss machen. Sie schlug vor, Stephen zum Hotel zu begleiten, damit Daphne in Ruhe aufräumen und Evie zu Bett bringen konnte. Anfangs leistete Daphne Widerstand. Schließlich war Stephen ihr Verlobter, und sie wusste, dass er bereits verärgert war, weil sie nicht bei ihm im Hotel wohnte, sondern sich an den strengen Moralkodex der Insel hielt. Aber letztlich schien es Stephen absolut nichts auszumachen. Er hatte sich mit der Eigenart der Insel vertraut gemacht, zuerst mit ein paar Flaschen Mythos und dann mit den eisgekühlten Gläsern Ouzo, von denen Popi behauptete, dass sie ebenfalls zur Inseltradition gehörten. Letztlich lockte ihn Popi mit dem Versprechen, dass sie ihm an der Hotelbar die tiefsten, dunkelsten und peinlichsten Geheimnisse aus Daphnes Kindheit enthüllen würde. Stephen küsste dann Evie, Yia-yia und Daphne zum Abschied, bevor er sich bei Popi einhakte und mit ihr den dunklen Weg zurück zum Hotel ging.

»Das ist schön.« Yia-yia legte Daphne die Hand aufs Knie, während sie weiter Evies Tanz beobachteten. »Es ist schön, dich hier zu haben, euch beide. Auch wenn es nur für kurze Zeit ist.«

Evie kam angehüpft und umarmte ihre Urgroßmutter, hielt sie einen Moment lang in den Armen, lange genug, dass Yia-yia die Wärme von Evies weicher Wange an ihrer fühlen konnte. Doch sobald die nächste Melodie begann, nahm Evie wieder ihre Tanzpose ein. Dieses Mal stellte sie sich auf die Zehenspitzen und hielt die Hände über den Kopf. So tanzte sie zwischen ihrer Mutter und Urgroßmutter, während die Musik die Nacht wie ein teurer Kaschmirschal einhüllte.

Als ihr Tanz beendet war, ging Evie erneut auf Yia-yia zu und umarmte sie. Dieses Mal hielt Yia-yia sie fest, strich ihrer Urenkelin übers Haar und sang ihr leise vor:

Ich liebe dich wie sonst niemanden auf der Welt…
Ich habe keine Gaben, mit denen ich dich überschütten kann,
Kein Gold, keine Juwelen oder sonstigen Reichtümer.

Und doch gebe ich dir alles, was ich besitze,
Und das, mein liebes Kind, ist all meine Liebe.
Ich verspreche dir:
Du kannst dir meiner Liebe immer sicher sein.

Als Yia-yia das Lied beendet hatte, küsste Evie Yia-yia auf die Nasenspitze und trollte sich, um mit ihrem Kätzchen zu spielen.

»*Koukla mou*«, Yia-yia lächelte Daphne an, »denk immer an mich, wenn du dieses Lied hörst.« Yia-yia legte die Hände auf die Brust und faltete die spindeldürren Finger über dem Herzen. »Deine Mutter und ich haben es dir immer wieder vorgesungen, als du hier in der Wiege geschlafen hast, genau da, wo du jetzt sitzt. Wir blieben stundenlang hier, beobachteten deine Atmung, dankten dem Himmel für deine Vollkommenheit und beteten zum *agios*, er möge dich begleiten und beschützen.«

Die Olivenbäume und Zypressen um sie herum wurden von einer leichten Brise geschüttelt. Als ihr leises Rascheln die Luft erfüllte, fuhr Yia-yia fort: »Daphne *mou*, ich werde immer für dich singen. Selbst wenn du mich nicht hören kannst, selbst in deinem neuen Leben so viele Meilen von mir entfernt. Ich weiß, dass ich immer für dich da sein werde, diese Worte für dich singen werde, die dich daran erinnern, dass du geliebt wirst.«

»Yia-yia, das weiß ich, habe es immer gewusst.« Und das hatte sie. In einem Leben voller Verluste war Yia-yia Daphnes Fels in der Brandung geblieben. Daphne wusste schon immer, dass Yia-yia der Mensch war, der sie bedingungslos und grenzenlos liebte.

Eigentlich sollte sie jetzt auf Wolke sieben schweben, da

in wenigen Tagen ihre Hochzeit stattfinden würde. Auch wenn sie ungeduldig die Tage zählte, bis sie Stephens Frau werden würde, stellte sich mit jedem neuen Tag etwas ein, was Daphne nicht vermutet hätte – eine Art Melancholie. Je näher der Hochzeitstermin rückte, desto stärker wurde Daphne auch bewusst, dass sie bald die Insel verlassen würde, um ihr neues Leben zu beginnen – ein Leben in Luxus und finanzieller Sicherheit. Anscheinend hatte sie alles erreicht, wofür sie all die langen, einsamen Jahre seit Alex' Tod gekämpft und wofür sie gebetet hatte. Aber bei all der aufregenden Zukunftsplanung musste Daphne ständig an eines denken: Der Beginn eines neuen Lebens bedeutete das Ende eines alten.

28

»Mommy, darf ich dich etwas fragen?« Evie kam über das Bett gekrochen, schlug die Bettdecke zurück und ließ den Kopf aufs Kissen fallen. Sie lag einfach da, ganz still, die schlanken sonnengebräunten Glieder nackt der Nachtluft ausgesetzt.

Daphne beugte sich vor und zog ihr die Bettdecke bis unters Kinn.

»Liebes, du kannst mich alles fragen.«

»Kann ich mein Küken mit nach New York nehmen, Mommy?«

»Nein, Süße, das geht nicht. In unserer Wohnung sind keine Küken erlaubt.«

Evie krauste die Nase. »Können wir dann hierbleiben? Ich möchte es nicht verlassen. Es heißt Sunshine, weißt du, weil es so gelb ist wie die Sonne.«

»Tut mir leid, Herzchen, aber wir müssen zurück, und Sunshine muss hierbleiben.«

»Mommy, darf ich dich noch etwas fragen?«

»Natürlich, Liebes.« Daphne schüttelte das Kissen unter Evies Kopf auf.

»Warum hast du mir nichts von Jack, Yia-yia und Errikousa erzählt? Warum hast du mir nie gesagt, wie lustig es hier ist?« Evie ruderte mit Armen und Beinen so übers Bett, als sei das weiße Baumwolllaken frisch gefallener Schnee und sie ein Schneeengel.

»Aber Süße, ich habe es dir doch erzählt.« Daphne streifte eine Locke aus Evies Gesicht. »Ehrlich, erinnerst du dich denn nicht? Ich habe dir alles über Yia-yia berichtet und dass wir hierher reisen, damit sie bei der Hochzeit dabei sein kann. Erinnerst du dich nicht, Süße?« Sie saß auf der Bettkante neben Evie, genau an der Stelle, wo sich die Engelsflügel befunden hätten.

Evie setzte sich im Bett auf. »Aber du hast mir nicht gesagt, wie viel Spaß man hier haben kann, wie toll alle sind. Auch wenn ich nicht verstehe, was sie sagen, sind sie einfach toll.«

»Ja, Liebes, das sind sie wirklich.«

»Ich wünsche mir, wir wären immer hier.«

»Ich weiß, mein Herz, ich auch. Ich bin sehr glücklich, dass wir hier sind. Und wir kommen wieder.« Sie beugte sich vor und küsste Evie auf die rosigen Lippen. »Gute Nacht, mein Engel.«

»Mommy? Da ist noch etwas, was ich dich fragen wollte.«

»Ja, Evie?«

»Als du noch ein kleines Mädchen warst, hast du auch viel Spaß hier gehabt, oder?«

Daphne dachte an die glücklichsten Momente ihrer Kindheit zurück. Evie hatte recht, sie alle hatten genau hier stattgefunden. »Ja, Evie, ich hatte hier den größten Spaß meines Lebens.«

»Aber etwas verstehe ich dann nicht, Mommy. Du sagst mir immer, ich solle meine Spielsachen mit anderen Kindern teilen. Warum hast du dann diesen Ort hier nicht mit mir geteilt?« Evie gähnte, blickte zu ihrer Mutter hoch, wartete auf eine Antwort. Sie war sich der Tragweite ihrer Worte nicht bewusst. »Ich wünsche mir wirklich, du hättest das mit mir geteilt.«

Daphne war sprachlos und biss sich auf die Lippe. Es schmerzte, doch sie biss noch härter zu, ihre Zähne gruben sich in das weiche Fleisch. Der Schmerz war scharf und durchdringend, aber kein Vergleich zu dem Schmerz, den Evies Worte verursacht hatten.

»Gute Nacht, Mommy. Ich bin jetzt wirklich müde.« Evie rollte sich auf die Seite und war sofort eingeschlafen.

Als Daphne sich erhob, um das Zimmer zu verlassen, wandte sie sich um und betrachtete ihr schlafendes Kind. Ja, Evie hatte recht. Anscheinend war Yia-yia nicht die Einzige in der Familie, die Geheimnisse hatte, auch Daphne hatte einige Geheimnisse in sich verschlossen.

»Das ging ja schnell.« Yia-yia reichte Daphne ein Glas des Hausweins.

»Sie war erschöpft. Es war ein langer, hektischer Tag.« Daphne führte das Glas an die Lippen. Der Wein war vollkommen, leicht süßlich und gekühlt. Als Daphne die ersten Schlucke genommen hatte, beschloss sie, Yia-yia nicht mit den Einzelheiten von Evies Vorwurf zu belasten. Sie wusste, Yia-yia würde begeistert sein, wenn sie hörte, wie sehr Evie die Insel mochte, aber der Rest der Unterhaltung war Mutter und Tochter zur Klärung vorbehalten.

»Du musst auch müde sein.« Yia-yia nickte. »Und was ist mit deinem jungen Mann? Glaubst du, Popi hält ihn immer noch an der Bar fest?«

»Nein, vermutlich hat sie ihn wegen eines deutschen Touristen fallen lassen.«

»Oder eines italienischen.« Yia-yia lächelte, wobei ihr Silberzahn vor Speichel und Feuerschein glitzerte.

»Dies ist meine liebste Tageszeit.« Daphne drückte das kühle Glas gegen ihre Wange, eine augenblickliche Wohltat in der heißen Nacht. »Es war immer so, wie du weißt. Selbst als ich noch ein kleines Mädchen war, mochte ich nichts lieber, als dich am Abend ganz für mich allein zu haben. Einfach nur wir beide, das Feuer, die Brise und deine Geschichten.«

»Daphne *mou*, du irrst dich. Es sind nicht nur wir beide, meine Liebe, sind es nie gewesen.« Sie zog den Schal noch fester um die Schultern. Obwohl die Nachtluft warm war, ohne die übliche erfrischende Brise, fröstelte Yia-yia und rückte näher ans Feuer.

»Was meinst du damit?« Außer Evie, die zusammengerollt in ihrem Bett lag, und Daphne und Yia-yia, die hier am Feuer saßen, war niemand hier. »Wir sind allein.« Daphne blickte sich um, um sicherzugehen.

Yia-yia lächelte, als könne sie irgendwie die unsichtbaren Gäste sehen, auf die sie anspielte. »Generationen unserer Familie, Daphne *mou*. Sie sind alle hier. Dies ist ihr Heim, und sie sind nie fortgegangen, genauso wenig wie ich je weggehen werde. Sie sind alle noch hier, all die Frauen, die vor uns geboren wurden und die uns leiten. Wir sind nicht die Ersten, die wissen, was es heißt zu trauern, weil uns unsere Männer durch Hades' Tücke weggenommen wurden. Wir sind nicht die Ersten, die sich überlegen, wie sie die Stärke finden werden, für die Kinder zu sorgen, die sie zurücklassen. Aber sie wissen es, Daphne *mou*. Sie wissen, was es bedeutet, einen Mann zu lieben, ein Kind zu lieben, andere zu lieben. Und sie sind hier, uns anzuleiten, wenn wir nicht mehr die Kraft haben, es selbst zu tun.«

Daphne nahm einen Schluck Wein, blickte sich erneut auf dem leeren Patio um und versuchte vergeblich, sich die Frauen vorzustellen, die Yia-yia so lebhaft beschrieben hatte. Doch es gelang ihr nicht. Für den Augenblick war es in Ordnung, zumindest für heute Abend. Heute nämlich hatte Daphne eine andere Geschichte im Kopf.

»Yia-yia, erzähl mir, was geschehen ist.« Sie rückte ihren Stuhl noch näher an ihre Großmutter heran. »Yia-yia, erzähl mir die Geschichte von dir und Dora.«

Yia-yia schloss die Augen und hob das Gesicht der würzigen Meerluft entgegen, so als würde sie ihre Erinnerungen aus der Nachtluft schöpfen. »Wie du weißt, sollte ich an jenem Tag eigentlich nicht in Korfu sein«, begann Yia-yia, deren Hände in ihrem Schoß ruhten. »Damals war ich nur sehr selten auf der Hauptinsel. Warum hätte ich auch dorthin fahren sollen? Ich hatte kein Geld, um etwas zu kaufen, und keinen Mann, für den ich etwas hätte erwerben können. Dein *papou* galt zu dieser Zeit seit mehreren Monaten als vermisst, und ich wusste in meinem tiefsten Inneren, dass er tot war.

Ich hatte ein kleines Baby, deine Mutter, der Herr sei ihrer Seele gnädig.« Yia-yia hielt kurz inne, machte ein Kreuzzeichen und fuhr mit ihrer Geschichte fort. »Lebensmittel waren damals knapp – wir hatten kaum genug, um zu überleben. Ich hatte große Angst, wir könnten den Hungertod sterben. Um uns herum herrschte Krieg. Und so sehr die Inselbewohner auch aufeinander achteten und sich gegenseitig halfen, unsere Freunde und unsere Familie besaßen kaum genug, ihre eigenen Kinder zu ernähren – ich konnte ihnen nicht zumuten, uns auch noch mit durchzufüttern. Um nach Korfu fahren zu können, ließ ich deine Mutter in der Obhut meiner *thea*. Die Fahrt mit dem *kaiki* bezahlte ich mit Eiern, da ich kein Geld hatte. Dein *papou* hinterließ viele Schulden, und ich wusste, dass er auch dem Schneider in Korfu Geld schuldete. Er hatte mir erzählt, was für ein freundlicher und großzügiger Mann dieser Schneider war, wie er Papou zu Ostern ein neues Hemd geschneidert und ihm angeboten hatte, es zu bezahlen, wenn er könne. Ich wusste, ich musste zu ihm gehen, um ihm für seine Freundlichkeit zu danken und die Schuld auf meine Art zu begleichen, mit Eiern und Olivenöl. In der Nacht vor der Fahrt erschien mir der *agios* im Traum. Er sprach zu mir. Es war viel Zeit vergangen, seit ich bei dem *agios* gewesen war und zu ihm gebetet hatte. Ich ging direkt vom Hafen zur Kirche und kniete vor ihm nieder und betete, er möge uns beschützen und mir helfen, ohne Geld und ohne Ehemann zu überleben. Und dann zündete ich eine Kerze an und verließ die Kirche, ging durch die Altstadt zum Judenviertel und zur Werkstatt des Schneiders, im besten Glauben, dass meine Gebete irgendwie erhört würden.«

Yia-yia hielt wieder inne. Ihr Atem ging schnell und flach. Als sie sprach, erweckte es den Eindruck, als ob jedes Wort ihrem gebrechlichen Körper die Energie entziehe. Aber das hinderte sie nicht daran, weiterzusprechen. Sie atmete tief durch und wartete, so als könnte ihre geliebte Inselbrise ihr neues Leben einhauchen. Als sie dieses Mal fortfuhr, klang ihre Stimme kräftiger.

»Ich wusste, dass etwas nicht stimmte. Die Straßen waren leer. Niemand war zu sehen, überall herrschte nur

Stille. Als ich auf die offene Tür der Schneiderwerkstatt zuging, hörte ich verzweifeltes Wehklagen. Es klang wie ein wildes Tier, aber es war kein Tier. Ich betrat das Haus und sah eine Frau – Dora, Yiannis Großmutter. Ich stand in der Tür, um zu sehen, was passiert war, was die Ursache für ihr Wehklagen war. Ich betrachtete sie genauer. Ihr Kleid und ihr Haar waren vom Blut ihres Mannes verschmiert, und sie schrie nach ihrem vermissten Sohn.«

Yia-yia schüttelte den Kopf und erschauderte erneut bei dem Gedanken an jenen grauenhaften Tag. »Ich bete darum, dass du nie den Klagegesang einer Mutter hören musst, die ihr Kind verloren hat. Es ist ein unmenschlicher, qualvoller Laut. Auf dem Boden erblickte ich ihre beiden kleinen Mädchen, die den leblosen Körper ihres *babas* in den Armen hielten und ihn anflehten, aufzuwachen. Daphne *mou*, es war wie eine Höllenfahrt. Ich blickte in Doras Augen, und ich schwöre dir, ich sah, wie sie von den Flammen der Hölle verschlungen wurde. In diesem Augenblick veränderte sich alles.

Ich wusste, was in ganz Griechenland geschehen war, hatte die Geschichten vernommen. Es gab damals kein Fernsehen – ich konnte keine Zeitung lesen, wusste aber trotzdem, was diese Bestien in ganz Griechenland angerichtet hatten. Und ich konnte nicht zulassen, dass noch eine Familie zerstört, ermordet würde. Ich würde es nicht zulassen.«

Daphne spürte, wie sich ihr Magen verkrampfte, und sie die Stuhlkante umklammerte.

»Als ich an jenem Tag im Judenviertel in der Tür des Schneiders stand, nahm der Wind zu, sodass Papiere und Blätter durch die leeren Gassen wirbelten. Einen Augenblick wandte ich den Blick von Yiannis Großmutter und ihren Kindern und beobachtete, wie die Papiere und Blätter vor meine Füße flatterten. Genau in dem Augenblick, als ich den Blick abwandte, mich versucht fühlte, diesen Ort zu verlassen und zu vergessen, was ich gesehen hatte, hörte ich es. Anfangs war es schwach, ein leises Geräusch, wie die Flügel eines Schmetterlings. Aber es war da, Daphne *mou*. Zuerst leugnete ich, dass ich etwas hörte. Wie sollte das möglich sein? Aber der Wind drehte wieder auf, und die Stimme wurde lauter. Es war eine Frauenstimme, sanft und lieblich. Ich konnte hören, wie sie weinte, konnte zwischen unterdrücktem Schluchzen leises Flüstern vernehmen. Und ich wusste, dass meine eigene Yia-yia recht gehabt hatte. Die Zypressen flüstern wirklich.«

Yia-yia schloss wieder die Augen und saß schweigend da. Die Worte, die aus ihr heraussprudelten, schienen ihr erneut die Kraft genommen zu haben. Daphne hielt den Atem an und wartete, aber Yia-yia schwieg weiterhin. Als Daphne sich vorbeugte, um ihre Großmutter zu berühren, um sich zu vergewissern, dass sie wach war, öffnete Yia-yia wieder die Augen und fuhr mit ihrer Geschichte fort.

»Daphne *mou*. Ich lauschte, und ich wusste, was ich zu tun hatte. Worin meine Rolle bestand. Dass ich nicht auf diese Welt gekommen war, um eine weitere vergessene Witwe zu sein, eine Last für die Gesellschaft, jemand, der bemitleidet und mit Almosen bedacht werden musste. Es war ein schwacher Laut, der schwächste, den ich je gehört hatte, aber er war wie ein Schrei. Dieser Schrei appellierte an mich, etwas zu tun, dieser Frau zu helfen, sie von dort wegzubringen, bevor die Soldaten zurückkehrten. Es war das leiseste Flüstern, das man sich vorstellen kann, aber trotzdem schrie es, dass dies eine gute Frau sei, eine gottesfürchtige und freundliche Frau. Eine Frau, die es verdiente, geehrt und geachtet und nicht wie ein streunendes Tier behandelt zu werden. Daphne, ich weiß, dass so viele gute Frauen, so viele gute Männer und ihre Kinder an jenem Tag nicht gerettet werden konnten. Ich konnte ihnen nicht helfen – ich weiß nicht, ob ihnen überhaupt jemand hätte helfen können. Diese Ungeheuer haben sie alle umgebracht. Und weshalb? Ich verstehe es immer noch nicht.« Yia-yia schüttelte den Kopf und blickte ins Feuer.

»Aber diese Frau, *diese* Mutter, Ehefrau und Tochter wurde mir an jenem Tag in die Hände gegeben. In *meine* Hände, Daphne. In diese beiden Hände. Die Hände einer armen Witwe, die nie etwas Wertvolles gehalten hatten. An jenem Tag hielt ich Doras Schicksal in meinen Händen, und ich konnte nicht zulassen, dass sie mir durch die Finger schlüpfte.« Yia-yia hob die Hände, die Handflächen zum Himmel gerichtet, als wolle sie die Erinnerungen jenes Tages davor bewahren, ihr selbst heute, nach so vielen Jahren, durch die Finger zu gleiten.

Sie blickte von ihren Händen zu Daphne. »Die Stimme sagte mir, ich solle Dora und ihre Kinder retten. Und genau das tat ich. Ich brachte sie an jenem Tag zu Agios Spyridon. Ich wusste, dass er sie beschützen würde, wie er uns alle beschützt und liebt. Und er tat es, Daphne. Wir versteckten uns in der Kirche. Die Deutschen gingen von Tür zu Tür, weil sie wussten, dass sich noch mehr Juden versteckten. Aber obwohl sie noch weiteren Opfern hinterherjagten, betrat kein Nazi die Kirche von Agios Spyridon. Kein einziger. Ich wusste, dass sie dort in Sicherheit sein würden, dass der *agios* für unsere Sicherheit sorgen würde.

Ich wusste es auch ohne das Flüstern in meinem Ohr. Als ich erkannte, dass keine Hoffnung bestand, den jungen David wiederzufinden, brachte ich sie hierher zurück, Dora, Ester und die arme kleine Rachel. Ich brachte sie hierher in unser Heim und teilte mit ihnen das wenige, was wir besaßen. Wie du weißt, waren wir sehr arm, und ich besaß nur noch ein Kleid außer dem, das ich auf dem Leib trug, mein Sonntagskleid. Ich gab es Dora, damit sie wie eine von uns aussah, ein Mitglied der griechisch-orthodoxen Kirche, keine Jüdin. Genauso machten wir es mit den Mädchen. Wir sorgten dafür, dass sie die Kleidung unserer Insel trugen. Als Dora Ester half, das Sonntagskleid anzuziehen, das ich für deine Mutter aufgespart hatte, wandte sich das goldige Kind um und fragte: »Mama, haben wir schon Purim?« Dora rannen die Tränen über die Wangen, als sie antwortete: ›Ja, mein Herz, so ist es.‹ Sie musste ihre Töchter gewissermaßen verkleiden, um ihren Glauben zu verheimlichen.«

Die alte Frau starrte wieder ins Feuer, so als könnte sie die ängstliche Mutter und die verstörten Kinder in den tanzenden Flammen sehen.

»Nach Rachels Tod waren wir alle am Boden zerstört. Aber nach einer gewissen Zeit fing Dora wieder an zu sprechen und zu essen. Sie war jedoch nur noch ein Schatten ihrer selbst – aber irgendwie schaffte sie es weiterzumachen. Dora hatte so viel verloren und sammelte ihre letzte verbliebene Kraft für ihr einziges überlebendes Kind, für Ester. Deine Mutter und Ester spielten zusammen und liebten sich wie Schwestern. Und Dora...« Sie seufzte, blickte zum Himmel hoch und wusste, dass ihre Freundin auf irgendeine Weise immer noch mit ihr verbunden war.

»Dora und ich lernten, uns zu mögen und einander zu vertrauen. Nacht für Nacht unterhielten wir uns, erzählten uns Geschichten und Geheimnisse von unserem jeweiligen Volk und von uns. Dora und die Mädchen gingen mit uns zur Kirche. Obwohl sie nicht an Christus den Erlöser glaubten, achteten sie unsere Traditionen und begingen unsere Feiertage mit uns. Sie standen neben uns. Wenn wir unsere Gebete sprachen, waren auch sie in ihre Gebete vertieft, und sie wussten, dass Gott all unsere Stimmen hören würde. Sie respektierten und ehrten unsere Traditionen, so wie wir ihre respektierten. Ich lernte von Dora, den Sabbat zu ehren. Jeden Freitag bereiteten wir uns vor, kochten und putzten gemeinsam, sodass keine Arbeit mehr in unserem Heim getan und keine Feuer mehr angezündet werden mussten. Jeden Freitagabend beobachtete ich, wie sie die Sabbat-Kerzen anzündete, und wir fasteten und beteten gemeinsam an ihren hohen Feiertagen. Ich begann, diese ruhigen gemeinsamen Abende zu genießen, Daphne. Wir beide taten es. Wir wuchsen zu einer Familie zusammen, und bald empfanden wir keinen Unterschied mehr – Griechen, Juden ... wir waren eine Familie mit vielen reichen Traditionen. Am 15. August, als die ganze Insel Mariä Himmelfahrt feierte, hielt die kleine Ester die Hand deiner Mutter, und die Mädchen nahmen an einer feierlichen Kinderprozession teil. Einer der Jungs machte sich darüber lustig, brummte, wie es möglich sein konnte, dass Ester, eine Jüdin, zusammen mit den christlichen Kindern an der Prozession teilnahm. Vater Petro hörte, was der ungezogene Junge sagte, und verpasste ihm eine Kopfnuss, noch bevor sein Vater das erledigen konnte.« Yia-yia klatschte in die Hände und lachte bei der Erinnerung an diese Szene.

»Daphne *mou*...« Sie deutete mit ihrem krummen Zeigefinger zum Himmel hoch. »Daphne, weißt du, Vater Petro ging den anderen mit gutem Beispiel voran. Das werde ich nie vergessen. Trotzdem erlaubte er es uns nicht, die liebe Rachel auf unserem Friedhof zu begraben, da die Kirchengesetze, wie er erklärte, dies nicht zuließen. Er meinte zudem, dass er sich sicher sei, dass auch Doras Rabbi es nicht erlaubt hätte. Zuerst war ich verärgert, wütend auf ihn. Wie, argumentierte ich, könnte Gott nicht wollen, dass dieses arme Kind in Frieden ruhe? Hatte es denn nicht genug gelitten? Aber nach und nach verstand ich ihn. Dem Priester waren durch die Kirchengesetze die Hände gebunden. Er sah mich an jenem Tag, wie ich dort kniete und die Erde aushöhlte, damit wir Rachel begraben konnten. Vater Petro half mir mit seinen eigenen Händen, Rachels Grab zu bereiten. Dann sprach er wunderbare Gebete, bat Gott, dieses Kind in sein Reich aufzunehmen, ihr den Eintritt ins Paradies zu gewähren.

Und jedes Mal hörte ich die Warnungen – jedes Mal flüsterten mir die Zypressen zu und berichteten mir, dass die Deutschen im Anmarsch seien. Dann schickte ich Dora und Ester zur abgelegenen Seite der Insel, um sich dort zu verstecken. Jedes Mal nahm dann Vater Petro ein Kreuz vom Altar und stellte es auf Rachels Grab, damit die Soldaten sie nicht fanden und ihre ewige Ruhe störten. Die Deutschen kamen immer wieder und suchten nach Juden, schnüffelten nach ihnen wie Hunde nach Knochen. Immer wieder kamen sie am Grab der armen Rachel vorbei, aber sie wussten nicht, dass sich das, was sie suchten, zu ihren Füßen befand. Sie erfuhren nie, dass ein jüdisches Kind hier begraben war, weil ihr Grab vor ihren Blicken verborgen war.

Sechs Monate lang lebten wir in Angst, bis die englischen Soldaten kamen und Korfu befreiten. Aber selbst dann blieb Dora bei mir auf der Insel, wo sie sich am sichersten fühlte. Es vergingen noch weitere Monate, bis schließlich ein Brief von ihrer Schwester aus Athen eintraf. Sie schrieb ihr, auch sie habe überlebt und Dora habe eine Familie, ein Heim, in das sie zurückkehren könne.«

Daphne konnte nicht länger ruhig sitzen. »Aber Yia-yia – wie hast du all das gewusst? Wie hast du gewusst, was zu tun war, wie du sie in Sicherheit bringen konntest, wann sie sich verstecken mussten? Wie?«

Yia-yia legte die Finger auf den Mund, als wolle sie Daphnes Zweifel zerstreuen. »Ich habe es dir gesagt, Daphne *mou*. Ich habe es dir gesagt, doch obwohl du die Worte vernimmst, ziehst du es vor, nicht zuzuhören. Es war das Flüstern der Zypressen. Im Wind hörte ich die Stimmen der Götter, unserer Vorfahren, meiner eigenen Yia-yia – ein wunderbarer Chor ihrer Stimmen, die alle zusammen eine Stimme ergaben. Eine Stimme führte mich, führte uns alle.«

Yia-yia griff nach Daphnes Hand.

»Ich weiß, es ist schwer für dich, zu verstehen, zu glauben. Auch ich war einst recht ungläubig. Meine Mutter und meine Großmutter haben mich hier in diesem Haus aufgezogen. Als ich eines Tages mit den Küken spielen wollte, fand ich meine Yia-yia weinend im Schatten einer Zypresse auf den Knien. Ich war damals fünf Jahre alt, in Evies Alter. ›Yia-yia‹, sagte ich, trat hinter sie und legte ihr die Hände auf die Schultern. ›Yia-yia, was ist los?‹ Immer noch auf den Knien, wandte sie sich zu mir um. ›Es ist entschieden. Du bist erwählt worden.‹ Sie weinte und umarmte mich. ›Was ist entschieden worden?‹, wollte ich wissen. Meine

Yia-yia wandte sich mir zu und verriet mir mein Schicksal. Sie sagte, eines Tages würde ich die Insel zu mir sprechen hören. Viele würden versuchen, das Flüstern der Zypressen zu hören, aber nur ich würde es verstehen. Als ich an jenem Tag in der Tür der Schneiderwerkstatt stand und Yiannis Mutter wehklagte, hörte ich sie endlich. Und in diesem Augenblick erkannte ich, warum Yia-yia geweint hatte. Mein Schicksal war sowohl ein Segen als auch ein Fluch.«

»Dein Schicksal?« Daphne glaubte, ihren Ohren nicht zu trauen.

»Mein Schicksal war noch vor meiner Geburt entschieden worden, Daphne. Ich war dazu ausersehen, das Flüstern zu verstehen. Mir war diese Gabe verliehen worden, die andere begehrten wie Midas sein Gold. Und anfangs verstand ich nicht, weshalb ich ausgewählt worden war. Aber dann brachte ich Yiannis am Boden zerstörte Familie mit mir nach Hause. Dora war verschlossen wie eine Auster. Wochenlang lebten wir schweigend nebeneinander. Ich teilte mit ihr das wenige, das ich besaß, und schließlich öffnete sie sich und teilte ihrerseits mit mir: Geschichten über ihre Familie, ihre Kultur, ihre Religion und ihre Fertigkeiten, die sie bei der Arbeit in der Schneiderwerkstatt ihres Mannes erlernt hatte. Sie gab sie an mich weiter – wie man eine Bluse flickt, wie man aus den Mehl- und Reissäcken Röcke nähen kann. Wie man aus Fetzen und Lumpen etwas Brauchbares herstellen kann. Wir flickten alte Kleidungsstücke und nähten neue, und wir tauschten unsere Näharbeit gegen Lebensmittel und Vorräte ein. Ohne Dora, ohne ihre Anleitung, wären deine Mutter und ich verhungert. Als ich Dora gerettet habe, hat auch sie mich gerettet. Anfangs wusste ich das nicht; ich habe es erst viel später erkannt. Wenn wir nicht wissen, welchen Weg wir einschlagen sollen, Daphne *mou*, wenn wir hoffnungslos sind und verloren, müssen wir manchmal einfach still sein und lauschen. Manchmal ist unsere Rettung so nah, muss nur gehört werden. Das Flüstern der Zypressen ist immer für uns da, wartet nur darauf, gehört zu werden.«

Daphne schwieg. Jahr für Jahr hatte sie hier gesessen und Yia-yias Geschichten, Mythen und Legenden gelauscht, und irgendwann hatte sie sich sogar gewünscht, sie wären wahr. Als Kind hatte sie überlegt, wie es wohl sein mochte, an Hades' Festtafel neben Persephone zu sitzen, oder ob sie im Gegensatz zu Psyche die Willenskraft besessen hätte, dem Drang zu widerstehen, einen Blick auf ihren schlafenden Geliebten zu werfen. Aber das war eine Ewigkeit her. Die Worte, die zu hören sie sich einst gewünscht hatte, sorgten jetzt dafür, dass sich ihr die Haare sträubten. Wie war das möglich? Wie konnte Yia-yia die Stimmen der Toten hören, die Worte verstehen, die der Wind ihr zuflüsterte? Wie war das möglich? Es war verrückt, unmöglich.

Sie hielt sich an ihr Versprechen und lauschte, ohne Yia-yia zu unterbrechen, öffnete ihr Herz und ihren Verstand. Aber jetzt, da Yia-yia mit ihrer Geschichte fertig war, musste Daphne noch eine Frage stellen, noch eine Sache in Erfahrung bringen.

»Yia-yia, sprechen sie immer noch zu dir?«

Die alte Frau antwortete ohne Zögern: »Ja, das tun sie, ich bin immer noch gesegnet.«

Eine sanfte Brise wehte über den Patio zwischen den majestätischen Bäumen hindurch, die sie von allen Seiten umgaben. Daphne hielt den Atem an und bemühte sich zu lauschen. Nichts. Sie hörte nur das Zittern der Blätter, die sich in der Brise bewegten. Das bestätigte nur, was sie schon immer gewusst hatte. Es gab keine flüsternden Zypressen.

»Was sagen sie dir denn?«

Yia-yia schwieg.

»Was sagen sie dir?«, wiederholte Daphne.

Die Brise flaute ab. Die alte Frau ließ Daphnes Hand los und blickte sie durchdringend an. Schließlich sagte sie: »Sie sagen, dass dieser Mann nicht für dich bestimmt ist. Daphne, heirate ihn nicht. Du darfst ihn nicht heiraten.«

29

CONNECTICUT UND BROOKLYN

2008

Alex' Eltern hatten darauf bestanden, dass die Beerdigung in der Episkopalkirche stattfand, in der Alex getauft worden war. Den Eltern war es immer ein Dorn im Auge gewesen, dass sich ihr Sohn bereit erklärt hatte, seine Hochzeit in der griechisch-orthodoxen Kirche zu begehen, in einer fremden Sprache und mit fremden Traditionen. Aber Daphne hatte sich nicht umstimmen lassen und darauf bestanden, dass ihre ersten Schritte als Mann und Frau um den Altar in der Kirche ihrer Kindheit erfolgten. In eben dieser Kirche hatte Alex Woche für Woche geduldig auf sie gewartet. Aber so leidenschaftlich interessiert sie zu seinen Lebzeiten an jeder Entscheidung gewesen war, so teilnahmslos war sie nach seinem Tod.

»Er ist tot, es ist mir egal«, war das Mantra, das sie wiederholte, als der Leiter des Bestattungsinstituts sie fragte, ob Alex den blauen Anzug oder den Nadelstreifenanzug tragen sollte; als ihr die Polizei berichtete, dass der Lastwagenfahrer bei dem Zusammenstoß mit Alex' Wagen betrunken gewesen sei und als Alex' leichenblasse Mutter fragte, ob sie sich in der Kirche von ihm verabschieden könne, die sie seine gesamte Kindheit über besucht hatten.

»Er ist tot, es ist mir egal«, war alles, was sie hervorbringen konnte.

Doch am Tag der Beerdigung entwickelte sich ihre anfänglich schwermütige Teilnahmslosigkeit zu erschöpfter Dankbarkeit. Daphne saß wie versteinert da und ließ den Trauergottesdienst über sich ergehen. Es war eine kleine, schlichte, kultivierte Zeremonie ohne Wehklagen, ohne Klagelieder, ohne Frauen, die androhten, ins Grab zu springen, wie es bei den schwarz verschleierten Frauen in Griechenland oft der Fall war. Der Priester war jung und blondhaarig, trug lediglich einen weißen Kragen – war Welten entfernt von den reich geschmückten Gewändern der Priester, an die Daphne gewöhnt war. Er war neu in der Gemeinde und hatte Alex nicht gekannt. Daphne blickte sich um, als er die Messe unpersönlich und monoton abspulte. Sie überlegte, wie steril das alles wirkte, wie gefühllos... und dafür war sie dankbar.

Nach der Beerdigung und dem Leichenschmaus im Club, stieg Daphne in den schwarzen Wagen und ließ sich zurück nach Brooklyn fahren, um das neue Leben ohne ihren Mann anzugehen. Evie, die lange Autofahrten noch nie gemocht hatte, jammerte und weinte von dem Augenblick an, in dem sie auf den Highway einbogen.

»Soll ich rechts ranfahren?« Der Fahrer hatte einen Blick in den Rückspiegel geworfen. »Ist alles in Ordnung?«

»Ja«, murmelte sie.

Als Evie zu schreien begann, fragte er erneut: »Soll ich wirklich nicht rechts ranfahren?«

Daphne, die aus dem Fenster starrte, steckte Evie eine frisches Fläschchen in den Mund.

Er ist tot, es ist mir egal.

Als Daphne das Haus betrat, stellte sie die Babytrage auf den Boden. Sie öffnete die Knöpfe ihres schwarzen Kleides und ließ es über die Schultern auf den Boden gleiten. Sie stieg aus dem Kleid und trug Evie zu ihrem Kinderbett, froh, dass das Baby schließlich in der Trage eingeschlafen war. Evie zum Schlafen zu bringen, war zum allabendlichen Kampf geworden, für den sie sich im Moment nicht gewappnet fühlte. Sie bettete Evie in ihr Bett, nahm das Böse-Auge-Medaillon von der Trage und befestigte es dann an dem mit weißen Rüschen verzierten Bettchen. Daphne schenkte sich ein großes Glas Wein ein und fiel ins Bett. Ihre Finger griffen nach dem Telefon.

Sie antwortete beim ersten Klingelzeichen. »*Ne...*« Als sie den Klang ihrer Stimme am anderen Ende vernahm, kamen ihr sofort wieder die Tränen.

»Yia-yia...« Sie war kaum fähig, dieses Wort zu formulieren.

»*Koukla mou, koukla.* Oh, Daphne *mou*. Was für ein trauriger Tag. Es ist ein rabenschwarzer Tag.«

»Yia-yia, es ist vorbei. Er ist tot. Es ist zu Ende.« Sie schluchzte. »Ich kann immer noch nicht glauben, dass er tot ist.«

»*Koukla*, es tut mir so leid. Er war ein guter Junge, ein feiner Kerl.« Der Klang von Yia-yias Stimme wirkte beruhigend auf Daphne. Sie trank ihren Wein aus, rollte sich auf dem Bett zusammen und drückte den Hörer ans Ohr.

»*Koukla mou*, du wirst es schaffen, du bist ein starkes Mädchen. Und du wirst dem Baby eine gute Mutter sein, das weiß ich genau.«

»Yia-yia, ich versuche es. Aber es ist so unfair, und ich bin so müde. Yia-yia, ich habe das Gefühl, dass ich nicht die Kraft habe, mich um sie zu kümmern. Wie soll ich mich um sie kümmern, wenn ich mich im Augenblick nicht einmal um mich selbst kümmern kann?« Sie weinte. »Ich will mich einfach zusammenrollen und sterben.«

»Ich weiß, *koukla*. Ich weiß, dass du dich im Augenblick so fühlst.« Yia-yia kannte dieses Gefühl sehr gut.

»Yia-yia, tust du mir bitte einen Gefallen?«, fragte Daphne und wischte sich mit dem Laken die Tränen aus dem Gesicht.

»*Ne, koukla mou*. Alles, was du willst.«

»Erzähl mir eine Geschichte.« Daphne brachte die Worte kaum hervor. Sie streckte den Arm nach Alex' Bettseite aus und strich mit den Fingern über sein Kissen, wie sie es immer mit seinen Haaren getan hatte. Sie legte die Hand flach auf das Laken, genau an der Stelle, wo sich sein Kopf befinden würde, wenn er noch immer neben ihr läge.

»Ah, *kala. Ne, koukla mou*. Ich werde dir eine Geschichte erzählen.« Daphne schloss die Augen, als Yia-yia zu sprechen begann.

»Daphne *mou*, ich weiß, heute ist dein Herz zerbrochen, in tausend Splitter zersprungen. Aber einst war da ein weiteres hübsches Mädchen, genau wie du, die glaubte, ihr Leben sei zu Ende, als sie ihren Liebsten verlor. Aber dem war nicht so. Das Leben ging für sie weiter, Daphne *mou*, genauso wie es für dich weitergehen wird. Ihr Name war Ariadne – sie war die Tochter von König Minos von Kreta.« Yia-yia hörte Daphnes unterdrücktes Wimmern am anderen Ende der Leitung.

»Als der Held Theseus nach Kreta kam, um den Minotaurus zu töten, konnte er dies nicht allein bewerkstelligen.

Wie die meisten Männer benötigte er die Hilfe einer Frau, um diese Aufgabe zu erfüllen. Und da der Minotaurus Ariadnes Bruder war, wusste der gerissene Prinz, dass sie das Geheimnis bewahren würde und er nah genug an ihn herankommen konnte, um ihn zu töten. Deswegen flüsterte Theseus Ariadne Versprechungen ins Ohr – Versprechen der Liebe, der Romantik und endloser Tage des gemeinsamen Glücks. Ariadne, die Theseus' Versprechungen glaubte, verriet ihren Bruder und ihre gesamte Familie. Sie zeigte Theseus, wie er den Minotaurus bezwingen könnte. Als es geschehen war, ergriff das Paar die Flucht. Die beiden fuhren übers Meer und ließen Kreta, die Familie und die Freunde, die Ariadne ihrer Liebe wegen verraten hatte, zurück. Nach eintägiger Überfahrt landeten sie im Hafen der Insel Naxos. ›Warum fahren wir nicht nach Athen, damit ich deinen Vater, den König, kennenlernen kann?‹, erkundigte sich Ariadne. ›Wir verbringen lediglich die Nacht hier und werden morgen wieder Segel setzen‹, versicherte Theseus seiner jungen Geliebten. In jener Nacht schlief Adriane unter den Sternen, träumte von Theseus und den Kindern, die sie haben würden. Doch am nächsten Morgen wachte Ariadne auf, begierig, ihr neues Leben zu beginnen. Als sie sich umblickte, entdeckte sie, dass Theseus und das Schiff verschwunden waren. Theseus hatte sie verlassen. Ariadne durchwanderte die Insel, untröstlich in ihrem Kummer. Sie hatte alles verloren: ihre Liebe, ihre Familie und ihre Heimat. Sie war der Meinung, dass sie es nicht verdiente, unter den Lebenden zu weilen. Also betete sie darum, Königin Persephone möge sie in ihr dunkles Reich holen. Als sie eines Tages im Wald schlief, verwahrlost, mit zotteligem, verschmutztem Haar, das an ein wildes Tier erinnerte, stießen zufällig die drei Grazien auf sie. Sie hatten Mitleid mit dem Mädchen, das zartgliedrig war, aber völlig verwahrlost, und dessen ehemals kostbares Gewand jetzt abgenutzt und zerrissen war. Sie wussten, es war Ariadne, die Prinzessin, die Theseus hatte sitzen lassen. Die Grazien scharten sich um sie und flüsterten dem schlafenden Mädchen ins Ohr: *Mach dir keine Sorgen, junge Ariadne. Wir wissen, dass dir das Herz gebrochen wurde, dass du deinen Glauben und deinen Lebenswillen verloren hast, aber gib nicht auf. Du hast eine Aufgabe zu erfüllen, wirst bald erfahren, worin sie besteht. Verlier nicht den Mut, schönes Mädchen, denn die Götter haben versprochen, sich deiner anzunehmen und dich zu beschützen. Glaube daran, und alles, was du dir je gewünscht hast, wird sich erfüllen... denn obwohl es gebrochen ist, ist dein Herz rein und unverdorben.* Am nächsten Morgen wachte Ariadne auf und erinnerte sich an den Traum vom Besuch der Grazien – war es überhaupt ein Traum gewesen? Sie blickte zum Himmel hoch und entdeckte einen vergoldeten Wagen, bedeckt mit üppigen Weinreben und riesengroßen, purpurfarbenen süßen Trauben. Der Wagen glitt zur Erde hinab und hielt direkt neben Ariadne. Er wurde gelenkt von Dionysos, dem Gott des Weins und der Ekstase. *Komm mit mir*, forderte er sie auf. *Wir werden ein gesegnetes Leben führen, das glücklicher und erfüllter sein wird, als du es dir je hättest vorstellen können.* Dionysos streckte ihr die Hand hin, und sie ergriff sie. Sie kletterte auf den Platz neben ihm, und sie fuhren mit seinem Wagen hoch zum Olymp, wo sie heirateten und sie zur Gottheit wurde. Ariadne lebte endlich das Leben, das für sie vorherbestimmt war, nicht als kretische Prinzessin oder als die geplagte Frau von Theseus, sondern als Göttin, deren Tage faszinierender und segensreicher waren, als sie es sich je hätte träumen lassen.«

Yia-yia beendete ihre Geschichte und wartete auf Daphnes Reaktion. Aber am anderen Ende der Leitung blieb es still. Man vernahm lediglich das leise Atmen ihrer Enkelin mit dem gebrochenen Herzen, die eingeschlafen war, den Hörer immer noch ans Ohr gepresst.

»Gute Nacht, meine *koukla*«, flüsterte Yia-yia ins Telefon. »Schlaf gut, mein Liebes, meine wunderschöne Göttin.«

30

Sie hatte sich nie vor der Dunkelheit gefürchtet, aber in dieser besonderen Nacht war Daphne froh über das fahle Mondlicht. Sie ging den Strand entlang, hielt den Rocksaum in der Hand und tauchte die Zehen ins sanfte Ionische Meer. Das notdürftige Licht des Mondes breitete sich auf dem Wasser aus, glänzte wie ein Ölteppich.

Ach, was soll's. Mit einer Bewegung zog sie sich das Kleid über den Kopf und warf es auf den Sand. Sie watete bis zur Taille ins Wasser, hob die Arme, sprang hoch und tauchte hinein, wie sie es unzählige Male zuvor getan hatte, genau an dieser Stelle. Aber heute war dieses Bad im Mondlicht eindeutig anders als sonst. Sie war die ganze Nacht auf gewesen, war ziellos über dieselben Inselwege geschlendert, die sie Jahr für Jahr entlanggegangen war, seit sie laufen gelernt hatte. Daphne wusste von dem Moment an, in dem Yia-yia ihr verkündet hatte, dass sie Stephen nicht heiraten könnte und die Zypressen ihr zugeflüstert hätten, sie müsste die Hochzeit aufhalten, dass sie keinen Schlaf mehr finden würde.

Sie öffnete wie üblich die Augen unter Wasser, aber dieses Mal gab es nichts zu sehen. Sie wusste, die Fische und anderen Meerestiere waren im Wasser, wie immer, aber dieses Mal waren sie in der Dunkelheit verborgen. *Sie sind direkt vor mir, aber ich kann sie nicht sehen. Wie so viele andere Dinge an diesem Ort, in meinem Leben.*

Sie tauchte auf und schnappte nach Luft. Die Nachtluft war kühl. Sie strampelte und fächelte mit den Händen, um sich umzudrehen und hinaus auf das offene Meer zu schauen, dessen rhythmisches Auf und Ab dem Rhythmus ihres Atems zu entsprechen schien. Sie konnte kaum die zwei seitlich gelegenen Steinmolen der Bucht erkennen, aber sie wusste, dass sie da waren, irgendwo in der Dunkelheit. Mehr denn je war sie darauf angewiesen, dass diese für ihre Sicherheit sorgten.

Daphne ließ sich auf den Rücken fallen, von der Strömung tragen und von der Kraft der Flut mitreißen. Sie blickte zum schwarzen Himmel hoch, wünschte sich, die Flut würde sie weit wegtragen. Sie wünschte sich, sie könnte für immer so dahingleiten, wie eine Meeresnymphe, sorglos und sicher im Wasser, fern dem Unvermeidlichen, das sie an Land erwartete.

Wie war das geschehen? Warum hatte sie es nicht kommen sehen? Was verdammt noch mal sollte sie tun?

Daphne liebte nichts mehr, als in die Welt einzutauchen, die Yia-yia für sie kultiviert und geschaffen hatte. Sie konnte sich keine plastischere und effizientere Möglichkeit vorstellen, einem Kind wertvolle Lektionen über Selbstüberschätzung, Gier, Eifersucht und Rache beizubringen. Aber nun steckte Daphne in einem richtigen Dilemma. Für Yia-yia und Daphne war die Grenze zwischen Mythos und Wirklichkeit immer fließend und verschwommen gewesen. Aber es schien, als sei die Grenze dieses Mal nicht nur überschritten, sondern auch ausgelöscht worden. Es war eine Sache, in all diesen Möglichkeiten zu schwelgen, doch eine andere, als Erwachsene, Rechnungen begleichen, Löhne auszahlen, ein Kind aufziehen und eine Zukunft planen zu müssen. Daphne kam zu dem Schluss, dass sie es sich nicht leisten konnte, sich ihrer Fantasie hinzugeben.

Seit dem Tod von Mama und Baba hing die Unvermeidbarkeit, diese Entscheidung zu fällen, wie eine Gewitterwolke über ihr. Sie war jetzt die Erwachsene, die Verantwortliche, die *Amerikanida*. Und trotz Yia-yias wiederholten Beteuerungen, dass sie ihr Haus oder die Insel niemals verlassen werde, hatte Daphne immer gewusst, dass der Tag kommen würde, an dem es nicht mehr sicher oder klug war, dass die alte Frau hier allein lebte. Daphne hatte sich vor diesem Tag gefürchtet, so wie sie sich vor jeder Beerdigung gefürchtet hatte, die sie hatte ausrichten müssen. Gestern Abend hatte Daphne erkannt, dass es an der Zeit war. Die Fantasie hatte die Oberhand über die Wirklichkeit gewonnen, und dabei war die Vernunft auf der Strecke geblieben. Erneut lag es an Daphne, die Regelungen zu treffen.

Tränen stiegen ihr bei der Erkenntnis, was sie zu tun hatte, in die Augen. Die Strömung trug sie immer weiter ins Meer hinaus, aber Daphne kümmerte es nicht. Sie wünschte sich, sie könnte einfach verschwinden, wie die Tränen, die ihre Wangen hinunterrollten und im Meer verschwanden. Jetzt, da sie wusste, was sie tun musste, erkannte sie, dass dieser Ort hier nie wieder so sein würde, wie er es einmal gewesen war. Ihre geliebte Insel würde nicht länger ein Zufluchtsort sein. Künftig würde sie nur eine weitere Erinnerung an so viele nie mehr zu kittende, gebrochene Herzen sein, so viele tot geborene Einwandererträume.

Ich kann es tun, es ist am besten so. Daphne drehte sich auf den Bauch und schwamm in langen Zügen zum Ufer zurück. *Lange, kräftige Züge. Lange, kräftige Züge.* Ihre Arme durchschnitten das Wasser. Sie musste stark sein, stark genug für sie alle.

Sie muss mit mir kommen. Sie muss die Insel verlassen. Es gibt keine andere Möglichkeit. Daphne hatte ihren Entschluss gefasst. Es wurde Zeit. Sie würde darauf bestehen, dass Yia-yia Errikousa verließ und mit ihr, Evie und Stephen nach New York ging.

Das Blatt hatte sich gewendet. Früher einmal hatte Yia-yia Daphne vor den Ungeheuern bewahrt, die in ihrer Fantasie herumspukten und in ihre Träume drangen. Jetzt war Daphne an der Reihe, Yia-yia vor den Ungeheuern und rachsüchtigen Göttern, die aus den Märchenbüchern geschlüpft und in ihr Leben eingedrungen waren, zu retten.

Als sie schließlich wieder am Ufer war und sich ankleidete, klebte ihr das Kleid wie ein feuchtes Tuch am Leib. Auch wenn sie sich unbehaglich fühlte, in der kühlen Nachtluft fröstelte, bedauerte sie dieses spontane Bad im Mondlicht keinen Augenblick. Während Daphne in der Dunkelheit auf dem Rücken dahingetrieben war, hatte sie sich schließlich dem Unvermeidlichen gestellt. Es war überwältigend und niederschmetternd, aber zumindest hatte sie jetzt einen Plan. Vielleicht färbte Stephens Pragmatismus auf sie ab, aber in letzter Zeit fühlte sich Daphne mit einem Plan immer viel besser.

Sie hielt die Taschenlampe in der rechten Hand und drehte mit dem Daumen ihrer linken ihren Verlobungsring hin und her. Und so marschierte sie auf dem unbefestigten Weg in die Stadt. Als sie sich dem Hafen näherte, überlegte sie, wie spät es wohl war. *O Gott, es war wohl immer noch mitten in der Nacht, selbst die Fischer waren noch nicht zu sehen.* Sie ging in Gedanken ihren Plan durch. *Ich werde den Sonnenaufgang über dem Hafen beobachten und dann ins Hotel zu Stephen gehen, um ihn aufzuwecken.*

Sie spazierte am Dock entlang und betrachtete die *kaikis,* die sich im Wasser auf und ab bewegten. Ihre weißen Masten spiegelten das Mondlicht wider und durchdrangen den schwarzen Himmel wie eine Reihe schlanker Finger. Mittelfinger, stellte sich Daphne vor. Am liebsten hätte sie dem Himmel ebenfalls den Mittelfinger für das Schicksal gezeigt, das ihrer Familie erneut auferlegt worden war. Abgesehen von den auf und ab tanzenden Masten und dem ständigen dumpfen Aufschlag der Wellen gegen die Dammbalken, war es am Hafen still und ruhig. Daphne stand in der Mitte des Docks, nahm alles in sich auf, war völlig versunken in die tödliche Ruhe dieser Morgenstunde.

»Entweder bist du wirklich sehr früh auf oder es war eine lange Nacht. Was trifft zu?«

Die Stimme kam aus dem Nichts. Obwohl sie zusammenschreckte, war sie nicht überrascht, konnte sich denken, wer den Bann dieser frühen Morgenstunde gebrochen hatte.

»Yianni.« Sie strengte sich an, ihn in der Dunkelheit zu erkennen. »Ist es schon Zeit, deine Netze auszuwerfen?«

»Ich denke, meine Frage hat sich beantwortet. Du bist die ganze Nacht auf gewesen, nicht wahr?«

»Ja.«

»Nun, das muss ja 'ne tolle Party gewesen sein.« Er lachte und verschwand unter Deck.

Das Licht in der kleinen Kajüte ging an.

»Wo ist denn dein Bräutigam? Erzähl mir nicht, dass

er es nicht mit dir aufnehmen konnte und bereits im Bett ist?«

»Er ist im Hotel und schläft.«

»Kein gutes Omen für die Hochzeitsnacht.« Er kicherte, legte sich dann aber die Hände über den Mund, tat so, als sei er entsetzt. »Du weißt doch, dass ich nur Spaß mache, oder?«

Sie schüttelte den Kopf und lächelte ihn an. Ja, dieses Mal wusste sie, dass er nur Spaß machte. »Darf ich dich etwas fragen?« Sie bewegte sich auf das *kaiki* zu.

»Natürlich, was immer du willst.«

»Was hat Yia-yia in letzter Zeit für einen Eindruck auf dich gemacht? Ich meine, wie wirkt sie auf dich? Glaubst du, sie hat sich verändert?«

»Verändert? Natürlich – sie war noch nie glücklicher als jetzt, wo du und Evie bei ihr seid. Sie ist wieder wie eine junge Frau.«

Daphne wurde von einer neuen Woge von Schuldgefühlen erfasst. Für den Augenblick hörte sich das gut an, aber wie würde es sein, wenn sie und Evie wieder weg waren? »Was ich wissen will, ist...«

Yianni streckte ihr die Hand entgegen, und sie ergriff sie ohne Zögern. Mit schwieligen Fingern umfasste er ihr Handgelenk und half ihr an Bord.

Sie hob das Kinn, befand sich jetzt mit ihm zusammen an Deck des *kaikis*. »Ich möchte wissen, ob du irgendwelche Probleme für Yia-yia siehst? Ich mache mir Sorgen um sie, dass sie ihn verlieren könnte, zumindest ein bisschen.«

»Was verlieren?«

Daphne atmete tief durch. »Ihren Verstand, Yianni. Ich habe Angst, dass sie ihren Verstand verliert.«

Sie standen schweigend da, während Yianni verarbeitete, was Daphne gerade gesagt hatte. Schließlich öffnete er den Mund, um zu sprechen. Aber es waren nicht die Worte, die Daphne erwartet hatte.

»Beeil dich. Komm mit mir in die Kajüte. Jetzt.« Er griff nach ihrem Arm und zog sie mit sich. Daphne verlor das Gleichgewicht und landete an seiner Brust, schalt sich insgeheim, dass sie ihm vertraut hatte. Er schlang den Arm um ihre Taille und zog sie an sich. »Komm *jetzt* mit mir.« Das Drängen in seiner Stimme versetzte sie in Panik.

Was ist nur los mit mir? Was habe ich mir nur gedacht? Sie spürte, wie ihr die Tränen in die Augen traten, war wütend auf sich selbst, weil sie so naiv war und einen Moment lang angenommen hatte, sie könnte ihm vertrauen. »Was tust du da? Lass mich los.«

»Daphne, zum letzten Mal...« Er kam näher, und sie spürte seinen heißen Atem auf ihrem Gesicht. »Komm jetzt mit mir in die Kajüte.«

»Nein, nein«, zischte sie. »Ich gehe nirgendwohin mit dir.« Sie entriss ihm ihren Arm und steuerte wieder auf das Dock zu. Dieses Mal versuchte er nicht, sie zurückzuhalten.

»Gut, geh nur. Aber wenn die anderen Fischer mitbekommen, dass du mitten in der Nacht von meinem Boot wegrennst, was denkst du, werden sie sagen? Was denkst du, wie ihre Frauen reagieren werden, wenn sie heute Morgen nicht nur ihre Fische nach Hause bringen, sondern auch Klatsch verbreiten? Nichts kann einen Sommer mehr beleben als ein Skandal, und du mit deiner Sturheit bist im Begriff, den größten seit Jahren zu liefern.«

Sie erstarrte. Sie hatte immer noch einen Fuß auf dem

kaiki und den anderen auf dem Dock. Von der anderen Seite des Hafens waren schwache Stimmen zu hören, die näher kamen, und sie wusste, dass er die Wahrheit sagte. Die gelangweilten und selbstgerechten Frauen der Fischer liebten nichts mehr, als die Tugend einer Frau auseinanderzunehmen. Und der Ruf einer *Amerikanida*, die auf Besuch war, bot sich durchaus als prickelnder Gesprächsstoff an. Jetzt, wo so viel auf dem Spiel stand, wollte Daphne um nichts in der Welt Futter für Errikousas Klatschmühlen sein. Sie versuchte, die Dunkelheit zu durchdringen und griff blind hinter sich. Sie spürte die vertraut schwieligen Finger, die sie stützten, sie mit einer schnellen Bewegung wieder an Bord zogen und dann unter Deck.

»Tut mir leid, ich habe gedacht, dass ...«

»Was?« Er forderte sie auf, auf der kleinen Polsterbank Platz zu nehmen. »Bitte, sag es mir. Sag mir genau, was du gedacht hast.«

Sie dachte an Nitsa und die Geschichte, die sie ihr von Yianni und Sophia erzählt hatte; dass die beiden in jener Nacht im Hotel betrunken übereinander hergefallen waren. Seit sie dies gehört hatte, sah sie Yianni und Sophia immer in einer leidenschaftlichen Umarmung vor sich. »Ich, ich habe nur gedacht ...«, stammelte sie, unsicher, wie sie es ausdrücken sollte. »Nun, ich habe einfach gedacht, du würdest mich anmachen, versuchen, die Situation auszunutzen.«

»Die Situation ausnutzen? Mit der Verlobten eines anderen Mannes?«

»Ja.« Das Wort klang bitter in ihrem Mund.

»Na prima, Daphne, ganz toll.« Er schäumte, hatte die Hand zur Faust geballt.

»Nun, es wäre ja nicht das erste Mal!« In dem Versuch, aus der Grube, die sie sich selbst gegraben hatte, wieder herauszukrabbeln, war sie nur noch tiefer hineingeraten, wie ihr jetzt bewusst wurde.

»Wovon redest du eigentlich?« Yianni blickte sie mit großen Augen an. Sie war sich nicht sicher, ob sie Verwirrung oder Wut darin erkennen konnte, oder vielleicht ein bisschen von beidem.

»Ich kenne die Geschichte mit Sophia, was passiert ist, als du dich an der Hotelbar mit ihr betrunken hast. Also nahm ich an, du würdest mit mir dasselbe abziehen.« Sie versuchte, ihr immer noch feuchtes Kleid zu glätten, aber der Versuch war genauso sinnlos wie ihre Erklärung.

Yianni starrte sie an. »*Amerikanida*, ich habe dir mehr zugetraut. Du glaubst diese Geschichten doch wohl nicht wirklich?«

»Ehrlich gesagt, weiß ich überhaupt nicht mehr, welche Geschichten ich glauben soll. Aber ja, ich habe gehört, sie sei wahr.«

»Sophia ist einsam, und diese Einsamkeit bringt sie manchmal dazu, mehr zu trinken, als ihr guttut. Ich habe sie schon oft nach Hause begleitet, habe sie sogar ins Bett gebracht, wenn sie zu betrunken war, es selbst zu tun. Ja, es stimmt, sie hat mich viele Male für meine Bemühungen belohnt.« Seine Augen funkelten. »Ja, Daphne, Sophia hat mir viele Male dafür gedankt, dass ich sie ins Bett gebracht habe.«

Daphne wich zurück. Yia-yias Urteil über Yianni war falsch, auch das über Stephen und auch das über die Frauenstimmen im Wind. Daphne wünschte sich nichts sehnlicher, als aus dieser Kajüte herauszukommen, diesem

Lügengewebe zu entrinnen, so schnell wie möglich so weit wie möglich fern von Yianni zu sein.

Er beobachtete, wie Daphne sich immer mehr der Treppe näherte. Schließlich trat er zur Seite, um sie vorbeizulassen. Doch zuerst führte er zu Ende, was er zu sagen hatte. »Daphne, sie revanchiert sich bei mir mit Essenseinladungen. Natürlich nicht vergleichbar mit deinem Essen und dem von Yia-yia, aber es ist das Einzige, was sie mir je angeboten hat, das Einzige, was ich je von ihr angenommen habe. Essen, nicht Sex. Ich weiß, die andere Geschichte ist viel interessanter, aber diese ist die Wahrheit.«

Sie hatte die innere Gewissheit, dass er die Wahrheit sagte. Daphne vergrub den Kopf in den Händen. »Es tut mir so leid.« Verwirrt, beschämt und trotz ihres immer noch feuchten Kleides irgendwie erhitzt, warf sie ihm einen Blick zu. Und wieder spürte sie das vertraute Flattern, das ihr den Atem nahm. »Es tut mir so leid.«

»Ich weiß.« Der Unmut in seinem Gesicht war verflogen und durch ein schiefes Lächeln ersetzt worden. »Aber hör nicht auf die Klatschmäuler, du weißt es doch besser.«

Die Stimmen auf dem Dock waren jetzt deutlich zu hören. Yianni zog die Vorhänge zu, füllte das *Kännchen* mit Wasser und setzte es auf die Kochplatte. »Nun, erzähl mir, was du über Thea Evangelia sagen wolltest.« Draußen hatte die Morgendämmerung endgültig den Sieg über die Nacht davongetragen.

Daphne setzte sich wieder auf die Bank, dankbar, dass er ihr anscheinend verziehen hatte. »Ich hatte dich gefragt, ob du etwas an ihr bemerkt hast, ob du glaubst, dass sie in irgendeiner Weise abgebaut hat …«

»Ehrlich gesagt, wirkt sie im Augenblick auf mich kräftiger als sonst, als habe sie all ihre Energie für dich und Evie aufgespart, als sei sie in eurer Gegenwart neu geboren worden.«

»Aber wie steht's mit ihrem Verstand? Yianni, ich habe das Gefühl, als verliere sie den Bezug zur Realität.« So sehr sie sich Yianni gegenüber öffnen, ihm vertrauen wollte, sie brachte es nicht übers Herz, ihm zu berichten, was Yia-yia über Stephen und die Hochzeit gesagt hatte. Sie glaubte fest daran, dass er Yia-yia liebte und nur ihr Bestes wollte, wusste aber immer noch nicht, wie er zu ihr selbst stand.

»Da, du zitterst ja.« Er warf ihr eine Decke zu. Dann schenkte er zwei Tassen Kaffee ein und setzte sich zur ihr an den Tisch.

»Wie kommst du darauf, dass mit deiner Yia-yia irgendetwas nicht stimmt?«

»Sie äußert die seltsamsten Dinge. Ich weiß, sie hat immer geglaubt, die Insel spreche zu ihr, sie könne das Flüstern im Wind vernehmen. Aber es ist jetzt anders. Du weißt, es ist eine Sache, jemandem den Kaffeesatz zu lesen und ihm zu erklären, er habe Glück oder der Fisch beiße an, aber eine andere, sich diese Legenden anzuhören, als wären es Tatsachen. Sie glaubt allen Ernstes daran, dass die Insel zu ihr spricht. Ihr sagt, was sie tun soll.« Daphne starrte in die Tasse. *Mir sagt, was ich tun soll.*

Er stellte seine Kaffeetasse ab und beugte sich zu ihr. »Woher willst du wissen, dass es nicht so ist?«

Daphne hätte sich fast verschluckt, die heiße Flüssigkeit brannte ihr in der Kehle. »Du machst dich schon wieder über mich lustig, stimmt's?«

»Nein«, sagte er, ohne eine Miene zu verziehen. »Daphne, als ich hier auf die Insel kam, hatte ich nur die Absicht, den letzten Wunsch meiner Mutter zu erfüllen. Sie hat mir immer Geschichten über Evangelia erzählt, hätte ihre alte Freundin so gerne noch ein letztes Mal gesehen, um mit ihr zusammenzusitzen und an der Feuerstelle eine letzte Geschichte zu hören. Sie hat mich gebeten, sie nach Errikousa zu bringen, und ich habe ihr immer versprochen, ich würde sie eines Tages zurück zu Evangelia bringen. Aber ich war zu beschäftigt. Ich war so in meine Bücher vertieft, ging so sehr auf in der Vergangenheit, dass ich mir keine Gedanken über die Gegenwart und die Zukunft machte.«

Das Bild wurde jetzt klarer für Daphne, endlich verstand sie. Sie wunderte sich jetzt nicht mehr, dass er so wütend auf sie gewesen war, weil sie Yia-yia so lange nicht mehr besucht hatte. Er wusste, wie schlimm das für die alte Frau gewesen war, weil er Doras Herz gebrochen hatte. Er hatte denselben Fehler gemacht wie sie. Genau wie sie, war er einfach zu lange weggeblieben.

»Als ich den Anruf bekam, dass sie im Sterben liege, legte ich endlich meine Bücher aus der Hand, aber es war zu spät. Noch bevor mein Flugzeug landete, war sie gestorben, bevor ich ihr sagen konnte, wie sehr ich sie liebe. Sie war tot, bevor ich ihr für alles danken konnte, was sie für mich getan hatte, und bevor ich sie ein letztes Mal zu Evangelia bringen konnte. Ich hatte bei dem einzigen Menschen versagt, der mich nie um etwas bat, der nichts anderes tat, als mich zu lieben. Sie hatte so hart um das Überleben ihrer Familie gekämpft. Dora hatte so viel gelitten, und in meinem Egoismus erfüllte ich ihr nicht einmal den einzigen Wunsch, den sie mir gegenüber je äußerte.« Er wandte sich ab, aber vergeblich. Die Tränenspuren in seinem Gesicht glitzerten im frühen Licht des Tages.

Daphne hatte an jenem Morgen auf dem *kaiki* festgestellt, dass dieser Mann von Schmerzen gepeinigt wurde. Doch jetzt, als er von Dora erzählte, erkannte sie, dass er auch von Schuldgefühlen geplagt wurde.

»Mir wurde dann klar: Auch wenn Dora nicht mehr mit Evangelia am Feuer sitzen konnte, konnte ich es tun und würde es tun. Ich würde dies für Dora tun. Als ich Evangelia aufsuchte, saß ich mit ihr am Feuer. Nachdem wir unseren Kaffee getrunken hatten, schaute sie mir in den Kaffeesatz. ›Deine Suche endet hier‹, sagte sie. Anfangs dachte ich, dass es nur darum ging, dass eine sympathische alte Frau etwas Spaß mit einem jungen Besucher hatte. Aber dann ging ich zurück nach Athen, um meine Dissertation zu Ende zu bringen. Damals hatte ich die Columbia bereits hinter mir gelassen und war nach Griechenland zurückgekehrt. Ich verhielt mich wie ein Verrückter, war besessen von meinen Recherchen, zerstritt mich mit meinem Fachschaftsleiter und lief Gefahr, wegen meines frivolen Versuchs, die Geschichte neu zu schreiben, wie sie es bezeichneten, von der Uni verwiesen zu werden. Aber das war mir egal, denn ich war davon überzeugt, dass ich meine Theorie beweisen konnte.«

»Welche Theorie?« Daphne war verwirrt, überlegte, was zum Teufel diese Dissertation mit Yia-yia zu tun hatte.

»Ich war einfach ein übereifriger Doktorand«, – er fuhr sich mit den Fingern durch seinen dichten Haarschopf –, »fasziniert von der Schönheit und der Geschichte der Antike. Ich war gebannt vom Bild der pythischen Priesterin, davon, wie diese eine Frau die Hände des Mannes lenken und ihn in den Krieg oder zur Opferung schicken konnte. Aber im Laufe meiner Recherchen begriff ich, dass mehr hinter dem Orakel steckte als das, was die Historiker uns überlieferten.«

»Was hat das mit Yia-yia zu tun?« Daphnes Geduld verzog sich mit den letzten Spuren der Dämmerung.

»Unter den Altphilologen ging seit Jahren das Gerücht, dass es ein verlorenes Orakel aus der Antike gebe, ein reines und geschätztes Orakel, dessen Vorhandensein geheim gehalten würde, damit es nicht so wie die Pythia verdorben werde. Das Vorhandensein dieses mysteriösen Orakels war heftig umstritten und wurde gründlich untersucht, aber nie bewiesen.

So viele Jahre waren verstrichen, so viele Recherchen angestellt worden, aber die klügsten Altphilologen konnten lediglich mit einem Gerücht aufwarten, das sich nicht vom typischen Inselklatsch unterschied. Es war peinlich für die Universitäten, die Gelehrten und vor allem für die starrköpfigen Professoren, die behaupten, alles über die Antike zu wissen, aber bei Weitem versierter in Bezug auf ihre eigene Hybris sind als in Bezug auf die Texte der Antike. Aber ich konnte die Sache nicht vergessen, hatte immer die romantische Vorstellung, dass es diesen Ort und diese Frauen gebe. Vor Jahren behauptete ein Historiker, die Antwort liege in Homers *Odyssee*, aber diese These wurde nie bewiesen, und zudem machte Odysseus auf der Heimreise zu Penelope so viele Zwischenstopps.«

Als er Odysseus erwähnte, dachte Daphne an ihre vielen Fahrten nach Pontikonisi, wie sie sich vorgestellt hatte, wie er dieselben Wege entlanggegangen war, die sie jeden Sommer erforschte.

»Als ich mit deiner *Yia-yia* zusammensaß, erzählte sie mir, wie sie und meine Familie überlebten, wie sie eine Stimme gehört hatte, die ihr auftrug, meine Mutter und meine Grossmutter zu retten und sie in Sicherheit zu bringen. Sie berichtete mir, dass sie immer gewusst habe, wann es für sie an der Zeit war, sich in den Hügeln zu verstecken, wann die Soldaten anrücken und die Häuser nach Juden durchsuchen würden. Und dann hat sie meinen Kaffeesatz gedeutet... Erst Wochen später, als ich mal wieder alte Manuskripte durchsah, Homers Werke durchforstete, ging mir ein Licht auf. *Deine Suche endet hier*, hatte sie gesagt. Und endlich wusste ich, dass sie recht hatte.«

»Ach, Yianni, hör auf.« Daphne sprang auf, ohne darauf zu achten, wie klein und niedrig die Kajüte war. Sie stiess mit dem Kopf gegen einen Holzbalken, und das dumpfe Geräusch hallte in dem kleinen Raum wider. »Scheisse«, schrie sie. »Scheisse, Scheisse.« Sie fasste mit der Hand an die schmerzende Stelle und rieb daran. Sie blutete nicht, sie spürte lediglich einen scharfen Schmerz, gefolgt von einem Pochen, das dem dumpfen Geräusch der Wellen ähnelte, die gegen das Boot schlugen.

»Setz dich«, befahl er. Dieses Mal gehorchte sie ihm. »Ich weiss, es klingt verrückt.«

»Es ist verrückt.«

»Warum, Daphne? Warum erscheint dir das so verrückt? Warum bist du nicht offen für die Möglichkeit, dass es so etwas hier geben könnte?«

»Du hast wirklich zu lange in der Sonne gelegen.« Sie stand auf, wollte weg, doch er erhob sich ebenfalls, und sein Körper versperrte den engen Durchgang zwischen der Bank und der Wand. »Ich muss gehen.«

»Bitte, beantworte mir eine Frage.« Er öffnete die Hand so, dass die Handfläche nach oben zeigte, sich direkt vor ihrem Gesicht befand. »Beantworte mir nur das eine: Du glaubst doch an Gott, oder?«

»Ja.«

»Du bist Christin – du glaubst auch an Jesus Christus, nicht wahr?«

»Nun, ja... ich...«

»Und du glaubst an den *agios*, nicht wahr?«

»Natürlich.«

»Ich weiß, dass du's tust. An jenem Abend in Korfu sah ich, wie du zu ihm gebetet hast, während dein Freund sich umsah und herauszufinden versuchte, was eigentlich los war.«

Ich habe dich ebenfalls gesehen.

»Du bist also gläubig. Du brauchst nicht unbedingt etwas zu sehen, um es zu glauben. Du fühlst es.« Er hob ihre Hand an und legte sie auf sein Herz. »Hier. Hier fühlst du die Dinge.« Sie konnte seinen Herzschlag durch sein Hemd spüren.

»Daphne, vertrau ihr. Ich bitte dich, ihr zu glauben.« Sie spürte, dass ihr Herz wie wild hämmerte, und fragte sich, ob er es ebenfalls hören konnte. »Glaub uns beiden.«

Sie hatte das Gefühl, in der Kajüte sei keinerlei Sauerstoff mehr. Sie musste hier raus, musste an Deck, musste entfliehen und durchatmen... Jetzt. *Das ist Wahnsinn. Ich muss hier raus.* Sie glitt an ihm vorbei, berührte im Vorbeigehen seine Hüften. *Es ist das feuchte Kleid – ich muss unbedingt etwas Trockenes anziehen*, versuchte sie sich einzureden, als die Berührung mit Yianni sie elektrisierte.

Als sie nach oben ging, rief er ihr hinterher: »Daphne, hast du dir je überlegt, dass nicht Thea Evangelia den Verstand verliert... sondern dass du deinen nicht öffnen willst?«

Sie blieb nicht stehen, antwortete auch nicht. Erst als sie wieder sicher an Deck war, blickte sie sich um, ließ ihren Blick die enge Treppe hinunterwandern, zu ihm. Seine Augen waren dunkel, blickten wild.

»Daphne, du machst einen Fehler.«

Er wird nicht so groß sein wie der, den ich machen werde, wenn ich noch länger hierbleibe. Sie blickte zum Hafen, um sich zu vergewissern, dass dort niemand herumlungerte. Als sie erkannte, dass alle Fischer bereits auf dem Meer waren, rannte sie zurück zum Dock und legte den Weg zum Hotel im Laufschritt zurück.

31

Daphne rannte, ohne Atem zu holen, bis zum Hotel Nitsa. Dort blieb sie einen Moment lang stehen, stützte sich mit einer Hand auf das Schild, stemmte die andere in die Hüfte, krümmte sich und versuchte, wieder Luft zu bekommen und ihre Haltung zurückzugewinnen. *Der Himmel sei mir gnädig, was ist hier nur los?* Sie verweilte noch etwas länger vor dem Hotel, dankbar, dass es noch so früh und niemand draußen war. *Das darf alles nicht wahr sein! Ich werde heiraten. Ich werde endlich mein Leben in Ordnung bringen. Aber ich fange an, den Bezug zur Wirklichkeit zu verlieren, genau wie Yia-yia.*

Sie hätte nie erwartet, dass sie auf seine Berührung so reagieren würde. Sie hatte es nicht kommen sehen, und es hatte sie geängstigt, ja erschreckt. Als seine Hand nach ihrer fasste, hatte sie unerwartet ein Schauer durchlaufen. Selbst hier, auf festem Boden, weit weg von ihm und seinem *kaiki*, fühlte sie sich immer noch wackelig auf den Beinen. Sie lehnte die Stirn gegen das Schild und versuchte vergeblich, ihren Atem zu kontrollieren.

»Ja, wen haben wir denn da? Daphne *mou*, schon so früh auf den Beinen?«, rief Nitsa und kam durch die Doppeltür heraus. »Du hältst es wohl ohne deinen Bräutigam nicht aus?«

»Es ist noch früh; er ist bestimmt müde von der Reise. Ich will ihn nicht aufwecken.« Daphne versuchte, sich zu sammeln, indem sie ihr Kleid glatt strich, aber es war sinnlos.

Nitsa musterte Daphne von Kopf bis Fuß und stellte ihre Gießkanne ab, um sich eine Zigarette aus der Schürzentasche herauszufischen. »Er ist bereits wach, trinkt gerade seine zweite Tasse Kaffee und arbeitet im Hof an seinem Computer. Was also...« Sie inhalierte tief, hob den Kopf zum Himmel und zauberte dünne, weiße Rauchkringel in die Luft. »Was also ist los?« Sie warf den Kopf in den Nacken und wedelte mit der Zigarette in Daphnes Richtung.

»Was... was soll los sein?«

»Was ist mit dir los, Daphne? Du siehst ganz verstört aus.«

»Mir geht's gut«, log sie. »Ich geh jetzt zu Stephen.« Sie beugte sich vor und umarmte Nitsa, als sie an ihr vorbeiging. Daphne wusste genau, dass sie noch nicht wieder ganz in Ordnung war, aber sie würde es sein, musste es sein, hatte keine andere Wahl. Was mit Yianni geschehen war, war schlicht und einfach eine Nachwirkung der schwierigen Unterhaltung, die sie am Abend zuvor mit Yia-yia gehabt hatte; der traurigen Tatsache, dass Yia-yias Alter sich jetzt deutlich bemerkbar machte, eine Erkenntnis, die Daphne in der Seele wehtat. Es gab keine andere Erklärung dafür. Alles war ein Missverständnis. Es war, als wenn sie drei – Yia-yia, Yianni und sie selbst – eine Dreierbeziehung bildeten, in der jeder unterschiedliche Signale aussendete.

»Dein Kleid ist nass.« Nitsa ließ ihre Zigarette fallen und

drückte sie mit dem Schuh aus. »Und deine Wangen sind hochrot.« Sie blickte über die Schulter und beobachtete Daphne, die den Türgriff umklammert hielt, um das Hotel zu betreten. »Du solltest dir gut überlegen, was du sagst, bevor du diese Tür aufmachst.«

»Nitsa, ehrlich, da ist nichts...«

»Daphne *mou*, ich werde dir keine Fragen stellen, und du brauchst mir nichts zu erzählen.« Sie wandte sich um und sah Daphne ins Gesicht. »Ich weiß nur, dass deine *Yia-yia* ihre Gabe hat und ich meine. Ich sehe es dir an. Du wirkst so erschöpft, als habest du tagelang nicht geschlafen und würdest die Last der ganzen Welt auf deinen Schultern tragen. Und doch ist da unterschwellig noch etwas anderes. Da ist ein Funkeln in deinen Augen, Daphne. Ich erinnere mich daran, dass du dieses wunderschöne Funkeln als junges Mädchen hattest – aber es war verschwunden. Ich habe seit deiner Ankunft danach gesucht, konnte es aber nicht entdecken. Es war einfach weg... Simsalabim.« Nitsa zündete eine neue Zigarette an und wedelte mit ihr in der Luft herum, eine Rauchschwade stieg zum Himmel hoch, wie der Weihrauch von Vater Nikolaos' Weihrauchgefäß. »Ich weiß nur, Daphne, dass irgendetwas dieses Funkeln wieder entzündet hat. Das Strahlen ist Gott sei Dank in dein Gesicht zurückgekehrt... und es geschah, während Stephen in meinem Hotel schlief.«

»O Nitsa, du magst einfach den Klatsch und das Drama, nicht wahr?«, lachte Daphne und versuchte, Nitsas Bemerkung abzutun.

»Ja, ja, das stimmt«, gab sie schnaubend zu. »Aber ich liebe auch dich und deine *Yia-yia* wie meine eigene Familie. Und da dies so ist, wiederhole ich es noch einmal: Denk nach, was du sagen wirst, wenn du diese Tür öffnest. Denk gründlich nach, bevor du alles kaputt machst, ja?«

»Mach dir keine Sorgen, es ist alles okay.« Sie hauchte Nitsa einen Kuss zu und verschwand im Hotel.

Sie hörte Stephen, noch bevor sie ihn sah.

»Nein, kleine Fachgeschäfte. Außerhalb der Inseln gibt es nichts dergleichen... Ich weiß, wovon ich spreche.« Seine Stimme hallte in dem Marmorfoyer wider. Er saß an einem Ecktisch mit einer Tasse Kaffee, seinem Laptop, seinem iPhone – und Popi.

»Popi, was tust du denn hier?« Daphne ging zu dem Tisch, an dem ihre Cousine und ihr Verlobter saßen. Stephen wandte sich ihr zu, das Handy immer noch am Ohr, und küsste sie. Sie beugte sich vor und umarmte Popi. Die weichen Arme ihrer Cousine fühlten sich auf Daphnes kühler Haut angenehm warm an. Daphne zog sich einen Stuhl heran und setzte sich zwischen die beiden. Stephen war zu sehr in sein Telefongespräch vertieft, um den fragenden Blick und die hochgezogene Augenbraue von Popi zu bemerken.

»Was tust du denn hier?«, wiederholte Daphne, dankbar für das, was ihre Cousine heute Morgen hierher gebracht hatte, was auch immer es sein mochte.

»Stephen hat mich gebeten, mich hier mit ihm zu treffen. Ihm gefielen meine Ideen, und er möchte mir helfen.« Der Raum war kaum groß genug, um Popis Aufregung in Schach zu halten. »Was ist mit dir geschehen?«, flüsterte sie ihrer Cousine zu.

Daphne wedelte in der Luft herum und tat ihre Frage mit dieser Handbewegung ab, als handelte es sich um eine lästige Fliege. »Und worin besteht dieser große Plan?«, wollte Daphne wissen.

»Frappé«, erwiderte Popi.

»Frappé?«

»Okay, geht in Ordnung. Großartig. Wir treffen uns in New York.« Stephen legte das Handy auf den Tisch und wandte sich Popi zu. »Ist dein Pass noch gültig?«

»Ja, ich glaube schon... aber ich bin mir nicht sicher. Warum?« Ihre Stimme zitterte, ja, ihr ganzer Körper bebte.

»Du fliegst mit uns nach New York. Ich habe die Finanzierung in trockenen Tüchern, und wir werden das jetzt durchziehen.«

Popi sprang auf, warf sich Stephen stürmisch an den Hals. »Ich gehe nach New York, ich gehe nach New York!« Das gesamte Hotel erzitterte. Daphne legte die Hände auf die Kaffeetassen, damit sich ihr Inhalt nicht über Stephens elektronische Geräte ergoss. »Ich werde so wie du, Daphne *mou*, eine Geschäftsfrau. Genau wie du. Wir werden kleine Frappé-Läden eröffnen mit griechischen Süßigkeiten, kleine hübsche Läden – *Frappé Popi*.«

»Im Ernst?« Daphne blickte von Popi, der Tränen in den Augen schimmerten, zu Stephen.

»Im Ernst, das kann gar nicht schiefgehen. Nicht mit meinem Businessplan.« Er wandte sich Popi zu. »Du, meine schon bald angeheiratete Cousine, wirst bald sehr, sehr reich sein. Tu einfach, was ich dir sage, und es kann nichts schiefgehen.«

»Hast du das gehört, Daphne *mou*?« Popi griff nach der Hand ihrer Cousine. »Sehr, sehr reich... sehr, sehr reich«, trällerte sie und zog Daphne näher an sich heran.

Da ist er, der Mann, den ich heiraten werde. Daphne beobachtete, wie Stephen sich wieder seinem Laptop zuwandte, während Popi sie umschlungen hielt. *Das ist ein Mann, der Träume wahr werden lässt, der für mich sorgt und Dinge umsetzt... und das ist der Mann, der mich liebt. Yia-yia ist einfach verwirrt. Wie kann sie denken, dass ich ihn nicht heiraten sollte? Das ergibt keinen Sinn.*

»Popi, schau, das Geld wurde bereits auf unser Konto überwiesen. Es ist erledigt. Du solltest stolz sein, Popi. Ich habe in Daphne etwas Besonderes gesehen, und jetzt sehe ich es in dir. Das, Cousine Popi, ist der Beginn eines erfolgreichen Lebens für dich.« Stephen griff nach Daphnes Hand. »Für uns alle.«

Daphne brauchte ihre Cousine nicht anzuschauen, um zu wissen, dass sie wieder auf und ab hüpfte; sie hörte das Klappern ihrer *sayonares* auf dem Marmorboden und spürte das gewaltige Beben ihrer Bewegungen. Stattdessen warf sie den Kopf in den Nacken, um Stephen anzuschauen, der grinste wie ein Honigkuchenpferd.

»Weißt du, Popi, ich erkenne einen guten Businessplan sofort, und das ist einer. Er hat das Potenzial, uns alle reich zu machen. Wenn wir drei zusammenarbeiten, kann nichts schiefgehen.«

Als Daphne zu ihrem Verlobten hochblickte, dachte sie erneut an Yia-yia und an das, was sie gesagt hatte, als sie zusammenstanden und auf das klaffende Loch starrten, das die geflüchtete Fliege im Spinnennetz hinterlassen hatte. *Weißt du, Daphne mou,* hatte Yia-yia gewarnt, *Selbstüberschätzung ist sehr gefährlich. Ein Moment der Unachtsamkeit genügt, und die kostbare Beute ist getürmt, auch wenn deine Falle noch so raffiniert war.*

Vielleicht war sie eine alte Frau, die den Bezug zur Wirklichkeit verlor, aber Daphne konnte ihre Unheil verkündenden Worte nicht vergessen.

32

»Mommy, wo bist du denn gewesen?« Evie eilte in Daphnes Arme, als sie hörte, wie sich das Gartentor öffnete.

»Hi, Liebes.« Sie hob Evie hoch. »Ich musste kurz ins Hotel.« Sie setzte Evie wieder auf den Boden und nahm ihre kleine Hand in ihre. »Und ich wollte dich nicht wecken.«

Sie gingen Hand in Hand in die Küche, wo Yia-yia an der Anrichte stand und ein wenig warmes Wasser mit Hefe vermischte. Über ihrem schwarzen Kleid trug sie eine weiße Schürze. Ihr Halstuch hing über einem Küchenstuhl, und ihre grauen Zöpfe fielen ihr über den Rücken bis zur Taille.

»*Koukla mou*, ich habe dich vermisst. Komm, setz dich und nimm dir *kafe*. Ich mache gerade *loukoumades* für Evie – du solltest auch welche essen.«

Daphne zog sich einen Stuhl heran und setzte sich. Evie war schon wieder unterwegs, vergnügte sich wie üblich mit den Tieren und Käfern, die den Patio und natürlich auch das Lächeln des kleinen Mädchens zum Leben erweckten.

»Ich habe Popi im Hotel getroffen.«

»Popi, zu so früher Stunde? Sie schläft doch gewöhnlich gern lange.«

»Sie hat sich mit Stephen getroffen.« Yia-yia reagierte

nicht auf die Erwähnung seines Namens. Daphne fuhr fort zu berichten, konnte das Schweigen nicht ertragen. »Er hilft ihr dabei, ein Geschäft in Gang zu bringen. Er findet ihre Ideen gut und möchte ihr helfen.«

»Fein für sie. Sie ist ein gutes Mädchen und verdient es.« Daphne stellte fest, dass Yia-yia Popi lobte, aber Stephen mit keinem Wort erwähnte. »In New York, Yia-yia. Sie geht mit nach New York.«

»Ah, New York«, war alles, was Yia-yia dazu bemerkte. »Du hast nicht geschlafen, nicht wahr?«, fragte sie und wechselte das Thema. Dann vermischte sie die aufgelöste Hefe mit dem Mehl und fügte Rosinen, noch mehr warmes Wasser und eine Prise Muskat hinzu. Als alles vermischt war, legte sie ein sauberes Geschirrtuch darüber und stellte die Schüssel in den Ofen, damit der Teig aufging.

»Nein, ich habe nicht geschlafen«, erwiderte Daphne, als Yia-yia neben ihr am Tisch Platz genommen hatte. Sie wusste, sie konnte Yia-yia nicht anlügen – sie hatte es nie getan und würde auch jetzt nicht damit anfangen. »Nein, ich habe nicht geschlafen. Wie hätte ich auch schlafen können?«

»Du solltest dich jetzt hinlegen.«

»Nein, das will ich nicht. Ich will mit dir reden.« Sie griff über den Tisch und legte ihre Hände auf Yia-yias Hände. »Ich verstehe deine Worte von gestern Abend nicht, verstehe nicht, warum du nicht willst, dass ich glücklich werde.«

»Aber ich will doch, dass du glücklich wirst, *koukla mou*.« Sie bewegte den Kopf auf und ab, die Lider schwer vom Vorwurf ihrer Enkelin. »Niemand wünscht dir mehr als ich, dass du glücklich wirst.« Yia-yia griff nach ihrem Kopftuch und verknotete es unter dem Kinn.

Auch eine Witwentradition, dachte Daphne, als Yia-yias krumme Finger den Stoff verknoteten und das schwarze Dreieck auf ihrem Kopf befestigten. *Bedeck dein Haar, trage Schwarz, singe und jammere über deine Traurigkeit und heirate nie wieder.*

»Yia-yia, heutzutage sind die Dinge anders.«

»Die Dinge unterscheiden sich nie so stark, Daphne. Junge Leute meinen immer, die Dinge seien völlig anders. Aber das stimmt nicht. Es ist immer dasselbe. Von Generation zu Generation ist es dasselbe.«

»Aber Yia-yia, das wird ein Neuanfang für uns. Für mich, für Evie... für dich.« Als sie dies sagte, konnte sie Yia-yia nicht in die Augen sehen. Sie wusste, dass sie ihrer Großmutter bald sagen müsste, welchen Entschluss sie gefasst hatte – dass Yia-yia zu ihrem eigenen Besten Errikousa verlassen und mit ihnen nach New York gehen müsse. Bald müsste sie es ihr sagen, aber noch nicht jetzt. Es mussten noch zu viele andere Dinge geklärt werden, bevor sie sich mit diesem Drama befassen konnten.

»Ja, aber wie kannst du dir sicher sein, dass dies der richtige Neuanfang ist? Daphne *mou*, bist du sicher, dass dies dein Neustart ist, der richtige Weg?« Yia-yia strich über Daphnes Haar.

»Wie kannst du so sicher sein, dass dies nicht der Fall ist?« Sie setzte sich aufrecht, überlegte entsetzt, ob Yia-yia vielleicht wusste, wie elektrisiert sie gewesen war, als sie vorhin Yianni im Vorübergehen zufällig berührt hatte.

»Wie willst du deinen amerikanischen Traum leben, Daphne *mou*, wenn du schlafwandelnd durchs Leben gehst?«

Daphne saß schweigend da.

Yia-yia schwieg. Sie legte die Hände flach auf den Tisch und stützte sich darauf. »Ich weiß, was dieser Mann dir angeboten hat, und ich weiß, dass es verlockend ist. Aber du und er, ihr seid sehr verschieden. Wir unterscheiden uns von diesen Leuten.«

Wir unterscheiden uns von diesen Leuten. Sie sind nicht wie wir. Achte auf deine Kultur und deine Traditionen. Beflecke nicht dein Erbe, verunreinige nicht den Stammbaum. Diese Worte hatte Daphne als Kind immer wieder gehört, als sie auf der Anrichte in der Küche saß und zusah, wie Mama *loukoumades* machte, oder wenn sie auf Babas Knie schaukelte, während er die Zeitung las. Aber das war so lange her – sie hätte nie gedacht, dass dieselben Worte sie als Erwachsene, als erwachsene Frau, die ihre eigenen Entscheidungen über ihr Leben, ihre Zukunft und die Zukunft ihrer Tochter traf, heimsuchen würden.

»Yia-yia, ich bin nicht du.« Die Worte sprudelten aus ihr heraus, klangen barscher als sie beabsichtigt hatte. »Ich habe keine Lust, Jahr für Jahr allein herumzusitzen. Verdamm mich nicht zu einem einsamen Leben nach Alex' Tod. Es ist nicht meine Schuld, dass er tot ist. Ich wurde genug gestraft, will nicht weiter gestraft werden.«

»Glaubst du wirklich, die Traditionen seien mir wichtiger als dein Glück? Dass ich nicht will, dass du heiratest, weil du eine Witwe bist?« Yia-yias Augen wirkten jetzt noch schwerer, waren gerötet und verrieten Traurigkeit.

»Nun, ist es denn nicht so?«, flüsterte Daphne.

»Nein, ist es nicht. Niemand will mehr als ich, dass du glücklich bist, *koukla mou*. Niemand. Bist du so lange weg gewesen, dass du das vergessen hast?«

Schweigend schüttelte Daphne den Kopf. In ihrem Herzen wusste sie, dass es wahr war. Nie zuvor hatte sie an Yia-yias Zuneigung gezweifelt, und sie hasste sich dafür, dass sie es jetzt tat.

Wortlos erhob sich Yia-yia und begab sich zum Ofen. Sie wirkte müde, bewegte sich schlurfend voran, hob kaum die Füße vom Boden und stützte sich immer wieder auf die Anrichte. Sie öffnete den Ofen und nahm die Schüssel heraus, hob das Tuch an und überzeugte sich davon, dass der Teig aufgegangen war. In der Küche verbreitete sich der säuerliche Geruch von Hefeteig.

Daphne blieb sitzen, die Arme auf dem Tisch verschränkt und das Kinn aufgestützt, während sie ihrer Großmutter mit Blicken folgte. Nach einer Weile ließ die alte Frau einen winzigen Teigballen ins heiße Öl gleiten. Die Blasen an der Oberfläche verrieten ihr, dass es heiß genug war. Daphne erhob sich und trat zu Yia-yia, die die *loukoumades* zubereitete. Heutzutage gestattete sie sich nur noch selten solch dekadente Vergnügungen wie frittiertes Teiggebäck. Aber selbst in ihrem derzeitigen körperlichen und geistigen Erschöpfungszustand ließ sie sich die Gelegenheit nicht entgehen zu beobachten, wie flink Yia-yias Hände arbeiteten und perfekte Teigballen formten. Als sie noch ein sorgloses Kind in Yia-yias Küche gewesen war, hatte Daphne das Gefühl gehabt, dass alles, was sie sich je im Leben wünschen konnte, mit diesen Händen begann und endete.

Daphne setzte sich auf die Anrichte. Sie konnte nun direkt in die Schüssel schauen und zusehen, wie Yia-yia die linke Hand in den dünnen beigefarbenen Teig tauchte, sie dann hoch hielt, öffnete und langsam wieder schloss. Aus ihrer Faust löste sich die richtige Menge Teig, den sie mit einem Löffel auffing und dann in das heiße Öl gleiten ließ.

Der runde Teigballen wurde im Öl gewendet und weitere hinzugefügt, die sich hin und her bewegten und knusprig braun wurden. Als sie fertig waren, nahm Yia-yia ihren Löffel, fischte das Gebäck aus dem Öl und gab es in eine große Schüssel, die mit einem Geschirrtuch ausgelegt war, um das überschüssige Öl aufzufangen.

Yia-yia arbeitete schweigsam, bis der letzte kleine Donut aus dem heißen Öl herausgeholt war. Dann bestäubte sie alles mit Zucker, denn Yia-yia wusste, dass Daphne diese einfache Methode der traditionellen vorzog, die Honig vorsah. Sie spießte einen warmen Donut mit einem Zahnstocher auf und reichte ihn Daphne. Dann wischte sie sich die Hände an der Schürze ab und legte sie auf Daphnes Knie.

»Daphne *mou*. Ich weiß, du versuchst, hinter all dem einen Sinn zu erkennen. Ich will auf keinen Fall, dass du unglücklich wirst. Ich weiß, du denkst, mein Alter habe mein Urteilsvermögen getrübt – ich kann es an deinem Blick sehen. Aber ich werde dich nicht verurteilen, Daphne *mou*. Ich will, dass du glücklich wirst. Alles, was ich mir je für dich gewünscht habe, ist, dass du glücklich bist.«

»Aber Yia-yia...«

»Nein, es ist in Ordnung. Du wirst deinen Weg finden, genau wie ich.«

»Aber wie verhält es sich mit dem, was du mir gestern Abend über das Flüstern der Zypressen erzählt hast, über das, was sie dir gesagt haben? Über mich und Stephen?«

»Sie schweigen jetzt, Daphne *mou*. Sie sind müde, genau wie ich. Vielleicht ruhen sie sich aus und sagen, auch ich solle mich ausruhen.«

»Ich will, dass du dich für mich freust.« Daphne spürte

wieder das vertraute Kribbeln der Tränen, die ihr in die Augen traten. »Ich will deinen Segen.«

»*Koukla mou*, ich bin eine einfache alte Frau, die dich liebt. Ich gebe dir alles, was in meiner Macht steht, sogar mein Herzblut. Aber ich bin nicht befugt, den Segen zu erteilen. Das kann ich wirklich nicht.«

Daphne sprang hoch und umarmte ihre Großmutter. Es war nicht fair. Das, was Daphne gerade jetzt von Yia-yia benötigte, konnte oder wollte sie ihr nicht geben.

33

Daphne breitete mit Stephens Hilfe die rot-weiß gestreifte Decke auf dem Sand aus. Sie achtete darauf, dass sie weit genug vom Ufer entfernt war, damit die Flut nicht das Picknick ruinierte, das sie zu Hause vorbereitet hatte.

»Evie, Essen ist fertig!«, rief Daphne Evie zu, die mit Jack zum Strand geritten war.

»Na, was steht denn auf dem Speiseplan?« Stephen nahm die Alufolie von der Schüssel mit *loukoumades* und schob sich eins in den Mund.

»Köstlich.«

»Dachte ich mir doch, dass du das magst.« Sie lächelte ihn an. Es war angenehm, hier zu sein, sich zu unterhalten, die Gesellschaft des anderen und die Ruhe vor der Hochzeit zu genießen. Stephen war seit seiner Ankunft mit Popis Coffee-Bar-Plänen beschäftigt gewesen. Sie genoss es, ihn für sich zu haben, ohne iPhone oder Computer, die um seine Aufmerksamkeit wetteiferten. Der dumme Vorfall mit Yianni schien eine Ewigkeit her zu sein, obwohl es doch erst ein paar Stunden waren, seit sie sein Boot verlassen hatte und vor ihm weggerannt war. Vermutlich lag es an ihrem Schlafmangel. *Ich war müde und habe fantasiert*, dachte sie, als sie den Deckel einer Schale mit winzigen gebackenen Fleischbällchen anhob.

»Evie, Süße, bitte komm!«, rief Daphne und winkte Evie zu, die eine Ewigkeit zu brauchen schien, von Jack abzusteigen. »Die *keftedes* werden kalt.«

»Die Pläne gehen wirklich auf«, sagte Stephen und steckte sich ein *kefte* in den Mund. »Alle sind verrückt nach dieser Sache. Ich sag dir, das ist wie eines deiner vollkommenen Rezepte.« Er hob ein *kefte* in die Luft, drehte es zwischen den Fingern und studierte es von allen Seiten. »Ganz New York weiß inzwischen, dass aus der Vereinigung meines Geschäftssinns mit einer unglaublich talentierten...«

»...und nicht zu vergessen schönen Frau«, ergänzte Daphne.

»Ja, natürlich, nicht zu vergessen sehr schönen griechischen Frau, eine perfekte Geschäftsmöglichkeit, eine wahre Erfolgsgeschichte erwächst«, beendete Stephen seinen Satz. Er steckte sich das *kefte* in den Mund und griff nach dem nächsten.

»Hey, immer mit der Ruhe, heb noch ein paar für Evie auf.« Sie beschattete die Augen mit der Hand und rief erneut nach ihrem kleinen Mädchen, bis es endlich den Weg zur Decke fand und sich an den samtig weichen Stoff des roten Kleids ihrer Mutter schmiegte.

Als Erstes griff Evie nach den *loukomades* und stopfte sich drei davon in den Mund, bevor Daphne die Hand ausstreckte und Evies Finger zur Schale mit den *keftedes* lenkte. Das kleine Mädchen schob sich eine Handvoll in den Mund.

»Kann ich jetzt wieder gehen?«, fragte sie, den Mund voller Hackfleisch, Petersilie und Brotkrumen.

»Bist du sicher, dass du satt bist?« Daphne spielte mit den Locken ihrer Tochter.

Evie nickte, die Augen groß und flehend.

»Nimm noch ein Stück *spanakopita* – du brauchst etwas Gemüse.« Daphne reichte ihr ein Stück von der Spinat-Pie. Auch dieses verschwand im Mund des kleinen Mädchens.

»Kann ich jetzt gehen?« fragte Evie mit vollen Backen.

Daphne küsste das kleine Mädchen auf die Stirn. »Natürlich, Liebes.« Evie konnte nicht schnell genug von der Picknickdecke aufspringen.

»Hey, vergiss nicht, eine halbe Stunde zu warten, bevor du ins Wasser gehst«, rief Stephen Evie lachend hinterher. Sofern das kleine Mädchen ihn gehört hatte, tat sie zumindest so, als habe er nichts gesagt.

Daphne kicherte, als sie ihre Mundwinkel abwischte. »Mach dir keine Sorgen. Sie wird nicht ins Wasser gehen, und wenn, dann höchstens bis zu den Knien.«

»Ist das dein Ernst?« Stephen wandte sich um, beobachtete, wie Evie wieder auf Jacks Rücken kletterte.

»Ich wünschte, es wäre anders. Sie will einfach nicht schwimmen. Ich habe es immer wieder versucht, aber aus irgendeinem Grund hat sie Angst.« Daphne nahm sich eine große Portion Tomatensalat.

»Wir werden es schaffen, dass sie ins Wasser geht. Du wirst sehen, wenn wir zum Haus zurückkehren, wird sie sich im Wasser wohlfühlen wie ein Fisch. Ich denke, wenn wir beide mit ihr zusammen ins Wasser gehen, wirkt es beruhigend auf sie. Wir werden sie im Nu zum Schwimmen bringen.«

»Das hoffe ich.«

»Ich weiß es. Und wenn nicht, gut, dann versuchen wir es einfach so lange, bis sie's tut.« Stephen lächelte Daphne an und schwenkte seine Gabel wie ein Zepter.

»Sie ist ein Kind«, lachte Daphne. »Nicht ein Projekt mit einer Deadline.«

»Ich weiß, aber es ist eine Herausforderung, Daphne.« Er stocherte mit der Gabel im Salat herum. »Und du weißt ja, wie sehr ich Herausforderungen liebe.« Mit den Schneidezähnen schnappte er sich die Tomate von der Gabel.

»Ja, ja, ich weiß.« Sie nickte und dachte an ihre erste Begegnung zurück. Gleich zu Beginn hatte sie an Stephen fasziniert, dass er ein Nein als Antwort nicht akzeptierte, weder im Geschäfts- noch im Privatleben. Sie hatte seine Hartnäckigkeit bewundert, denn sie bringt die Dinge ins Rollen. Aber Daphne erkannte, dass es eine Zeit und einen Ort für diese zielgerichtete Hartnäckigkeit gab und dass sie in dieser Situation fehl am Platz war. Sie wusste, ihr kleines Mädchen reagierte auf Flüstern, auf eine sanfte Berührung und behutsame Vorschläge, nicht auf Befehle und Deadlines.

»Stephen, ich habe nachgedacht.« Sie stellte ihren Teller ab und wandte sich ihm zu, sprach endlich die Worte aus, die auszusprechen sie sich gescheut hatte. »Ich glaube, Yia-yia ist jetzt zu alt, um hier allein leben zu können. Ich mache mir Sorgen. Ich glaube nicht mehr, dass es gut für sie ist, allein hier zu sein.«

»Ja, ich verstehe.« Er nickte zustimmend. »Ich bin sowieso erstaunt, dass sie es so lange geschafft hat, sich allein durchzukämpfen. Auch wenn es hier sehr schön ist, ist es nicht einfach, auf eigene Faust zurechtzukommen. Ich glaube, du hast recht, Liebling. Es ist vermutlich besser für sie, wenn sie irgendwo lebt, wo es für sie einfacher und sicherer ist.«

Daphne atmete tief durch und spürte große Erleichterung. *Er hat es auch bemerkt. Er weiß, dass wir sie nicht hierlassen können, dass wir sie mit uns nach Hause nehmen müssen.* Sie lächelte, denn alles lief wunschgemäß.

»Ich bin so froh, das von dir zu hören.« Sie streckte die Arme nach ihm aus und umarmte ihn. Bisher hatte Yia-yia immer recht behalten – aber was Stephen anbetraf... Daphne war davon überzeugt, dass sie sich völlig in ihm geirrt hatte.

»Natürlich, Liebes.« Seine Whiskystimme hatte sie wieder einmal beruhigt – bis er weitersprach. »Wo befindet sich denn das nächstgelegene Pflegeheim? In Korfu?« Er spießte mit einem Zahnstocher ein weiteres Hackfleischbällchen auf.

»Pflegeheim? Wozu brauchen wir ein Pflegeheim?«

»Sicherlich gibt es eines in Korfu. Oder vielleicht in Athen. In Athen gibt es vermutlich bessere Einrichtungen, aber sie sind vermutlich viel teurer. Es liegt ganz an dir. Wenn wir wieder im Hotel sind, fangen wir an zu suchen, wir werden schon etwas finden, okay?« Er griff nach einem kühlen Bier, öffnete es, warf den Kopf zurück und nahm einen langen Schluck. »Daphne, mach dir keine Sorgen. Ich verspreche dir, wir finden etwas und kümmern uns um sie. Wir finden das Pflegeheim, das am besten zu ihr passt.«

Ihre Wangen röteten sich; sie spürte, wie sie glühten und kribbelten, so wie ihr gesamter Körper. Er redete, aber sie konnte und wollte nicht verstehen, was er sagte.

»Pflegeheim? Wozu brauchen wir ein Pflegeheim? Ich stecke Yia-yia doch nicht in ein Pflegeheim!«

»Warum nicht? Das ist doch sinnvoll.« Da war wieder dieser Pragmatismus.

»Für mich nicht, überhaupt nicht.«

»Daphne, komm, sei realistisch. Es wird nicht einfach sein, einen Pfleger zu finden, der bereit ist, den Winter auf dieser Insel zu verbringen.« Er trank sein Bier aus und stellte die leere Flasche hinter sich auf die Decke. »Ich weiß nicht, ob dies realistisch oder klug wäre. Mit zunehmendem Alter wird sie mehr Pflege und besseren Zugang zu Ärzten und einem Krankenhaus brauchen. Als mein Großvater zu alt war, um sich selbst zu versorgen, haben wir ihn sofort in einem Pflegeheim untergebracht. Es war am besten für ihn.«

»Vielleicht für ihn, Stephen. Aber hier geht es um Yia-yia, *meine* Yia-yia. Ich will nicht, dass sie in einem Pflegeheim lebt.« Sie rückte etwas näher an ihn heran. »Ich will, dass sie bei *uns* lebt.« So, es war gesagt.

Er setzte sich aufrecht, schüttelte den Kopf und lachte nervös. »Aber Daphne«, sagte er mit zusammengekniffenen Augen, »du nimmst mich wohl auf den Arm. Das kannst du doch nicht ernst meinen.«

Sie starrte ihn wortlos an.

Er erhob sich, als er erkannte, dass sie es ernst meinte. »Daphne, mal im Ernst. Wie sollen wir deine *Yia-yia,* so wundervoll sie auch ist, mit uns nach New York nehmen, damit sie bei uns in Manhattan lebt? Ich meine es ernst. Wie soll das funktionieren?« Er ging in die Knie und nahm ihre Hände in seine.

»Es wird klappen.«

»Ehrlich, Liebes, ich kann mir wirklich nicht vorstellen, wie das funktionieren sollte. Du weißt, ich würde alles für dich tun. Aber du musst unbedingt mit Logik und Verstand darüber nachdenken und dich nicht nur von deinen Gefühlen leiten lassen.«

Es war unmöglich, ohne Gefühle über Yia-yia zu sprechen. Jede Erinnerung, jeder Augenblick, alles, was mit Yia-yia zusammenhing, war mit Daphnes Gefühlen verbunden. Das war nicht voneinander zu trennen, unmöglich.

»Es wird funktionieren, es muss. Es gibt keine andere Wahl.« Sie schob seine Hände weg und blickte über das Wasser. »Sie wird mitkommen und mit uns leben.«

Sie zogen sich voneinander zurück. Daphne stand am Wasser, und Stephen stürmte den Strand hinauf, zu der Stelle, wo der Sand in Gestrüpp überging. Beide schwiegen. Nur Evies fröhliches Quietschen war über dem sanften Plätschern der Wellen zu hören.

Schließlich ertrug Stephen das Schweigen nicht länger und kam auf sie zu. »Daphne, erklär mir genau, wie wir das schaffen sollen? Millionen von Menschen bringen jedes Jahr ihre Eltern und Großeltern in Pflegeheimen unter. Ich verstehe nicht, worin das Problem besteht.« Er blieb kurz vor der Wasserlinie stehen, achtete darauf, dass das Wasser nicht seine Hosenbeine berührte. »Ich verspreche dir, dass wir dafür sorgen, dass sie die beste Pflege bekommt. Sie wird alles haben, was sie braucht.«

»Wir sind alles, was sie braucht.«

Daphne hielt den Saum ihres roten Rockes hoch, stand jetzt bis zu den Waden im Wasser. Sie wandte sich ihm nicht zu, sondern starrte geradeaus aufs Meer. »Stephen, hier ist das nicht üblich. Wir schicken unsere Familie nicht weg. Wir kümmern uns selbst um unsere Eltern und Großeltern, so wie sie sich um uns gekümmert haben, als wir klein waren.« Sie ließ ihren Rocksaum los, sodass er ins Wasser glitt und sich rund auf der Oberfläche ausbreitete wie eine Blutlache. »Stephen, jeder Kreis schließt sich. Kannst du das denn nicht verstehen? Ich kann Yia-yia nicht in ein Heim bringen, ich kann es einfach nicht.« Sie wandte sich um und ging auf ihn zu.

»Aber du vergisst eines.« Er legte ihr die Hände auf die Schultern und blickte sie durchdringend an. »Wir leben nicht hier, wir leben in New York. In einem anderen Land, mit anderen Regeln... *unseren* Regeln, Daphne. Deinen und meinen.«

»Nicht, wenn es um diese Sache geht.«

»Du bist also plötzlich wieder das der Tradition verhaftete, brave, kleine griechische Mädchen? Wann ist das passiert? Du hast mir x-mal vorgejammert, wie unangenehm all dies für dich als Heranwachsende war. Wie rückständig diese Insel ist, mit den arrangierten Ehen und dem Hexensabbat der alten Witwen.« Er hob die zu Fäusten geballten Hände und ließ sie dann wieder fallen. »Daphne, bitte erklär mir, wie das funktionieren soll, wenn ich Kunden einlade, wenn wir in unserer eleganten Wohnung Dinnerpartys geben. Ich kann es regelrecht vor mir sehen... Unsere Gäste genießen das Essen, das meine eigene Viersternechefköchin und Ehefrau zubereitet hat. Sie genießen die hervorragenden Speisen, trinken die besten Weine, unterhalten sich geistvoll, achten aber keine Sekunde auf die *Yia-yia*, die ganz in Schwarz gekleidet ist und in ihren Flipflops über unseren Parkettboden schlurft. Daph, was soll sie tun? Soll sie am Ende des Dinners den Gästen ihren Kaffeesatz lesen und ihnen erklären, ob sie das Geschäft abschließen sollen oder nicht? Immerhin ist das etwas, was kein anderer Banker in New York aufweisen kann, seine eigene Haus-Hexe. Daphne, das ist toll fürs Geschäft, einfach toll.« Er bewegte sich jetzt im Kreis, sein Gesicht war so hochrot wie ihres.

Sie hatte Stephen nur zweimal im Angriffsmodus erlebt. In beiden Fällen war es um ein geplatztes Geschäft gegangen. Beide Male hatte er einen Verlust in Millionenhöhe gemacht. Vielleicht, überlegte Daphne, war das heute das dritte Mal.

»Stephen, hier geht es um unsere Familie, nicht ums Geschäft.«

Er ging auf sie zu. »Tut mir leid, Liebes, tut mir sehr leid, denn ich weiß ja, wie wichtig das für dich ist, wie wichtig *sie* für dich ist. Trotzdem sehe ich keinen Weg. Es lässt sich einfach nicht mit unserem Leben vereinbaren.« Er warf erneut die Hände in die Luft und zog die Schultern hoch, so als würde sich das Problem allein dadurch lösen, dass man es zerlegte und analysierte. »Daphne, es lässt sich nicht vereinbaren.«

Sie starrte lange zu ihm hoch, dann senkte sie den Kopf. Es schmerzte, in seine emotionslosen Augen zu blicken.

Dann passen wir eben nicht zusammen.

Der Wind wurde schärfer, wirbelte die Luft eines typisch heißen und trägen Nachmittags auf. Daphne rannte auf die Picknickdecke zu, versuchte, die Überreste ihres Essens davor zu bewahren, vom Wind weggeweht zu werden. Mit tränennassen Augen beobachtete sie, wie der Zephyr eine weiße Papierserviette hochwirbelte, in der Luft kreisen und tanzen ließ, genauso anmutig und hübsch wie eine griechische Braut bei ihrem Hochzeitstanz.

34

Nachdem Stephen zum Hotel davongestürmt war, suchte Daphne Trost in der Wärme eines ruhigen Abends zu Hause mit Yia-yia und Evie. Sie sehnte sich nach Yia-yias sanfter, beruhigender Berührung, um die Unsicherheit zu verdrängen, was die Zukunft für sie bereithielt. Daphne hielt die Handflächen übers Feuer. Es war erst Mitte August, doch in der Luft war bereits ein Hauch frühherbstlicher Frische. Sie wickelte sich in eine Häkeldecke und schlang aus Schutz vor der Kühle, die die Brise mit sich brachte, die Arme um sich. Die meisten nahmen ihn nicht wahr, doch Daphne hatte gelernt, den Wandel in der Luft zu spüren, zu riechen. Selbst als junges Mädchen war sie sich immer der ersten Anzeichen dafür bewusst gewesen, dass eine Jahreszeit zu Ende ging und eine andere bald beginnen würde. Im Unterschied zu den meisten Leuten hatte Daphne noch nie Vergnügen am Herbst gefunden, in dem rostbraune und gelbe Blätter die Bäume im Wald schmückten. Der Anblick eines Wollpullovers oder der geringste Hauch von Kühle reichten stets aus, um sie melancholisch werden zu lassen. Für Daphne waren dies Hinweise darauf, dass der Sommer zu Ende ging und sie bald in ihr Leben in New York zurückkehren würde. Ein Leben, in dem sie sich hinten im Lokal ihrer Eltern versteckte, statt hier in Errikousa frei umherzustreifen. Als sie jetzt die winzige Veränderung in der Luft spürte, überkam sie wieder einmal dieses düstere Gefühl. Doch sie wusste, dass der Wandel der Jahreszeiten dieses Mal bedeutender war denn je zuvor.

»Sieh dir unsere *koukla* an.« Yia-yia deutete auf Evie, die in jeder Hand einen Zweig hielt und in der Ecke des Hofs herumwirbelte und tanzte. Yia-yia reichte Daphne eine Tasse mit frisch aufgebrühtem Kamillentee. Die winzigen gelb-weißen Blüten wuchsen überall auf der Insel, und sie zu pflücken war, wie auch das Ernten des Oregano, ein alljährliches Ritual von Großmutter und Enkeltochter gewesen. Das süße Aroma des Kräutertees, das aus dem heißen Becher aufstieg, hatte immer eine beruhigende Wirkung auf Daphne gehabt, und heute Abend war es nicht anders.

»Sie sieht aus wie eine kleine Waldnymphe, die in einer Grotte tanzt.« Yia-yia lächelte, als sie sich an der Steinmauer der Feuerstelle abstützte und auf ihren Stuhl niederließ. Daphne streckte den Arm aus, um ihr zu helfen, doch Yia-yia schüttelte ihn ab und setzte sich.

»Sie ist glücklich.« Daphne umfasste den Becher mit beiden Händen und beobachtete, wie Evie über den Patio hüpfte, während ihr Kätzchen mit der Pfote nach dem Saum ihres Kleides schlug.

»Und du?«, fragte Yia-yia. »Bist du glücklich, Daphne *mou?*«

Daphne wandte sich ihrer Großmutter zu. Sie schaute in Yia-yias gerötete Augen, betrachtete die Furchen und Falten in ihrem Gesicht und die Altersflecken auf ihrer olivfarbenen Haut, Anzeichen dafür, dass Zeit verstrichen war und Lektionen gelernt worden waren. Dies war das Gesicht des Menschen, den sie am meisten auf dieser Welt liebte und dem sie am meisten vertraute. So war es immer gewesen.

»Ich bin mir nicht mehr so sicher.« Ihr wurde leichter ums Herz, als sie diese Worte aussprach. »Woher hast du es gewusst?«, fragte sie mit leiser Stimme. Ihre Augen bettelten um Antworten. »Woher hast du gewusst, dass Stephen nicht der Richtige für mich ist?«

»Ich wusste es, Daphne, wusste es, noch bevor ich ihn gesehen hatte.« Sie seufzte, ein tiefes trauriges Seufzen, das tief aus ihrem Inneren zu kommen schien. »Ihr beide gehört nicht zusammen. Es ist nicht vorgesehen.«

»Wie ist das möglich? Wie konntest du es wissen, noch bevor du ihn gesehen hast?«

»Ich habe es dir gesagt, *koukla*, aber du hast dich ja entschieden, es nicht zu hören. Hast dich entschieden, nicht zu glauben.«

Daphne führte den Becher an die Brust. Sie spürte ihr Herz immer schneller schlagen. »Ich bin bereit, zuzuhören, Yia-yia. Ich bin bereit.« Konfrontiert mit so vielen neuen Fragen, wollte Daphne nun endlich nach Antworten suchen.

»Ich wusste, dass dieser Tag kommen würde, *koukla*. Ich war mir nur nicht sicher, wann. Ich hoffte, dass er bald kommen würde – ich hoffte, dass er kommen würde, bevor du mich wieder verlässt.«

Daphne stellte den Becher auf den Boden, beugte sich zu Yia-yia hinüber und umfasste ihre Hände. »Ich werde dich nicht verlassen.« Ihr Lachen kaschierte den Schluchzer, der ihrer Kehle zu entweichen drohte. »Ich bin mir noch nicht sicher, was das bedeutet, aber ich werde dich nicht verlassen, Yia-yia. Nie wieder.«

Sie wusste, dass es die Wahrheit war. Sie konnte Yia-yia nie wieder verlassen, selbst wenn sie dadurch Stephen verlieren würde.

Yia-yia schloss die Augen. »Ich habe dir erzählt, dass meine *Yia-yia* mir, als ich ein kleines Mädchen etwa in Evies Alter war, mein Schicksal vorhergesagt hat. Sie hat mir gesagt, dass ich hören würde, wie die Insel mit mir spricht, dass ich eines Tages ihre Geheimnisse kennen würde. Ich habe erst verstanden, was sie damit meinte, als ich Dora im Judenviertel sah. Da hörte ich es und begriff. Aber selbst dann, Daphne, selbst dann, habe ich nicht verstanden, warum. Warum war ich auserwählt worden? Was bedeutete es, und warum war ich diejenige? Ich hatte nichts Besonderes getan. Ich war in keinerlei Hinsicht außergewöhnlich. Ich unterschied mich nicht von irgendeinem der anderen Mädchen auf der Insel, die dazu erzogen worden waren, Ehefrauen und Mütter zu sein. Doch dann schlief ich eines Abends, kurz nachdem ich Dora hierhergebracht hatte, mit deiner Mutter im Arm ein, während ich sie stillte. Plötzlich wurde ich wach und dachte, ich hätte deine Mutter weinen hören, weil sie noch mehr Milch haben wollte. Aber sie schlief, eingekuschelt in meine Armbeuge. Ich blinzelte in die Dunkelheit und glaubte, jemanden in der Ecke des Zimmers zu sehen, aber ich war mir nicht sicher. Und dann sah ich sie.« Yia-yias Gesichtszüge wurden ganz weich bei dem Gedanken an diese Nacht. In ihren Augen zeigte sich ein fernes, sehnsuchtsvolles Glühen, so als sähe sie das Bild dieses Menschen nach so vielen Jahren noch immer vor sich.

»Es war meine *Yia-yia*, meine geliebte *Yia-yia*, die sich um mich sorgte und mich so zärtlich und gänzlich liebte, wie ich dich liebe.« Tränen rollten Yia-yia die Wangen hinab wie langsame, träge Flüsse, die im Lauf der Jahre die Furchen und Falten gegraben hatten, in denen sie verschwanden. »Als sie auf mich zukam, wollte ich hochspringen, um sie zu umarmen und zu küssen, denn ich vermisste sie schmerzlich. Doch sie legte den Finger auf die Lippen und streckte mir den Arm entgegen. »Das Baby«, sagte sie. »Bleib liegen, meine Evangelia, und weck das kostbare Baby nicht.« Ich wiegte also deine Mutter in meinen Armen und sah, wie meine tote Großmutter ans Bettende trat. Aber ich hatte keine Angst, kein bisschen Angst.« Yia-yia schüttelte den Kopf. Ihr Schal glitt nach unten und brachte ihre Zöpfe zum Vorschein.

»Dies war meine Yia-yia. Sie war zu mir gekommen, und ich empfand nichts als Liebe und Dankbarkeit. ›Die Insel hat zu dir gesprochen, Evangelia‹, sagte sie. ›Du bist gesegnet. Du bist eine gute Frau mit einer reinen Seele. Die Geister wissen, dass sie dir vertrauen können, meine Enkelin, so wie sie auch mir und meiner Großmutter vertraut haben. Vor vielen Jahren wurden wir auserwählt, weil unsere Herzen rein und im Unterschied zu so vielen anderen frei von Selbstsucht und Dunkelheit sind. Doch mit dieser Ehre geht auch eine Last einher, meine *koukla*. In alten Zeiten waren die Orakel, die das Flüstern der Göttinnen hören konnten, Jungfrauen oder Witwen. Wir sind keine Jungfrauen, dafür aber Witwen. Wir sind gesegnet, mein Mädchen, aber auch verflucht. Ein gebrochenes Herz wird leicht schwarz, bitter und von Zorn erfüllt. Aber nicht deines – deins ist rein geblieben, selbst nachdem es gebrochen war. Und deswegen wurdest du auserwählt. Die Welt hat sich verändert, seit diese Gabe unseren Vorfahren geschenkt wurde, mein Kind. Aber dennoch brauchen wir göttliche Führung, die uns zuweilen hilft, das zu sehen, was sich direkt vor unseren Augen befindet, damit wir entscheiden können, welchen Weg wir nehmen sollen, die uns hilft, das zu hören, was in der Brise geflüstert wird.‹«

Daphne zitterte bei Yia-yias Worten. War es das, was Yia-yia gemeint hatte? Dass dies der Fluch ihrer Familie war, ihre Geschichte? War dies dann auch ihr Schicksal – eine Witwe zu sein, ihr Leben allein zu verbringen, voller unerfüllter Träume, während sie anderen half, ihre Träume zu erfüllen? Sie glaubte, eine Entscheidung treffen zu müssen, eine Entscheidung, die den Weg für den Rest ihres Lebens vorzeichnete. Doch Yia-yias Worten zufolge war diese Entscheidung bereits für sie getroffen worden.

»Und dann, Daphne *mou*«, fuhr Yia-yia fort und ließ den Blick von der untergehenden Sonne wieder zurück zu Daphne wandern, »und dann war meine Yia-yia verschwunden. Es war das letzte Mal, dass ich sie sah, obwohl ich ihre Stimme Tausende Male im Kopf und sogar in der Brise gehört habe.« Yia-yia hob die zitternde Hand, um an ihrem Tee zu nippen. Die Tasse schaukelte in ihren Händen, und die Flüssigkeit lief über den Rand und hinab auf den schwarzen Stoff ihres Kleides. »Du siehst, Daphne, ich wusste, dass dieser junge Mann nichts für dich ist. Ich habe das Flüstern gehört. Es hat mir gesagt, dass dich ein Leben voller Traurigkeit erwarten würde, wenn du dich an ihn bindest. Dass dein Herz noch einmal gebrochen würde. Dieser Mann sieht in dir nicht den Menschen, der du in Wahrheit bist. Er glaubt, dich zu kennen, doch er sieht nur die Oberfläche, hat Angst, tiefer zu schauen. Du verdienst jemanden, der tiefer schaut, Daphne, der dich so liebt, wie du gewesen bist und wie du jetzt bist. Der nicht nur die Daphne liebt, die du werden könntest. Ein Mann, der dir nicht tief ins Herz schauen kann, wird dein Herz brechen. Es wird nach und nach, im Lauf der Zeit geschehen. Aber er wird dein Herz brechen. Und dein Herz ist schon genug gebrochen worden.«

Daphne schaute hoch zum dunklen Nachthimmel. Eine Sternschnuppe explodierte. Persephone, Ariadne... Evangelia, Daphne. Andere Frauen, andere Zeiten. Doch ihre Geschichten waren einander so ähnlich. Ihre Geschichten, die so viel mehr waren als Mythen.

Daphne versprach Yia-yia, dass sie zuhören würde, und das tat sie auch. Sie blieb fast die ganze Nacht auf, lauschte den Geschichten der Insel und den Erzählungen darüber, wie Yia-yia so viel im Leben gelernt hatte, indem sie einfach nur innegehalten, still dagesessen und gelauscht hatte. Am Ende war Daphne klar, dass Yia-yias Überzeugungen und ihre Lebensweise nichts Altmodisches oder Engstirniges hatten. Yia-yia erklärte, dass sie betete und hoffte, dass Daphne wieder einen Mann fand, den sie lieben und mit dem sie ihr Leben teilen konnte. Dass es zwar stimmte, dass die Zypressen flüsterten, die Tradition, dass Witwen nie wieder heirateten, jedoch einfach darin begründet war, dass es auf der Insel nie Männer gab, die die Frauen hätten heiraten können. Es gab kein Stigma, sondern einfach nicht genug Männer. Doch wenn sie wieder heiratete, dann müsste sie es aus Liebe tun, ließ Yia-yia ihre Enkelin versprechen – nicht aus Sicherheit, nicht des Geldes wegen und auch nicht wegen des körperlichen Vergnügens, sondern aus wahrer Liebe, der Liebe, die sie mit Alex kennengelernt hatte.

Als sie schließlich kurz vor dem Morgengrauen ins Bett gingen, küsste Daphne die faltige Wange ihrer Großmutter und dankte ihr. »Du brauchst mir nicht zu danken, Daphne *mou*. Ich habe nichts für dich getan, außer dich zu lieben. Und das, meine *koukla*, ist alles, was ich dir geben kann und alles, was je in diesem Leben eine Bedeutung für mich hatte: dass du weißt, wie sehr du geliebt wirst.«

Als Daphne in jener Nacht zu Bett ging, da wusste sie, dass sie an einem Scheideweg in ihrem Leben stand, dass sie mehr Zeit brauchte. Sie brauchte mehr Zeit mit Yia-yia, mehr Zeit für Evie und mehr Zeit, um herauszufinden, wie Stephen, wenn überhaupt, in ihr Leben passte. Sie beschloss, am nächsten Morgen zum Hotel zu gehen und ihm zu sagen, dass ihr klar geworden sei, dass alles zu schnell ging, dass sie noch nicht wieder bereit war, eine solche Bindung einzugehen. Er war das Produkt seiner Umwelt, so wie sie das Produkt ihrer Umwelt war. Und nichts – weder ein neues Bankkonto noch eine neue schönere Nase – konnte je etwas daran ändern, wer sie war.

Es war sicher noch nicht lange her, dass sie eingeschlafen war. Es war noch immer dunkel in dem winzigen Schlafzimmer, und draußen vor dem Fenster konnte Daphne kaum das erste silberne Licht ausmachen, das durch die dunkle Decke der Nacht drang, die noch immer die Insel überzog. Zuerst dachte sie, es sei das Quietschen der Bettfedern unter ihr. Doch sie lag völlig ruhig da und hörte es wieder. Daphne setzte sich im Bett auf und blinzelte in die Dunkelheit. Dort, am anderen Ende des Zimmers, stand Yia-yia in ihrem weißen Nachthemd. Ihre Zöpfe waren nicht geflochten, das Haar floss ihr bis zur Taille. »Yia-yia – wieso bist du noch auf?«, fragte Daphne.

»Ich wollte dir noch einmal Gute Nacht sagen, meine Daphne.« Yia-yia kam schlurfend an ihr Bettende. »Ich muss sichergehen, dass du weißt, wie sehr ich dich und deine wunderschöne kleine Evie liebe. Ich habe nie auch nur einen Moment lang an dir gezweifelt, Daphne, selbst als du selbst an dir gezweifelt hast. Ich habe es nie getan. Ich liebe dich von ganzem Herzen, meine *koukla*. Du wirst wieder glücklich werden, wenn du schließlich bereit bist, wieder deinem Herzen zu folgen. Schließ einfach nur die Augen und lausche. Dich erwartet ein wunderschönes Leben, und diejenigen, die dich lieben, werden immer an deiner Seite sein. Wenn du Kraft oder Hilfe brauchst, dann versprich mir, dass du einfach nur die Augen schließt und lauschst.«

»Das werde ich Yia-yia. Ich verspreche es dir.« In Daphne war kein Zweifel mehr. Der Zweifel war verschwunden, aus ihrem Leben vertrieben wie die Möglichkeit, den Traum einer anderen zu leben, das Schicksal einer anderen und nicht ihr eigenes zu erfüllen.

»Gute Nacht, meine *koukla*.« Yia-yia wandte sich um und schlurfte aus dem Zimmer. Daphne rollte sich auf die Seite und schlief sofort wieder ein. Sie schlief in dieser Nacht friedlich und tief, zuversichtlich, dass sie die richtige Entscheidung treffen und nie mehr aus dem Blick verlieren würde, was sie am meisten in ihrem Leben schätzte: ihre Familie und ihre Geschichte – und ihre Zukunft.

Daphne fand sie am nächsten Morgen, ihren leblosen Körper, der in dem schmalen Bett lag, in dem sie jede Nacht allein verbracht hatte, seit ihr junger Ehemann auf dem Meer verschollen war. Sie sank neben dem leblosen Körper ihrer Großmutter auf den Boden und beugte sich vor, um Yia-yias eingefallene Wangen zu küssen. Tränen flossen ihr übers Gesicht und auf Yia-yias fahle Haut. Sie zog die Bettdecke hoch bis zu Yia-yias Brust und bedeckte die noch immer warmen sterblichen Überreste der Frau, die sie so viel über das Leben und die Liebe gelehrt hatte. Während sie den weichen Flanell streichelte, der Yia-yias Arm bedeckte, führte sie die Hand ihrer Großmutter an ihren Mund, küsste die dünne Haut der knotigen Finger und betete darum, den Adern, die sich unter der Haut ihrer Hand abzeichneten, auf irgendeine Weise wieder Leben einhauchen zu können. Sie wusste, dass sie Yia-yia dort liegen lassen und Evie erklären musste, was passiert war; dass sie Vater Nikolaos verständigen, Vorkehrungen treffen und die Freunde und die Familie benachrichtigen musste – aber sie konnte sich noch nicht losreißen. Sie brauchte noch einen Moment allein mit ihrer geliebten Yia-yia, bevor sie die kalte Realität dessen, was jetzt folgen würde, ertragen konnte.

Schließlich stand sie auf, beugte sich vor und küsste Yia-yia auf den Kopf. Sie strich mit dem Finger über Yia-yias Lippen und steckte ihr eine graue Haarsträhne hinters Ohr, so wie sie es so oft getan hatte. Ihre Finger verweilten auf Yia-yias grauschwarzem Haar, das zu Zöpfen geflochten war.

»Erzähl mir eine Geschichte, Yia-yia, eine letzte Geschichte«, flüsterte sie. Ihr Blick trübte sich, als ihr die

Tränen übers Gesicht liefen und auf Yia-yias weisses Flanellnachthemd tropften. Doch dieses Mal gab es keine Geschichte. Yia-yia lag ganz still da.

Daphne wollte gerade den Raum verlassen, hielt dann aber inne und erinnerte sich daran, wie Yia-yia neben ihrem Bett gestanden und sie ihr ein letztes Versprechen gegeben hatte. Daphne hob den Kopf und schloss die Augen, die Hände gegen den Türrahmen gestützt. Dort im Türrahmen erfüllte sie – während sie um die Kraft rang, aufrecht zu stehen – das letzte Versprechen, das sie Yia-yia gegeben hatte. Dort im Türrahmen hielt Daphne endlich inne und lauschte.

Es war nicht mehr als ein leises Geräusch, wie das Flattern der winzigen Flügel eines Kolibris in der Brise. Sie blieb dort stehen, hatte Angst, sich zu bewegen, hatte Angst, zu atmen, und zwang sich, ihr Schluchzen zu unterdrücken, damit sie hören konnte.

Und schliesslich hörte sie es.

Obwohl ihr die Tränen über die Wangen liefen, breitete sich auf Daphnes Gesicht ein Lächeln aus. Es erstaunte sie, dass inmitten dieser Verzweiflung, dieser Trauer auch Schönheit und Freude zu finden waren. Sie presste die Hände an die Brust, schluchzte und lachte gleichzeitig. Die Stimme, die sie hörte, war weder der laute Bariton eines grossen, mächtigen Gottes noch das himmlische Gemurmel einer namen- und gesichtslosen Gottheit. Die Stimme, die sie begrüsste, war ihr vertraut. Es war Yia-yias Stimme; weich, tröstlich und liebevoll – sie sang jetzt leise zu Daphne, so wie sie es vor vielen Jahren so oft getan hatte:

Ich liebe dich wie sonst niemanden auf der Welt...
Ich habe keine Gaben, mit denen ich dich überschütten
kann,
Kein Gold, keine Juwelen oder sonstigen Reichtümer.
Und doch gebe ich dir alles, was ich besitze,
Und das, mein liebes Kind, ist all meine Liebe.
Ich verspreche dir:
Du kannst dir meiner Liebe immer sicher sein.

35

Nitsa, Popi und Daphne, die schwarze Trauerkleidung trugen, arbeiteten den ganzen Morgen Seite an Seite, um Yia-yia für ihre Beerdigung zurechtzumachen. Es gab keinen Leichenbestatter, den man für diese Aufgabe hätte herbeirufen können. Hier kümmerten sich die Familien selbst um alles, im Leben wie im Tod. Daphne schaute den Kleiderschrank durch und fand Yia-yias schönstes schwarzes Kleid, dasjenige, das sie zur Hochzeit hatte tragen wollen. Sie wusch das Kleid in der Waschschüssel hinter dem Haus und hängte es auf die Leine, wo der Stoff von der Inselbrise, die der alten Frau so viel bedeutet hatte, durchdrungen wurde.

Die drei Frauen arbeiteten und ertrugen ihren Schmerz gemeinsam. Sie lachten, wenn sie an die wunderbaren Zeiten dachten, die sie zusammen verbracht hatten, und weinten bei dem Gedanken, dass Yia-yia nicht länger auf sie beim Feuer wartete. Zusammen wuschen sie Yia-yias leblosen Körper, doch Daphne bestand darauf, diejenige zu sein, die Yia-yias Haar ein letztes Mal flocht. Sie hoben Yia-yia in den einfachen Holzsarg und falteten ihr die Hände auf der Brust. In ihre Hände legten sie eine einzelne Rose, die sie in ihrem Garten gepflückt hatten, sowie ein Bild ihres geliebten Agios Spyridon.

»Damit du mir immer deine Geschichten erzählen kannst«, flüsterte Daphne ihrer Großmutter ins Ohr, als sie einen Zypressenzweig unter Yia-yias Körper steckte.

Daphne hatte mit dem Gedanken gespielt, die Totenwache in der Kirche abzuhalten, sich dann aber entschieden, die Inseltradition einer häuslichen Totenwache zu wahren. Sie wollte, dass Yia-yia ihre letzten Augenblicke in ihrem einfachen, kargen Zuhause verbrachte, das ihnen allen unermessliche Reichtümer geboten hatte. Im ersten Moment hatte Evie Angst, als sie Yia-yia so ruhig und still mitten im Wohnzimmer liegen sah. Das kleine Mädchen konnte nicht verstehen, warum ihre Yia-yia in der braunen Kiste lag und trotz Evies inständigem Bitten nicht aufstand, um sich die frisch geschlüpften Küken anzusehen.

»Sie ist tot, Liebling«, versuchte Daphne ihr zu erklären, während sie neben dem Sarg stand und Evies Haar streichelte. »Sie ist oben im Himmel bei deinem Daddy, deiner anderen Yia-yia und bei Papou. Sie wachen über dich, meine Süße.«

»Aber warum steht sie nicht auf, Mommy? Sag Yia-yia, sie soll aufstehen«, weinte Evie und stampfte mit den Füßen auf den Boden. Als sie ihre kleine Tochter weinen sah, traten auch Daphne wieder die Tränen in die Augen.

Stephen stand in der Türöffnung, so als sei der Tod ansteckend. Nie zuvor hatte er so etwas gesehen, und er wusste nicht, wie er damit umgehen sollte. Zu Hause gab es Leute, die sich um derlei Dinge kümmerten. Für Stephen war der Tod so wie das Reinigen der Badewanne oder die Anfertigung der Steuererklärung etwas, womit man andere beauftragte.

»Findest du nicht, dass wir sie in die Kirche bringen

sollten?«, hatte er gefragt, als er ins Haus gekommen war. Er wartete Daphnes Antwort erst gar nicht ab. »Ich glaube wirklich, wir sollten sie in die Kirche bringen.«

Es schien, als würden sämtliche Bewohner der Insel in das kleine Haus strömen, um Yia-yia die letzte Ehre zu erweisen. Einer nach dem anderen betraten sie das Wohnzimmer, knieten sich neben Yia-yia, sprachen mit ihr, sangen ihr ein Lied, liebkosten ihr Gesicht, küssten ihr die Hände und zeigten ihr im Tod die gleiche Ehrerbietung, Herzlichkeit und Zuneigung, die sie ihr auch im Leben entgegengebracht hatten. Für einen ganzen Tag und eine ganze Nacht hatten sie ihre Häuser verlassen, um Yia-yia, bevor sie für immer ihr Heim verließ, Gesellschaft zu leisten.

Sophia kam als eine der Ersten. Sie brachte ein Tablett mit selbst gemachten *koulourakia* mit, einfachen, geflochtenen Buttergebäckstücken. »Ich habe gedacht, du könnest sie allen zum Kaffee servieren.« Sie lächelte Daphne an, als sie das Tablett auf den Tisch stellte. »Deine Yia-yia war immer so gut zu mir, Daphne. Ich weiß, wir beide kennen einander kaum, aber ich möchte, dass du weißt, wie viel sie mir bedeutet hat. Ich habe so viele Nachmittage hier verbracht, Kaffee getrunken und mich von Thea Evangelia trösten lassen. Sie hat mir erklärt, ich müsse stark sein, dürfe den Glauben nicht verlieren und solle mich nicht darum kümmern, was die Klatschmäuler über mich sagen. Ihre Freundschaft hat mir alles bedeutet. Sie hat mir gesagt, ich solle glauben, als ich meinen Glauben verloren hatte. Sie hat mir gesagt, dass Petro, ungeachtet dessen, was die Klatschmäuler verbreiteten, mich nicht vergessen habe. Dass er mich immer noch liebe und nach mir schicken würde. Und sie hatte recht.« Sophia drückte Daphnes

Hand. »Er hat nach mir geschickt, Daphne. Er hat genug Geld gespart, und ich werde endlich zu ihm nach New York fahren. Wir werden zusammen ein neues Leben beginnen, Daphne. Genau wie Thea Evangelia es vorausgesagt hat.«

»Sie hatte immer recht.« Daphne führte ein Stück des Buttergebäcks an den Mund. Erstaunt stellte sie fest, wie hungrig sie war. Sie hatte den ganzen Tag nichts gegessen. »Ich freue mich so für dich, Sophia. Wirklich, das tue ich. Yianni spricht auch in den höchsten Tönen von dir!«

»Er ist ein guter Mensch, Daphne. Ich bin froh, ihn meinen Freund nennen zu dürfen.«

Ich auch, dachte Daphne. *Ich auch*. Daphne wandte sich entschuldigend von Sophia ab. Sie hörte, wie das Tor mit einem Knarren aufging, und war überrascht, Ari dort vorzufinden, der einen kleinen Strauß Wildblumen in der Hand hielt.

»Ari?« Unwillkürlich sprach sie seinen Namen aus wie eine Frage. Sie wusste, dass jeder Bewohner der Insel kommen und sich von Yia-yia verabschieden würde, aber aus irgendeinem Grund hatte sie nicht damit gerechnet, dass auch er sich blicken lassen würde.

»Du scheinst überrascht, mich zu sehen.« Er hielt Daphne den Blumenstrauß hin. »Hier, die sind für dich. Oder besser, für dich und Thea Evangelia.«

»Danke.«

»Ich wollte mich nur von ihr verabschieden. Sie hat mir geholfen, Daphne. Obwohl ich weiß, dass sie das, was sie damals über die Machete gesagt hat, ernst meinte …« Daphne und Ari lachten bei der Erinnerung daran, wie Yia-yia Jagd auf Ari gemacht und ihm gedroht hatte, ihn seiner Männlichkeit zu berauben. »Sie hat mir geholfen, Daphne, obwohl sie mir nichts schuldete. Ich habe es nie einer Menschenseele erzählt, aber irgendwie wusste sie, dass ich mein Haus verlieren würde – dass ich kein Geld mehr hatte. Dass ich es verzockt und vertrunken hatte. Ich ging zur Bank, um meine Schlüssel abzugeben, und wie durch ein Wunder sagte man mir, meine Schulden seien beglichen, sie seien vollständig bezahlt. Ein paar Tage später kam deine Yia-y*ia* mir auf der Straße zum Hafen entgegen. Sie streckte ihren Gehstock aus und versperrte mir den Weg. ›Du machst den jungen Mädchen Angst‹, sagte sie. ›Lass sie in Ruhe. Unsere jungen Mädchen haben schon genug Sorgen, ohne dass du sie belauerst. Du hast eine zweite Chance bekommen, die Chance auf einen Neuanfang. Da ist es nur recht und billig, auch etwas zu leisten. Es ist Zeit, dass du unseren Mädchen das Geschenk machst, sie in Ruhe zu lassen‹, sagte deine Yia-yia und ging dann ohne ein weiteres Wort ihres Weges. Und so habe ich an diesem Tag ein Versprechen gegeben und nie wieder ein Mädchen belästigt. Ich behalte meine Hände bei mir und starre die Mädchen auch nicht mehr an. Ich weiß, dass Thea Evangelia meine Schulden bezahlt hat. Ich habe ihr ein Versprechen gegeben, und ich werde es nie brechen.«

Daphne stemmte die Hände in die Hüften. »Mensch, Ari. Heb dir deine Geschichten für jemand anderen auf. Ich habe dich gesehen, erinnerst du dich? Es war an diesem Tag auf Big Al, dem Tag, an dem du das blonde Mädchen belästigt hast. Ihr Freund hätte dich umgebracht, wenn wir nicht eingeschritten wären. Erzähl mir nicht, du hättest dich geändert. Nicht, wo ich dich mit eigenen Augen gesehen habe.«

»Ich habe versprochen, nie mehr ein Mädchen von der Insel anzustarren oder zu belästigen, Daphne. Dieses Mädchen war eine *Deutsche*.«

Als Ari ihren Blick mit einem Grinsen erwiderte, hörte Daphne ein durchdringendes Wehklagen. Sie ließ ihn stehen und rannte ins Haus, wo die rundliche Nitsa über dem Sarg lag und Yia-yias Körper mit ihrem bedeckte.

»Daphne *mou*, Daphne, mein Kind.« Nitsa schluchzte und schlug sich mit der Faust gegen die Brust. Ihr schwarzer Rock war ihr zwischen den Beinen hochgerutscht und brachte ihre Kniestrümpfe zum Vorschein. Die fetten Knie wölbten sich über das Gummiband, das sich in ihr Fleisch grub.

»Es ist ein schwarzer Tag, dass du diese Erde verlassen hast, Evangelia. Ein schwarzer Tag. Eine letzte Umarmung, eine letzte Umarmung von dir, meine Freundin…« Daphne wusste nicht, ob sie lachen oder weinen sollte, als sich Nitsa weiter vorbeugte und sich ihr Rock noch höher schob.

Daphne sah hinüber zu Stephen, der noch immer im Türrahmen stand und die Szene mit einer Mischung aus Verwunderung und Abscheu beobachtete. Sicher hat er so etwas bei den Beerdigungen zu Hause noch nie gesehen, dachte Daphne. Doch so sehr das unverhohlene Ausleben des Schmerzes Stephen auch verwirren mochte, Daphne fühlte sich dadurch überraschenderweise getröstet. All die Jahre hatte sie die Klagegesänge gehasst. Doch dieses Mal war es anders. Dieses Mal war Daphne selbst überwältigt. Auch sie hätte sich an die Brust geschlagen, sich die Haare ausgerissen, sich das Gesicht zerkratzt oder sich auf den Sarg geworfen – wenn dies ihre Yia-yia zurückbringen würde. Daphne verstand endlich, dass die Trauer für diese Menschen kein Wettbewerb war. Es gab keinen Preis für denjenigen, dessen Schmerz den der anderen übertraf, für denjenigen, der am lautesten weinte oder sich am heftigsten gegen die Brust schlug. Dies waren reine ungefilterte Liebe und Gefühle, und es war alles, was sie zu bieten hatten. Sie hatten kein Geld für große gemeinnützige Spenden in Yia-yias Namen, sie konnten keine Denkmäler bauen für die einfache alte Frau, keine ganzseitigen Todesanzeigen bezahlen, damit jeder von ihren Tugenden erfuhr. Dies war die einzige Art, auf die sie ihre Großmutter ehren konnten: mit ihren Gefühlen, ihren Stimmen und ihrem Schmerz. Und diese Dinge, erkannte Daphne, waren viel kostbarer und bedeutungsvoller als alles, was sie sich vorstellen konnte.

»Daphne *mou*... Oh, Daphne, es tut mir so leid. Was sollen wir nur ohne sie anfangen?« Popi fiel Daphne in die Arme. »Sieh dich nur an! Eigentlich solltest du Weiß tragen, das Weiß deines Hochzeitskleids, und nicht aus Trauer in Schwarz gekleidet sein.«

»Es ist in Ordnung, Popi. Mach dir keine Sorgen um mich.« Eigentlich wollte sie mehr sagen, wollte Popi erklären, dass es keine Hochzeit geben würde, doch dann spürte sie die Berührung einer Hand, die sich auf ihre Schulter legte, und wandte sich um.

»Yianni.« Sie schwankte ganz leicht, und vielleicht hätte es jemand anderer gar nicht bemerkt, doch er tat es. Er legte ihr den Arm um die Taille und brachte sie zurück ins Gleichgewicht.

»Es tut mir so leid, Daphne.« Er sah müde aus, als hätte auch er nicht geschlafen.

»Ich weiß.« Sie schaute zu ihm hoch, betrachtete sein zerzaustes Haar und die grauen Bartstoppeln. Die Berührung seiner Hand tröstete sie, so als wüsste sie, dass diese Hände sie stützen, ihr Sicherheit geben könnten. »Ich weiß, dass du sie geliebt hast. Sie hat dich auch geliebt. Du warst jemand Besonderer für sie.« Sie machte keine Anstalten, von ihm wegzurücken.

»Ich schätze mich glücklich, sie gekannt zu haben, Daphne. Sie hat mein Leben verändert, hat ihm Sinn verliehen.« Einen Augenblick lang schloss er die dunklen Augen. Als er sie wieder öffnete, fiel Daphne auf, wie rot sie waren, wie dunkel sich die Ringe unter seinen Augen abzeichneten. Sie merkte auch, dass er noch immer ihre Taille umfasst hielt. Auch Stephen war dies nicht entgangen, und zum ersten Mal an diesem Morgen betrat er das Zimmer, in dem Yia-yia lag.

»Daphne«, sagte er und trat an ihre Seite, »ist alles in Ordnung mit dir, Liebling?«

Wie auf ein Stichwort nahm Yianni den Arm von Daphnes Taille. »Entschuldigung«, sagte er und ging zum Sarg hinüber. Sofort war das Gefühl des Trostes verschwunden.

Daphne beobachtete, wie Yianni zu Yia-yia hinüberging und neben ihrem Leichnam niederkniete. Er schloss die Augen, so als würde er beten. Als er fertig war, beugte er sich vor, berührte Yia-yias Hand und flüsterte ihr etwas ins Ohr.

»Tust du's?« Stephen sprach mit ihr, aber sie war so vertieft in das, was Yianni tat, dass sie nicht hörte, was er sagte.

»Tue ich was?«

»Ich habe gerade gesagt, dass du die Nacht mit mir im Hotel verbringen sollst. Es ist niemand mehr da, der über dich richtet, Daphne.« Er legte ihr den Arm um die Taille, so wie Yianni es getan hatte. »Komm mit mir.« Er zog sie näher zu sich heran.

»Liebling, es tut mir leid. Ich will hierbleiben. Ich muss hierbleiben.« Sie rückte ein ganz klein wenig von ihm weg. »Ich muss es verstehen. Ich muss wirklich verstehen, warum dies so wichtig für mich ist.«

»Ich weiß, aber ich dachte, ich sei auch wichtig.« Er nahm die Hand von ihrer Taille und ging wieder hinüber zu seinem Platz am Türrahmen.

Daphne folgte ihm nicht. Sie stand da und sah zu, wie Yianni die Hand ausstreckte, sie auf Yia-yias Hand legte und seine Freundin anlächelte. Er beugte sich vor und küsste sie ein letztes Mal. Schließlich wandte er sich von ihrem Sarg ab. Als er den Kopf neigte, um sich die Mütze aufzusetzen, lief ihm eine einzelne glitzernde Träne die Wange hinab.

Einige Stunden später leerte sich das Haus langsam. Als sie über den Patio ging, wunderte Daphne sich, wie sauber und ordentlich alles war. Jede der Frauen hatte Hand angelegt. Sie hatten das Geschirr abgewaschen, Servierplatten gesäubert und den Patio gefegt, damit Daphne sich auf ihren Schmerz konzentrieren konnte und nicht von so prosaischen Dingen wie Saubermachen und Haushalt abgelenkt wurde. Das war typisch für die Frauen der Insel. Sie mochten vielleicht hinter deinem Rücken tratschen, doch wenn es um Hochzeiten, Todesfälle und Geburten ging, taten sie alles dafür, einander zu helfen, weil sie wussten, dass ihre Freundinnen und Nachbarinnen eines Tages in Notzeiten auch für sie da sein würden.

Daphne ging hinüber zur Gartenmauer, wo Evie und

Popi saßen und sich einen Stapel alter Fotos ansahen. »Siehst du, Evie...« Popi griff nach einem vergilbten Foto und reichte es ihr. »Schau mal, das sind deine Mommy, als sie noch ein Baby war, und ihre Mommy und Yia-yia. Drei wunderschöne und besondere Frauen.«

Evie und Daphne beugten sich zu Popi hinüber, um das Foto besser sehen zu können. Daphne lag schlafend in ihrer Wiege, Yia-yia und Mama standen mit einem breiten, stolzen Lächeln im Gesicht davor. Das Foto war genau an der Stelle aufgenommen, an der sie sich gerade befanden. Es war genau so, wie Yia-yia es beschrieben hatte.

»Kann ich das haben, Mommy?« Evie riss Popi das Foto aus der Hand und schwenkte es in Richtung ihrer Mutter. »Kann ich es haben und in mein Zimmer hängen? Ich will es mir jeden Tag ansehen, damit ich mich an Yia-yia erinnern kann. Ist das okay?«, fragte das kleine Mädchen.

»Natürlich kannst du es haben.« Daphne hob Evie hoch und balancierte sie auf ihren Hüften. »Ich finde, das ist eine großartige Idee. Eine perfekte Idee. So können wir uns beide an Yia-yia und an meine Mama erinnern. Sie waren besondere Frauen, weißt du, genau wie auch du eine werden wirst.« Daphne drückte Evie an sich.

»So wie du, Mommy.« Evie schlang die Arme fester um den Hals ihrer Mutter. Das Foto zitterte in der Brise, die durch den Patio wehte.

»Und jetzt, meine Süße«, sagte Daphne und stellte das kleine Mädchen wieder auf den Boden, »pack deine Sachen zusammen. Du wirst heute Nacht bei Thea Popi schlafen, damit ich alles für morgen vorbereiten kann, okay?«

»Okay, Mommy.« Evie verschwand im Haus, um ihre Tasche zu holen.

»Cousine, wird Stephen hier bei dir bleiben?« Popi deutete auf Stephen, der auf der anderen Seite des Hofs stand und telefonierte.

»Nein, er geht zurück ins Hotel. Ich möchte allein sein. Ich muss mit Yia-yia allein sein. Ein letztes Mal.«

»Natürlich, Daphne.« Popi nahm ihre Cousine in den Arm, als die Tränen wieder zu fließen begannen. »Das verstehe ich. Natürlich musst du das tun.« Als Evie mit ihrem Koffer aus dem Haus kam, entließ Popi ihre Cousine aus der Umarmung.

»Bereit, Süße?«, fragte Daphne und gab ihrer Tochter einen Gute-Nacht-Kuss.

Popi und das kleine Mädchen gingen Hand in Hand über den Patio. Als sie das Tor erreichten, und Evie sich daran machte, es mit ihrer kleinen Hand zu öffnen – ließ sie es jedoch plötzlich wieder los. Das Tor schlug zu, und Evie rannte über den Patio und fiel ihrer Mutter erneut in die Arme.

»Evie, mein Schatz...« Daphne strich ihr eine Locke hinter die Ohren. »Evie, was ist los?«

»Danke, Mommy.« Evie umarmte Daphne noch fester. »Danke, dass du Yia-yia und ihre Insel mit mir geteilt hast, wenn auch nur für kurze Zeit.«

36

Daphne zog einen Stuhl vom Tisch weg und stellte ihn neben den Sarg. Der Raum war in den Schein von etwa einem Dutzend Kerzen getaucht. Als Daphne in Yia-yias stilles Gesicht schaute, sah sie, dass das Kerzenlicht ein warmes Glühen auf ihre Haut zauberte. Yia-yia sah lebendig und gesund aus, wirkte, als würde sie schlafen. Daphne hoffte inständig, Yia-yias Gesichtsfarbe sei mehr als nur eine optische Täuschung. Aber sie wusste, dass die Illusion, dass das Blut in den Adern noch warm war und ihre geliebte Yia-yia sich nur ausruhte, zunichtegemacht wäre, sobald die Kerzen ausgingen.

Lange Zeit saß sie einfach da, den Blick fest auf ihre Großmutter gerichtet, und beschwor liebe Erinnerungen an ihre gemeinsam verbrachte Zeit herauf. Die Zeit schien sich inmitten des Kerzendunsts, der Erinnerung und der Tränen zu verflüchtigen. Sie wusste nicht, wie lange sie dort gesessen hatte, aber sie hatte sich gerade von ihrem Stuhl erhoben und nach einem neuen Taschentuch gegriffen, als sie glaubte, ein Geräusch zu hören. Sie setzte sich wieder, lauschte und wartete. Wenige Augenblicke später hörte sie es wieder, ein leises Klopfen an der Tür, so als wolle jemand klopfen, sei sich aber unsicher, ob er stören solle. Daphne stand auf und ging zur Tür. Sie musste sie nicht öffnen, um zu wissen, wen sie dahinter vorfinden würde.

Daphne lächelte und zog die Tür auf. Da stand er. »Yianni.«

»Ich will nicht stören.« Er setzte seine Fischermütze ab. »Ich habe mir gedacht, dass du bei ihr bleiben würdest. Und ich wollte sichergehen, dass es dir gut geht, dass du nichts brauchst«, erklärte er und stand noch immer draußen. »Aber ich sehe, dass alles in Ordnung ist, und gehe jetzt wieder«, stammelte er und trat einen Schritt zurück.

Sie beugte sich vor und griff nach seinem Arm, bevor er gehen konnte. »Nein. Bleib hier.« Sie ließ seinen Arm los und trat zur Seite, um ihn hereinzulassen. »Komm rein.«

»Ich will dich nicht stören, Daphne.«

»Du störst mich nicht. Sie würde wollen, dass du hier bist. Bitte, komm rein.« Sie bedeutete ihm, ins Wohnzimmer zu gehen, und schloss die Tür hinter ihm.

Zuerst saßen sie schweigend da, versunken in Gedanken und ihre Lieblingserinnerungen an Yia-yia. Nach einer Weile ergriff Daphne das Wort. »Ich wusste anfangs nicht, was ich von dir halten sollte, Yianni. Ich meine, du warst für mich einfach der bedrohliche Irre mit einem *kaiki*.« Sie wandte sich ihm zu und lachte. »Aber dann habe ich dich mit Yia-yia gesehen, und ich sah etwas anderes. Ich sah, wie viel du ihr bedeutet hast. Ich sah, wie sehr sie dich liebte.« Daphne biss sich auf die Lippen, um nicht wieder in Tränen auszubrechen. »Ich habe es nie zuvor gesagt. Aber danke – danke, dass du dich so gut um sie gekümmert hast, vor allem auch deshalb, weil ich es nicht konnte. Es nicht tat.«

Er nahm die rechte Hand aus der Hosentasche und legte

sie auf den Rand des Sargs, umklammerte ihn so fest, dass Daphne bemerkte, wie seine Finger erst rot und dann weiß wurden.

»Weißt du, ich habe sie so geliebt wie meine eigene Großmutter. Ich habe meine eigene Familie enttäuscht, Daphne. Ich war zu egoistisch, zu sehr gefangen in meinen eigenen Träumen, um zu erkennen, dass auch meine Großmutter Träume hatte.« Er nickte in Richtung Sarg und blickte dann Daphne an. »Sie hat sich Sorgen um dich gemacht, Daphne. Sie hat mir oft erzählt, dass sie Angst habe, du hättest dich in deinem Schmerz verloren. Dass der Verlust deines jungen Mannes und deiner Eltern für ein junges Mädchen wie dich eine viel zu große Last sei. Sie verstand es, dass du in deinem Schmerz gefangen warst, verstand, wie sehr er an deinen Kräften zehrte, aber sie wusste, dass du zurückkommen würdest. So krank sie auch war, Daphne, sie wusste, dass sie darauf warten musste, dass du zurückkommst.«

»Sie hat auf mich gewartet?«

»Sie hat es mir einmal erzählt, Daphne. Eines Abends, als sie so schwach und krank war, dass ich sie mitten in der Nacht auf den Armen zum *kaiki* getragen und zum Arzt nach Korfu gebracht habe, hat sie mir gesagt, die Engel würden nach ihr rufen, aber sie weigere sich, diesem Ruf zu folgen. Sie habe ihnen gesagt, sie sei nicht bereit. Sie habe ihnen gesagt, sie würde nicht gehen, bevor du nicht auf die Insel zurückgekehrt seist. Sie werde diese Erde erst verlassen, wenn sie dich wiedergesehen habe – egal, wie lange es dauern würde, bis du zurückkommst.«

»Was sagst du da?«

»Ich sage, dass sie wusste, dass sie sterben würde. Aber

sie weigerte sich, loszulassen, bevor sie nicht einen letzten Sommer mit dir verbracht hatte. Die Ärzte hatten nicht erwartet, dass sie die Nacht überleben würde, geschweige denn, wieder gesund genug werden würde, um nach Hause zurückzukehren. Aber das tat sie. Sie hat auf dich gewartet.«

Daphne erhob sich und ging hinüber zu Yia-yias Sarg. Sie umfasste das Holz und beugte sich vor, um Yia-yias gefaltete Hände zu berühren.

»Du hast auf mich gewartet.« Sie streichelte die kühle Wange ihrer Großmutter. »Es tut mir leid, Yia-yia. Es tut mir leid, dass es so lange gedauert hat.«

Yianni strich sich über den Bart, unsicher, was er als Nächstes sagen oder tun sollte. Er sah verloren aus, fühlte sich unbehaglich, wie ein Fisch, der aus dem Netz entwischt war und nun hilflos auf dem Deck des *kaiki* herumzappelte. Daphne verspürte mit einem Mal den Drang, ihn zu beruhigen, ihn zu trösten, so wie er es mit ihr getan hatte.

»Yianni, ich muss dir etwas sagen.« Sie schloss die Augen und holte tief Luft. »Ich habe es gehört.«

Sie drehte sich zu ihm um, doch er war bereits gegangen. Yianni war zur Tür hinaus und in die Nacht verschwunden.

37

Am nächsten Morgen versammelten sich noch einmal alle Bewohner der Insel, um sich ein letztes Mal von Yia-yia zu verabschieden. Die winzige Kirche war brechend voll. In der alten griechisch-orthodoxen Kirche gab es keine Bänke und keine Klimaanlage. Doch Daphne machte es nichts aus, in der drückenden Hitze Seite an Seite mit ihrer Familie und ihren Freunden zu stehen, die Yia-yia so innig geliebt hatten. Heute fühlte es sich an wie eine Ehre.

Daphne stand mit Stephen an ihrer Seite vorn in der Kirche und hielt Evies Hand. Sie beobachtete, wie Vater Nikolaos den Weihrauchkessel über Yia-yias offenem Sarg hin und her schwenkte und sich die Luft der alten Kirche mit dem vertrauten moschusartigen Duft füllte. Er trug seine schwarzen Gewänder, zog Rauch hinter sich her, während er den Weihrauchkessel in der Luft schwenkte. Er sang den traditionellen Begräbnisgesang mit einer solchen Leidenschaft und Inbrunst, dass sie wusste: Er lebte das Gebet, spürte es in seiner Seele und las es nicht einfach nur ab. »*Eonia oi mnoi oi-menee mnee*. Möge die Erinnerung an dich nie verblassen. Möge sie für immer in unserem Gedächtnis sein.«

Als Daphne in den Gesang einstimmte, spürte sie, wie ihr schon wieder die Tränen kamen. Sie meinte jedes Wort, das sie sang. Obwohl sie sich schwach fühlte und ihre Beine zitterten, war ihre Stimme fest und stark.

Sie blickte sich um und sah, wie alle Kirchenbesucher – dieses Meer aus schwarzen Kleidern und von Motten zerfressenen, schlecht sitzenden Anzugjacken – zusammen dastanden, sangen, weinten und schworen, Yia-yia nie zu vergessen. Sie schaute zu Stephen hoch. Unbewegt und mit trockenen Augen stand er dort inmitten der weinenden Menschen. In der Kirche verbreitete sich der Duft von Weihrauch, und Trauer hing schwer in der Luft. Daphne sah Stephen an und erkannte, dass sie für ihn nichts mehr empfand. Sie sah dem Mann, den zu heiraten sie versprochen hatte, mit dem sie den Rest ihres Lebens hatte verbringen und Evie großziehen wollen, tiefer in die Augen – und empfand nichts. Daphne erkannte, dass dies der Tag war, an dem sie nicht nur ihre Großmutter begraben würde.

Yia-yia wurde auf dem verwilderten Friedhof neben der Kirche beigesetzt. Dem Brauch gemäß trat jeder Trauernde ans Grab und warf zum Abschied eine Blume auf den geschlossenen Sarg, als dieser in den Boden hinabgelassen wurde. Daphnes letztes Bild von Yia-yia würde das ihres von roten Nelken bedeckten Holzsargs sein, die ihr jene zugeworfen hatten, die sie am meisten liebten.

Nach dem Gottesdienst verließen die Trauernden einer nach dem anderen den Friedhof und begaben sich ins Hotel zum Leichenschmaus. Doch Daphne blieb noch zurück. »Nimm Evie mit.« Sie bedeutete Popi, vorauszugehen. »Wir treffen uns im Hotel.«

Während Daphne allein an Yia-yias offenem Grab stand, beobachtete sie, wie Popi zu Evie hinüberging, die vor dem Friedhoftor stand und hinaus aufs Meer schaute. Evie war den ganzen Morgen still und in sich gekehrt gewesen. Sie war nicht einmal stehen geblieben, um das kleine Kätzchen zu streicheln, das ihr über die unbefestigte Straße vom Haus zur Kirche gefolgt war. Popi beugte sich vor, nahm die Hand des kleinen Mädchens in ihre, neigte sich tief zu ihr hinunter und flüsterte Evie etwas ins Ohr. Als Popi ihr einen Kuss auf die Nasenspitze gab, lächelte Evie zum ersten Mal an diesem Tag. Popi nahm Evie in die Arme und drückte sie fest an sich. Das Mädchen legte die Arme um den Hals seiner Tante und schmiegte den Kopf an Popis Schulter. Popi trug sie den ganzen Weg bis zum Hotel, wobei Evie die Beine um Popis kräftige Taille geschlungen hatte.

Daphne stand allein am Grab und schaute hinab auf Yia-yias Sarg, eine einzelne rote Nelke in der Hand. Sie wollte einen letzten Augenblick allein mit ihrer Großmutter sein, doch dies war kein Abschied. Sie hütete sich davor, Lebewohl zu sagen. Sie hob die Hand, um die letzte Nelke auf den Sarg zu werfen, doch gerade als sie loslassen wollte, hielt sie inne.

Mit der Nelke in der Hand ging sie durch das Friedhofstor hindurch. Es dauerte einen Moment, doch dann fand sie es. Sie ließ sich auf die Knie nieder und wischte mit den Händen die Blätter weg, die vom Olivenbaum auf den einfachen Grabstein gefallen waren. Dann sprach sie ein letztes Gebet, bevor sie die Nelke auf Rachels Grab legte.

38

Obwohl sie seit Sophias *koulouraki* am Tag zuvor nichts mehr gegessen hatte, verspürte Daphne keinen Appetit, als Nitsa einen Teller des traditionellen Leichenschmauses aus gebratenem Fisch mit Rosmarin und Essigsauce vor sie hinstellte. »Iss, Daphne *mou*. Du musst stark bleiben. Evie braucht dich, du kannst es dir nicht leisten, krank zu werden.«

»Danke, Thea.« Nitsas Besorgnis war wie Medizin. Daphne fühlte sich sofort stärker und ruhiger, so wie sie es immer in Yia-yias Nähe gewesen war.

»Daphne *mou*, wer hätte das gedacht?« Nitsa griff in ihre Schürzentasche, holte eine Zigarette hervor und gestikulierte dann mit dem brennenden Glimmstängel herum. »Wer hätte das gedacht – wer hätte gedacht, dass wir nun statt einer Hochzeit eine Beerdigung ausrichten? Kein Tanz. Keine Freude. Nur die Trauer darüber, dass meine Freundin Evangelia nicht länger bei uns ist.« Nitsa sah sich im Raum um. »Wo ist Stephen? Sein Fisch wird kalt werden.«

»Er ist auf sein Zimmer gegangen, um zu telefonieren.«

»Er arbeitet noch immer? Sogar an einem Tag wie diesem?« Nitsa nahm einen tiefen Zug und atmete den Rauch über Daphnes Kopf aus. »Ah, Daphne *mou*. Hört dein junger Mann je auf zu arbeiten? Nimmt er sich je die Zeit, das zu genießen, was er aufgebaut hat? Was er erreicht hat?«

Daphne schüttelte den Kopf, während sie mit der Gabel in ihrem Fisch herumstocherte. »Ah, *kala*. Ich verstehe.« Nitsa stand auf, um zu gehen, doch nicht, ohne Daphne noch eines zu sagen. »Ich kannte deine Yia-yia viele, viele Jahre lang, Daphne *mou*. Du stammst von einer langen Linie starker, unglaublicher Frauen ab. Vergiss das nie.«

»Glaub mir, Nitsa. Das weiß ich.« Daphne sah zu ihr hoch. »Das weiß ich wirklich.«

»Na gut, du bleibst hier sitzen, und ich werde das Essen weiterservieren.« Nitsa wollte losgehen, stolperte aber, und ihr Knie gab unter dem Gewicht ihres Körpers nach.

»Nitsa!«, schrie Daphne und sprang hoch, um sie zu stützen, bevor sie auf den Boden fiel. »Alles in Ordnung mit dir?«

»Ah, verdammt! Mein Knie macht mir Probleme. Nicht jetzt.« Nitsa schlug sich mit dem Spüllappen aufs Knie, als könnte sie damit den Schmerz verscheuchen.

»Du bleibst hier. Setz dich. Ich werde das Essen servieren.« Daphne erhob sich.

»Nein, nein, nein.« Nitsa wollte aufstehen, plumpste jedoch zurück auf ihren Stuhl. »*Gamato, poutana...*« Die Flut griechischer Flüche, die ihrem Mund entwich, zog die Aufmerksamkeit vieler Trauernder, einschließlich der von Yianni, auf sich.

»Nitsa *mou*, was ist passiert?«, fragte Yianni. »Was ist der Grund für den Sturz der mächtigen Nitsa?« Er kniete sich neben ihr nieder und reichte ihr die Hand.

»Nichts, es ist nichts.« Sie nahm Yiannis Hand und versuchte erneut, aufzustehen. Er legte seinen Arm unter ihren, um sie zu stützen, doch es war zwecklos. Sobald Nitsa Druck auf ihr Knie ausübte, sank sie zurück auf ihren Stuhl und wand sich vor Schmerzen. Das Fluchen ging weiter. »*Gamato, malaka, poutana*...«

Inzwischen waren sämtliche Gäste, die sich auf dem Hof befanden, herübergekommen, um zu sehen was los war. Unter ihnen befand sich auch Vater Nikolaos, dem Nisas Wortwahl ganz und gar nicht gefiel, auch wenn er für seine Herzlichkeit und seinen Humor bekannt war.

»*Ella*, Nitsa. Eine solche Sprache an einem Tag wie diesem?«, schalt er sie.

»Vater, Sie wissen, dass meine Freundin Evangelia uns von oben zusieht und lacht, weil ich meinen dicken Hintern nicht von diesem Stuhl hochkriege.« Nitsa zog an ihrer Zigarette und blies den Rauch zum Himmel. »Eh, Evangelia, sieh nur! Ich bin zu fett für meine alten Knie. Evangelia, setz schon mal Kaffee auf, okay? Ich bin vielleicht früher bei dir, als du denkst.«

Die im Raum Versammelten brachen in Lachen aus. Daphne schaute sich um und prägte sich die Szene ein: die abgenutzten Kleider, die verwitterte Haut, die schwieligen Hände, die Zeichen dafür, dass dies einfache Menschen waren, die ein einfaches Leben führten. Doch sie waren alle hier zusammengekommen, unterstützten einander, halfen sich gegenseitig in ihrer Trauer mit einer einfachen Umarmung oder einem Witz. Daphne erkannte, wie viel sie einander bedeuteten, wie sehr sie alle einander stützten. Endlich verstand sie, was Yia-yia immer gemeint hatte. Trotz der Armut, der Isolation und dem Mangel an materiellen Gütern war dies wahrhaftig der reichste Ort auf Erden.

»Nitsa, bleib sitzen. Ich trag das Essen auf. Du musst auf dich aufpassen, sonst gesellst du dich wirklich noch zu Yia-yia«, witzelte Daphne, jedoch mit einem ernsten Unterton, der auch der dickköpfigen Nitsa nicht entging.

»Ah, *entaksi*. In Ordnung. Wenn du darauf bestehst«, gab sie schließlich nach.

Als Daphne aufstand, um in die Küche zu gehen, spürte sie plötzlich, wie jemand ihr Handgelenk umfasste. »Ich werde dir helfen, schließlich ist es mein Fisch – es wirft nur ein schlechtes Licht auf mich, wenn er nicht richtig zubereitet ist.« Yianni richtete seine Worte an Nitsa, hielt aber weiterhin Daphnes Hand fest. »*Ella*, komm, lass uns gehen.«

Schweigend steuerten sie auf die Küche zu und ließen das lebhafte Geplauder im Speisezimmer hinter sich. Sobald sie in der Küche waren, sah er sie an und ließ schließlich ihre Hand los. Sie schaute hinab auf ihren Arm, auf die Stelle, wo sie noch immer den Druck seiner Hand spürte.

»Es ist ein schwieriger Tag für dich, stimmt's?«, fragte er.

»Ja.« Sie blickte ihn an. »Es ist schrecklich, aber nicht nur für mich. Für alle.« Sie hielt inne und biss sich auf die Lippe. »Und für dich.«

Einen Augenblick lang herrschte Schweigen, denn keiner von ihnen wusste, was er als Nächstes sagen sollte. Er wandte sich um und öffnete den Herd, in dem sich Nitsas große Platte mit gebratenem Fisch befand. Er zog sie heraus und stellte sie auf den Herd, um den Fisch, den er am Tag zuvor in seinen Netzen gefangen hatte, auf die Teller zu verteilen.

»Ich hab's getan«, platzte sie heraus.

Er wandte sich ihr wieder zu und legte den Kopf schief, so als habe er ihre Worte nicht richtig gehört oder verstanden.

»Ich hab's getan«, wiederholte sie. »Ich habe versucht, es dir gestern Abend zu sagen, aber du warst schon weg. Du bist gegangen.«

Er zuckte zusammen, als habe man ihn beim Lügen oder Stehlen erwischt, anstatt sich ohne Gruß davonzustehlen.

»Ich habe endlich innegehalten und gelauscht, wie Yia-yia es mir gesagt hat.«

Er zog die Luft ein, bevor er drei Schritte auf sie zukam. »Und?«

»Und ich habe es gehört.« Sie zitterte, unsicher, ob es die Hitze, ihr Hunger oder die Tatsache war, dass er wieder einmal nur wenige Zentimeter von ihr entfernt stand und sie wie elektrisiert war, ohne dass er sie berührte. »Ich habe Yia-yia gehört, Yianni. Sie hat mit mir gesprochen. Ich habe ihre Stimme im Flüstern der Zypressen vernommen. Zuerst konnte ich sie kaum verstehen, aber sie war da. Sie war es. Ich weiß, dass es so war.«

Er sah zu, wie sie weinte, und sagte kein Wort. Antwortete ihr nicht. Er unternahm nichts, um sie zu trösten, und wischte ihr auch nicht die Tränen von den Wangen. Nichts. Er stand einfach nur da und starrte sie an, so als wären seine Füße am Boden festzementiert, nur wenige Zentimeter von ihr entfernt, nur wenige Zentimeter von der Stelle, an der sie die Worte ausgesprochen hatte, auf die er so lange gewartet hatte. Doch jetzt schien es, dass selbst diese Worte nicht ausreichten, um ihn näher zu ihr zu bringen.

»An jenem Morgen auf deinem *kaiki* hast du mich gebeten, Yia-yia zu vertrauen... und das habe ich getan. Ich habe es endlich getan.« Sie war es, die sich schließlich auf ihn zubewegte. »Du hast mich auch gebeten, dir zu vertrauen.« Sie stand jetzt ganz dicht vor ihm und spürte seinen Atem warm auf ihrem Gesicht, als er zu ihr herabschaute. »Ich bin dazu bereit. Ich würde es gern tun. Ich bin bereit, wieder zu vertrauen.« Er hatte sich noch immer nicht bewegt, aber dieses Mal wartete sie nicht auf ihn. Sie schlang ihm die Arme um den Rücken und schmiegte den Kopf an seine Brust. Dieses Mal war es sein Herzschlag, den sie spürte.

Er hob die Arme und legte sie auf ihre schmalen Schultern. Sie blieben eine Weile lang so stehen, bevor er mit drei Fingern seiner rechten Hand unter Daphnes Kinn fasste. Die leichte, zarte Berührung überraschte Daphne. Sie sahen einander aufmerksam an. Seine linke Hand ruhte noch immer auf ihrer Schulter, und sie hatte die Arme noch immer um ihn geschlungen.

»Daphne, ich... Du wirst heiraten...« Ihr Brustkorb hob sich, als er zu sprechen begann, doch bevor er fortfahren konnte, schwangen die Doppeltüren auf.

»Hier bist du. Hör mal, ich...« Es war Stephen. Er stürmte in den Raum, blieb jedoch abrupt stehen, als er seine Verlobte Brust an Brust mit Yianni dort stehen sah, die Arme um seinen Rücken geschlungen. »Daphne?«

Sie wusste nicht, wie sie reagieren sollte – und eigentlich war es ihr auch egal.

Yianni sprach als Erster. »Ich habe mich gerade von deiner Verlobten verabschiedet.« Er nahm die Hand von ihrer Schulter und trat zwei Schritte zurück.

Daphne spürte, wie ihr das Blut in den Adern gefror. Eine Welle der Angst erfasste sie. *Verabschieden* – was meinte er damit? Und sie war nicht Stephens Verlobte. Nun, auf jeden Fall nicht mehr lange – sie hatte nur einfach noch nicht die richtigen Worte gefunden, um es ihm zu sagen.

Yianni sah Daphne nicht an, sondern wandte sich noch einmal direkt an Stephen. »Ich habe Thea Evangelia meine Pläne zugeflüstert, bevor wir sie zur letzten Ruhe gebettet haben. Jetzt ist es wohl an der Zeit, sie allen anderen zu verraten.«

»Du gehst weg?«, fragte Stephen und verzog den Mund zu einem Lächeln.

»Ja. Jetzt, wo Thea Evangelia nicht mehr da ist, hält mich hier nichts mehr. Sie war der Grund, weshalb ich geblieben bin. Ohne sie habe ich hier nichts.« Er drehte den Kopf und sah Daphne an, die sich auf die Anrichte stützte. »Nichts.«

Aber ich bin doch noch da. Ich bin nicht gegangen. Ich bin noch da!, schrie sie innerlich. Doch als sie den Mund öffnete, fragte sie nur: »Aber wo gehst du denn hin?«

»Vielleicht zurück nach Athen. Ich weiß es nicht. Vielleicht nach Oxford. Ich werde meine Netze an den Nagel hängen und mich wieder an meine Arbeit machen. Ich bin so lange weggelaufen. Es wird Zeit, dass ich wieder auf etwas zulaufe. Es wird Zeit, meine Leidenschaft wieder zu entfachen. Ich habe hier so viel gesehen, so viel gelernt. Aber meine Zeit auf der Insel ist jetzt vorbei. Ich denke, ihr beiden habt etwas, worauf ihr euch freuen könnt. Ihr werdet eure Hochzeit sicher in New York feiern, oder?«

Stephen hatte sich neben Daphne gestellt. Er legte ihr den Arm um die Taille, doch sie entzog sich ihm. Er blickte sie von der Seite her an, die Lippen nur noch ein schmaler Strich.

»Nun, dann sollte ich mich wohl verabschieden.« Yianni wandte sich um und streckte Stephen die Hand entgegen. »Ich wünsche dir viel Glück. Du kannst dich glücklich schätzen.«

»Ich weiß.« Stephen schüttelte Yianni die Hand und drückte so fest zu, wie er konnte.

»Auf Wiedersehen, Daphne.« Yianni beugte sich vor und küsste Daphne auf beide Wangen. Es machte ihr nichts aus, dass seine Bartstoppeln sich anfühlten, als würden sich Hunderte von Seeigelstacheln in ihre Haut graben. Der Schmerz war ein Zeichen dafür, dass Yianni noch da war.

»Auf Wiedersehen, Yianni.« Daphne griff nach seinem Arm und starrte ihm ins Gesicht, wollte sich unbedingt noch jedes Detail einprägen. Sie grub die Fingernägel in Yiannis Hemd, bis er sich von ihr losriss.

39

Daphne nahm Popis Angebot an, Evie über Nacht mit zu sich zu nehmen, damit Stephen und Daphne endlich Zeit füreinander hätten. Alle glaubten, das Paar würde nach den Aufregungen der letzten Tage ein paar ruhige Stunden miteinander verbringen wollen. Sie gingen davon aus, dass die Hochzeit mindestens um die vierzig offiziellen Trauertage verschoben würde. Bis jetzt wusste niemand, dass Daphne vorhatte, sie ganz abzusagen.

»Hier, Daphne *mou, ella etho.*« Nitsa, die seit dem frühen Nachmittag, als ihr Knie versagt hatte, auf dem Sofa im Foyer lag, rief Daphne zu sich. Es war kurz vor elf. Alle Gäste waren in die Nacht hinausgegangen, die Mägen gefüllt mit Nitsas Speisen und Wein und den Kopf mit ihren Lieblingsgeschichten über Yia-yia, die sie reihum erzählt hatten.

»Komm, meine Daphne. Komm, setz dich einen Moment zu mir.« Nitsa deutete auf den winzigen freien Fleck neben sich auf dem Sofa, den Platz, den ihr gewaltiger Körper nicht eingenommen hatte. »Ich muss dir etwas sagen. Daphne *mou*, deine Yia-yia wusste, dass ihr nicht mehr viel Zeit auf dieser Erde bleiben würde. Sie wusste, dass ich alles für sie tun würde, aber sie hat mich nur um eines gebeten. Und ich habe ihr versprochen, es zu tun, wenn sie entschlafen wäre.«

Daphne setzte sich aufrecht. »Und was war das? Was hast du ihr versprochen?«

»Ich habe ihr versprochen, dich daran zu erinnern, auch weiterhin wirklich zu leben. Wir beide haben den Unterschied gesehen, seit du hier angekommen bist. Als du kamst, schien jedes Leben aus dir gewichen zu sein. Aber dann sahen wir die Veränderung. Schon nach wenigen Tagen warst du wieder erfüllt von Leben, Licht und Farbe. Ich weiß, du denkst, dass wir diese Dinge nicht verstehen. Wie sollten wir alten, in Schwarz gekleideten Witwen etwas von Farbe wissen? Wie sollten wir etwas vom Leben wissen, wenn wir nie unsere winzige Insel verlassen? Aber wir wissen diese Dinge, Daphne. Wir wissen, wie kostbar alles ist. Jeder Augenblick ist ein Geschenk, Daphne *mou*. Jeder Augenblick, jeder Atemzug, sogar jede Träne ist ein Geschenk. Wie sollten wir ohne unsere Tränen das Lachen wertschätzen? Frauen wie deine Yia-yia und ich vergießen viele Tränen, Daphne. Und all diese Traurigkeit, all dieser Kummer, alle diese Narben und schweren Zeiten – sie helfen nur, unsere Zeit hier, umgeben von denen, die wir lieben, umso süßer zu machen. Deine Yia-yia und ich haben den Mann verloren, den wir liebten, aber es gab dennoch Liebe in unserem Leben, Daphne. Wir waren dennoch glücklich. Und jetzt bist du an der Reihe, glücklich zu werden. Was immer das für dich bedeutet.«

Nitsa hielt inne und zog lange und kräftig an ihrer Zigarette. Nie um Worte verlegen, stieß sie den Rauch aus, bevor sie genau die richtigen Worte fand, um ihren Gedanken zu beenden.

»Werde glücklich, Daphne. Es ist etwas, was du für dich selbst tun musst. Es ist etwas, was du in eine Ehe mitbringen musst, nicht etwas, was du dir von einer Ehe nimmst. Deine eigene Zufriedenheit. Deine Yia-yia und ich, wir beide haben diese Lektion gelernt, und jetzt bist du an der Reihe. Das schuldest du dir selbst... und meiner Freundin.«

Nitsa sah zum Himmel hoch und wedelte mit ihren kurzen, dicken Fingern in Richtung Decke, so als wolle sie Evangelia grüßen. Lächelnd zog sie Daphne an ihren riesigen Busen.

»Daphne *mou*, manchmal sind die einsamsten Menschen diejenigen, die keinen Moment der Einsamkeit kennen, und die erfülltesten diejenigen, die allein dastehen, aber sagen können, dass sie geliebt wurden. Dass sie zumindest einmal im Leben wussten, was es bedeutet, wirklich geliebt zu werden.«

Es war im Moment die einzige Gewissheit in ihrem Leben. Daphne wusste, dass sie in der Tat geliebt wurde, da gab es keinen Zweifel. Sie erwiderte Nitsas Umarmung von ganzem Herzen.

»Danke, Nitsa. Danke.« Sie gab Nitsa einen Gutenachtkuss und steuerte auf das Zimmer zu, in dem Stephen auf sie wartete.

Als sie, von ihm unbemerkt, das Zimmer betrat, saß er auf dem Bett und gab etwas in seinen Computer ein. Sie hatte keine Ahnung, was sie sagen oder wie sie es sagen sollte. Sie wusste nur, dass sie die Sache beenden wollte. Schließlich schaute er auf.

»Daphne... wie lange stehst du schon hier?« Er kam auf sie zu. »Liebling, ich weiß, wie schwer dies für dich ist. Ich weiß, wie sehr du sie geliebt hast. Der Stress war einfach zu viel für dich... und jetzt, jetzt das...«

Er trat noch einen Schritt näher, doch sie rührte sich nicht von der Stelle.

»Wir müssen nach Hause fahren, und alles wird wieder seinen gewohnten Gang gehen. Du wirst sehen, sobald wir zu Hause sind, wird dir all dies wie eine ferne Erinnerung vorkommen. Wir fahren wie geplant nach Santorini. Lass uns fortfahren, nur wir beide. Das Leben geht weiter, wir werden in New York heiraten – und alles wird so sein, wie wir es geplant haben. Wir müssen einfach nur nach Hause fahren.«

Aber dies ist mein Zuhause.

Seine Stimme hatte ihre betörende Wirkung verloren. Diese tiefe raue männliche Stimme konnte die Erinnerung an das, was am Strand passiert war, nicht verdrängen. Sie tat nichts, um die Enttäuschung darüber zu lindern, dass er ihren Glauben infrage gestellt hatte und nie die Tiefe ihres Bandes mit Yia-yia, der Insel und ihren Bewohnern verstehen würde. Und sie wusste, dass er sie ohne dies nie wirklich verstehen oder sie so lieben könnte, wie sie war.

Er trat noch zwei Schritte auf sie zu. »Ich will, dass du es vergisst«, flehte er sie an. »Lass uns einfach alles vergessen. Wir lassen die Vergangenheit hinter uns und konzentrieren uns auf die Zukunft.«

»Stephen, es gibt keine Zukunft ohne meine Vergangenheit.«

»Was sagst du da?«

»Ich sage, dass ich meine Vergangenheit bin.«

Als ihr diese Worte über die Lippen kamen, drang die Meeresbrise durchs offene Fenster ins Zimmer ein. So, als habe man ihnen das Geschenk des Atems gemacht, füllten sich die weißen Vorhänge mit Luft, atmeten ein und aus.

Daphne beobachtete, wie die beiden Spitzenvorhänge Seite an Seite ihren wilden *sirtaki* tanzten, sich duckten, sprangen und gemeinsam im Kreis drehten, so wunderbar und anmutig, wie Daphne und Popi auf dem mit Blumen gefüllten Hof dort unten getanzt hatten.

Daphne stand jetzt aufrecht da, denn sie wusste, dass die Brise auch ihr ein Geschenk gemacht hatte. Sie lächelte, während sie sprach. Der Kuss des Zephirs auf ihrer Wange bestätigte ihr nur noch einmal, was sie bereits wusste.

»Ich bin meine Vergangenheit.«

Er setzte sich aufs Bett und vergrub das Gesicht in den Händen.

Sie sah ihren Verlobten dort sitzen, verwirrt, in sich zusammengesunken, besiegt. Sie wollte ihn nicht verletzen. Aber sie wollte auch nicht den Rest ihres Lebens mit ihm verbringen.

Sie hatte es gut gemeint. Sie war diese Beziehung mit den besten Absichten eingegangen. Sie wusste, dass er wirklich ein guter Mann war, erkannte nun aber, dass er für sie nicht der Richtige war. Es war nicht seine Schuld, dass er sie nicht verstand. Wie Daphne konnte auch er seine Vergangenheit, seine Erziehung nicht auslöschen. Es war ein unausgesprochenes Gesetz, dass man eine Frau nie bitten sollte, sich zwischen ihrem Kind und ihrem Geliebten zu entscheiden. Daphne wusste nun, dass man sie auch nie dazu bringen würde, sich zwischen ihrer Vergangenheit und ihrer Zukunft zu entscheiden.

Sie hatte die Gespräche mit ihm, seine Gesellschaft und die Vorstellung genossen, nicht länger allein zu sein. Doch Daphne wollte nicht nur einfach einen Gefährten, einen Geschäftspartner oder jemanden, der für sie sorgte. Sie wollte einen Ehemann – einen Freund, einen Geliebten. Sie wollte einen Mann, der bereit war, sein Herz zu öffnen und zu glauben, so wie sie früher, vor so langer Zeit, geglaubt hatte, dass die Liebe den Gesetzen der Menschen trotzen kann und dass Engel durch die Macht eines Kusses herbeigerufen werden können.

»Ich liebe dich nicht«, sagte sie. »Es tut mir leid, Stephen. Aber ich liebe dich nicht.«

Sie streifte den Ring vom Finger und legte ihn auf den Schreibtisch, bevor sie sich umwandte und zur Tür hinausging.

40

Ihre Stimme drang durch das verdunkelte Foyer wie aus den Schatten. »Es ist also vorbei.«

»Nitsa?«

»Ja, Daphne *mou*. Ich bin noch hier.«

Daphne spähte in die Dunkelheit. Alles, was sie erkennen konnte, war die rot glühende Spitze einer brennenden Zigarette. Sie tastete sich an der Wand entlang, bis sie den Lichtschalter fand. Das Licht ging an, und Daphne sah, dass Nitsa noch immer mitten im Foyer auf dem Sofa lag.

»Was machst du denn noch hier unten?«

»Ich habe auf dich gewartet.«

Daphne ging zu Nitsa hinüber und setzte sich wieder auf den Rand des Sofas. »Auf mich ... wieso?«

»Weil ich deiner Yia-yia versprochen habe, mich um dich zu kümmern. Und als du nach oben gegangen bist, da wusste ich, dass du allein wieder nach unten kommen würdest.«

Daphne schwieg einen Moment lang. Es gab Millionen Dinge, die sie sagen konnte, Millionen Dinge, die sie fragen konnte, doch im Moment zählte nur eins. »Wie hast du es gewusst?«

»Ich hab mir meine Gedanken gemacht, als ich ihn kennenlernte, Daphne, so wie auch Evangelia. Er wird dir nie das geben können, was du von ihm brauchst. Und du hast so viele Facetten, bist so viel mehr, als er sich wünscht.«

»Mehr, als er sich wünscht.« Daphne lachte, als sie diese Worte wiederholte.

»Aber dann habe ich dich heute Abend beim Essen gesehen. Dein Herz war schwer vom Verlust deiner Yia-yia, und es gab nichts und niemanden, der dir diese Last ein wenig abnehmen konnte, Daphne. Aber heute Abend habe ich dein Gesicht gesehen. Ich habe dich beobachtet, und einen Moment lang sah ich, wie dieser Funke, das Leben in dir zurückkehrte, so wie ich es heute Morgen gesehen habe, als du nass und außer Atem ins Hotel zurückgekehrt bist. Etwas oder jemand hat dich verändert, Daphne, hat im Handumdrehen alles verändert.«

»Yianni.« Unwillkürlich entfuhr ihr sein Name. Sie wusste: Yianni war die Antwort.

Nitsa lächelte und schwieg einen Moment lang, ließ Daphne verdauen, was gerade geschehen war, was sie gesagt hatte – was sie sich endlich eingestand.

»Ich habe dich gesehen, Daphne. Habe gesehen, was die Berührung eines Mannes bei dir auslösen kann, wie sie dich verändert. Es war nicht zu übersehen, nicht einmal mit meinen müden alten Augen. Ich habe gebetet, dass du es selbst erkennen und dich nicht für ein Leben mit dem falschen Mann aufopfern würdest.«

Daphne hatte das Gefühl, als habe man ihr einen Schlag in die Magengrube versetzt. Sie hätte nie erwartet, diese Worte von Nitsa zu hören. Nie! Wie kam es, dass Yia-yia und Nitsa, die beiden Frauen, von denen Daphne immer geglaubt hatte, dass die Leidenschaft in ihrem Leben fehle, diejenigen zu sein schienen, die sie am besten verstanden?

»Daphne *mou*, hör dieser alten Frau zu. Es gibt so Weniges im Leben, das wirklich zählt. Schau dich um. Denk darüber nach, was du wirklich im Leben brauchst – es ist bereits da. Du hast nach etwas gesucht, nach einem Grund zu lächeln – und du hattest es die ganze Zeit vor dir.«

»Was willst du damit sagen?«

»*Ella*, Daphne – eine gebildete *Amerikanida* wie du –, wie kannst du nur so dumm sein?« Nitsa schaute wieder zum Himmel hoch. »Evangelia, was ist mit unserem Mädchen geschehen? Zu viele Bücher, glaubst du nicht auch?« Sie legte die Hände in den Schoß und sah Daphne ernst an. »Es ist an der Zeit, dass du aufhörst, über das Leben nachzudenken und anfängst, es zu leben. Denke nicht – lebe einfach. Folge endlich deinem Herzen.«

Daphne wusste, dass es nur einen Ort gab, der sie zu dem Mann führen würde, dessen Berührung ihr das Gefühl gab, wieder lebendig zu sein, dem Mann, mit dem sie sich stundenlang unterhalten konnte, ohne dass ihnen der Gesprächsstoff ausging. Der erste Mann seit Langem, der sie gebeten hatte, zu glauben, dass Magie wirklich existierte.

Es war, als könne Nitsa ihre Gedanken lesen, und in diesem Moment, so dachte Daphne, konnte sie es wahrscheinlich wirklich. »Geh zu ihm, Daphne. Finde ihn und rede mit ihm. Finde ihn, bevor es zu spät ist.«

Sie schaute Nitsa an und wusste, dass ihre alte Freundin wieder einmal recht hatte. Yianni hatte gesagt, dass er die Insel verlassen werde, dass es nach Yia-yias Tod nichts mehr gebe, was ihn auf der Insel halte. Sie musste ihm zeigen, dass er sich irrte, dass sie da war und dass er wegen ihr, wegen ihnen beiden, zumindest ein bisschen länger bleiben musste.

»Nitsa...« Daphne wollte etwas sagen, doch die alte Frau schnitt ihr das Wort ab.

»Spar dir deine Worte, Daphne. Geh einfach.« Nitsa gab Daphne einen Klaps auf den Schenkel, scheuchte sie vom Sofa und hinein in ihr neues Leben.

»Danke, Nitsa, danke.«

Daphne rannte hinunter zum Hafen. Draußen war es stockfinster. Während sie, so schnell sie konnte, den Dammweg hinunterlief, schimmerte das Mondlicht auf der Oberfläche des Meers und sorgte für gerade so viel Licht, dass sie den Weg erkennen konnte. Sie ließ den Blick über die Boote schweifen, die im Hafen vertäut waren, und entdeckte Yiannis am hinteren Ende des Docks. Daphne sprang an Bord und öffnete die Tür, die unter Deck führte. Sie torkelte die Treppe hinab, versuchte, nicht darüber nachzudenken, was sie ihm sagen würde. *Nicht mehr denken, einfach nur leben.*

Er schaute zu ihr hoch. »Daphne, was machst du hier?«

Daphne antwortete ihm nicht. Dies war nicht die Zeit für Geschichten. Sie ließ sich in seine Arme fallen.

Er umfasste ihr Gesicht mit den Händen, so wie er es in der Küche getan hatte. »Was ist mit Stephen?«, fragte er.

»Er ist weg. Vergiss Stephen.« Sie drückte ihren Mund auf seine Lippen.

Er erwiderte ihren Kuss, intensiv und hart. Seine Barthaare gruben sich in ihre Wangen wie die Stacheln von Tausenden von Seeigeln. Doch es war ein angenehmer Schmerz.

Sie liebten sich die ganze Nacht überall auf dem Boot. Ihr Liebesakt hatte nichts Stilles, Ruhiges, so wie es mit Stephen der Fall gewesen war. Der Sex war leidenschaftlich und ursprünglich – und sie war gierig. Daphne hatte vergessen, wie es war, sich der Lust hinzugeben, sich von ihr mitreißen und verzehren zu lassen. Sie hatte vergessen, wie es war, sich von Emotionen und Lust statt von Pflichtgefühlen und Pragmatismus leiten zu lassen. Und es fühlte sich wunderbar an.

Mit dem ersten Hahnenschrei wachte Daphne auf. Sie lag mit dem Gesicht nach unten auf dem Bett, ihr Rücken der frühen Morgenluft ausgesetzt. Eine leichte Brise küsste ihre Haut. Sie bewegte sich nicht, öffnete nicht die Augen, wollte ihn nicht wecken. Sie wollte nicht reden, noch nicht. Sie wollte einfach nur ruhig daliegen und die Stille einatmen. Sie hob ein klein wenig das Kinn und lauschte. Ob sie da sein würde?

Es war leise und fern, aber sie konnte es hören. Es gab keinen Zweifel: Dies war die Stimme und die Geschichte.

Er wird so viel Freude und Liebe in dein Leben bringen. Und du wirst mit ihm für den Rest deines Lebens Seite an Seite gehen.

41

BROOKLYN

Ein Jahr später

Sie wusste, dass sie schlafen sollte. Es war vier Uhr morgens, und um sechs Uhr würde der Wecker klingeln. Aber es war ihr egal. Mochte sie auch noch so müde sein, sie lag einfach nur da und schaute ihm beim Schlafen zu. Sie liebte es, zu sehen, wie sich seine Brust bei jedem Atemzug hob und senkte, wie seine schwarzen Haare wie Seide schimmerten und wie seine Wimpern flatterten, während er träumte. Doch das Schönste war, die Hand auszustrecken und seinen Herzschlag unter den Fingern zu spüren.

Sie rückte näher an ihn heran. Das Kissen roch süßlich von seinem Gesabbere. Sie atmete den Duft ein, glaubte, ihr Herz würde vor Liebe zerspringen. Sie konnte es nicht länger aushalten. Sie musste ihn berühren.

Daphne nahm ihn in die Arme und drückte ihn an sich. »Komm her, mein Kleiner«, flüsterte sie. Es war erstaunlich, wie schnell er wuchs. Die Geburt war erst drei Monate her, aber er kam ihr schon so viel schwerer, so viel größer vor.

Sie deckte ihn mit der Häkeldecke zu, die Nitsa als Geschenk geschickt hatte, und trug ihn ins Wohnzimmer, blieb nur kurz stehen, um einen Blick auf Evie zu werfen, die friedlich in ihrem Bett schlummerte, und auf Popi, die schnarchend in ihrem lag. Daphne wusste, dass Popi bald aufstehen würde. Sie war an der Reihe, alles für den Ansturm auf das Mittagessen im *Koukla* vorzubereiten, während Daphne die kleine Evie zur Schule brachte.

»Wir sind genau wie Yia-yia und Dora, stimmt's?« Abend für Abend sahen die Cousinen einander an und lachten darüber, wie die Geschichte sich tatsächlich wiederholte. Sie hätten nie gedacht, dass sie eines Tages in einem alten Stadthaus in Brooklyn zusammen wohnen, arbeiten und die Kinder großziehen würden. Aber Daphne wusste, dass Popi die ideale Geschäftspartnerin und ein ideales Ersatzelternteil für Evie und Johnny sein würde. Für Popi war der Umzug nach New York der Neubeginn gewesen, nach dem sie sich immer gesehnt hatte. Vor allem aber wussten die Cousinen, dass sie einander lieben und füreinander und die Kinder sorgen würden, wie niemand sonst es vermochte.

Daphne ließ sich in dem gemütlichen Sessel neben dem großen Erkerfenster nieder. Sie drückte Johnny noch fester an sich, küsste ihn auf die Stirn und schaute hinaus in den Garten. Die Zypressen schwankten ganz leicht in der kühlen Herbstluft. Sie schloss die Augen und lauschte, wartete auf Yia-yias Morgenlied.

Ich liebe dich wie sonst niemanden auf der Welt...
Ich habe keine Gaben, mit denen ich dich überschütten kann,
Kein Gold, keine Juwelen oder sonstigen Reichtümer.
Und doch gebe ich dir alles, was ich besitze,
Und das, mein liebes Kind, ist all meine Liebe.
Ich verspreche dir:
Du kannst dir meiner Liebe immer sicher sein.

Als sie die Zypressen im Garten anpflanzte, hätte sie sich nie träumen lassen, dass sie hier in Brooklyn ihr Flüstern hören würden. Sie hatte sich lediglich nach dem tröstlichen Gefühl gesehnt, sie im Garten ihres neuen Zuhauses im Wind tanzen zu sehen. Doch dann hörte sie Yia-yias leise Serenade, und sie wusste, dass alles gut werden würde. Yia-yia wachte weiterhin über sie, selbst hier.

Sie betrachtete das Gesicht des kleinen Johnny, der in ihren Armen schlief. Er war das Ebenbild seines Vaters, gut aussehend und dunkel. Sie griff nach seinen winzigen Fingern und hob sie hoch – und fragte sich, ob sie eines Tages aufgrund seiner Liebe zum Meer so schwielig sein würden wie die seines Vaters.

»Vielleicht wirst du ihn eines Tages kennenlernen«, flüsterte sie ihrem Sohn zu. Sie fragte sich, ob sie ihn wohl je wiedersehen würde. Sie dachte, wie so oft, an ihre gemeinsame Zeit auf Errikousa. Nach dieser ersten Nacht auf dem Boot hatten sie jeden Augenblick zusammen verbracht, während die Tage in Wochen übergingen. Sie schwammen, fischten und erforschten die Insel zusammen mit Evie, die endlich schwimmen lernte, indem sie von Yiannis Boot ins Meer und in Daphnes wartende Arme sprang. Abend für Abend hatten sie sich den frischen Fisch munden lassen, den sie mit Yiannis Netzen gefangen hatten, und bis tief in die Nacht miteinander geredet, nachdem Evie eingeschlafen und das Feuer so weit heruntergebrannt war, dass nur noch glühende Asche übrig war, die zwischen ihnen auf der Brise dahintrieb. Yiay-yias Haus wurde wieder mit Leben erfüllt, mit Lachen, mit dem Flüstern der Liebenden, das sich mit dem Wispern der Zypressen vermischte, die im Wind rauschten. Zum ersten Mal seit Langem hatte

Daphne das Gefühl, gehört zu werden, wenn sie etwas sagte, und lebendig zu sein, wenn sie berührt wurde.

Und dann geschah es.

Als der Sommer dem Herbst wich, hatte sich unverkennbar etwas in der Luft und in Yiannis Blick verändert. So wie sie es gelernt hatte, die Feinheiten beim Wandel der Jahreszeiten zu erspüren, so spürte sie auch die Veränderung in ihm. Vielleicht hatte aber auch sie sich verändert, sie wusste es nicht genau. Ihr fiel auf, wie das Licht sein Gesicht erhellte, wenn sie das Zimmer betrat, und dass er aufrechter dastand, wenn sie in seiner Nähe war. Sie spürte, wie sein Blick auf ihr ruhte und ihr jedes Mal folgte, wenn sie den Raum wieder verließ. Und dann wurde ihr klar, warum sich all dies so vertraut anfühlte. Genauso hatte Alex sie angesehen. Genauso hatte sie Alex angesehen.

Yianni begann, über die Zukunft zu sprechen, über das Wir, das Uns und die Familie. Er fragte, was sie von London und Athen halte, und sagte, er würde es erwägen, wegen ihr, wegen ihnen, wieder nach New York zu ziehen. Er sprach von *für immer*. Er verwendete das Wort *Liebe*.

Zuerst begrüßte sie diese Veränderung, freute sich über das, was geschah, was er vorschlug. Doch dann wurde ihr klar, dass dies alles zu schnell ging. Es gab so vieles, was sie an Yianni liebte. Es war, als habe er sie aus einem langen Schlaf geweckt, ihr die Augen geöffnet und zu neuer Klarheit verholfen. Doch diese neue Klarheit hatte auch die Erkenntnis mit sich gebracht, dass Liebe und wahre Liebe nicht dasselbe sind. Sie brauchte mehr Zeit, um sich ganz sicher zu sein.

Einmal hatte sie versucht, es ihm zu erklären. Sie lagen im Bett und lauschten dem fernen Rauschen der auflaufenden Flut. »Wir sollten wirklich London ins Auge fassen«, sagte er, »denn dort würde ein griechisches Restaurant bestimmt gut ankommen, Evie würde eine englische Schule besuchen, und vielleicht könnte ich Oxford wieder anvisieren.«

»Ich bin noch nicht bereit, darüber nachzudenken.« Sie schaute ihn an, doch bevor sie noch etwas sagen konnte, legte er ihr die Fingerspitzen auf die Lippen.

»Pssst... Daphne, ich werde überall mit dir hingehen, wo immer du hin möchtest.« Und dann küsste er sie, und sie sagte nichts weiter.

Popi erklärte ihr immer und immer wieder, welches Glück sie habe, wie wunderbar es sei, dass all ihre Träume Wirklichkeit würden. Wieder und wieder stimmte sie ihrer Cousine zu und sagte es auch sich selbst, doch das quälende Gefühl in ihrem Magen kündete von einer anderen Wahrheit. Und schließlich tat es auch die Kaffeetasse.

Es geschah eines Nachmittags, als Yianni unter dem Zitronenbaum kniete und seine Netze reparierte, während Evie ihr Kätzchen mit einem Stück Schnur neckte. Popi und Daphne saßen an der Gartenmauer und tranken so wie unzählige Male zuvor ihren Kaffee. Doch dieses Mal war es anders. Als sie ihre Tassen umdrehten und Daphne ob des üblichen Kuddelmuddels, mit dem sie rechnete, lachte, wurde sie stattdessen von etwas Unerwartetem begrüßt. Das Bild im Kaffeesatz war so klar und deutlich, wie es auch der Himmel über ihnen an diesem wunderschönen Nachmittag Mitte September gewesen war.

»Was siehst du?«, fragte Popi und beugte sich näher zu ihr hin.

»Ich sehe zwei Gestalten«, erwiderte Daphne und wendete die Tasse immer wieder hierhin und dorthin. »Ich weiß nicht, ob es Männer oder Frauen sind, aber ich sehe ganz deutlich zwei Gestalten. Die erste fliegt, steigt hoch in die Luft mit großen, weit ausgebreiteten Flügeln. Doch die Gestalt auf dem Boden hat keine Flügel. Es sieht aus, als würde sie beide Arme zum Himmel hochstrecken und sich an derjenigen, die fliegt, festhalten.«

Popi beugte sich weiter herüber, um das Bild besser sehen zu können. »Was das wohl bedeutet?«, sagte sie, als sie beide darüber nachdachten.

Daphne lehnte sich auf ihrem Stuhl zurück. Sie schaute hoch zum strahlend blauen Himmel und sah dann Popi wieder an. »Heißt es nicht, dass man, wenn man jemanden so sehr liebt, Angst hat, ihn zu verlieren, allein gelassen zu werden?«

Doch Yianni, der ihre Worte am anderen Ende des Hofes mitbekam, wusste, dass Daphne unrecht hatte. Er konnte die Bedeutung des Bildes interpretieren, ohne es auch nur gesehen zu haben. Das Bild, das Daphne beschrieb, sprach ganz deutlich zu Yianni, so wie das Flüstern der Zypressen zu Daphne und Yia-yia gesprochen hatte. Dies war kein Bild von jemandem, der festgehalten wurde, sondern von jemandem, der freigelassen wurde.

Als Daphne am nächsten Morgen aufwachte und sich als Schutz vor der Morgenkühle ein Betttuch um den Körper schlang, drehte sie sich im Bett um und sah, dass er gegangen war. Wieder einmal war er aus der Tür und in die Nacht verschwunden. In diesem Moment wurde Daphne klar, dass Yianni nicht blind gegenüber ihrem Zögern und ihrer wachsenden Unsicherheit gewesen war. An diesem Morgen, an dem sie das Betttuch fester um ihren Körper schlang, erkannte Daphne, was Yianni getan hatte, welches Opfer er gebracht hatte, um ihr den Schmerz zu ersparen, den ersten Schritt zu tun.

Er liebte sie so sehr, dass er sie gehen lassen konnte.

Sie war ihm dankbar gewesen, war ihm auch jetzt dankbar. Dankbar dafür, dass sie diesen wunderschönen Sommer zusammen verbracht hatten und dass er ihr einen Sohn geschenkt hatte. Sie hatte versucht, ihn zu finden, als sie nach ihrer Rückkehr nach New York feststellte, dass sie schwanger war, und noch einmal nach Johnnys Geburt. Sie wusste, dass sie es eines Tages erneut versuchen würde, dass er es verdiente zu wissen, dass er einen Sohn hatte, und dass sie vielleicht sogar eine zweite Chance hätten. Doch wann dieser Tag kommen würde, wusste sie nicht. Es gab noch immer so viel zu verarbeiten, zu überdenken und zu verstehen. Für den Moment reichte es zu wissen, dass Evangelia und Dora wieder vereint waren, dieses Mal für immer, durch den süßen kleinen Jungen, der in ihren Armen schlief.

Sie küsste Johnny auf den Kopf und atmete den Babyduft ein. »Ich will dir eine Geschichte erzählen, kleiner Mann«, flüsterte sie.

»Vor langer, langer Zeit lebte eine junge Waldnymphe namens Daphne. Sie wohnte mit ihren Freundinnen im Wald, und sie verbrachten ihre Tage damit, auf Bäume zu klettern, zu singen, in den Flüssen zu schwimmen und zu spielen. Sie liebte das Leben inmitten der Bäume, der Tiere und ihrer Nymphenfreundinnen. Jeden Tag betete sie zu ihrem Vater, dem Flussgott, und bat ihn, sie zu beschützen und vor Unheil zu bewahren. Eines Tages spazierte der Gott Apollo durch den Wald und entdeckte Daphne, die mit ihren Freundinnen spielte. Er verliebte sich sofort in die junge Nymphe und schwor, sie zu heiraten. Doch Daphne hatte andere Vorstellungen. Sie wollte nicht die Frau eines Gottes sein und mit all den anderen Göttern und Göttinnen auf dem Olymp feststecken. Sie wollte in Ruhe gelassen werden, wollte dort bleiben, wo sie am glücklichsten war, in der Grotte mit ihren Freundinnen, die sie verstanden und am meisten liebten. Aber Apollo duldete kein Nein. Er lief der armen Daphne hinterher. Er jagte die verängstigte junge Nymphe durch den Wald, durch die Flüsse und über die Berge. Als Daphne schließlich so erschöpft war, dass sie nicht mehr laufen konnte, betete sie wieder zu ihrem Vater, dem Flussgott. Sie bat ihn, sie vor einem Schicksal zu bewahren, das ihr nicht bestimmt war, vor einem Leben, das nicht ihres war. Plötzlich hörte die junge Nymphe auf zu laufen. Gerade als Apollo sie eingeholt hatte und die Hände nach ihr ausstreckte, wuchsen aus ihren Füßen Wurzeln, die sich tief in den Boden gruben. Ihre Beine wurden dunkel und rau, wie Rinde. Daphne streckte die Arme hoch zum Himmel. Zweige und Blätter wuchsen aus ihren Fingern. Apollo hielt sie fest, doch der Gott bekam seinen Willen nicht. Daphne war keine schöne junge Nymphe mehr. Ihr Vater hatte sie in einen Baum verwandelt. Von diesem Moment an blieb Daphne fest verwurzelt an dem Ort, den sie liebte, umgeben von jenen, die sie am meisten liebten.«

Daphne schmiegte Johnny fester an sich und küsste ihn auf die rosigen Pausbacken. Sie schaute aus dem Fenster. Die Zypressen tanzten in der Brise, und ihre dichten Blätter zitterten in der frühmorgendlichen Stille.

DANKSAGUNG

Zutiefst dankbar bin ich allen bei HarperCollins, vor allem Jonathan Burnham, Brenda Segel, Carolyn Bodkin, Hannah Wood, Heather Drucker und Miranda Ottewell.

Die Dankbarkeit, die ich gegenüber meiner Redakteurin, Claire Wachtel, empfinde, lässt sich nicht in Worte fassen. Deine Kenntnisse und deine sanfte Führung haben dieses Buch und mich auf wunderbare Weise verändert.

Danken möchte ich auch meiner griechischen Komplizin, der Publicity-Göttin Tina Andreadis. Mit dir zu arbeiten war das Sahnehäubchen von allem... oder sollte ich sagen das *baklava*?

Dank auch meinen Agenten, Jan Miller und Nena Madonia. Es war in der Tat ein unsichtbares Band, das uns zusammenbrachte. Ich bin so froh, euch an meiner Seite zu wissen. Nena, du bist eine wertvolle und zuverlässige Freundin und einer der schönsten Menschen, die ich kenne, äußerlich und innerlich.

Unser unsichtbares Band wäre unvollständig ohne Laura Schroff. Seht euch den Welleneffekt eines einzigen Akts der Freundlichkeit an. Danke, dass du das Band mit mir teilst, und danke für deine Freundschaft.

Besonderen Dank auch Dr. Spyros Orfanos, der die Leerstellen gefüllt hat. Auch Isaac Dostis, dessen Dokumentarbericht, *Farewell My Island*, es mir ermöglichte, die Geschichten der überlebenden Juden von Korfu aus ihrem eigenen Mund zu hören. Und Marcia Haddad Ikonomopoulos vom Kehila Kedosha Janina Synagogue and Museum für ihre Unterstützung und ihr unermüdliches Engagement, die Geschichten der griechischen Juden des Holocaust zu erzählen.

Ich bin mit dem unglaublichsten Kreis von Freunden und Seelenschwestern gesegnet. Bonnie Bernstein, meine Vertraute und Kollegin, mit der zu reden ich nie müde werde. Joanne Rendell, die mich zum Schreiben anhielt, Seite um Seite. Karen Kelly, Kathy Giaconia und dem LPW Dinner Club. Den Woods, Wettons und Brycelands – und auch Kelsey. Und natürlich Adrianna Nionakis und Olga Makrias, die mir im frühesten Alter beibrachten, dass man nicht viele Freunde im Leben braucht, nur die richtigen Freunde.

Danke auch meiner *Extra*-Familie, dem besten Produzenten und dem besten Talent-Team in diesem Geschäft. Mein besonderer Dank gilt auch Lisa Gregorisch, Theresa Coffino, Jeremy Spiegel, Mario Lopez, Maria Menounos, A.J. Calloway, Hilaria Baldwin, Jerry Penacoli, Marilyn Ortiz, Nicki Fertile... und natürlich Marie Hickey, der besten Chefin, Freundin und Leserin, die eine Frau nur haben kann.

Alles, was ich über Glauben, Familie, Stärke und Freundlichkeit weiß, habe ich von meiner eigenen Familie gelernt, vor allem von meinen Eltern, Kiki und Tasso, und meinem Bruder, Emanuel... alias Noli. Meine eigenen Yia-yias und Papous haben die Messlatte sehr hoch gelegt. Bis heute erzählt mir meine Yia-yia Lamprini, dass alles, was sie mir in diesem Leben zu geben vermag, ihr Segen ist... und das ist alles, was ich je gebraucht oder gewollt habe.

Wie Daphne habe ich magische Sommer in Griechenland verbracht, umgeben von einer wunderbaren Gruppe von Tanten, Onkeln, Cousinen und Cousins. Dieses Buch handelt von euch, ist für euch, jeden einzelnen, wunderbar Verrückten von euch. Ein besonderes Dankeschön dir, Effi Orfanos, meiner Frousha, dass du mir meine endlosen Fragen beantwortet und all diese Kerzen für mich beim Agios Spyridon entzündet hast. Wieder einmal hat er unsere Gebete erhört.

Christiana und Nico, ihr inspiriert mich jeden Tag von Neuem und macht mich so stolz. Mama liebt euch mehr, als ihr es euch vorstellen könnt. Und natürlich Dave. Ohne dich würde es keinen Alex geben. Ohne dich würde es kein Buch geben... ohne dich gäbe es nichts.

Dieses Buch ist zwar Fiktion, wurde aber inspiriert vom Geburtsort meines Vaters, dem Inselparadies Errikousa. Während des Zweiten Weltkriegs versteckten die Inselbewohner gemeinsam einen Juden und seine Töchter vor den Nazis. Sie arbeiteten alle zusammen, um die Familie zu retten, und niemand verriet das Geheimnis von Savas und seinen Töchtern, auch nicht, als die Nazis jedes einzelne Haus durchsuchten. Die Inselbewohner teilten das wenige, was sie hatten, und riskierten ohne zu zögern ihr Leben, weil sie gute Menschen waren und weil dies zu tun das Richtige war. Nach dem Krieg gab es keine Auszeichnungen und keine Ehrungen für die Menschen von Errikousa. Die jüdische Familie hatte überlebt, und das Leben auf der Insel nahm seinen Gang. Ich hoffe, dass dieses Buch auf irgendeine Weise dazu beitragen kann, dass andere die Schönheit und Tapferkeit der Menschen von Errikousa erkennen. Es ist mir eine Ehre, diese Geschichte zu erzählen, und ich bin stolz, Teil dieser Inselfamilie zu sein.

Emma Sternberg

»Mit einer guten Prise Humor und Charme
beweist Emma Sternberg, dass das Leben wie ein Rezept ist.
Auch wenn man scheinbar alles richtig macht: Wenn man ohne
Liebe am Werk ist, ist das Ergebnis meist ungenießbar.«
Freundin über *Liebe und Marillenknödel*

978-3-453-40910-1

978-3-453-40911-8

Leseproben unter **www.heyne.de**

Courtney Miller Santo

Ein verwunschener Olivenhain, fünf starke Frauen, und ein Geflecht aus lang gehüteten Geheimnissen - Courtney Miller Santo trifft mit ihrem schwelgerischen Debüt mitten ins Herz

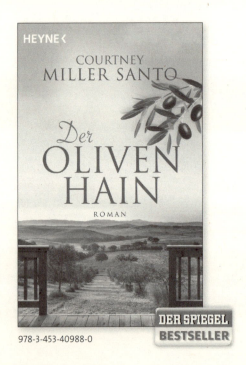

978-3-453-40988-0

www.heyne.de

HEYNE ‹

Liz Balfour

Liz Balfour erzählt große Geschichten von Liebe, Trauer und schicksalhaften Begegnungen vor der dramatischen Landschaft Irlands

978-3-453-40861-6

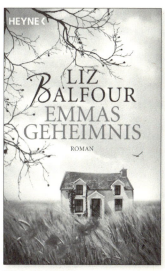

978-3-453-40862-3

Leseproben unter **www.heyne.de**

HEYNE ‹